沾别拉

薛喜君 ◎ 著

北方文艺出版社

图书在版编目（CIP）数据

沾别拉 / 薛喜君著 . -- 哈尔滨：北方文艺出版社，
2025. 5. -- ISBN 978-7-5317-6583-7

Ⅰ . I247.5

中国国家版本馆 CIP 数据核字第 2025NV6955 号

沾 别 拉
ZHANBIELA

作　者 / 薛喜君
责任编辑 / 王　爽　邢　也　　　　　封面设计 / 锦色书装
出版发行 / 北方文艺出版社　　　　　邮　编 / 150080
发行电话 /（0451）85951921 85951915　　经　销 / 新华书店
地　址 / 哈尔滨市南岗区宣庆小区 1 号楼　网　址 / www.bfwy.com
印　刷 / 哈尔滨久利印刷有限公司　　　开　本 / 880mm×1230mm　1/32
字　数 / 322 千　　　　　　　　　　印　张 / 11.75
版　次 / 2025 年 5 月第 1 版　　　　　印　次 / 2025 年 5 月第 1 次印刷
书　号 / ISBN 978-7-5317-6583-7　　　定　价 / 58.00 元

最慢的是生活
（代自序）

早在2023年11月，我就有了以森工为题材，以森工人为主角，创作长篇小说的想法。当我决定去沾河林业局，体验森工人冬日森林抚育的工作和生活，我最先查询的是动车时刻表。此时，我才知道，那里还没通高铁，经过询问才得知，去沾河有两种选择：汽车、火车。

我选择了清晨第一班开往沾河的汽车。

雪，是大北方的写照；冷，是大北方的标识。客车刚搭上沾河地界，我眼前就是一片白雪皑皑。司机说，今年冬天的雪太邪乎了，一场接一场，前两天的一场大雪，下得铺天盖地……也就是说，在我来沾河前，一场大雪刚刚偃息旗鼓。车行驶得很慢，我的心很急，为即将开始创作的文本，还担忧此行能否顺利完成——开座谈会，登瞭望塔，亲身感受瞭望员的日常生活，进山体会森工人冬季的日常工作……我选择出行的日子又是元旦假期。为这，我内心有隐隐的不安。好在沾河林业局有限公司党委宣传部部长杜超，在我到之前，就把行程都安排好了。

下午的座谈会如期举行，与会的森工人深情地讲述了森工发展的历史，并解答了我所要了解的问题。

座谈会后，我登塔的心情十分迫切。

于是，第二天早饭后，我们四人乘车进山。车一出林业局机关的地界，就开始了茫茫的雪野之行。确切说，车不是在行驶，而是在雪窝子里像只蚂蚱似的蹦跶。我的心提了起来，也开始了自责。我没有大山里的生活经验，忽略了山路，还忽略了雪。在我居住的城市里，一般的雪不会耽误出行，可这是山区啊，山区的雪无法清理。随着车向纵深的雪野行进，山峦也扑进眼帘——我自责得心慌，是我给同行的杜超、于海泳、李恩武添了麻烦。车终于从雪窝子里蹦跶出来，又将从水库的大坝上通过。司机说，某一年，就是我们乘坐的这辆车，在通过这条大坝时，从坝上翻了下去……我的心狂跳起来。我目测，大坝上的雪至少有十几厘米厚，还是那种光滑得像镜面的冰雪。这条大土坝，比平常的土坝高，距离也长，我紧张得心都快跳了出来。我最先想到的是陪我上山的人。他们牺牲了休息时间，不能再让他们陪我冒险……我不敢再想下去。

"掉头回去，不进山了。"这话，我差点儿脱口而出。

车在我紧张得都快窒息的状态下过了土坝。我长长地喘了一口气。我们终于到了山脚下，打算开车上去。车最终还是陷进了雪窝子里。海泳说，我们徒步上吧。我打头儿，特意穿了一双蹚雪的鞋，裤脚也扎到鞋里——以我的个性，我不会在大雪面前低头。可此时，我不是一个人。让他们在节日里陪我，我已经十分过意不去。再让他们陪我跋涉于大雪窝子里，登二十四米高的瞭望塔，即便是打着文学创作的旗号，也太过自私了。

"不上，我们就站在这里，遥望瞭望塔。"我果断地说。

我们在山脚下徘徊了许久——我第一次体会到无声的寒冷。风，像刀片似的刮着我的脸，我感受到疼；脚，冻得失去了知觉……杜超、海泳、恩武给我讲述着"天保工程"对森工的意义，讲述着森工人不同季节的工作，讲述着有"森林眼睛"之称的瞭望员对森林的重要性，我一一记在脑子里。

我们要返回驻地，但车罢工了。

我们开始推车，推了二十来分钟，车还是执拗地不肯动。海泳只得从就近的林场叫了一辆车，上山接我们回去。返程中，我一直在自责——因为无知，所以草率。

回去的路上，我第一次看见在雪野上奔跑着的狍子。

沾河之行，让我大致了解了林业局的历史。我还去了沾河林业局最初的旧址。在座谈会上，我结识了沾河林业局老一辈和新一代森工人。从他们身上，我看到森工人一路走来的坚韧和不屈。森工的历史长卷是森工人用自己的双手写就的。森工人深爱着他们脚下的山水，他们炽热的情感也深深地感染了我。我在严寒中感受到了温暖，也体会到了森工人一路走来的疼痛……我离开沾河那天，雪依然在阳光下闪着耀眼的光。接我来沾河的是杜超，送我返程的还有海泳和恩武。他们还为我买了一袋子吃食，我说我在火车上不吃东西。海泳说，吃着玩，打发时间。

火车上，我不会寂寞，因为有创作要思考。

有人说，绿皮火车是生活，高铁是诗和远方。我深以为然，已经很多年没坐过绿皮火车了，在快节奏的时代里，我也期待着诗和远方。2024年元旦，我登上了这列从北安开往齐齐哈尔的绿皮火车。我将在鹤城转车，回到我居住的城市。

北安火车站是我见过的最小的火车站。

双脚一踏上火车的脚蹬板，一股浓烈的生活气息迎面扑来。顺着过道走到座位前，对面靠窗的是一个年轻女孩，她旁若无人地刷着手机。她身边是一个花白头发的老妇人，左顾右盼。看到我过来，老妇人不安地欠了一下身子。我的座位也靠窗，小餐桌正是我此刻需要的，挨着过道的座位上坐着一个男子。

我沉浸于刚刚的分别中，沉浸于即将开始的创作中。

东西放好后，我稍微平复了一下情绪，耳边突然传来老妇人的问话："你今年有五十几了吧，我看你秃顶得厉害。"老妇人的话，让我抬起头。她在与我旁边的男子说话。男子咧了一下嘴，说他没那么大。"那你多大岁数了？我儿子五十八了，也没你这么秃顶。"男子说他三十八岁。说着话，他把右手抚在额头上，遮挡了半张脸。老妇人往前探着脑袋："哦，还真没看出来，你才三十八。脑袋秃得太厉害了。"我以为老妇人应该解释一句，可她继续说她儿子的头发比男子的多，还说她到塔哈下车，儿子开车到车站接她……男子极力想终止对话，但老妇人滔滔不绝，说自己是去儿子家，给孙子带了哪些吃的……其间，老妇人还接了两次貌似是儿子的电话。

挂断电话，她依旧絮絮地说着家里的事儿。

我看向窗外。窗外是被大雪覆盖着的寥落的旷野，偶尔有村屯掠过，也是稀落的几户人家。雪地上的乌鸦，宛若一朵朵蘑菇；树杈上的乌鸦，像一个个吊着的黑色小布袋……我由衷地感叹，车里车外，都是生活。虽然生活无处不在，但绿皮火车上的生活，是那么真实和悠长。

列车员是一个胖墩墩，五官虽小但对称，还十分喜庆的年轻男子。他拎着一个大黑塑料袋，一边走，一边吆喝着收垃圾。邻座几个十八九岁学生模样的人，无所顾忌地吃着麻辣烫、方便面、辣条、鸡腿和一些膨化小食品。偶尔，他们也打闹一阵，说笑几句。浓郁的调料味道在车厢里弥漫。"大过节的，你们出来干啥？还以为我这个班能清闲，整了半天，你们都到车上来过节了。"学生们嘻嘻哈哈地笑，把手边的包装袋、包装盒、包装纸，一股脑地扔进列车员提着的那个张着大嘴的黑塑料袋里。

"依安到了。"

随着车厢广播的播报，火车耸动两下，停了下来。一群背着大包小裹的乘客，潮水般涌进了车厢。咸鸭蛋、干蘑菇、萝卜干、咸菜的味道，汇集在一起，车厢里游荡着浓烈的气息。

生活，在绿皮火车上是缓慢而热烈的。此刻，我突然意识到，慢生活是一种享受，是一种从容。

我置身于车厢的嘈杂之外，又深陷其中。我的心思还没离开沾河，但我又被眼前的慢生活深深地感染着。在来之前，我先拟好了文本的题目，可是到了沾河之后我发现，此前的题目无法表达森工长河一般的历史。我在沾河这几天，沾别拉就萦绕在我的脑子里。就在登上火车时，我终于确定了题目。于是，我在这趟开往鹤城的绿皮火车的小餐桌上，铺开一张便签，写下了"沾别拉"，也写下了"沾别拉是一条河，住在两岸的人都称它为大沾河"。

也就是说，《沾别拉》的开篇，是在2024年元旦这天的绿皮火车上写下的。

回到我生活的城市，我就开始了创作。创作过程中，我有些焦急，也有些焦虑，因为一代又一代森工人的故事在我脑子里拥挤，我不敢耽搁，怕错过了这些故事。加之公务在身，一些繁杂的事儿常常打断我与森工人的对话，以至于睡眠障碍再次袭来。由此，我日夜都活在《沾别拉》里。

我感觉到了深深的疲惫。

我在心里说，等完成创作的那一刻，一定给予自己一个奖励。不胜酒力，还不能喝一杯香槟？

眼看龙年春节来了，我深陷于各种杂务的忙碌中，但我没与森工人分别。我终究是累倒了，从没清亮过的喉咙，开始红肿发炎。除夕前一天中午，我还在诊所输液。

春节，我只休息了两天，又开始了创作。

如果没有龙江森工总局及其党委的大力支持，没有沾河林业局的协助，特别是森工总局党委宣传部老部长李玉春、副部长王大明，就没有我的沾河之行，也就没有《沾别拉》。最初，我们针对创作，进行了一番交流。大明不仅为我提供了资料，简略地讲述了森工各个时期的发展历史，还给我介绍了沾河林业局的丁兆文先生。特别要感谢的是何昌喜老先生。创作过程中，无论遇到什么问题，我都会向他请教。何老先生特别严谨认真，也有文字功底，解答我的每一个问题，既言简意赅，又深入浅出，使我这个外行都能很快会意。感谢朱彩芹、王刘洋，他们母子的事迹宛若"月老"手里的那根红线，引领我走向森工，走向森工人。这条红线让我找到了《沾别拉》的主人公：杨春洛、高守利、葛丹，以及杨继业、杨石山、姜占林、曲二手、尤大勺等老一代森工人，也让我找到了以潘望、杨夏璎为代表的新时期森工人……感谢方正林业局的王男，以及方正的森工人，当我有需要，他们都毫无保留地伸出援助的手。

《沾别拉》初稿完成后，我又请何昌喜先生为其纠错。当我说出请求，何老先生欣然接受。读后，何老先生提出了问题，连错别字也在文本上做了标识。也就是说，他是《沾别拉》的第一个读者。

在此，深表感谢！

目　录

一

沽别拉是一条河，住在两岸的人都称它为大沽河。

坐落在大沽河左岸的龙镇，被山环水绕，林木繁茂，山野丰盈，居住在这里的人不仅长寿，还友好和睦。人们都说，龙镇是一块风水宝地，一条大直街就在龙脉上。

杨春洛家的祖辈，是龙镇土生土长的坐地户。从祖父杨继业开始，到父亲杨石山，就没离开过龙镇，没离开过辰清林业局。辰清林业局改称山河林业局后，杨家的后人也都是林业人。杨继业一生娶过两房女人，前房女人生了四个儿子，而填房女人姜淑娥一进门，接二连三地生了三个闺女、一个儿子。杨石山是老小，他一出生，就遭遇了家庭的变故。

父亲杨继业成了一个半截身子的人。

杨继业脑瓜活泛，十分能干。为养家糊口，他倒腾过粮食，为木帮伐过木，拉过"牛马套子"。膀大腰圆的杨继业，一顿能喝二斤烧酒，吃八块玉米饼子，死时两条腿却像是遭遇雷劈了的树杈，成了半截身子的人。和杨继业一起干活的林工，很少叫他名字，都叫他"杨大胆"，或者"杨头儿"。

日本关东军侵占东北，大小兴安岭的资源，宛若一块肥肉，不仅被来自各方的木帮惦记，还被日本鬼子觊觎。他们疯狂地掠夺粮食，对原生红松林更是垂涎三尺，一棵树都不想放过。日本鬼子像是饿急眼的狼，瞪着一双血红的眼睛，对所到之处进行"剃光头"的掠夺式采伐。这还不算，在原生林里，日本人还用"拔大毛"的方式，拣粗壮的树、挺拔的树、枝繁叶茂的树砍伐。他们还主张皆伐。森林，被小日本鬼子祸害得像是长了疥癣，生了斑秃一样。沽河两岸的人恨得咬牙切齿，骂他们不得好死。有人还趁着深夜，烧了日本人存放粮食的仓库，也烧了他们的贮楞场。

"一把火烧了狗日的日本鬼子，点他们的天灯！"

日本侵略者也知道中国人民恨他们，但他们仗着有枪有炮，对林工动辄打骂，对百姓更是严加防范。因此，百姓和林工平白无故地消失，也是常有的事儿。二战末期，日本鬼子溃逃时，要把一片原生红松林化为灰烬，林工们气得自发组织起来护林，杨继业自然成了护林的头儿。一个日本兵拎着一桶柴油，嚣张地说，他们带不走的东西，宁可毁了，也不给愚蠢的支那人留下。林工们扛着铁锹、木棒、撬棍，与他们对峙。

秋风飒飒，叶子如雨点般飘落下来。就在日本鬼子扬手要把柴油浇到树干上时，杨继业冲上来："占俺们山，砍俺们木头，临了还要毁俺们的山，灭俺们的林，砍死你们这帮狗杂种！"杨继业举起斧头，怒吼着朝日本兵劈过去，一斧头把拎着柴油桶的小鬼子脑袋开了瓢。刚刚还叫嚣的小鬼子，像一截木头直挺挺地躺下去，油桶砰的一声落到地上。

另一个日本鬼子，看到同伴倒下去，因惊恐而圆睁的眼睛死死地盯着他。他红了眼，转手一枪托砸向杨继业。小鬼子的枪托是照着杨继业的脑袋砸的，但杨继业人高马大，枪托砸到了他的胸口处。他脚下正好是一个陡坡，他往后闪躲时，脚下一滑，踩空了，像一根刚伐下来的大树，叽里咕噜地滚了下去。落到山谷时，发出砰的一声闷响。

林工们吼叫着冲过去。一时间，刀斧棍棒的撞击声，谩骂声，鸟儿凄厉的哀鸣声，野兽奔逃时发出的愤怒的嘶吼声，响彻山谷……保住了山林，林工们在布满石碴子的谷底，找到了杨继业。他身子蜷缩，两条血淋淋的腿弯曲着，黑红色的血凝成了冰坨，身上沾满枯叶和灰尘。他被抬回家，林工们直接在仓房里搭了木架子，把他放到木板上。

"准备后事吧。杨大胆死得硬气，死得值，俺们老哥们儿要风光地安葬他。"

刚出月子的姜淑娥，眼眶里饱含着泪光，冷峻地看着林工们，说："抬进来，放炕上。就算活不过来，也得让继业的身子舒展开，阴间的道远，还没有亮儿，他佝偻着身子咋走？"

林工们面面相觑，他们从没被一个女人支使过。他们不知所措："啊，嗯……"

看到林工们像一只只呆鹅，并没有要把杨继业抬进来的意思，姜淑娥脸色凝重地叫过前房的儿子："杨石、杨磊，带着弟弟，把你爹抬到炕上。"

四个儿子跑到院子里，很快，杨继业被儿子们抬了进来。看到躺在炕头，面色青白得像窗户纸的杨继业，姜淑娥的脸陡然红了，随后又惨白得没有一丝血色。手抖了，抽筋了，但她强迫自己镇定下来。她用一只手掰另一只手，手指终于不再痉挛，她的目光又落到杨石身上。

"老大，去把家里的烧酒都拿出来。老二，把炉子点着，把火墙烧热，再给灶坑架上柈子，别让秋风把炕抽凉。"

两个儿子又跑了出去，再跑进来时，一个抱着木柈子，一个怀里抱着两个酒坛子。

姜淑娥从线笸箩里拿出一把剪子，细心地剪开男人沾着血污的秋裤，剪开上身的夹袄。没了衣裳裹体的男人，前胸和脊梁骨处露出了多处擦伤，还有几条长短不一的伤口。大腿和小腿处，有几条血口子，左腿腓骨支了起来，右腿膝盖骨塌陷，小腿肚豁开有半尺长的口子，骨肉血淋淋地翻着。左脚的大脚趾翻着，小脚趾不见了踪影。

姜淑娥用一块兰花布盖在男人的腰上，遮住了私密处。她又拿过剃头刀，仔细地刮掉男人脑袋上乱草一样的头发。白皙的头皮裸露出来，脑袋上也有几道伤口，但都不深。

姜淑娥细心地用酒清洗男人身上的伤口，又让大女儿把粗盐粒子碾碎，用开水沏开。被烧酒和盐水清洗后的伤口，露出红红的肉和白刷刷的骨头。男人的身子，让人触目惊心，大女儿吓哭了，但她不敢出声。

儿子们也都低声啜泣。

姜淑娥端起酒碗，仰脖喝下半碗烧酒。辛辣从口腔滑向食道时，心口窝热辣辣的。她用手背抹了一把下颌，又端起酒碗，含在嘴里一口酒，噗的一声喷到男人的脸上。然后，从男人的太阳穴，搓到脖颈，又搓到心口窝，顺着心口窝一寸一寸地往下搓。烧酒让姜淑娥脸色红润起来，再加上她使出全身的力气，气血上涌，她的脸宛若一朵盛开的桃花。站在地上的儿子和林工们都目不转睛地盯着她。儿子们希望爹能在继母手里起死回生。

林工们都觉得她是白费力气。

姜淑娥顾不得投在她身上的期待和怀疑的眼神，恨不能生出一股神力，把男人从阎王爷的手里拉回来。

"继业，回家喝酒。继业，回家喝酒啊……"姜淑娥边搓男人的身子，边低声地召唤。她像是一个母亲，给受到惊吓的婴儿叫魂儿。她的声音温柔得像一只寻找被窝的猫，也像婴儿唤奶时的呢喃。

姜淑娥的额头，开始冒出细密的汗珠，身子也开始摇晃。从男人被抬进来，她没掉一滴眼泪，前一窝、后一块的儿女齐刷刷地站在地上，只有三岁的小女儿吓得缩在炕脚。出生才一个多月的杨石山，仿佛也知道家庭的变故，一双红红的小眼睛虚无地望着房笆，一会儿睡了过去，一会儿又醒了过来。

四个儿子和两个女儿，扑通跪到地上："妈——"

二

一场稀稀落落的清雪飘下来。龙镇，就有了肃杀之气。杨继业被抬回来时，天还阴沉着脸，晌午一过，天上的乌云就朝着西边翻滚过去。

龙镇明亮了，光芒齐刷刷地从木格栅的窗户穿透进来。

光，毫不吝啬地打在躺在炕上的杨继业身上，一张毫无生气的脸上就有了暗影。光也把女人笼罩住，她的脸就如同打了腮红。"老大老二别跪着，也别哭，上炕，用热盐水为你爹搓脚。"姜淑娥的声音像落在地上的钉子，发出铮铮的响声。杨石跑到外屋，端了一盆热盐水。兄弟俩跪到炕上，一人抱住爹的一只脚，为爹搓脚。

"使劲——有多大劲都别留着，把吃奶的劲使出来。"

一壶又一壶烧酒，一盆又一盆热盐水，游走在杨继业身上。开始，姜淑娥还坐着搓，后来，她就气喘吁吁地跪在炕上搓。汗水从她的头发里钻出来，把她的头发打成绺儿，又从额头流到脖子上，噼里啪啦地落到炕上。她被汗水泡上了。汗水和男人身上流下来的烧酒、盐水混合到一起，湿透了她的裤子。

太阳开始西沉，天渐渐地暗了下来。山里的夜，来得早。而今天的夜，有些迫不及待。

眼看着姜淑娥支撑不住了，大女儿和二女儿爬上炕，坐在她身后，用后背支撑着母亲。杨继业被揉搓得冒出了一丝热气，身子也渐渐地舒展。姜淑娥宛若一头拉磨的驴，细心地耕着这块她既熟悉，此时又十分陌生的土地。

"哼——嗯——"

姜淑娥终于听见了微弱的喘息声，她停住了手，扭头看男人。脸色如白纸的杨继业，依旧不声不响地闭着眼睛。她想可能是自己耳朵出了问题，她继续搓。"嗯——哼——哼——"姜淑娥竖起耳朵，像是听到了从遥远的天边滚过来的雷声——确定声音是从男人嘴里发出来的，她哇的一声哭了出来。

姜淑娥跪在炕上，双手推搡着杨继业："继业，你活了！继业——，你活了！俺们娘儿们有救了，继业啊——"她匍匐到炕上，悲痛地号哭。在外屋抽烟打盹的林工们，听见屋里女人的哭声，纷纷跑进来。

"大胆走了？杨头儿走了？俺们就说你救不活他，山谷那么深，摔下去咋能活？要是活了，真就是老天爷开眼了。"

"我爹没死，他活了。"杨石眼神里有惊喜，也有恐惧。

姜淑娥手抚在男人的心口上，她听到了他的心跳声。虽然微弱，却像是听到来自冰层下的流水声。"我就说你不能死，我就说你不能死嘛。你咋会那么容易就死了呢？你不光胆子大，还离不开俺和孩子。"姜淑娥又哭又笑地推搡着杨继业。

杨继业缓缓地睁开眼睛，又闭上，眨巴两下，又睁开："山火着了，还有救吗？"

杨石泪流满面地摇头："爹，山火没着起来，正好有一群拿枪的人经过，打死了日本鬼子。他们说，他们是抗联三军的队伍，他们刚在冰趟子那儿打了一场大胜仗，把日本鬼子打得哭爹喊娘。"

"哈——啊呀——"杨继业想笑，却痛苦地呻吟了一声。

杨继业活了，守在他身边的林工们都流下了眼泪。一起干活的林工们还不忘嘲笑他，说："你这家伙，死也离不开烧酒，离不开女人。要不是你女人和烧酒，俺们都给你埋到西山坡了，明个儿就是你圆坟的日子了。"杨继业咧了一下嘴，断断续续地说："俺这么大……大个儿人参，不用酒……用酒泡着，那还不干巴？哈——"杨继业努力地想笑，但伤口疼得他咧嘴抽气。

杨继业活了，但他的腿脚一点点地发黑，还散发出一股难闻的臭味。他开始高烧，烧得胡言乱语。姜淑娥一锅接一锅熬黄豆水，不停地给他灌下去，还把水泡过的黄豆嚼碎，糊在他青紫的脚上和腿上。很快，他的双腿就黑黢黢得像烧火棍，眼看都黑过膝盖了。姜淑娥哀伤地看着男人的腿，她想不通，这么拾掇，男人血肉模糊的伤口不但没愈合，流出的脓水熏得人不敢喘气，两条腿还越来越黑。她听人讲过黑死病，据说得了黑死病的人，没有活的。老鼠的嘴有毒，咬一口就能致命。姜淑娥心陡然疼了一下，男人跌下山谷时，一定是被耗子咬了。看来男人会从腿开始死，等这病到了胸口，他就活不下去了。一想到自己费劲巴拉地把男人救回来，可他又要走了，姜淑娥的眼泪噼里啪啦地掉下来。

"去给你爹请个郎中，好不容易把他整醒，他命再没了，咱们的日子咋过啊？"

杨石请来龙镇的殷郎中。殷郎中早就听说了杨继业的事儿，二话没说就去了杨家。推开房门，殷郎中差点被臭气呛个跟头。他憋着气，查看了杨继业黑紫的双腿后，沉重地叹了一口气："锯了吧，要不命怕是保不住了。"

锯腿那天，姜淑娥把三大碗酒，灌进烧得五迷三道的杨继业嘴里，又把一块白花旗布卷起来，让他咬着。一条腿锯下来，杨继业硬是一声没吭，就昏死过去。锯另一条腿时，杨继业又疼醒了，瞪着血红的眼睛，闷哼两声，再次昏死过去。醒来，昏死；昏死，醒来——杨继业的眼睛都快滴出血来。

殷郎中早已汗水淋漓，锯下杨继业的两条腿后，他呼哧带喘地跌坐到炕上。殷郎中脸色煞白，闭着眼睛歇了一会儿，又吃了一碗糖水卧鸡蛋。吃了鸡蛋，喝了糖水，他才有力气，拿起笔开了七服汤药，还包了十几包创伤药，嘱咐道："按时服药，按时上药。"

殷郎中出门时，脚下磕磕绊绊，要不是杨石和杨磊架住了他，他差点被门槛绊倒。送走了殷郎中，四个儿子把两截如过火木头的腿，用白花旗布裹起来，埋到前房女人的坟旁。儿子们告诉他们的生身母亲："妈，俺爹的两条腿先来陪你了。"

姜淑娥把药汁一勺一勺给男人喂下去。

"咽下去，别糟践了啊。刚从阎王爷身边溜达一圈，咱不能再去了。阎王爷很忙，你不要给他老人家添乱。你是男人，要有男人的样儿。你在俺心里是顶天立地的爷们儿，不能说倒下就倒下……"她像是哄孩子，又不忘讨好阎王爷。

杨继业的高热渐渐地退了下去，创口也开始结痂。除了让他喝黄豆水，女人还把炜得稀烂的黄豆捣成泥，用盐和香油拌了，给他喂下去。杨继业一点点还阳。这天早上，他喝了女人做的蛋花疙瘩汤，使劲地吧唧了两下嘴，无限感慨地说："阳间的饭真香啊。"他盯着姜淑娥的脸，"你瘦了，都有黑眼圈了，但还是那么好看。"

"嗯，瘦了好，身子轻松，给你翻身擦身也轻便。"姜淑娥莞尔一笑。

只剩了半截身子的杨继业，活了下来。他依旧大碗喝酒，大口吃饼子。

三

姜淑娥奶大了杨石山，也精心地伺候男人。

曾经一起拉套子的人，私下议论，说杨头儿不仅找了个给他焐被窝、陪他睡觉的女人，还给自己找了个奶妈。听说杨大胆的双腿被锯掉后，姜淑娥就果断地给小儿子杨石山戒了奶，把奶头按进男人的嘴里。传言还说，要不是喝了女人的奶水，杨大胆根本就活不下来。而姜淑娥被吮吸得面黄肌瘦，不到三十岁就得了大骨节病，两条腿支棱得像烧火棍，一股风都能把她吹跑。但殷郎中说，她可能小时候就有大骨节病，只是症状比较轻。经过这么一折腾，病状就显现了。

这年开春，有些诡异。

冬天仿佛是一个无赖，说啥都不走，进了五月，才刮起了大风。人们脸上露出欣慰的笑，一场春风一场暖，这下春天可真的来了。可是，刮了几场大风后，有天午夜，天上竟然飘起了雪花。天刚蒙蒙亮，大雪就像鹅毛一样，翻着跟头从天上落下来。这一落，就下了一天一夜。

刚见暖意的山，又冷飕飕地银装素裹起来。

五月中旬，风还凛冽，睡了一冬天的树，沉浸在冬眠里迟迟不醒。人们的棉衣都没脱下去，出来进去还都缩着脖，抱着膀，进门搓着手骂："都啥节气了，还这么冷，这老天爷又耍啥淫威？"

那晚，杨继业蜷缩在被窝里，贪婪地看着儿女，嘴角扯出一丝笑意："赚了，赚了十八年，看着你们长大，看着你们成家，看着你们生儿育女，怎么说都值了。"他瘦骨嶙峋的手，抬了几下，最终也没力气抚摸到姜淑娥的脸，就软塌塌地垂了下去。杨继业死在这场极为罕见的倒春寒里。

有人说，给他打一个木匣子吧，他就剩半截身子了，没必要浪费木料，反正埋到土里也是腐烂，再做块石碑立到坟前，日后儿女有个烧纸的去处就行了。杨大胆这辈子值了，多活了十八年。当年和他一起干活的林工，好几个都没活过半截身子的他。姜淑娥神色凝重地摇头，说不能委屈俺男人，棺材小，躺进去憋屈。别看继业只剩下半截身子了，但要按照他原来的身高，为他打一口足尺寸的棺材，还要梨木的，再给他做两条松木腿装上。

杨石、杨磊兄弟俩不仅是成手木匠，还远近闻名。杨石先为他爹做了两条松木腿，双脚也是按照他爹的尺码做的。

"妈，你看俺爹的腿咋样？"

姜淑娥先是仔细地打量男人的松木腿。两条松木腿不仅光滑，还粗壮，那双大脚不仅厚实，还像蒲扇一样，连筋骨都清晰可见。

"啧、啧，真好。嗯，是你爹的腿，是你爹的脚，只是没有腿毛。你爹的腿毛可密实了，像咱家后园子里刚长出来的小葱。"姜淑娥又啧啧地咂嘴，"不能让你爹没腿，被他劈死的日本鬼子，一定嫉恨着他，他们就等着你爹去报仇呢。你爹没有腿，以一抵俩，怕是打不过，更何况他们有一大帮人，咱家那边又没人帮他。你爷你奶太老了，帮不了你爹。"她嘴角荡漾着笑容，翻来覆去地看着松木腿，又啧啧地夸赞一番。

被继母夸赞，杨石有些得意。他为他爹打造的棺材，也堪称一件艺术品。

杨石不让匠人在他爹的棺材上，为其画油彩画。他说花里胡哨的，像啥样子？杨磊亲手在棺材两侧雕刻上祥云纹，又用浮雕和透雕等手法，雕上了龙穿牡丹。刷上大红油漆和亮油后，棺材头上中间的"寿"字格外显眼。四月十六这天，杨继业下葬，儿孙们把杨继业抬上西山坡。他的棺椁刚下到挖好的穴坑里，姜淑娥拐着腿来了。

"等一下。"

人们扭过头。

"把这个给你爹带上，省得他没有家伙什儿，打不过小鬼子。"她让儿子把一根铁扎枪放到坟里。

儿孙们慌忙跪下,请她回去。按照风俗,妈不能来送爹。姜淑娥扑哧笑了,笑得十分诡异。她也听劝,转身一拐一拐地下山了。

杨继业不白活,活着时没遭罪,女人把他伺候得舒坦;死了也风光,满堂的儿孙把他体面地送走了。就冲那口棺材,不但活着的人羡慕,死了的人都恨不得重死一回。

秋风刚起,刚搭五十岁边的姜淑娥,在睡梦中离开了人世。人们惋惜地感叹,这个女人活着为男人,死了也为男人。她一定是怕男人打不过小鬼子,着急去那边帮男人一把。杨石又为这个比他年长几岁,却为杨家操劳一辈子的继母,打了一口梨木棺材。棺椁上的雕刻,换成了凤穿牡丹。

儿孙们披麻戴孝,隆重地为姜淑娥送了终。

看到姜淑娥的棺材,龙镇的人都说,杨继业两口子睡的不是棺材,而是宫殿。

沾河如一条天上落下来的银色玉带,一路激流,跳跃着前行。被山峦环抱着的大沾河,两岸树木丛生,数百种野生植物交错,开花的树,开花的草,竞相斗艳。山谷中回荡着鸟的啁啾,动物的叫声,大沾河仿佛镶嵌在明亮的绿宝石中。被米汤喂大的杨石山,五岁以前,像个癞瓜瓢,整日喊饿。三个姐姐这个给一口,那个给一口,把他喂大了。十八岁的杨石山,还瘦得像一根柳树枝。

"长了爹一样的大个子,却瘦得皮包骨。"大姐一说起这个被她喂大的弟弟,脸上就挂着忧戚的神色。

1958年,辰清林业局在孙吴的辰清镇筹建,二十岁的杨石山进了林业局。为了全面开发小兴安岭,次年,辰清林业局与孙吴林业局合并为山河林业局,迁到龙镇。山河林业局的施业区也围绕着大沾河,杨石山在林场干了几个月的杂活,又到林场贮木队干了两年,瘦弱的身子骨逐渐健壮起来,像极了父亲杨继业。二十二岁这年,他被调到了木沟壑林场采伐队,跟着师傅刘昌明学徒。

刘昌明对徒弟很挑剔，不能吃苦的不要，身子骨不硬朗的不要。哪怕是打个小牌，耍个小钱，酒后耍酒疯的，他也不要。林场的小年轻，都以做刘昌明的徒弟为荣。杨石山能成为他的徒弟，哥哥都为他高兴。他们叮嘱他，跟刘师傅好好学。伐木是一门手艺，学会了伐木就能养活一家老小。有了伐木手艺，将来才能养活老婆孩子。大沽河不能干涸，大山也不能跑，学会了伐木，就能活一辈子，埋在土里的爹妈也就能放心了。但大姐似乎不太愿意，她说，石山跟大哥二哥学木匠多好，在山里伐木太苦。杨石山摇头，说不想学木匠，龙镇有大哥二哥就行了，龙镇不缺木匠。

杨石山没辜负哥哥们，也没让刘昌明失望。

四

刘昌明是辽宁岫岩人。兄弟姐妹中，他排行老三，乳名三儿。

十四岁那年，一支扛着枪炮的队伍，从他们堡子路过。一群半大孩子跟在部队后面看热闹，他也在其中。走着走着，天就黑了下来，别的孩子掉头往家跑，而刘昌明却执拗地跟在队伍后面。队伍走到东港，停下来休整，一个士兵发现了他，问他怎么跟出这么远。他说："我想穿你的衣裳。"士兵笑了，说："俺们脑袋都掖在裤腰上，脑袋掉了，你都没知会儿。你不怕死吗？"刘昌明笑了，说："我躲弹弓可厉害了，就算连发，我都能躲过。"士兵也笑了，说："我叫闵学范，你叫啥名？"不等他回答，闵学范顺手塞给他一块饼子，"饿了吧？"

刘昌明接过饼子，狼吞虎咽地吃起来。

一个骑马的人路过，看到他的吃相，惊叹了一声，问队伍里怎么还有老百姓。闵学范双脚并拢敬个礼："报告首长，他从岫岩跟到这里。"

"哦——"首长从马上跳下来，上下打量着刘昌明，"想当兵？"

他咽下嘴里的饼子，打着嗝点头。

"那好，跟我走吧。"

刘昌明一个高儿蹿到首长的马前，拉起了缰绳。

"蛮机灵的小孩嘛。"首长笑了。

刘昌明后来才知道，他所在的部队是东北陆军第三纵队。他给首长当了七年通讯员，下到连队担任副排长、排长、副连长、连长。而闵学范早已是连指导员。他们所在的部队一直在嫩江、牡丹江还有辽吉、辽东等地带活动。后来，刘昌明在新立屯战役中受伤，转业到山河林业局，任木沟鏊林场副场长，想不到接他的是比他早两年转业的闵学范。他在木沟鏊林场担任场长。老战友相见，久久地拥抱在一起。

可是不久，人们就听到他们激烈的争吵。

山河林业局开展"生产大会战"，各个林场都不甘示弱，有的林场还组建了"铁姑娘伐木队"。木沟鏊林场是山河林业局最大的林场，砍伐季一开始，刘昌明说啥都要带队进山。闵学范不同意，说他对山里情况不熟悉，不只伐木危险，生活也艰苦。就他那一身伤，也受不了深山老林的寒冷。此外，还要有伐木工作经验……刘昌明脸红脖子粗："女人能干的活儿，我咋就不行？我虽然没有伐木工作经验，可我有战场带兵打仗的经验。再说，国家建设需要木材，前线坑道需要木头，铁路建设需要枕木……"刘昌明大喊大叫，唾沫星子溅到闵学范的脸上。

两个老战友，像两头顶架的牛，谁都不肯退半步。最终，刘昌明摔门而出。闵学范坐在椅子上，气哼哼地喘粗气。下午，他就收到刘昌明辞去副场长的申请。他在申请中说就做伐木工。闵学范太了解这个部下了，只要是他认准的事儿，十条绳子也扯不回来。

在山里伐了两年木，刘昌明成了全局闻名的伐木工，后来娶了龙镇的姑娘，生儿育女。

山里的冬天来得早，九月中旬，地里的庄稼、山上的树，就露出萧索之气。着了霜的仙鹤草、唢呐草、透骨草，弯腰驼背，耷拉着脑袋。那些没被采走的党参、桔梗、独活等草药，也匍匐下身子。生命走进了尾声的它们，似乎在哀叹命运不济，同伴们都能进药铺子的药匣子，而它们只能等到春风再起，大地解冻，才能再一次用尽全身力气，迸发出蓬勃的生命，等待人们把它们揽进怀里。恐怕又是一场空等。

谁知道呢？命运的事儿，谁都说不好。

刘昌明很得意杨石山，培训时就发现这个徒弟除了脑瓜聪明，干活有灵性，还有眼力见儿。刘昌明说这拨徒弟里，大师哥姜占林有才能，遇事沉稳，将来能成帅才；石山更是可造的材料，这小子脑子爱寻思事儿，心里还装事儿，将来准是栋梁。姜占林也喜欢杨石山——不多言多语，人正直，还踏实能干。

杨石山跃跃欲试，就想早点上山，把师傅教的和他学到的能耐使出来。他还没见识过真正的伐木，不知道二三十米高的大树，是如何被伐倒，又是如何变成原条的。经过一个多月的培训，他大致了解了原条从山上下来，要经过伐木、打枝、集材、归楞、装车、运输等几道工序。他还是想亲眼看到大树从山上下来时壮观的场面。

日后，他就要做一个像师傅那样的伐木人。

父母相继去世，没给杨石山留下家底，除了三间老房子，就没啥了。吃饭，他多半都是在大姐家。二姐和三姐，一个嫁到孙吴，一个嫁到大兴安岭，孩子多，家务重，她们很少回龙镇。偶尔，他也到几个哥哥家蹭饭。但哥哥们的年岁都不小了，他们的孩子也相继成家，他这个小叔出来进去，着实有些不方便。

这几年，杨石山像一个流浪儿，他也过够了游荡的日子，就想快点进山。一个采伐期，他要在山上待一冬天，他愿意和工友在一起。据说，采伐也挣得多，山上有高寒补助费。挣了钱，将来娶个老婆，也像哥姐，进屋有口热乎饭吃，出门有人惦记。这些都是大姐灌输给他的。

因此，培训一结束，他就早早地打好了行李，急火火地等着进山。

辰清林业局成立之初，就迅速取缔了日伪和华人经营的官、私办伐木组织。在小兴安岭区域内，设立了林务分局，分局下设林务所，开始了有计划的采伐生产。辰清林业局改成山河林业局后，面临的生产任务空前繁重。当时不只是大山被日本鬼子掠夺得千疮百孔，多年战争，百废待兴。铁路急需枕木，建桥急需木头，盖房急需木料，备战也需要板材和圆木，而林业局更急需工人。所以，杨石山他们这批年轻人，补充到采伐段上时，林业局的生产气势也高涨起来。

刘昌明说："这下好了，来了一帮脑袋顶上冒着热气的年轻人，咱们的生产一定能上去。"

知道杨石山要进山，大姐就泪水涟涟。她为这个最小的弟弟做了厚棉袄、厚棉裤。只要看见他的影儿，大姐就絮叨："伐木不是你想的那么简单，挨饿受冻是常事儿。山上还啥邪性事儿都有。你没听人说吗，有被'吊死鬼'伤着的伐木工，被'回头棒'砸破脑袋的人也多的是，甚至有人还被"坐殿"的木头砸死、砸伤。轻者，不能伐木了，在山下干点零活，有的连零活都干不了；重者，常年窝在炕上等死。爹妈都走了，留下咱们八个。哥哥们都老了，你又最小，你要是有个磕碰，让俺们如何去见爹妈？再说，山里的寒气大，最先伤的就是腰腿关节，还有胃口。你姐夫还不是干了两三年就下来了，现在落了一身病，胃疼得吃不得粗粮，干不了重活不说，还得人伺候。家里哪来那么多细粮给他吃……"大姐不认为伐木是手艺，她一直主张，让石山和大哥二哥学木匠，木匠才是手艺。会手艺活，到啥时候都饿不着。杨石山摇头，说："大姐，你又来了。我都说了，我干不了木匠活，大哥和二哥他俩把木匠活干得快赶上鲁班了，我没那个耐心。"

杨石山还记得大哥和二哥给爹妈打的棺材，他俩对棺材的尺寸、外形和图案都有讲究。二哥还把棺材里也打磨得没有一根毛刺。他只要一想爹妈，最先想到的一定是爹妈的棺材，梦里也常看见爹妈住在宫殿一般的棺材里，十分高兴。

大姐的话，杨石山听进去了，也没听进去。他觉得做伐木工是挺好玩的事儿。大姐说话，总是往邪乎里说，师傅都在山里干了半辈子了，人家也挺好。再说，他是公家人，公家人就要服从安排，听从分配。杨石山做伐木工的主意已定，开弓没有回头箭。

五

大沽河刚结了冰碴儿，刘昌明就通知杨石山准备上施业区。

他带的这支采伐段有五十多人，今年的施业区，是木沟壑辖区的雀儿岭。海拔六百多米的雀儿岭，山势陡峭，经过林场技术人员的森调，这里没有遭遇过木帮零散的盗伐和日本人的皆伐，还属于原始林。雀儿岭的红松棵棵高耸挺拔，枝叶也繁茂。林业局经过几次会议研究，才决定对雀儿岭开始采伐作业。林场之所以把雀儿岭施业区交给刘昌明这个段，除了因为对他的信任，还因为他的采伐技术和经验都堪称一流。

他带的队伍里，也个个都是采伐能手。

采伐开始，林业局召开誓师大会。刘昌明带着姜占林和杨石山参会。他俩也是木沟壑林场的青年代表。会后，杨石山兴奋地跑到大姐家，跟大姐说："大姐，我是青年伐木工的代表，今天还参加了局里的誓师大会。"

大姐笑出了泪花，但眼里的担忧也溢了出来。

第二天，杨石山背着行李和生活用品，到场部集合。场部的场院里人头攒动，除了上山的伐木工，还有送行的家属。场院里插着五彩旗，孩子们在旗下钻来跑去，女人们叮嘱丈夫的声音和吆喝孩子的叫声此起彼伏。背上驮着东西的马，不安地打着一连串喷嚏，有的马还不断地扬起脖子嘶鸣。场长闵学范走出来，通讯员递给他一个广播喇叭。闵学范说话快，腿脚也灵便。从办公室一出来，他就跳上一垛木楞上，清了清嗓子，开始讲话："同志们，为了多快好省地建设社会主义，我们要鼓足干劲，力争上游，多快好省地生产……""冬季采伐开始"这句话音一落下，队伍就在锣鼓声中浩浩荡荡地出发了。

"昌明，国家急需木材，咱们林场的生产，就看你们了。"闵学范握着老战友的手，使劲地摇晃。

刘昌明指着两个麻袋，让杨石山背上。杨石山把麻袋扛到肩上时，闻到了肉香。他疑惑地看着师傅，师傅用眼神制止了他。杨石山还看见大师哥手里拎着一只大红公鸡，身上还背着两个大坛子。公鸡在他手里咯咯地叫，要不是被他掐着膀子，一定逃之夭夭了。杨石山知道，长他三岁的姜占林，十八岁就进了林业局，家里也是龙镇的坐地户。他也是师傅一手带出来的，是他们这拨徒弟中最年长的师哥。他之前在集材队，因为采伐工段缺人，他响应场部号召，投身到刘昌明的门下。杨石山与大师哥最谈得来，他瞥一眼师哥，眨了两下眼睛。他想，今天开伐，师傅一定是想给大伙儿改善伙食，一想到上山有鸡吃，有肉吃，有酒喝，他不由得吞咽了一下口水。

队伍向雀儿岭出发。

十月初，小兴安岭的日常气温就有零下二三十摄氏度，西北风像刀片似的刮在脸上，裸露的皮肤刺疼。听说伐木工一冬天下来，脸能脱下两层皮。为了不被严寒侵扰到骨头，伐木工都穿着厚厚的棉袄棉裤，戴着狗皮或者狐狸皮帽子，脚上的大头鞋壳里还垫着乌拉草。大头鞋扛磨，还扛踢。有人还打着绑腿，省得往裤腿里钻风。由于穿戴厚重，肩上又扛着东西，再加上山路难走，伐木工走路时，像黑瞎子似的吭哧，走上一段路，就累得气喘吁吁，一会儿就大汗淋漓了。山风吹过来，汗就像看见猫的老鼠，倏地下去了，但周身像是被芒刺扎了一样难受。没一会儿，汗又起来了。

通往雀儿岭的山路，奇形怪状，石砬子遍野。山上本没有路，伐木人走过后，才有了路。小路上长短不一、宽窄不一、如蛛网般的裂纹，纵横交错地向四面八方爬行。因此，人马行得很慢。他们爬上雀儿岭时，正午的太阳已经越过头顶了。杨石山后悔听了大姐的话，早早地把厚棉衣裤穿到身上。厚棉衣裤禁锢了腿脚，走路不灵便，再说也没像大姐说的那么冷。

爬到山上时，他们出了几身汗，也消了几身汗。

山上早有了积雪。在一片相对平坦的缓坡上，刘昌明站住了，看了一下周围，说就在这里扎营吧。伐木工们纷纷卸下肩上的东西。马背上的东西也卸了下来。杨石山发现马匹全身都是汗，一歇下来，马匹身上就结了一层白霜。他心疼地拍了拍马的脑门，把半袋子草料倒出来，让它们饱饱地吃一顿吧。山上的气温，与山路上的气温截然不同。杨石山感到了刺骨的冷。工友们先清理了杂草和枯叶，又平整了石块，然后开始刨坑埋杆搭帐篷。

傍晚时分，半下窖的棉帐篷就搭好了。室内，两排木板大通铺也架了起来。

尤大勺把锅灶埋好，又烧了一锅热水，和了泥。铁炉子在帐篷的地中间立了起来，铁炉桶四圈糊上厚泥，伸到如洞口一般的窗外。

人们这才松口气，总算有地儿吃饭，夜里也有地儿睡觉了。

杨石山和姜占林的行李，被安排在通铺的把头位置。姜占林把他的行李挪过来，说："我靠边，你身子骨嫩，我能为你挡风寒。"杨石山咧嘴嘻嘻地笑。姜占林捣他一拳："傻笑啥？"

晚饭是苞米面干菜粥、苞米面贴饼子。杨石山实在是累了，爬了大半天的山，中午在背风的半道上吃了两块饼子，喝了一壶冰凉的水，又刨土挖石，搭棉帐篷，肚子里早就空空如也。晚上，他迫不及待地喝了两碗菜粥，吃了六块饼子，啃了半个咸芥菜疙瘩。一抹嘴，他就钻进被窝。而姜占林都快半夜了，才爬上铺。

"你小子睡得倒快，真是没心没肺。俺们忙着明早的祭祀，你却睡大觉。"姜占林钻进被窝，"睡吧，师傅没让你，说你是小孩子，对这些事儿还不懂。"

杨石山没听清师哥说啥，咕哝了一句："困，眼睛都睁不开。"翻身又睡了过去。姜占林笑出了声。

阴历八月二十八，太阳刚爬上树梢儿，白花花的光从树冠的缝隙透进来，祭山仪式开始了。

刘昌明走到山崖边上，在一棵有三十多米高的红松下站住。他弯下腰，用手把树根下的积雪扒开，裸露出石土。他招呼杨石山，让他搬两块稍平整的石头，垫在树根下。他打开麻袋，拿出一块红布，铺在石块上，又把另一条麻袋里的猪头，烀熟的方肉、猪蹄、猪肝，还有白面馒头、干豆腐、烧酒等依次摆好，再把香烛插好，划火点着。

这些活，师傅不让徒弟们插手。

他从姜占林手里接过那只大红公鸡，公鸡似乎知道将走上祭祀的路，惊慌地蹬腿，还拼命地咕咕叫。无奈，它被一双大手牢牢地掐着。刘昌明从腰里抽出一把短刀，一刀下去，鲜红的鸡血就从鸡脖子里像一条红线似的溅出来。师傅把滚热的鸡血淋到松树干上。公鸡也被扔到树根下，它扑腾几下，发出一个长音就断气了。师傅又倒一大碗烧酒，伐木工们也点燃三炷香，齐刷刷地跪下，举香过头。

刘昌明跪在最前面，把酒碗举过头："一拜山神，保佑上山下山都是安全路；二拜山神，保佑开锯顺遂平安；三拜山神，保佑伐树都是顺山倒。"

刘昌明喊一句，工友们齐声附和一句，五十多条汉子，气血足，声音厚。他们铿锵的声音，在山谷中回荡。山鸟被惊得噗噜噜飞起来，雪粒飘下来，落到后脖颈里，凉凉的。不怕人的山鸡，从人的脚边走过去，在山崖处站了一会儿，又咕咕地叫几声，也噗噜噜地飞走了。

沉寂的大山，有了人气。

杨石山第一次经历祭山，觉得好玩。要不是姜占林瞄他几眼，他或许能笑出声。

师傅起身围着松树转了一圈，把酒洒到树根下。

六

　　祭祀仪式完毕，刘昌明走到另一棵红松下，用手把树根周围的积雪和腐叶扒开，举起板斧在树根下砍了一个楔子形的碴口。他对伐木工们说："过去伐根，都在六七十厘米，从这个采伐季开始，以后每一棵伐根，都不得超过十厘米。"

　　说完，他沉稳地从姜占林手里接过一把弯把子锯。刺啦刺啦的锯声响了起来。虽然原生林树木茂密，但凛冽的山风依然穿透了树枝，树枝就在风中沙沙作响，伐木工们热气蒸腾的脸又痒又疼。杨石山既紧张又激动，觉得师傅非常厉害，几十米高的大树，在他的锯下像一个俘虏。随着乳黄色的锯末不断溢出，师傅头上的汗也顺着脸颊流下来，滴落到领口处，淌到衣襟上，和冷风相遇，就结成亮晶晶的冰珠子。嘴里哈出来的气，也结了霜。刺啦刺啦——当树根两面的锯口只剩下手指头粗的连接时，师傅站起来。姜占林再次走上前，招呼杨石山，他快步跑上来。

　　"石山，你推这侧。"姜占林看着师弟，"听我的号子声，使劲推。"

　　"顺山倒，顺山倒啦——"

　　伐木工们的吼声，打破了雀儿岭的寂静，鸟儿噗噜噜飞起来时，还惊恐地鸣叫。杨石山第一次看到，一棵一抱多粗的红松，在号子声中顺山倒了下去。他感到脚下在颤动。看着倒在山坡下，树枝还在颤动的大树，他激动得差点儿掉下眼泪。他仿佛看到一头黑熊，被师傅制服了。起初，他还为师傅捏了一把汗，这会儿他又为师傅竖起了大拇指。他第一次感受到，无论大树是站着还是倒下，在它面前，人是那么不起眼儿，小得像一棵草。

　　而大树在师傅面前，又是那么顺溜。

一个多月后，杨石山不但适应了啃冻窝窝头，吃干菜，吃冻成坨的高粱米饭，还学会了烤棉衣裤和鞋袜，也适应了山里刺骨的寒风。他的脸开始皲裂、脱皮，手脚也生了冻疮，裂出一道又一道像小孩嘴似的口子。为了抵挡风寒，伐木工们都不剪头，两个月后，伐木工们个个都像野人。

　　杨石山能独立伐木了。但刘昌明不放心，给徒弟当了十几天助手，才微笑着把弯把子锯交到他手里。

　　这个采伐季对杨石山来说，是一次淬炼。大山把他从一个青涩的小伙子锤炼成一个成熟独立的伐木工。姜占林搂着他的肩膀，一本正经地看着他："男人，是被女人炼出来的；伐木工，是被大山炼出来的。师弟，伐木这一块儿，你成了。"看师弟愣眉愣眼地不知所以，姜占林扑哧笑了："等明个儿有了女人，你就知道了；等你当了几年伐木工后，开始带徒弟，你就懂了。"此时，姜占林也开始带徒弟了。

　　看着师哥神秘的笑，杨石山也跟着笑。

　　这一冬天，对刘昌明来说就没那么轻松了。工段长既带徒弟，又带队伍。在他心里，每一个伐木工都是妈生爹养的，他把一个个生龙活虎的人带上山，也要把他们囫囵个儿带下山。毕竟伐木不是轻松的活儿，安全最重要。早在上山前，他就喋喋不休地举例子，给新伐木工们讲安全问题。他说大山有神灵，大山恩赐我们很多东西，大山养育了我们，我们就要爱护它、保护它、尊重它——采伐时每一道工序都暗藏危险，特别是原生林的大树，枝杈浓密，作业时穿得又厚，行动自然而然地会受到一些限制，稍不留神就会被枝杈刮倒。轻者只是皮肉受些苦，严重的就有生命危险。伐木前，一定要判断好方向，伐完要及时避开。若是倒下的大树与周围的树枝缠绕在一起，有的会当即折断，有的则悠荡着悬挂在半空中，这时候就很危险了，因为你无法判断它在啥时候折断，啥时候落下来。遇到这样的情况，一定要冷静，千万不能慌，更不能冒险，或者自作主张地把树钩下来。要先查看周边的地形，再依据风向……除了作业时的危险，还有更大的潜在的凶险，那就是野兽。原生林的老虎、熊瞎子、野猪随处可见。狼和老虎可怕，野猪更可怕。野猪吃人都不吐骨头。

上山后，刘昌明也利用晚上吃饭或者睡觉前的时间，用实例讲安全问题。

他回忆起几年前发生的一件事儿。那天，太阳都落下去了，作业的伐木工也陆续收工了。王家驹看天还没黑透，就想再伐一棵，旁边的那棵落叶松也仿佛在召唤他。于是，他再次坐了下来，开始伐树。眼看就要把那棵落叶松锯透了，他忽然听到身后的林子里传来哗啦哗啦的声响，下意识地扭头看，吓得差点儿叫出声。一只老虎朝他走来，他吓得大气都不敢喘，呆愣了好一会儿，才悄悄地起身躲到树后。而那只老虎不知道听到了啥响动，突然跑了。躲在树后的王家驹，吓出一脑门子汗，他怕老虎再返回来，就用手里的弯把子锯猛敲，想通过响声把老虎吓走，把工友们叫回来。

山里的响动，总是让人毛骨悚然，当当的声响没叫回工友，却把老虎叫了回来。老虎张牙舞爪地扑了过来，他再次闪身藏到红松后面……要不是夜色的遮掩，要不是工友赶了过来，说不定他就成了老虎嘴里的食物。王家驹被老虎吓破了胆，从那以后，他不敢独自出门，老是一惊一乍，觉得身后有东西跟着他。晚上，他连撒尿都得有人陪着。

那个采伐季，刘昌明操碎了心，作业时，他总是盯着王家驹，怕他精力不集中，有啥闪失。事儿一忙起来，他就让徒弟跟着王家驹。砍伐季一结束，他就打报告，说王家驹年龄不小了，关节炎还严重。场里经过研究，把王家驹调到了后线工作。

王家驹拱手感谢他："刘段，俺除了身体，也不只是身体，是精神出了问题，老是一惊一乍，晚上睡觉也不好，白天老是恍惚。"

对于杨石山来说，这个采伐季过得很快。人们打点行李准备下山时，他还咂嘴："啧，咋这么快就下山了？"尤大勺看着他笑，说："你是初生牛犊不怕虎，还是嫩，早晚有一天会扛不住，吵着闹着要下山。"杨石山瞥了尤大勺一眼，说："你不过比我早几年进山，就像个老家贼似的叨叨。"他的话把尤大勺逗乐了，尤大勺眯起眼睛看杨石山，叹了一口气。

"唉，我要不是年轻时逞强，伤了筋骨，腿脚不听使唤，咋能抢大勺做饭？"尤大勺看着他，"你可千万别学我，千万别辜负段长。只有保护好自己，才能在山上多干些年。"

采伐季结束，刘昌明带队下山了。当人马从山上下来，他才从心里轻松了。

七

杨石山直接去了大姐家。

事实上，大姐早就知道他今天下山，从晌午盼到下午，又盼到傍晚。大姐包了萝卜肉馅儿蒸饺，做了小鸡炖蘑菇、粉条，酱炖豆腐。蒸饺刚端上桌，她就看见杨石山从门外进来，差点儿扔掉手里的粗瓷大碗。她哇的一声哭开了，杨石山拉着大姐坐到炕沿上："哭啥呢，我这不是好好的？"

大姐好不容易止住了哭声，眼泪汪汪地盯着弟弟，他脸上黑一块，白一块，没脱掉的黑皮有的起了壳儿，有的还贴在皮肤上。一冬天，寒风就给他白净的脸打上了烙印。大姐啜泣着说他壮了。杨石山嘻嘻地笑，说山上挺好，喝着雪水，吃着干菜、咸菜，啃着冻窝窝头，有时候还能吃顿野味，工段里的人心很齐。看到一根根红松被运下山，他们都特别开心，一点儿都不觉得苦。晚上睡觉，大伙儿挤在一起，可暖和了。

杨石山瞥了一眼饭桌上冒着热气的蒸饺，咽口唾沫，说："俺们在山上吃了好几次野鸡肉、狍子肉。手电筒一照，野鸡就把脑袋扎进树棵子里，肥胖的屁股露在外面，还咕咕地叫。"他呵呵地笑起来，"野鸡可真是顾头不顾腚的家伙，一抓一个准儿，一抓就是一窝。狍子肉蘸盐面吃，那是真香啊！"

杨石山眯起眼睛，仿佛又吃了狍子肉。大姐被他逗笑了。姐夫从外面进来，他看一眼姐弟俩，问他们干啥呢，又哭又笑。

大姐斜了姐夫一眼，起身去了外屋。

"石山，陪你姐夫喝点儿，也解解乏，今晚就别回去了，睡这儿。明个儿姐去把家收拾收拾，再烧烧炕，你哪天想回去再回去，不想回就在姐家吃住。"

夏天，伐木工在山下休整。除了林场的工作，伐木工们也都趁着空闲，开荒种地。杨石山在房前屋后种了芥菜、茄子、土豆、辣椒、豆角、西红柿。再上山，吃的用的，就不用让大姐帮忙准备了，他还跟大姐学晒干菜。一夏天，杨石山的脸上黑皮和痂都掉了，手上的老茧不但没软，反而更硬了。他自己也学着做饭，可笨手笨脚，做菜时不是忘了放盐，就是放两次盐，有时候还把没洗的菜放到锅里。贴的饼子，没一次成功，不是出溜到汤水里，就是贴到锅沿上。他对大姐说："算了算了，我不学了。我手大，只能伐树种地，屋里的活儿我干不了。"大姐笑，说他天生是个爷们儿，这些活儿学不会也没人笑话。

师傅经常叫杨石山去家里吃饭，说他天天来吃饭都行，也不差一双筷子。师娘对他好，只要他去，就变着法做可口的饭菜。师哥也叫他去家里吃饭，嫂子贴的饼子又甜又暄。他也不客气，一顿吃五六块饼子。师哥的大女儿刚两岁，嫂子的肚子就又大了。每次看到他，嫂子就笑，说："石山，你要是相中谁家闺女了，嫂子上门去给你说媒。快点儿成个家，哥哥姐姐们岁数都大了，你有着落，他们才放心，也省心。"

姜占林笑着说："你可真是瞎操心，我看师傅和师娘相中石山了，欣茹也有意思，只是咱们这个师弟有点儿榆木脑袋。"

杨石山嘴里的饼子还没来得及吞咽下去，他半张着嘴看着师哥，若有所思地眨巴两下眼睛，低下头，继续吃喝。

采伐期一到，杨石山又跟着师傅上山了。这次他不但背着粮食、干菜、咸菜、烧酒，还背了两只鸡上山。

刘昌明笑眯眯地看着他，说："行啊，小子，知道过日子了。你可别把鸡养得剩一把骨头。山上的大雪天，人吃得都不咋样，鸡吃啥？"杨石山嘻嘻地笑，把师傅的行李拿下来，放在自己的肩头，说："让鸡自个儿刨食吃。不管咋的，鸡有油水。实在没啥吃的，鸡骨架也能解馋。要是谁生病了，熬个鸡汤喝也不错。"杨石山还带个手电筒,他想好了,没事儿照只野鸡啥的,吃肉喝汤。尤其是师傅,都五十岁的人了,要是能吃好点儿,师娘也放心。

　　杨石山怎么也没想到,这个冬天爬上雀儿岭的刘昌明,像一棵树一样倒了下来。

　　这个采伐期一开始就有些诡异,采伐了二十多天后,姜占林就遇上一件怪事儿。那天,锯透的一棵大黑松,却说啥都不倒下。

　　"顺山倒,顺山倒啦——"的号子喊了又喊,杨石山和几个人还上去推,这棵大黑松就是纹丝不动。

　　刘昌明的脸唰地变了颜色,他呵斥住徒弟,还让在场的人疏散。但姜占林和杨石山说啥都不走,他俩一左一右,执拗地站在师傅身边。刘昌明急得眼睛都红了,不敢大声说话,仿佛说话声都能让这棵大黑松突然倒下去。他上前查看,两个徒弟也紧随其后。他相信姜占林,姜占林是他亲手带出来的,平时就稳重,还心细,伐木绝不会有差错。

　　果然,楔子打得够深,倒向也是顺山。这棵黑松目测有三十多米高,树杈上的针叶密实。树冠呈伞形,枝干横展开阔,雨水都很难穿透它,枝干层层叠叠。刘昌明喜欢黑松,黑松挺拔向上的长相,自带一种气势。但当他看见黑松的树干上有一双像眼睛似的疖子,而且两个疖子长得十分对称,他的心咯噔一下。

　　"怪事儿,真是怪事儿——"

　　杨石山的目光又落到这棵黑松上,仔细地打量起它。黑松的树皮呈灰黑色,粗糙且厚,但两个像眼睛似的疖子十分明显。在他的经验里,这是第一次看到黑松上长着这样的疖子,还突兀地鼓出来。一只乌鸦飞过来,落在树杈上,呱呱地叫了两声后,似乎也预见到了危险,慌张地飞走了。

　　"呸,丧气的家伙,快滚!"曲二手冲着飞走的乌鸦吐了口唾沫。

　　远远近近的人都紧张得大气不敢喘,仿佛一口气就能把大树吹倒,只是无法预估它朝着哪个方向倒。

"这是遇上'坐殿'的树了。"刘昌明让杨石山给他卷一支烟。他接过徒弟递过来的纸烟，用力地吸了两口。一支烟很快就抽完了，他把烟头啪地甩到地上，又用脚掌把烟头碾进雪里。人们都屏住呼吸，看着他。他摘下帽子，脱掉棉袄，又把棉手闷子甩到雪地里。他吁了一口气，从姜占林手里拿过斧子，目光炯炯地看着两个徒弟，说："我一会儿给它揳个楔子。听我喊到三，咱们就往东边跑。"他抬了一下下巴，"你俩别回头，跑到那个坡下，蹲下或趴着都行。"

　　姜占林皱着眉头问："师傅跑不跑？师傅不跑，俺俩就不跑。要跑就一块儿跑，不跑就都站这儿。"

　　刘昌明点头："我和你们一起跑。"

　　刘昌明找来一块木头，几斧子下去，就砍了一个木楔子。他来到黑松下，照着已经锯断的树根，砸下了木楔子。师傅每一斧子下去，两个徒弟的心都剧烈地颤抖一下。刘昌明的额头上满是汗水，木楔子一点儿一点儿地揳了进去。

　　"一，二，三——"

　　三个人跑到山坡处蹲下来。当他们抬起头时，那棵大黑松依然一动不动，仿佛还在嘲笑他们。

　　"师傅，干脆咱们把它推倒算了。一棵树还作起妖了，没人了咋的！咱们这么多人，还怕它？我还就不信这个邪——"杨石山被师傅的眼神儿震慑住了，把后面的话咽了回去。

　　"石山，你带上山的鸡还活着？"刘昌明问。

　　"还有一只，就是瘦。"

　　刘昌明让他把鸡拿来，还让姜占林去倒一大碗烧酒，再拿香烛。姜占林和杨石山赶紧去了。

　　刘昌明双手擎着三炷香，姜占林端着一酒碗，杨石山拎着鸡，师徒三人再一次走到树下。

师傅让他们往后站，他把三炷香插到树根下，把抹了脖子的鸡血淋到树干上的两只"眼睛"上，又把酒贴着树根倒下去。师徒三人跪了下去，师傅嘴里叨咕了几句，然后起身扯着两个徒弟，朝南走去。就在他们走出一段距离后，大黑松顺着北坡倒了下去，发出砰的一声闷响。它倒下来时，把一块裸露的石头砸飞起来。飞起来的碎石块，像一群受伤的小鸟儿，大头冲下地栽下来。

这一声尖利的脆响，把人心震得直颤。

刘昌明看了一眼，徒弟和其他伐木工都好好地站着。凛冽的寒风刺疼了他的眼睛，泪水在他眼里打了一个转儿。

坐殿树让大家唏嘘不已。

"真是撞见鬼了，多少年没遇到这事儿了。按说那个木楔子揳进去，树就应该倒下去了。可这棵大树嘴馋，想喝酒，还想吃鸡。"曲二手嘀咕着，递给每人一支卷烟。

"来，抽支烟，压压惊。来，抽一支。"曲二手还划火帮人点着烟。

人们一边抽烟，一边叽叽喳喳地议论，说今天要是没有刘段，说不定会发生啥事儿。徒弟们面面相觑，他们又将目光投向师傅。朔风穿透密实的松针，身上的汗散了下去。他们拍打拍打手闷子上的雪粒，强迫自己走出坐殿树的阴影，又开始了日常作业。

差不多半个月后，又发生了一场事故。这次，刘昌明没能逃过劫难。

事故发生的前两天，下了一场大雪。雪后，出奇地冷，北风夹着雪花在棉帐篷的檐下号叫了一夜。早上，出工的人推开门时，大风呜的一声吹进来，把人吹得直趔趄。刘昌明系紧棉袄扣，走了出来，杨石山往回推他："师傅，今儿太冷，你别去了，有大师哥带我们就行。"此时的姜占林已经是伐木段的副段长了。这些日子，刘昌明膝盖疼，残留弹片的小腿也疼得不得了，晚上收工后，都要坐在炉子前，烤一会儿腿，才能上铺睡觉。工友和徒弟都不让他伐树，说他指挥就行。

刘昌明扭过头，躲避着嗷嗷号叫的风，说："不行，这样的天，我在屋里哪能坐得住。"

到了施业区，刘昌明让大家先清理积雪，他再次强调，保证在树根的十厘米处下锯。这场大雪，增添了伐木的工作量和难度，但工友们都听刘昌明的。他们知道，雀儿岭的每一棵树，都有几百上千年的树龄，它们虽然是树，但论树龄，都是他们爷爷的辈分、祖爷爷的辈分。

大风把雪粒子吹起来，伐木工不停地"呸呸"吐出嘴里的雪粒子。人人身上都披着一层雪，像是长了白色的绒毛。杨石山伐的是一棵一抱多粗的红松，树倒下时，却突然变了风向。大树像是被弹回的皮球，悠然地朝着他的方向砸下来。刘昌明几步冲上去，把徒弟推了出去，他倒下了。

看着倒下去的刘昌明，人们都傻了。姜占林和杨石山号叫着扑上去。"师傅，师傅——"杨石山的嗓子都喊破了。

刘昌明哼了一声，努力地想睁眼睛，眼皮动了两下，就再也不动了。他躲过了坐殿树，却在"回头棒"下丢了性命。

刘昌明下葬，闵学范亲自为他扶灵。他说："昌明死在伐木场上，与牺牲在战场上一样，都是为了国家……"闵学范哽咽了，泪水从他消瘦硬朗的脸颊上流下来。

师傅永远地安息在雀儿岭上了。

杨石山跪在师娘面前哭，师娘抹了一把眼泪："石山，别说是你，就是工段里其他人，你师傅也一样会顶上去。"

杨石山满脸泪水——很多年，他都没走出师傅离去的阴霾。

姜占林接替了刘昌明，担任砍伐队队长。

八

秋天来临前，在姜占林的操持下，杨石山迎娶了师傅的大女儿刘欣茹。

婚后第二年，刘欣茹生下大女儿杨春洛。春洛五岁时，她又生了二女儿杨夏璎。她天生瘦弱，生了两个女儿后，身子像是被掏空的鸟巢，几年都没怀孕。没给杨石山生儿子，没给杨家生出一个接户口本的儿子，她无法释怀。看她总是闷闷不乐，杨石山就轻声劝她，说不生了，两个女儿就挺好。刘欣茹噘嘴生气，说："那怎么能行，镇上的女人谁不生三五个，我倒好，生孩子比下个龙蛋还难，咋对得起祖宗。要是我爸还在，他都不能答应。我爸最常说的是，过日子就是过孩子，孩子越多越好。你还老这么说，咱俩都有信心才行。"刘欣茹说到师傅，杨石山的心一疼，他就不再说话了。

五年后，刘欣茹怀孕了。她抚摸着日渐隆起的肚皮，期盼肚子里装的是个儿子。

"五一"劳动节，杨石山被评为"生产能手"。他登台披红戴花，接受表彰。已经升任木沟壑林场场长的姜占林，带人敲锣打鼓地把杨石山送回家，儿子正好被接生婆剪断脐带。与母体分离的杨思乐，哭声响亮得像个小喇叭。儿子紧赶慢赶，参与并见证了杨石山的辉煌时刻。

"石山，快进屋给儿子起个名吧。"

已经做了春洛和夏璎爸爸的杨石山，在儿子面前，显得有些手足无措。他脸色微微泛红，憋了好一会儿，才说："就叫杨生产吧。"刚生完孩子的刘欣茹，头发湿漉漉地粘在头皮上，苍白的脸，因为丈夫获得的荣誉，而涌上一片潮红。她对儿子的名字不置可否。看着人们陆续走出院子，刘欣茹才乜斜杨石山一眼，说他高兴得昏了头，生产还能做人名？

刚生了孩子的刘欣茹，因为说话的口气急，虚弱得有些气喘。

杨石山涎着脸嘻嘻地笑："那你说，叫啥名字？刚才师哥让我给儿子起名，我要是起不出来，工友们都看着我，我下不来台，就顺嘴说一个。"他讨好地看着女人。

"你要这么说，我就不怪你了。重起，这个名儿，实在不好听，太难听了。"

儿子的到来，满足了刘欣茹为杨家生儿子的心愿。卸下了包袱，她心情大好，饱饱地睡上了一觉。早上醒来，她盯着杨石山问："儿子的名，你想好了吗？你要是还没想好，我昨晚想了一宿，儿子大名叫杨思乐，小名叫树根。他上头有两个姐，两个姐把他锁得牢牢实实，他就能像树一样，从此扎根，开枝散叶。我在家里是老大，我护弟弟的心情，就像护着自个儿的命。姐姐对弟弟，就像妈对儿子。"刘欣茹看着杨石山说，"这个名字可能不随你心，那也比你那个杨生产好听多了。再说，树根这个名儿，虽然听上去不贵气，但贱名好养活，我相信咱儿子一定像虎羔子一样壮实，像大树一样枝繁叶茂。"

"行啊，还会用枝繁叶茂了。"杨石山看着被三个孩子和家事拖累得憔悴不堪的女人点头，"儿子这名儿好听，随心，可随心了。你是妈，妈是孩子们的根，名字啥的，你说了算。"他去外屋端了一碗红糖水，"喝了。孩子是你怀胎十月拼着性命生出来的，我都听你的。"

杨石山说的是心里话。他内心很愧疚，师傅当年把闺女给他，是对他的信任。可他这个丈夫，一半给了林场，一半给了木头。对这个家来说，他没出多少力，都是欣茹里外张罗。在这个家，他没有当家做主的份儿，平时他还心粗，很多时候都猜不出欣茹的心思。

"明个儿去落户口，大名就叫杨思乐，小名叫树根。"杨石山拍了一下脑门，笑了，"哦，对了，户口上不用写小名。"

刘欣茹嗔怪地撇了一下嘴："你少气我，少喝点儿酒，就啥都有了。"她看着男人说，"从现在开始，你不把我供起来，也得给我吃香的、喝辣的。

要不是我，你哪来的闺女，现在又有了儿子。你看咱这两个闺女，水葱一般，谁见谁夸。"可能是话说得急了，她气喘得咳嗽起来。咳嗽好不容易平息下来，她又安排杨石山："抽工夫去给爹妈上坟，烧两捆纸钱，告诉爹妈，他们有孙子了。再上雀儿岭，给咱爸也捎个信，告诉他，我给杨家生儿子了。"

刘欣茹仿佛又想起啥，沉吟了一下："嗯，哥哥们也给爹妈生了孙子，但咱家树根，是咱妈的第一个孙子。"

杨石山笑了，眼角的皱纹堆积起来。

刘欣茹能干，过日子也仔细。

一到开春，她就把房前屋后的地开出来，种上一些小菜，一夏天的菜就不用买了。若是赶上秋天雨水充沛，土豆、白菜、萝卜收上来，储存到菜窖里，再腌一大缸酸菜，一冬天的菜也够了。下点儿力气种菜，省下买菜的钱，除了给孩子们添置衣裳，隔三岔五，还能捡两块佟豆腐家的豆腐。酱拌小葱豆腐，换换口味，有时候也炖豆腐汤，就着苞米面饼子，孩子们都爱吃。

刘欣茹还养猪养鸡鸭，两年杀一头猪。熥猪油，连油带渣存放到坛子里，隔三岔五挖一勺子，夏天炖茄子豆角，冬天炖酸菜粉条，给孩子们解馋。无论日子多艰难，她都给杨石山留下一坛子荤油。她对大女儿说："你爸不容易，小时候能活下来，就是命大。生他时，你爷都六十来岁了，你爷一辈子都在山里做林工，不是伐木，就是拉套子。据说你爷还放过排，他的身手好得不得了……你爸刚出生，你爷就剩下半截身子，落炕了，你奶伺候你爷，哪有心思管你爸。听说你爸是喝米汤长大的，要不是你的三个姑，你爸兴许都活不下来。从小亏空的孩子，后天不好养。你爸干的是林业局最累最苦的活儿，又冷又危险，你姥爷看好你爸，就是因为你爸能干，能吃苦，品行还好。你姥爷把你爸当儿子，为你爸，也为我。这个世上，只有爹妈能为儿女豁出命。你爸也记挂着你姥爷，你姥爷活着时，你爸有一口好吃的，都给你姥爷留着。你姥爷没了，逢年过节，不等我说，你爸一定去雀儿岭看他。平时工作遇到点儿啥事儿，他就是不和我说，都要去你姥爷的坟头上说说；对你姥更没的说，你姥爱吃炉果和槽子糕，咱家的日子再紧，他宁可不抽烟，少喝一顿酒，都买给你姥……大冬天，你爸就带着几十上百号人上山伐木，肚子里没点儿油星哪能行？哪怕吃窝头，能吃一块荤油，抗饿还抗冻……"

一说起杨石山，刘欣茹就滔滔不绝，眼眶盈满泪水。她从心里觉得男人可怜。

多了一个孩子，就多了一张嘴，刘欣茹要去到林场的育苗圃干活儿。她躺在炕上，柔声细语地说服杨石山："全家人的柴米油盐，都靠你那几十元工资。虽然你的工资比别人多出十几元，但那是你拿命换来的。"每个采伐季，杨石山这个队都会被派往最高最原生的施业区，高寒地带，每月有十九元高寒补助费。

"每月我一拿到工资，心里可不好受了，我要是能再挣两个，就能减轻你的压力，还能让孩子们吃得好一点儿，穿得好一点儿。哪怕能给孩子们买点儿零嘴吃，也是好的。春洛从小就懂事儿，自从弟弟出生，她就能干一些简单的家务，也能带妹妹和弟弟。你明天就去给我说一声，我去苗圃干活儿。"

杨石山"嗯"了一声，说："明个儿我去说一声，你也别抱太大希望，万一苗圃不缺人。"

"缺人。你要是不说，明个儿我自己去找大师哥。"

"行，我去，我去——"师傅为他丢了性命，扔下一大家子。刘欣茹又为他生儿育女，自从和他结婚就没消停，除了生孩子，照顾家，还要照顾有严重风湿病的师娘和弟弟妹妹。这几年，弟妹们陆续工作、成家，一家人的生活才有了改善。弟弟把师娘接到县里住了。欣茹得空才能去县里，给师娘送一串干蘑菇、一篮子鸡蛋。自从嫁给他，她没享过福。杨石山很感激女人，但他不善于表达。只有喝了烧酒，他才拥着女人干瘦的身子，说让她受苦了，等日子好了……

刘欣茹不等他说完，就责备他，说他又被烧酒烧昏了脑袋瓜，开始胡说八道。她说一天有吃有喝，三个孩子围前围后，还有个能干的男人，一点儿都不苦。

"你看看，就拿龙镇来说，咱家的日子比谁家差吗？咱家养的猪，比他们的都肥，咱家的鸡也能下蛋，你一天能喝一碗鸡蛋水，隔三岔五，孩子们也能吃个煮鸡蛋。不光猪、鸡、鸭养得好，孩子也听话。咱家春洛将来不是大学生，就是当干部，说实在的，我可知足了。"

刘欣茹仿佛吃了啥香东西，说话时不停地咂嘴。

"睡觉吧。你得养好身子骨，要不你干不了苗圃里的活儿。"杨石山咕哝着。

九

五年前，姜占林担任木沟壑林场场长后，杨石山就接替他，担任采伐队队长。从雀儿岭下来，他们又转战到隶属于木沟壑林场的老爷岭。他带的采伐队一直都是先进集体。这个队是有历史传承的。第一任段长是师傅刘昌明，后来是姜占林。杨石山又从大师哥的手里接过来，采伐队也由过去的五十多人发展到一百多人，如今已经是二百多人的大采伐队。采伐作业也从过去的弯把子锯变成了油锯。

伐木，实实在在地来了一场革命。

春天育林，夏天到贮木场作业的杨石山，九月底又要进山了。今年进山前，他接到一千立方米落叶松的采伐任务。他知道，这个任务艰巨。大师哥也郑重告诉他，这是政治任务，落叶松是为国家重要的建筑准备的，他必须无条件地保质保量完成任务。从姜占林办公室出来，杨石山的心怦怦地跳，他既兴奋又紧张。出发前，他对刘欣茹说，你在家好好带孩子，苗圃的活儿要是累，就别干了，别让春洛为家务活儿分心，孩子还是要以学习为主。

"放心上山吧，家里的事儿，我能安排好。我保证不虐待你的俩闺女、一个儿子，咯咯——"刘欣茹乜斜他一眼。

老爷岭在大沾河的右岸，夏天在山头就能听到大沾河的流水声，冬天站在山头上也能看到如一条白绸带的大沾河。老爷岭的高度仅次于雀儿岭，也属于高寒地带。老爷岭的东、西、南坡，都是原生的落叶松。这里的落叶松，一抱多粗，棵棵挺拔。而北坡不但有母红松、樟子松，还有一大片冷云杉。

一入秋，老爷岭的景色就色彩分明地突显出来，山顶和东、西、南坡一片金黄。赶上太阳好，宛若佛堂般金光灿烂，十分惹眼。而北坡却油绿得像一幅油彩画。深秋，落叶松的叶子细雨般簌簌飘下来。到了十月底、十一月初，叶子基本落尽了，光秃秃的树干下，又是一片金黄。而北坡的红松依然油绿，宛若舞台幕布一般。

老爷岭是一处独特的风景。

山河林业局对老爷岭一直采取保护的措施，各个林场的施业区都绕开老爷岭采伐。从参加工作起就在生产一线的姜占林，对山河林业局所辖的区域十分了解。山河林业局面积辽阔，但真正没有遭到盗伐的原生林少之又少。日本人侵略东北时，就虎视眈眈地盯着小兴安岭，每到一个地方，不是乱砍滥伐，就是皆伐。建局以来，虽然林业局一边采伐，一边育林，但育林的速度从没跟上采伐的进度。有时候，姜占林也迷茫，多生产，就要加大采伐的力度；停止采伐，等着人工育林的树长起来，这又不现实。先不说靠树木活着的林业人，就是国家建设，也不能等。以红松来说，十年的红松，也就能长到成人的腰那么高，像没长大的孩子，还需要人工保护，一旦遭遇了病虫害就夭折。若是赶上一场山火，还没长大的林木就化为灰烬。

姜占林时常盯着大山发呆，他内心的矛盾和纠结，始终理不出头绪。

老爷岭的原生林，就像山河林业局的眼珠，任谁都不能随意做采伐的决定。这次开发老爷岭，也是经过党委几次会议研究，才决定的。二十世纪五十年代末期、六十年代初期，因为国家需要，才开发了雀儿岭，但老爷岭一直被保护着，此时，是开伐的时候了。

这个季节的落叶松，虽然只剩下光秃秃的枝干，但依然秀美地挺立着，整个山坡上都是黄灿灿的松叶，脚踏上去，像是踩在棉花上。一场大雪落下来，阳光射下来，山坡上就散发出一片金色的光芒，十分耀眼。杨石山就像了解自己的掌纹一样了解山上的林木，尤其喜欢落叶松。

局里举办的开伐誓师会上，杨石山再一次代表采伐队发言。他从局里开会回来，又给全队开了会：

"这个采伐季，我们肩上的担子不同以往，我们担负的任务非常光荣，非常重要……"杨石山激动得有些语无伦次。听到他宣布的任务，全队都沸腾了。当队伍开拔上山，他颧骨上就有了红晕。他为自己这个队能担负一千立方米的落叶松采伐任务而自豪。小兴安岭号称落叶松的故乡，山河林业局的落叶松，木质更是无可挑剔。而老爷岭落叶松硬度高，密度高，强度高，非常适合做房檩、屋架、墙板，在安全性和稳定性上更有保障，特别是耐腐蚀性更好，而且美观。由于质地坚硬，承受压力和弯曲时，它的表现更出色。

祭山仪式很隆重。

杨石山从山下背上了一只羊，大公鸡也是他挑选的，就连香烛都是他亲自到佟记日杂买的，特地买了红色的蜡烛。他对这次祭祀十分看重，除了因为老爷岭是一块处女地，担负了一项政治任务，还有另外一个意义——因为关乎他自己，他没对任何人说。上山前，他差点儿和刘欣茹说了，但一想到女人的心思重，平时他上山，女人就惦记，还爱胡思乱想，他就怕他说了，女人心里不踏实，再走漏了口风。他不想让人知道。

祭山仪式后，杨石山亲自开锯。

工友们也干劲十足，都摩拳擦掌，准备大干一番。开伐之前，杨石山特意选择了山顶和东坡，因为太阳最先照到这里。他伐了第一棵落叶松后，又指派曲二手开伐第二棵落叶松。然后，林工们才纷纷披挂上阵。当他看到落叶松源源不断地被运到山下，他脸上绽开了笑容。

采伐完了落叶松，老爷岭的这片落叶松便不再采伐。他将带队转移到老爷岭的北坡，北坡除了樟子松、红松母树林，还有大片冷云杉。但地窖子不能挪动，挪动地窖子就是搬家，再说冻天冻地，刨土搬石十分费时间，也消耗体力。杨石山决定不搬家。这样，从驻地到北坡的施业区，大概要走两里多的山路。

大家在老爷岭干得热火朝天。姜占林还上山住了两天，与伐木工们一起作业。这个采伐季,杨石山带队不仅完成了一千立方米落叶松的采伐任务,还超额完成了生产任务。林业局下发的表彰名单里,除了有杨石山,还有曲二手、肖旺才。就连做饭的尤大勺也被评为优秀后勤人员。

"嘻嘻,队长,我以后指定好好干,指定、指定让咱们工友吃饱肚子,吃点儿好的,顿顿都能吃上热乎饭。我还、我还帮大家烤鞋袜、抓虱子……"尤大勺兴奋得都不知道说啥好了。

十

冬天的施业区，生活十分艰苦。尤大勺虽然不伐木，但他的工作一点儿都不轻松。他带着两个徒弟，除了做全队的三顿饭，还要没黑没白地烧炉子。一个地窨子里，南北是两排木杆搭的大通铺。一排通铺上睡二十多人。一到晚上，尤大勺还要安排徒弟给地窨子烧炉子。他自己也烧炉子。山上伐木，除了饿，还冷。特别是下半夜，地窨子里冷得像冰窖。虽然炉子里的火呼呼地烧着，但寒冷就像一头怪兽，张着大嘴把炉火舔进去，伐木工们睡觉只能戴着棉帽子。

白天作业时，被雪水和汗水浸湿的棉裤腿、鞋袜、手闷子，全靠晚上挂在炉桶子旁拉起的铁丝上烘烤。为看住炉火不熄灭，尤大勺就坐在炉子旁，不停地为铁炉子填木桦子，为工友们翻动潮湿的棉衣裤和鞋袜，困得实在不行，就坐在木凳子上打盹。

尤大勺的大名叫尤小刚。龙镇人都知道尤家，爷和爹都是端大勺的厨子。他爷把手艺传给了他爹，他爹又把手艺发扬光大。谁家老人走了，谁家娶媳妇，谁家的孩子过满月，反正只要是红白事儿，都要请他帮忙。尤小刚的爹希望儿子能继承祖业，走到哪都带着他。尤小刚就像个尾巴似的，跟爹出入各种场合。爹也毫无保留地把祖上的厨子手艺传给他。跟了几年，他就腻味了。他说，整天跟一口大铁锅打交道，冒烟咕咚的，真没意思。尤小刚说啥也不想当厨子，爹气得要揍他。但他梗着脖子和较劲，爹冲着他愤愤地喘粗气，但也拿他没办法。

林业局合并后，在龙镇等地招工。尤小刚说啥都要进林业局当工人。他进林业局就为做伐木工，他说伐木工多好啊，在山里能呼吸新鲜的空气，不用闻油烟味，还能哼小曲，听鸟唱歌。尤小刚喜欢哼小曲，无论到哪，嘴都不闲着，哼哼呀呀的小曲，别人很难听出曲调。

"你能不能唱出声，有能耐，你张嘴给大伙儿唱一个。知道你是在哼小曲，不知道还以为你牙疼，哼哼得人闹心。"尤小刚脸腾地红了。他摇头说一出声就跑调，跑得风都追不上。话音刚落，他又哼哼起来。

人们都说，这是他和他爹抢大勺时落下的病。

他爹当然不想手艺在他这儿断了，但也无法，毕竟进林业局，就是公家人了，吃公家饭，总比跑江湖稳当。他爹无奈地点头："去报名吧，就怕人家不要你。"

尤小刚看着他爹，用鼻子哼了一声。

一进林业局，尤小刚认了师傅，也跟着师傅学了技术。上山伐第一棵树，树根被他锯得豁牙露齿。大树要倒下来时，他扔下弯把子锯就跑，吓得哇哇大哭。所有人都被他吓坏了，看到他躲到一块大石头后，有人笑得咳嗽不止，有人笑出了眼泪……师傅拍了拍他的肩膀，说："你还是去抢大勺吧。你炒的土豆丝、绿豆芽，是我这辈子吃到的最好吃的菜，酸、爽、脆，还有蒜香。"

于是，人们就忽略了他的大名，都叫他尤大勺。

后来，他就调到杨石山这个队，还是负责做饭、烧炉子。除了伐木，尤大勺别的活儿都干得好。只要他烧炉子，地窖子里从来不住火。他是个热心肠，伐木工又苦又累，吃完饭眼皮就打架，他就一边哼小曲，一边帮工友烤被汗水湿透的棉衣裤、棉鞋袜。

尤大勺性子温和，人缘极好。

每当看到工友们捧着空饭碗啃干粮，"吱溜吱溜"地喝雪水，尤大勺就偷偷地抹眼泪。茫茫林海雪原，他为了工友们能喝上一口清亮的水，钻密林，穿荆棘，凿冰担雪，用麻袋背雪背冰，给工友们做饭，化雪化冰烧热水。脚磨出了泡，肩膀磨破了，他也从不抱怨一句。有人跟他说："你就近取雪就行啊，非得跑出去那么远干啥？"尤大勺翻个白眼儿，说想让大伙喝点儿干净的水，就近撮雪倒是省事儿了，可附近的雪都沾着屎尿。说着说着，他就气愤起来："你们为啥老迎风撒尿？风把尿吹出去老远，还有脚踏起来的灰土，伐木的锯末子，那雪水咋喝……"尤大勺很委屈，他觉得自己的好心都被当成驴肝肺了。

转身，他就把这些不愉快忘了，还是去远处背雪刨冰。他心里羡慕伐木工，要不是自己没出息，兴许也是一个生产能手了。做不了伐木工，就得把他们照顾好。

一个冬天，工友们熬得肚子里一点儿油星都没有。肚子里没油水，身子就怕冷。平日里吃的主要是高粱米、窝窝头、咸菜、干菜，别说伐木工没有时间下山，就算是能下山，大雪封山时也无路可走。他们很难顿顿吃上白菜、萝卜。就算土豆，对伐木工来说都是紧俏食物。上山时，人们都背土豆、白菜。土豆既当菜，又顶饭，还顶饿。

土豆被扛上山，尤大勺就遭罪了。为了土豆不被冻着，地窖子里火不能停，几麻袋土豆从外屋挪到里屋，从里屋挪到板铺下。破毛毡、破工服盖着土豆，不时还要翻翻。土豆这东西，既皮实又娇贵。风一吹就疲沓，被冻了就不是那个味儿了，热了就生芽子。土豆芽子有毒不能吃，削下去芽子，土豆就剩一个心儿了，太浪费了。

工友们都说，尤大勺把土豆当女人了。

"还不是想让你们别吃冻的、生芽子的土豆。俺家那老婆可比土豆皮实。她冷热都不怕，还能生养。"尤大勺委屈得眼眶都红了。

老婆给他生了四个儿子、三个女儿。

每次提起老婆孩子，尤大勺的脑袋就垂了下去。去年，他从山下来，就到楞场参加生产大会战。那几天小女儿肚子疼，老婆说："孩子们吃了快一个月的高粱米饭。小女儿嚷着肚子疼好几天了，正好你回来了，晚上擀顿面片，卧荷包蛋，给孩子们改善一下伙食。"

尤大勺把小女儿抱在怀里，抚摸着她的后脑勺，说："吃了好吃的，肚子就不疼了。"可他在楞场一干就是六七天。等到他回家，小女儿抱着他的大腿就哭："爸，你咋才回来？咱家啥时候吃面片啊……"尤大勺眼眶湿了，瞪着眼睛冲老婆喊："今晚就给孩子们擀面片、卧鸡蛋。"

老婆眼眶里的泪珠啪嗒啪嗒地落下来。

尤大勺哭唧唧地和杨石山说，要是能挖菜窖，他真想把山刨透，把土豆、白菜都储存到菜窖里。哪怕让工友们喝上一碗白菜汤，干巴饼子、窝窝头就不那么难以下咽了。尤大勺淌着眼泪说：

"队长，我恨不能把大腿卸下来一截，给大家伙儿整点儿油星的汤喝。"

杨石山苦笑着说："咱伐木工可不就是这样，遭别人遭不了的罪，受常人受不了的苦。可咱们也有乐和事儿啊。看着咱们伐下来的树，一棵一棵被运下山，咱们就能从心里笑出来。"

满脸泪水的尤大勺扑哧出声："那倒是。要不是跟着队长上山，多挣十几元钱，俺那七个孩子说不定能饿死一半。"

杨石山知道，伐木工的伙食还不如山下的人，山下的人能吃到土豆、白菜、萝卜，还有酸菜，实在馋了，还能捡两块豆腐改善一下伙食。而伐木工们上顿高粱米，下顿窝窝头，头一个月，还有白菜、土豆吃，一个多月后就开始吃冻菜，吃干菜，啃咸菜疙瘩了。大雪封山后，就只能在烧开的雪水里撒几粒盐，有时候就用咸盐水泡饭。

本来就浑浊的雪水，再撒几粒盐，更加浑浊不堪，还涩得人舌头直麻。在山上待几年，伐木工差不多都得了或轻或重的胃病和风湿病。可细粮有数，吃两顿馒头就没了，一冬天都是粗粮、干菜、咸菜，活儿又重，一连十几天都见不到油星，伐木工又被另一个毛病——便秘折磨着。

十一

这个采伐季，杨石山还是带队在老爷岭的北坡施业。油锯手曲二手，就差点儿被一泡屎要了命。他肚子疼得在板铺上直翻滚，不停地捶打肚子，大伙儿都替他着急，但也没办法，只能眼睁睁地看着他遭罪，谁也帮不上忙。

曲二手憋得满头大汗、龇牙咧嘴。

尤大勺更是急得团团转，一趟趟去外屋的锅灶前，想给曲二手整点儿带油水的东西，帮他润润肠，快点儿拉出来。

"这可咋整，实在不行，我就下山，可这么大雪，咋下去啊？"急得满地转悠的尤大勺，突然看见墙角的猪油坛子。他扑哧笑了。他知道这个坛子是队长的，哪年上山，队长媳妇都给他带一坛子猪油。他把坛子拿进里屋，用热水涮了两遍，倒出一大碗水，端给曲二手，说："喝吧，这坛子猪油是队长背上来的。他经常胃疼，媳妇又怕他吃不饱，从孩子嘴里给他攒下的一坛猪油。可哪年的猪油，都不是他自个儿吃，都让我做菜给大伙儿给吃了。上山不到一个月，这坛子猪油就吃没了。刚才我用滚开滚开的水涮了坛子，好歹能涮出点荤油珠儿。你看上面还漂着呢，喝吧。"尤大勺把碗递过去时，又嘀咕了一句，"你可真奇怪。我也是第一次看见，你肚子上竟然叠了一道坝，那么大的棱儿。"

曲二手接过二大碗，刚要喝，就被烫得差点儿把碗扔出去。他用嘴吹了几下，就迫不及待地喝了下去。

有人说要是有蓖麻油就好了，喝半碗蓖麻油，肠子一滑溜，就好办了。可是，大雪封山的老林里，去哪里整蓖麻油啊？一碗涮猪油坛子的水下肚，曲二手的肠子并没领情。

他被憋得，死的心都有了。

人们都为曲二手而焦急。尤大勺和几个工友轮班为他揉肚子。傍晚时分，他终于挤出来一点儿。他的神情才舒展一些。

曲二手不是大名，而是人们看到他左手只有一个大拇指和一个小食指，就把他的大名曲成全忽略了，直接叫他曲二手。他是老伐木工了。刘昌明时代，他就是伐木段里的主力。除了对自己从哪里来的三缄其口外，其他的，他没有秘密。曲二手的岁数，别人也闹不清，他自己也糊涂。别人问他到底多大岁数，他每次说得都不一样。说他老，他的力气，年轻人都忌惮三分；说他年轻，一张黑黢黢的脸，褶子横七竖八。吃饭，曲二手不比年轻人差，干活更不用说，总是抢在前头。一直到杨石山担任队长，他依然是伐木队里的主力。

曲二手爱说爱笑，待人随和，又没有家眷拖累，谁手头紧了，谁家有个难事儿，他知道了，都主动帮忙。有人说，曲二手可不是简单的人，别看他爱说爱笑，还爱讲春梦，好像没啥瞒人的事儿，其实他是用春梦里的那些花花草草，遮掩身世的谜团。

曲二手不是龙镇人。

林业局成立那年开春，人们刚脱下棉衣，龙镇的路口就姗姗走来一个外地人。看模样儿，三十来岁。他一进龙镇，就站在佟记日杂的招牌前，抽了一支旱烟后，进屋买了块豆腐，还和老板娘要了一碟大酱、一根大葱。对于镇上的外乡人，佟记日杂早已见怪不怪了。那时候，龙镇经常来一些挑着筐或者背着行李，口音各异的外乡人，一来就打听，林业局的路怎么走。

曲二手站在柜台前，手掐着豆腐和一碟大酱，一口豆腐，一口大葱蘸大酱，三五口就把一块豆腐、一根大葱吃了下去。

他抹了一把嘴，刚要问路，佟记日杂的老板娘就用手指了指：

"顺着这条路，走到第一个路口，朝东拐弯，哪条大道光溜，你就走哪条。光溜大道，一直走到头，林业局就到了。招工的人就在大门口。"

曲二手笑了，拱手说了一句"谢了"，就顺着老板娘指的方向，找到了当时还叫辰清林业局的报名处。他报名时，直接要求做伐木工，别的活儿白给都不干。曲二手梗着脖子。

招工的人就笑，问他有啥能耐，伐木也要先跟着师傅学。曲二手翻个白眼儿，说："那就学呗，还能学不会咋的？"曲二手个子高，却细得像一根树枝，细长的眼睛，趴鼻子，大嘴叉。一说话，薄嘴唇像两扇开开关关的门。负责招工的人笑了，不得不仰起头打量这个外乡人，问道："你是从外地来的吧？老家是哪里的？"曲二手呵呵地笑了，说："你随便写个地儿就行。我从哪里来都一样，就要到这儿当伐木工。"负责招工的人被他逗乐了，又问他多大岁数。曲二手抹了一把脸，依旧嘻嘻地笑，说："你看我像多大，我就多大。爹妈死得早，没人告诉我，我多大岁数。我也整不清楚。"

"俺们这地儿风大，你瘦得像麻秆，来阵风都能把你刮跑。你干得了伐木的活儿吗，伐木可是在大山里，山里的风可比这儿大。"招工的人耐着性子。

"咋干不了？山里的风再邪乎，也刮不走我。不信咱们掰手腕子，比试比试。"曲二手的话，惹得排队报名的人群一阵哄笑。

"我来——"果然有不怕事儿大的。第一个人坚持不到一分钟，第二个人又上来，一连三个人都败下阵来。和曲二手掰过腕子的，都晃荡着手，咂嘴说："这家伙，还真有干巴劲，手像一把老虎钳，你看他站着，下盘也稳。"

曲二手如愿地做了伐木工。他在佟记日杂的后院，买下两间土房。不久，他就跟大家伙儿混熟了。他家几乎敞着门过日子，从来不锁门。冬天上山伐木，他就用一块石头，在外头把门顶上，还留下半尺宽的缝。他说，这地儿的风是大，不顶上点儿，风能把门刮坏。留一条缝，野猫野狗进出方便。死冷寒天，它们多可怜啊。人们问他咋敞着门过日子，猫狗进去了，顶多祸害一下，就不怕小偷把家搬了？他嘻嘻地笑，说家里没啥丢的，除了他值钱，屋里没有值钱的货。他还说，要是自己能被偷，那就是比吃肉喝烧酒都美的事儿。

他惋惜地咂着嘴："我夜夜都敞着门睡觉，窗户也大敞四开，就是没人进来偷我。连母猫母狗都不来一个。"曲二手的话，又惹得大家一阵哄笑。他看似口无遮拦，但只要谁问他老家是哪里的，咋就剩两个手指头的事儿，他就小眼睛眨巴两下，沉默了。开始，人们对他议论纷纷，说他不是好道儿来的，私下里都叫他"曲跑腿子""曲二流子"。有人当面喊他，他也不生气，还脆生生地答应。

十二

　　曲二手对伐木简直是无师自通，以至于人们怀疑，他以前干过伐木的活儿。

　　曲二手也不解释，依旧和人们嘻嘻哈哈地说笑。时间一长，他伐木的技术和他的态度，让工友们淡忘了他的身世，也忘了他不是好道儿来的传言。一个精通伐木的人，最不济也就是在木帮里干过。

　　慢慢地，曲二手就像从河叉子流过来的一股溪流，融进了大沽河。

　　龙镇的女人对曲二手外乡人的身份却念念不忘。成事儿的女人都有一股韧劲，尤其靠嘴和腿吃饭的媒人，嘴勤，腿也勤。像曲二手这种出手阔绰、不计较钱的男人，她们时刻惦记着。要是给他介绍个女人，能捞到好处不说，也是做了好事儿。

　　为了让曲二手有个家，有个女人管管他，也为了能挣上一笔，龙镇热心肠的女人都活跃了起来。

　　"有了家，你就是地地道道的龙镇人了，再生上几个孩子，谁都不敢小瞧你，再也不会有人说你是二流子、盲流子了。"媒人一见到曲二手，就把这套说辞搬出来。"大姑娘不太好找，毕竟你看上去也不小了，只能找短婚没孩子，或者带个一儿半女的女人。没孩子的女人，多半是被婆家休回娘家的，身上或多或少带着污点。带孩子的女人，多半是死头的。有人说这样的女人命硬，可这有啥，你只要能扛住她克，谁先死，还不一定呢。再说，总比给人'拉帮套'要好吧。"

　　媒人自圆其说，喋喋不休，曲二手就嘻嘻地笑。他来者不拒，只要有媒人介绍，他就去看。

可和曲二手见过一次面，无论是带孩子的，还是没带孩子的女人，都没修成正果。最多见过两次面，女人就和媒人说，曲二手不正经，两句话不来就下道，就开始胡诌八扯，说话没个正行，不像过日子的人……媒人不乐意了，说爱说笑咋了，能挣钱养家，能干活儿，还没拖累，总比那些整天眉头拧个大疙瘩、愁眉苦脸的老爷们儿强。你们可真矫情，真难整，也不搬块豆饼照照，身子都破了，屁股后还跟着个拖油瓶，也能把自个儿整得比黄花大姑娘的身价还高。

　　媒人气得唾沫星子四溅。

　　杨石山也有耳闻，他问刘欣茹到底是咋回事儿，曲二手差啥呢？伐木工的工资不低，他还会做饭、缝衣服、拆洗被子。听人说，他还会织毛衣。他还没结过婚，心肠也好。要是女人带着孩子过门，他能把别人的孩子当作自己亲生的养。要是嫌他来路不明，那就有点儿矫情了。为啥忌讳这些，是不是龙镇人又能咋的，只要能过日子就行。杨石山皱了一下眉头："唉，会不会是他除了手，身子还有其他毛病？不能找女人，就胡说八道，目的是把女人吓跑。"

　　"你可真能瞎寻思。"刘欣茹沉吟了一下，摇头说不能。他要是那地儿有毛病，咋还老做春梦呢？听她们说，他做春梦做得可花花了，女的都不好意思听。他来林业局都十多年了，估计现在也得四十来岁了，再不成家，等孩子长大，他都多大了？刘欣茹想了一下，说也可能是女人的事儿多，尤其是有过男人的女人。她们的鬼心思多，找男人，又要给自己找个靠山，找个饭票，还要给前方留下的孩子，找个可靠的爹。都不知道她们哪来的底气……和曲二手相过亲的女人，说他傻里傻气，爱说砢碜话，还说他像流氓。听说相亲时，一见面他就呆呆地看着人家，端详来，端详去，女人被他看得发毛。他却扑哧一声笑了，说："你好像我梦里的柳儿。她的身子可软乎了，还热气腾腾……"就冲他说的这些话，他就没啥毛病。

　　刘欣茹说着说着，语调都高了起来。她看着杨石山，说就他这些话，谁听了能不生气？谁听了能不害怕？结过三次婚的女人都得害怕。他的疯话把人家吓着了，从他家屋里出来的女人，都冲媒人撇嘴："你还说他没结过婚，我看他搞了不少女人。"整得媒人都灰头土脸。转身进屋，气呼呼地质问他："曲二手，你到底是不是黄花小伙子？你耍我……"

杨石山愣怔了一下，说："我好像听说过他爱开玩笑，有时候开的玩笑也没分寸，但他可是队里的开心果，工友们都喜欢他，夜里睡不着觉就逗他。他也不忸怩，真一半假一半地说，逗得大家哈哈一笑，就过去了。"

后来，有工友告诉杨石山，说曲二手觉大，呼噜声也大，关键是还爱做梦。做了梦，他就大张旗鼓地讲。晚上冷得睡不着觉，工友们就逗他："二手，昨晚做梦了吗？讲讲呗，昨晚谁来你梦里了？"曲二手嘻嘻地笑，卷一支纸烟吧嗒吧嗒抽两口，就讲开了。工友们都说，能在他的梦里睡着，才是一种享受……杨石山理解，伐木工工作辛苦，生活也单调，在大山上生活好几个月，出门是树，低头是雪，大老爷儿们儿说说笑话，也没啥。工友们寂寞难耐时，除了喝酒、打牌，就想找点儿乐子。工友们都说，听曲二手讲梦，就有一种飞花落叶之感。

杨石山也听过曲二手的梦。

晚上躺在大铺上，大多数人都睡不着。而曲二手的觉好，只要脑袋一沾枕头，呼噜声就惊天动地地响起来。挨着他的工友就用胳膊肘碰他："二手，咋这么快就睡着了？给俺哥几个讲讲你做过的梦。讲讲，让俺们暖和暖和。"

曲二手睡眼惺忪地吧嗒一下嘴，咕哝着说："不讲，困。睡着了，梦才来……"嘻嘻的笑声从通铺上传来。没人逼他，没一会儿，被挑逗起来的曲二手就坐起来，从枕头下拿出烟荷包，卷一支纸烟，叼在嘴里吸一口，又吧嗒两下嘴：

"唉，那就给你们讲讲，我也睡不着了。"他嘻嘻笑两声，就开讲了，"我做过太多梦了，讲哪个好呢？"他像是自言自语，又像是征求工友的意见，还没等别人催促，就接着说起来，"那就讲讲前天晚上做的梦吧。前晚儿，来的是枝儿。她来了后，在窗户前转了好几圈，都不好意思进来。她说，咱们地窖子里的人太多。从窗户往里看，就见齐刷刷一排黑乎乎，像是乱草，又像扎着猪毛的东西。她吓得不敢进来。我只好爬起来，假装解手，出去把她接进来。你们知道吧，枝儿可怕痒了，我是用胳肢窝把她夹进来的。她痒得咯咯地笑，我怕你们听见，就捂着她的嘴，把她塞进被窝里……啧，只可惜那个梦正在兴头儿上，一只耗子从我枕头边上跑过去，吓得我一激灵就醒了。该死的耗子，等我抓住它，非得扒它的皮，吃它的肉。下半夜，花儿来了……"

曲二手的梦，每次都不一样，对象也不一样，今晚的叫草儿，昨晚儿的叫菊儿，前晚儿的叫柳儿，大前晚儿的叫花儿，反正梦里的角儿，都与植物有关。每次开讲，他都一本正经，说："你们别笑，人家是女的，来我梦里，就很不好意思。你们可不能笑话人家。人家要是知道我的工友笑话她，不来我梦里可咋整？那我还睡觉干啥？夜那么长，人家要是不来，我就不睡觉了。"

"不笑话，我们保准不笑话。"工友们纷纷表态。

曲二手呵呵地笑，拱手感谢大伙后，就讲了起来，从怎么推门进屋，到怎么钻进他的被窝，一板一眼，讲得有来道去。人们都憋着不敢笑，直到他自己笑得前仰后合，人们才哄堂大笑，笑得肚皮翻卷起波浪。

曲二手的梦，像电视连续剧。有时候，草儿还来第二次、第三次……

十三

山里的冬天，昼短夜长。

白天在施业区伐木，累得没有心思想别的。干了一天活儿，晚上就算没有菜都得整一壶烧酒。烧酒又像发情的捻子，没有火星都能自燃。喝了烧酒后，人们的情绪就出来了。有的脸通红，不停地笑；有的喝完烧酒，脸煞白，躲在角落里默默地叹气，更有甚者，不停地流泪，说是想家里的孩子；有的手舞足蹈，在地窖子里乱窜，说笑疯闹；有的又莫名其妙地气愤，用拳头砸着自己的脑袋骂，说自己没能耐，没让老婆孩子吃香喝辣。有的闷头坐在铺上抓虱子。若是抓到白色虱子，就"嗬"一声，像是抓到一个稀奇的怪物。

曲二手也喝酒，但他有量，几乎没人看他醉过。他喝多了，倒头就睡，睡醒了，继续讲梦：

"我和你们说吧，梦里的女人，可比真女人好多了。她们不闹脾气，也不矫情——"他还没说完，就笑得脸上的褶子上下跃动。

"曲二手这家伙，指定上过女人的身子，要不他咋知道梦里的女人比真女人更让人畅快？他妈的，咱们都不如曲二手，老得连梦都没力气做。"

下了工，杨石山对大家的管理，基本是松散的。自打和师傅上山，他就深知伐木工的苦和累。下工回来，能喝一碗烧酒，活活血，舒展舒展筋骨，是伐木工们最大的乐趣。一个伐木期要好几个月，离开老婆孩子，吃的清汤寡水，两泡尿，肚子就瘪了；睡觉也没热乎炕，睡到天亮，身子还没睡热乎，就起来干活儿了……杨石山想方设法改善伙食。他告诉尤大勺，早饭吃得简单一些还能将就，午饭和晚饭一定要想办法做点儿干粮，或者干饭，不能喝稀饭。伐木工在外一天，都冻透了，再饿着肚子干活儿，咋能干得动，咋能睡得着？哪怕整点儿大葱蘸酱、咸菜，也要让他们喝一口，借着酒劲发泄一下，没啥不好。没事儿时，他就带人打只野鸡，熬一锅野鸡汤，打一只野兔子，加上土豆炖一锅。虽然人多肉少，但每人都能沾巴点儿，也给他们的肚子上点儿油。有时候，他也坐在他们中间，喝上一碗，和他们说笑一阵。

但只要一到施业区，杨石山就变了一个人。

自从当了队长，无论身体多差，他都没离开过施业区。有时候胃疼得他直不起来腰，他就喝一碗热水，再把棉肚兜缠到肚子上，也坚持和工友们一起上施业区。刘欣茹给他做了两条棉肚兜，说山上风大，风呜呜地往棉袄里灌，肚子不护上点儿，就会落下毛病。

曲二手是个乐天派，不管吃啥，他都吧嗒嘴说香。无论多冷，他的梦里都春暖花开。谁也没想到，夜夜被美梦滋润的曲二手，却被一泡屎憋得满头大汗。他笑不出来了，更没了讲梦的心情。这晚，曲二手只睡了半宿消停觉，就被肚子胀醒了。早上起来，杨石山没让他上工，说折腾成这样，不能上施业区。曲二手呻吟着："队长啊，等我好了，我多伐两棵。"

傍晚，工友们陆续回来了。晚饭是窝窝头，炖黄豆芽和咸芥菜缨子。"兄弟们啊，对不住了。这要是有块豆腐就好了，芥菜缨子炖豆腐，也是上得了席面的菜。可惜啊，巧媳妇难为无米之炊，况且我不是啥巧媳妇。这点儿黄豆，还是从队长那淘来的。队长带上来的东西，都被咱们大伙儿吃了。"尤大勺眼睛又湿了，给曲二手盛了一碗芥菜缨子汤，清汤寡水，一点儿油星都看不到。

"老哥，起来吃一口吧。"尤大勺哀求他。

曲二手痛苦地摇头，说："不吃了，再吃就胀死了。山下的人要是知道我是胀死的，非骂我不可。哎呀——妈呀！"曲二手脸色青黄，一天了，他只喝了一碗土豆丝汤。工友们都劝他，说起来吃点儿东西，越不吃东西，肚子的压力越不够，越不好排便。再不吃东西，就瘦成冬天里的干巴树杈了。

曲二手的脸都扭曲了，小眼睛紧紧地闭着，像是两条线。

从施业区回来，杨石山本以为折腾了一天，曲二手的问题已经解决了。看到曲二手痛苦的样子，他也没心思吃饭了，急得恨不能替他使劲。

尤大勺突然一拍脑门，说："忘了，忘了，地窖子的檐上还挂着一疙瘩鸡油，是刚上山时杀老母鸡留下的。"

尤大勺从外屋拿个大铁勺，坐到炉火上。大铁勺已经有段时间不见油水了，生了铁锈。尤大勺用一块黑黢黢的干抹布，使劲地蹭铁锅上的锈，才把那坨冻得像石块的鸡油放到锅里。突然见到油星的大铁勺，似乎有点儿不适应，先是无声无息地探寻了一番，发现是一坨鸡油后，就迫不及待地张开大嘴，随着一阵噼里啪啦的响声，鸡油开始"嗞嗞"地出油了。

曲二手喝了小半碗鸡油后，半夜，肚子开始发酵一般，叽里咕噜地响。在地上烧炉子的尤大勺嘻嘻地笑："老哥，你肚子里放鞭炮了，还是藏着一窝耗子？"

曲二手的脸，不那么抽巴了。

"好像有动静了，肚子松快不少。"折腾了两天两夜的曲二手，终于挤出一丝笑容。

天还没亮，曲二手推开地窖子的木门，跑到房后。

曲二手终于身心轻松了，感叹道："可折腾死我了，差点要了我的小命。害得草儿、柳儿、花儿都不敢来了。"卸去包袱的曲二手，进门时，手还在揉搓着肚子。

杨石山总是最先起来。尤大勺烧了一宿炉子，还要做早饭，杨石山就起来替他烧炉子。炉火正旺，木桦子在炉膛里发出噼里啪啦的响声，他张着手坐在炉子前烤火。从外头回来的曲二手，带着一身凉气，站到他对面，不好意思地嘿嘿干笑两声："队长，我一会儿就出工，今个儿争取多伐几棵树。"

杨石山摆手，意味深长地看着他，说："生产当然重要，好好活着也重要。我把你们囫囵个儿带上来，采伐期结束，我还要把你们囫囵个儿带下去，心才好受，也对得起山下日夜惦记着的爹妈、女人和孩子。"

"我是没人惦记的人，就队长惦记。只要肚子不胀，我啥活儿都能干。嘻嘻——"曲二手的两根手指，伸到头发里，咯吱咯吱地挠着蓬乱的头发。

杨石山看着曲二手，若有所思地点头。曲二手也是妈生爹养的孩子，他的身体也是肉做的。看着他受苦，他心里也难受。

十四

这个冬天冷得邪乎，入九就三十八九摄氏度。三九以后，气温就达到四十一二摄氏度了。这个采伐季对杨石山来说，意义非凡。从跟着师傅刘昌明学伐木，到他自己独立伐木，明天就满二十年了。

在北坡施业区差不多两个月后，杨石山下令明晚改善伙食。前几天，他就为这天做着准备。他带人到沾河凿冰窟窿，挂了大大小小十几斤鲫鱼、十几条鲤鱼，还有肥嘟嘟的柳根和一条大鳌花。杨石山十分高兴，觉得自己太幸运了，不但年年超额完成生产任务，去年还为重要建筑伐了落叶松。师傅做了一辈子伐木工，也没有这个机会。他是托师傅的福。今年开锯后也特别顺利。看来这个采伐季，他们队的生产任务不仅能超额完成，还能翻番。

人的精神状态好，好事儿也接二连三地来了。从沾河挂了鱼后，一天晚上，他还幸运地打到了一只狍子。

那晚，他们之所以收工早，是因为一场大雪。

三点多钟，雪片就洋洋洒洒地飘下来，打在人脸上生疼。杨石山下令收工，毕竟冒雪作业存在安全隐患。他们刚回到地窖子，雪片竟然稀了，不到一根烟的工夫，雪就仿佛没来过一样，连天都亮堂了。

"这场雪，好像专门给咱们下的。大雪没安好心，就是想把咱们从施业区赶回来。"曲二手嘀咕。

"赶回来就赶回来，就当歇歇了。咱们也打牌，喝烧酒，好好睡一觉，明天再多干一会儿，就有了。"杨石山安慰他。

这只狍子是自己送上门的。

晚饭后，有人吵嚷着要打牌，还有人起哄，想听曲二手讲梦，也有人让尤大勺唱小曲。"一天老是哼哼呀呀的，有啥意思？"尤大勺说，"你们还是让我哭吧。我只能哼哼小曲，一出声就跑调。这不，门牙又掉两颗，说话都漏风，唱小曲就更跑调了……"大伙七嘴八舌地嚷嚷，屋子里吵得快要把房盖掀开了。杨石山从地窖子里出来，去房后头解手。晚上多喝了两碗酒，他脚步有些晃。往后面走时，他觉得有些异样，还隐约听到了"嚓嚓"的动静。他回头看了一下，清幽的月光洒落在雪地上，树影在风中跌跌撞撞地摇晃。

　　他想不会是动物，动物也怕人，可能是风捣蛋。二百来人占据的山坡，野兽怕是也不敢上来。野狐狸狡诈，不会在这时候上来偷东西。地窖子里煤油灯微弱的光亮，还是从狭小的窗口里透出来，狐狸可没那么傻，才不会干偷鸡不成蚀把米的傻事儿。除非傻狍子，它也可能是走错了路，误打误撞地进来。他笑了，还摇摇头，傻狍子也没傻透气儿。尤大勺还养着一条狗，这条狗虽然瘦得皮包骨，但耳朵尖，叫声也响亮。它要是发现狍子的影儿，早就跳着脚"汪汪"叫了。

　　杨石山被地窖子顶上支出来的木头撞了肩膀。他抽了一口气，还埋怨自己，干啥这么不小心。他急急忙忙地往回走。

　　大雪把山染白了，还给山盖了一层雪被。动物也和伐木工们一样，三根肠子闲了两根半。不冬眠的动物们，又饥又冷，都跑出来觅食。野猪最凶，大摇大摆地从山上下来，进镇子去找吃的。大沽河两岸的人，对野猪既怕又恨。

　　要不是刚落下的大雪反光，他根本就看不见那只傻狍子。这只狍子，果然是来觅食的。

　　狍子似乎没看见他，瞪着一双圆溜溜的眼睛，盯着地窖前的大雪堆。杨石山知道，雪堆里埋着从大沽河捕上来的鱼，尤大勺还爱把野鸡埋到雪堆里。他说放在地窖顶上，挂在檐下，都不安全。不光野猪、傻狍子这些大牲口防不胜防，狐狸、山鼠、黄鼠狼这些贼也防不住。这会儿，杨石山又怕尤大勺养的那条狗叫。他踮着脚，猫腰在地窖子的门旁处，操起一把搬钩，屏住呼吸，照着狍子撇过去，只听"噗"的一声闷响，狍子趔趄两下，腿一软，后坐到雪地里。

"来人，抓狍子了！"

尤大勺第一个跑出来。他拎着家伙，又照着刚要起来的狍子砸下去。狍子就再也没起来，他把昏死的狍子拽进地窖子。

"队长，昨个儿半夜，狗死了。我猜是肚子里没食儿，被冻死了。我还寻思一会儿大伙儿都睡了，我烧锅热水，把皮扒了，明晚再炸一锅狗肉，给大伙解馋。"

杨石山点头，说："这下好了，又有狍子肉可吃了。"他想好了，明天让尤大勺酱炖柳根，十几条鲫鱼也酱炖，鲤鱼和大鳌花一起炖上，再炸一锅狍子肉、狗肉，让工友们敞开肚皮造一顿。

清晨，杨石山早早地起来，倒了半盆温水，洗脸刮胡子。二十年，对一个伐木工来说，的确值得纪念。虽然胳膊、腿也疼，但还能忍受，胃疼时，他就喝一口烧酒，或者吃一口白砂糖，再勒上棉肚兜，也就过去了。这些年，无论多艰难，妻子都没让他断了这口烧酒和白糖。冬伐开始，刘欣茹就会把一包白砂糖掖到他的背包里。看着儿子围着背包转，他心里很难受，背着妻子，把糖包拽出来，偷偷给儿子吃上一口。刘欣茹还是看见了，照着儿子的脑袋拍一下："啥都吃，啥都吃，你爸上山连口菜都吃不上，就那点儿白糖，你还跟着争嘴。"

杨思乐虽然没哭，但眼眶红了，转身跑了出去。杨石山嗔怪地看刘欣茹一眼，说："你干啥，说两句就够呛了，还打他？他还是个孩子，你们在山下，也没比我吃得好到哪。你在家别亏待孩子，该吃就吃，我在山上能吃到野味，要是赶上运气好，说不定还能吃上野猪肉。"

"你可别吹牛了，还吃野味，野味不吃你们就不错了。大雪滔天的，动物们都饿疯了。"刘欣茹咯咯地笑了，"放心吧，我们吃得不赖，起码土豆、白菜、萝卜能不断流吧。有时候还能吃顿豆腐，再生盆黄豆芽，孩子们也不亏嘴。只是苦了你——"刘欣茹哽咽得说不下去了。除了烧酒，一坛猪油也是少不了的。刘欣茹骄傲地对孩子们说："你爸要是没有这坛子猪油，能在山上坚持二十来年？哼，我喂的猪都上食，能吃的猪就长膘。最瘦的地方，也得有三指膘。"

二十年了，杨石山想用自己的方式纪念一下。他拿出刮胡刀，刮去下巴上杂草一样的胡须，消瘦的脸看上去精神不少。头发还是不能剪，上山才知道，长一脑袋头发多么有用，不但能御寒，还能顶帽子。杨石山用块碱洗了洗头发。他倒掉半盆黑泥汤似的水，又换了一盆水，直到水透亮了才作罢。他在山上二十年了，还要再干二十年，直到爬不上山了，他也退休了……收拾完自己，杨石山告诉尤大勺，晚上改善伙食。狍子肉、狗肉、鱼都拿进来解冻，该烀的烀，该炖的炖。

"今个儿是特别的日子，队长安排晚上喝酒吃肉。大伙多使把劲，多伐几棵树。"尤大勺的话，引起了工友们的好奇。

"咋特别，又不是过年过节？"

"吃就得了，问那么多干啥！准备好肚子吃喝就完了。"尤大勺嘀咕着，又哼起了小曲。

杨石山不许他说。

十五

　　杨石山有一种异样的感觉，有喜悦，有感慨。

　　他和工友们一起到了施业区。在一棵一抱多粗的大红松下站住，目测这棵红松，至少活了千年以上。红松树干粗壮笔直，红褐色呈鱼鳞状皲裂的树皮，均匀地分布在树干上。压在树冠上的积雪一层又一层，不用看，他就知道上面的松塔比大孩的巴掌还大，籽粒颗颗肥腻饱满。站在树下的他，仰头望着这棵红松，心头再次涌上自豪感。

　　"红松啊，我今天要伐下你，来纪念做伐木工的二十年。你很快就能下山，去你该去的地方。你可要记着我，说不定日后咱俩还能再相见。到时候，千万要和我打招呼。咱俩好好叙叙旧。"他心里还想，一会儿让人把松塔摘下来，放在炭火上烧一下，松子顶饿还润肠。

　　二十年来，杨石山不知道伐了多少棵这样的红松、云杉、落叶松、樟子松……虽然自己是伐木工，但他对每一棵树都充满敬畏。每次伐树前，他都在心里默念：慢慢走，日光很温暖；慢慢走，月光下的路很光滑；慢慢走，河水才是你归处；慢慢走，阳光照射的地方，是你的家……这是一首鄂伦春族民歌。他听葛丹用一个叫"朋奴化"的东西吹过，也听他唱过。据说"朋奴化"是鄂伦春族的乐器。葛丹是大女儿春洛的同学，也是葛天成最小的儿子，经常和高科举的儿子高守利到他家玩。他也喜欢这两个孩子。

　　葛天成和高科举都是老林工，在山河林业局也是响当当的人物。杨石山第一次听葛丹唱这首歌，葛丹是用鄂伦春语唱的。开始，他只是喜欢它的旋律。后来，他就怂恿葛丹用汉语再唱一遍。葛丹的脸都憋红了，才唱了出来。从那以后，葛丹再唱歌，就能很快地从鄂伦春语转到汉语。他问葛丹："你能翻译鄂伦春语？"葛丹摇头，说："汉语也是大概意思，而且每次唱的时候，旋律一样，但歌词就不一样了……"杨石山哈哈大笑，歌词是否一样都不要紧，好听就行。他记住了这几句歌词，觉得用这几句歌词，与伐下来的树告别，特别合适。

杨石山不只喜欢葛丹吹"朋奴化"，更喜欢他的歌声。他不知道一个十几岁的孩子，咋能把歌唱得这么沧桑有力，还别有韵味儿。

杨石山的心情从没这么好过。二十年来，他伐了多少棵树，已经估算不出来了。当他看见树木被集材工拉到山下时，他心里就涌出无限的欣慰和自豪。二十年来，他不光伐木，还带出了百八十名徒弟。如今他的徒弟们，都在各个林场的第一线，个个都是伐木的顶尖高手。平时给他做助手的，也都是徒弟。

今天，曲二手却说啥都要给他做助手。

"你这么大的手，给我做助手，不是瞎扯？"

曲二手嘻嘻地笑："队长，你就让我给你当一回助手。我这辈子最大的心愿，就是认个师傅，特别是像刘昌明那样的师傅，可我没这个命，能给刘师傅的高徒当助手，这辈子也算值了。"

有工友逗他，说曲二手不仅会讲梦，还会说话。曲二手嘻嘻地笑："我真是这么想的，今个儿不当助手，以后就没机会了。"曲二手似乎意识到自己的话说得有问题，结结巴巴地想解释，"队长，我是怕我，也不是，我是怕你，还不是——"

杨石山摆手："干活儿。"

曲二手怎么也没想到，他一语成谶。

杨石山看好方向后，用手扒开树根下的积雪和腐叶，在树根的十厘米处砍了碴口。手里的油锯开始工作，今天这把油锯也格外卖力，似乎懂得主人的心情。没一会儿，杨石山脑袋上就冒出热气，油锯在冬天坚硬的树木上工作着。杨石山竖着耳朵，听树枝在寒风里"咯吱咯吱"裂开的声响。

他脸上就有了笑容，觉得声音很好听，像葛丹吹奏的曲子。很快，红松就被伐透了。杨石山要起身时，眼前有道红光闪了一下。他眨了两下眼睛，想必是起猛了。他从厚重的手闷里抽出手，揉揉眼睛，定睛一看，那道鲜红的光像从鸡脖子里蹿出的血。

他惊呆了，油锯掉落到地上。

杨石山犹疑着低下头，仔细地打量那摊鲜红得如血一样的东西，不是他眼睛出了问题，而是红松鲜嫩的碴口处，确确实实流出一摊血一样鲜红的东西。他下意识用手指蘸了一下，放在舌尖儿处咂了咂，果然有一股腥气——年轻时，他见识过红松流泪，还嬉笑着安抚红松："别哭啊，你从大山里走出去，支援国家建设是特别光荣的事儿，等你在哪座建筑上成为栋梁，你告诉我一声。我老了，伐不了木了，就去看你。我再带上一壶烧酒，咱俩一边喝酒，一边……"

二十年后，当他看到流出"鲜血"的红松，他浑身战栗。

曲二手愣住了，随后转身把水壶拿了过来："队长，趁着没结冰碴儿，喝一口。"

他推开曲二手的手，似乎看见他嘴角的笑。他疑惑地看他一眼，顾不上多想，又呆呆地盯着地上的那把油锯。一时间，他觉得那是一个凶器，是它让红松受了伤。恍惚间，红松又变成了一个壮汉，朝他走过来。走到他跟前，壮汉的脑袋掉了下去，一股鲜红的血，从脖子里蹿出来，他眼前一片血红……是他砍下了壮汉的脑袋，脑袋落到地上时，他看见壮汉眼睛里流出来的泪也带着血。他又盯着自己的双手，是他亲手杀死了壮汉……一只乌鸦呱呱叫着飞过来，围着红松的树冠盘旋了一圈，一个跟头栽倒在杨石山面前。落在雪地上的乌鸦，扑腾了几下翅膀，宛若一张纸片似的死了。

"啊——"随着人们的惊叫声，一股阴风刮过来，所有人都打了个冷战，阴郁之气像一片厚重的乌云，压在人们的头顶。

"又是一只乌鸦。"曲二手嘀咕了一句。

杨石山大脑一片空白，他像一片从枝头上飘下的落叶一样，就要倒下去，要不是曲二手从身后撑住他，他就会摔到石碴上。

　　工友们把杨石山背回地窖子，一口烧酒喷到他脸上，他才醒过来。杨石山病了，曲二手要把他背上山："队长，下山去看病吧。"他摇头，虚弱地问："树咋样了？"几个工友面面相觑，谁也没说话。

　　曲二手抿着薄嘴唇，顿了一下，贴在他的耳朵上说："我用一件旧棉袄把锯口处裹上，又用雪和腐土埋上了。放心吧，开春它的锯口就能长合。这棵红松神着呢。他知道你是杨石山，也懂你——"

　　杨石山又想起曲二手嘴角的笑，皱了一下眉头，盯着曲二手："二手，你以前见过流血的松树，还是听人说过？"

　　曲二手愣了一下，下意识地低头看一眼左手："嗯，没、没见过。队长，我除了做梦这点儿能耐，没见过啥。真的没见过。"

　　杨石山长长地叹了一口气。

　　"队长，今晚的鱼和肉还吃吗？"尤大勺声音颤抖着问。

　　"吃啊。你们该吃吃，该喝喝。我歇两天就好了。"杨石山有气无力。

　　"队长，告诉你一件事儿。我去倒泔水时，碰上曲二手，不知道他从哪里捡个死乌鸦，刨坑埋到地窖子后面了，还上了三炷香，嘴里像念经似的叨咕些啥。有风，我也没听清楚。"尤大勺神秘兮兮地还要说什么，杨石山摆手，表示他知道了。

十六

红松流血的事件，像一股阴风，在地窖子里流窜。大家都讳莫如深，有人干脆说，根本就没有这事儿，看到血的人，是眼花了。有人分明看见了血，也先是摇头，随后又点头，说："对，哪来的血？这棵松树无非是去年下雨时喝饱了水，成了水罐子。冬天又没冻上，队长锯它时，树干里的水哗啦出来了，看着像血似的——"议论声戛然而止，他们不约而同地想起那只从树冠上跌下来死去的乌鸦。

仿佛谁要是说看见了血，谁就会像那只乌鸦，死得突然，死得悄无声息。

本来大伙儿打算好好乐和乐和，但因为白天蹊跷的事儿，再加上杨石山突然病了，晚饭吃得索然无味。虽然好久都没沾油星了，但大伙儿只是沉闷地吃了几口鱼，吃了几口肉，就闷头坐着喝酒。没听到划拳的喊叫声，杨石山知道大伙儿都被白天的事儿吓着了。他想去活跃一下气氛，可他挂着板铺，两次想爬起来，都虚弱得没力气爬起来。

"大勺，你过来一下。"杨石山喊了好几声，尤大勺才听到，他跑过来问："队长，咋的了？"

"你跟大伙儿说，敞开量多吃点儿，多喝点儿，不用惦记我。"

尤大勺点头，又跑回去："队长说了，让咱们尽情地吃，尽情地喝。"

聚餐还是草草地结束了，人们落寞地上了通铺，却怎么也睡不着。尤大勺收拾碗筷时都蹑手蹑脚。鱼和肉，他没全上到桌子上。他给队长留了一条狍子腿，还留了几条鲫鱼。平时，杨石山饭量好，和年轻人的饭量有一拼。为今晚的聚餐，张罗十多天了，他却一口没吃，一口没喝。尤大勺抽动一下鼻翼，真想找个没人的地方哭一通。他把给队长留的东西，用盆扣严实，放到高处。他怕诡诈的耗子偷嘴。第二天早上，他给杨石山热了鱼，可杨石山都懒得看一眼。中午，热好的鱼肉，又端了下去。

晚上，杨石山才喝了半碗米汤。

尤大勺都快哭出来了："曲二手，你想个啥办法，让队长吃口东西吧。"

曲二手摇头。

第四天早上，杨石山喝了一碗粥，尤大勺乐得不行，说今个儿队长喝了一碗粥呢。队里的人都为杨石山捏了一把汗。尤其是曲二手，早上走时，他又站在杨石山的头前："队长，俺们走了，你好好养着，还得多吃饭。"晚上，他进门就问，"队长，今个儿好点没有？"

"老哥，你心里有话没和我说。"杨石山看着曲二手。

曲二手笑了："没有，我这两天被你吓得都没敢做梦。你快点儿好，我的花儿、草儿才敢来。队长，啥事儿都没有，没啥大事儿，你就是耽误我乐和了……"

杨石山盯着曲二手："你没和我说实话。"

"石山，快好起来。你不在施业区，俺们提不起兴致，就连'顺山倒'的号子，都喊得都有气无力。"

杨石山在地窖子里躺了五六天，起身时，脚下不稳，身子摇晃。工友们不让他起来，让他再躺两天。曲二手说："施业区啥事儿也没有，你还不信俺们这帮老哥们儿？正好尤大勺也能照顾你。"他只好又躺了下来。尤大勺不乐意了，说："曲二手，你可真像碎嘴子的娘儿们，进屋就叨叨个没完。你有能耐整些乌七八糟的事儿，咋就不能少说两句？要想让队长好起来，得给他整点儿可口的饭菜啊。"

尤大勺气呼呼地走了。天一擦黑，他就溜了出去，曲二手随后也走了出去。他俩用手电筒照了一窝野鸡，还套了两只野兔。

腊月二十八，伐木工放假。

虽然刚下了一场大雪，但杨石山也要带队下山。上山三个多月了，也该让大伙儿回去跟家人好好团聚、好好过个年了，再不吃点儿油水，肠子都干巴了。要是都像曲二手，就没人伐木了。一想起曲二手，杨石山脑子里就涌上了无数个问号。

这个年，杨石山酒都没怎么喝。他说舌头像木头渣子，尝不出香臭，吃啥都没味儿。刘欣茹担忧地看着他，问他咋了，下山咋变了个人，看着没精神头儿。

"没啥事儿，就是有点儿累。"杨石山安慰女人。

"啊，你都知道累了。你可是铁打的人，第一次听你说累。"刘欣茹像是不认识他似的，盯着他打量。

已经升任林业局常务副局长的姜占林，也来看杨石山。

"都大晌午了，你还没起来？"

"昨晚没睡觉，想睡一会儿。"

"你可真行，还学会失眠了。起来，咱俩喝一口。"

"师哥，喝不下去，真喝不了了。你等我缓缓，再陪你喝。"

杨石山慢悠悠地起来。姜占林把两瓶白酒和两条过滤嘴香烟，放到箱盖上："看你这个熊样，还能戒酒？我没工夫搭理你，我是想陪你喝一口，知道你在山上累。"姜占林要点支烟，拿起来又放下了，"算了，烟也不抽了。我还要下基层慰问。你不喝，我就先走了，等你下山再喝。"

"师哥，让欣茹送你，我不出去了。"

短短几天的假期，刘欣茹发现杨石山不仅病了，还像是中了邪。春节后，他再次上山，她的心就七上八下不踏实。伐树是个危险的活儿，他要是精力不集中，那可不是闹着玩的。这些日子，刘欣茹吃不好，睡不好，一闭眼就噩梦连连。杨夏璎和杨思乐放学也不爱回家，和一帮半大孩子在外面疯跑，不黑天都不进家门。只有大女儿杨春洛，放学就回家，家里家外的活儿多亏她了。刘欣茹只要一看见春洛的影儿就问："你爸快下山了吧？"

"妈，我爸还得仨月才能下山。都这么多年了，你又不是不知道。"

"我最近老是睡不好觉，可惦记你爸了，也不知道他胃疼没有。"

"妈，你就把心放回肚子里吧。山上那么多人，我爸身边还有那么多徒弟，他要是胃疼得不行，他们就会把他送下山。"

"也是。唉，我就是操心的命。也不全是这么回事，过年你爸回来，我觉得他不对劲。哪里不对，我也说不出来。我问他，他说累。听说他在山上还大病了一场，躺了好几天呢。"刘欣茹看着大女儿，"你从小到大，啥时候听你爸说过累，啥时候看见他生病？"

杨春洛想了一下，摇头说："还真没有，最多也就是胃疼，那也没见他耽误干活儿。"

年后上山，杨石山说啥都拿不起来油锯了，手一碰到油锯，就心慌气短。他很气恼，油锯就是他身体的一部分，身体残缺了，还能伐木了吗？还能算啥伐木工？杨石山跟自己较劲，一次又一次试图拿起油锯，有两次差点儿砸了脚，还有一次，油锯掉到雪堆里。

曲二手不让他碰油锯，只要看他要拿油锯，就拦着他："队长，你不要伐了。你现在力气还没恢复过来，还是我来，我来。"

十七

冬伐结束时，杨石山还是病恹恹的。

看到杨石山，刘欣茹悬着的心砰的一声落了下去。但看到他无精打采的样子，她的心又悬了起来。她让他去医院看看："是不得了啥病？没病更好，要是有小毛病就赶紧治，林业局医院看不好，再去县医院。可不能耽搁，万一拖严重了，可咋办？大姐都不能饶了我。"

杨石山说："看啥？啥事儿都没有。哪个没病没灾的好人，老去医院，非得检查出病才消停。"刘欣茹差点儿被他气哭："杨石山，你要是好好的，我能让你去医院？我有毛病是咋的，还是我钱多得没地儿花了？看你那脸黄的，吃饭都不像以前，我愁得心里没缝儿，孩子们都不敢大声说话。走，必须去医院，你要是不去，我就去找大姐！"

杨石山被逼无奈，只好去了林业局医院。医生都认识杨石山，看他来看病，都笑了。一通听、敲、按，又抽血化验，还照了X光，忙活了一上午，杨石山除了血糖低、血压低、风湿外，身体无大碍。

但刘欣茹不走，坚持让他输液，没啥病，打点儿营养针也行啊。杨石山急了，说："我一个大老爷们儿，打啥营养针？吃点儿胃药和维生素就行了。"刘欣茹的眉毛都立了起来："杨石山，这次你要是不听我的，我就、我就投大沾河，死给你看——"

在女人面前，杨石山屈服了。

杨石山在林业局医院打了七天滴流，头还是晕乎乎的。从医院出来，他心里突然开了一条缝儿：看病是好事儿啊，明天还要大张旗鼓地去县医院看病。第二天，杨石山到林场要了车，说要去县医院看病。在林业局医院打了这些天点滴，就是不见好。现在不只脑袋迷糊，心口也不舒服。

听说杨石山要车去县医院看病，调度员二话不说，就派了车。

从县医院回来，姜占林又来看他。杨石山掩饰地咧了一下嘴，说迷糊得直吐。两人沉默地抽了一支烟，姜占林担忧地问："好模好样的，咋还病了？"

"唉，身子骨不禁磕打了，也是我欠下的债。"杨石山掐灭烟头，咕哝声含在嗓子眼儿。

"脑瓜子也病了？你说的啥啊？咋还娘儿们唧唧的，用嗓子眼儿说话？"姜占林盯着他，"你刚才说欠了谁的债？"

"哎呀，你听哪去了？我是说，年轻时候，也不知道爱护身子，都是那时候欠下了身子的债。"

"哦，从林业局医院到县医院，全身都检查了，也没啥大毛病。你先在家好好歇着。这段时间，局里和林场有啥事儿，都不招呼你，我和他们打声招呼。我还有个会，等你好点儿，哪天去找我，咱俩喝几大碗酒，你啥毛病都好了。"

"好，过几天我找你。不过，师哥，我确实病了。县医院要是不能确诊，我还想去省城的大医院看看。"

"少跟我扯犊子。"姜占林匆匆地走了。

虽然杨石山的身体没啥太大的毛病，但刘欣茹发现，他确实病了。从县医院回来，他就心不在焉，还经常发癔症，总是自言自语，嘀咕着一句话："我欠你的。我欠你——"

"你借别人钱了？"

"你胡说啥，我咋能和别人借钱？"杨石山疑惑地摇头。

刘欣茹心慌，还是怀疑杨石山在外借钱了。"你爸从来也不和谁伸手啊，咋还能和人借钱呢？我问他，他还说我胡说。"她忧心忡忡地和大女儿嘀咕。"你爸究竟是咋了？以前，为了夜黑儿能睡得踏实一点儿，他吃晚饭时都得喝一口。我要是不让他喝,他都和我瞪眼珠子,说酒比药都好使,喝酒能活血,关节就不那么疼了。现在倒好,喝酒都喝得有心无肝。"

"妈,你放心吧,我爸保证啥事儿没有。等冬天采伐开始,我爸就好了。他心在山上,生怕他们模范采伐队的荣誉被别人抢走。"杨春洛安抚她。

刘欣茹若有所思地嗯了一声。

杨石山喜欢喝高度酒。虽然日子过得紧巴,但刘欣茹从没断了男人的酒。林业局的人都爱喝鄂伦春人酿的酒,就像鄂伦春人爱吃龙镇的豆腐一样。每次她都到鄂伦春人那里给男人装酒。鄂伦春人酿的酒不仅不上头,还入口绵软,回甘后,味道也分层次地跳出来,甘烈中夹杂着果香。刘欣茹尝过,六十度的烧酒漫过舌尖时,没有火辣感,还有一种绵软感,但是入喉之后就能感觉到酒的力度。微醺时,心头就像大沽河岸边的浪,一拨接一拨地扑过来,没有剧烈的撞击感,但能感觉到心口麻酥酥的。

"真是好酒啊。"刘欣茹感叹。

刘欣茹早听人说,鄂伦春人的酒好,都是因为那口神泉。

据说这口神泉在大沽河支流的都鲁河右岸,神泉的周边都是火山喷发后的玄武岩石。早些时候,鄂伦春人的祖先就用泉水治病,得到泉水庇佑的鄂伦春人,在神泉旁边建了一座石头塔,还砌了神龛。每年的腊月二十三、春节,特别是农历四月,鄂伦春族春祭大典时,他们都要到塔下祭祀山神。为迎接新一年的开始,还在神龛上供奉上食物和烧酒,祈求神灵保佑,祈祷神泉长流不息,为人们驱除病魔,保佑人们健康长寿。

龙镇的人和林业局远远近近的林场的职工,都到被称为"山岭上人"的鄂伦春人的聚居地去打酒。龙镇有人从中看到商机,鄂伦春人能烧酒,咱们也能烧。他们能做出好酒,都是因为大沽河的水,咱们一样能……利益驱使,他们偏不信好酒只有鄂伦春人能酿,他们就酿不出好酒?

果然,"龙镇烧酒坊"的牌匾挂了出来。出酒那天,不但燃放了鞭炮,还免费让人们品尝。

龙镇人奔走相告："龙镇烧酒坊出酒了，出酒了——"半碗酒下肚，再咂巴咂巴嘴，人们的兴头就下去了。龙镇烧酒坊酿出的酒，是那种火烧火燎的辣。入口后，吧嗒一下嘴，还有一种泔水味儿，骚哄哄的味道，在口腔里久久不散。

"这酒咋喝？"

见过世面的酒客，晃着脑袋叹息。酒坊大门前鞭炮蓝色的烟雾

和火药味还没散去，聚集在门前的酒客们就一哄而散了。

烧酒坊不久就关门歇业了。烧酒坊的师傅输得不甘心，百般打听，还查阅了资料。果然，在酿酒这个行当，他们不得不甘拜下风。鄂伦春人个个都是好猎手，说到酿酒，他们也是个顶个的高手。在白酒还未传入鄂伦春族时，他们就用马奶、小米和稷子米混在一起发酵，用桦树皮桶，自制马奶酒，用野果酿酒，只要有酒就皆大欢喜。无论是打猎归来，还是驯鹿归来，他们都要坐在"撮罗子"里喝上一壶。女人迎接男人归来最高的礼遇，就是为男人备上一壶烈酒、一碗肉。陪着男人喝酒吃肉，再跳舞献唱，鄂伦春女人都深谙此道。

十八

鄂伦春人的酒好喝,除了因为他们的酿造手艺独特,也多亏了那口神泉。有了神泉的加持,他们酿的酒就好喝得美上天了。鄂伦春人酿的酒绵柔而有后劲,这种后劲让爱酒之人沉迷其中。

在酿酒方面,龙镇人彻底服了。

杨石山说,他们的酒有山林的清新,有河水的甘,有野果子的甜,而且在喉咙处久久不散,喝上一口,就浑身有劲。刘欣茹还从鄂伦春人的手里买了一大一小两个鹿腿皮做的装酒皮囊,大的用来盛酒储存,小的盛好酒,男人带在身上。山里风大,凛冽的寒风最喜欢侵袭人的关节。近几年,她发现男人的关节有些变形,手指的关节最明显。所以,男人一进门,她就把饭菜端上桌,虽然普通,但热气腾腾。一壶烫好的烧酒端上来,一盘豆腐也端上桌。只要男人在家里,她从来不让他喝凉酒。她说,在大山里灌了一肚子凉风,再喝凉酒,寒风和凉酒在肚子里相遇,它们就是一对狗男女,指定在一起兴风作浪。

杨石山三番五次找姜占林,表达了自己要离开采伐队的想法。他说身体不行了,不适合留在采伐队了。第一次,姜占林看到进门的杨石山,吓一跳,他瞪着眼珠子问他:"咋这个熊样儿,是身体的原因,还是心里有啥事儿?欣茹虐待你了,还是你贪恋野女人,被野女人掏空了身子?"杨石山咧嘴想笑,可他的样子更像哭。

"看你这个熊样儿,笑得比哭还难看。到底咋的了?"

杨石山摇头,说:"我知道你忙,我也没闲心跟你扯别的。我来是和你说正事儿。"他咳嗽了一声，"我病了。这段时间，我从这个医院出来，又进那个医院。为我这病，欣茹哭了一场又一场。再把她折腾病了，我都不知道咋办了。我也没法向师傅和师娘交代。我这身子真不适合再上山了，砍伐队的活儿，我干不了。二十年了，也可以了，该换个岗位了。"

杨石山直视着姜占林，等着他跳脚骂。

"滚蛋，别在这儿给我添乱！我忙得脚打后脑勺，赶紧该干啥就干啥去。"姜占林瞪着眼珠子吼叫，"我听说你还半疯了，说欠了谁的？我告诉你，杨石山，你要敢动花花肠子，辜负了欣茹，看我怎么收拾你！"他抓起桌上带盖的瓷茶杯，"你再跟我磨叨一句，信不信我现在把你脑袋开瓢！"

杨石山倒退着往门口挪步，到门口砰的一声，关上门走了。过了两天，他又来了。他推开门时，姜占林正埋头看文件。

"忙着呢？还是上次和你说的那事儿。"

姜占林摘下眼镜，放到桌上。他压着火气，说："就你那点儿病，根本就不算事儿。如果你是普通的伐木工，我也不难为你，马上给你换个岗位，就你这个德行，把你放在哪，你都能拼着命干，我一百个放心。可是采伐队和别的岗位不一样，一个采伐周期就是四个多月，而且是在大山里，没有个硬实人跟着，哪能行？真要出点啥事儿，上去费劲，下来也难。你说采伐队没有你，我咋能放心？让谁来带那二百多人的队伍，曲二手吗？一个采伐队不只是生产，还有安全生产、队伍管理。曲二手的技术没人能比，可他那性格、能力也不够啊……"姜占林眼珠子都红了，看似苦口婆心，其实心里的火大了。

杨石山了解大师兄的秉性，别看他当了这么多年的官，但耿直的性子没变。杨石山嘻嘻笑着打断他，说："人，我都帮你物色好了。队里有个叫肖旺才的年轻人，有能力，也有号召力，他可以任书记兼队长。别看肖旺才三十出头，但他干过集材，后来才采伐。他也是我一手带出来的，人很稳重，也有群众基础。他爷他爸也是老林业人了，肖红军你也认识，早先也伐过木。家里不说根正苗红，也差不多。关键是人正直不说，还有责任心。他接替我，不但能保住采伐队的集体荣誉，还指定能把队伍带好……"看着滔滔不绝的杨石山，姜占林眯缝起眼睛："师妹说你病了，得的还是癔症。春洛也说你和以前不一样了。可我听你说话，看你这个样子，觉得你不但没病，还比以前更精明了。"姜占林端起水杯，喝了一口茶，"看来你想离开采伐队的想法很坚决，而且把自己的后路都想好了。你到底是真病了，还是外头真有相好的了？"

杨石山嘻嘻地笑："啥都瞒不过你，你都活成山神了。以后，说不定上山之前，还要先祭祀你。但我是真病了，不是癔症，是实病。也没有相好的女人，除非我疯了。你要是非得说我有相好的，大树就是我相好的女人。"

姜占林瞥了杨石山一眼，说："你别和我嬉皮笑脸、扯东扯西的，你想离开采伐队，问过师傅吗？师傅能答应吗？"

"师哥，少跟我来这套，别拿师傅压我。年前年后，我上雀儿岭两次，问过师傅，他老人家不但答应，还支持我。"

姜占林咬着下嘴唇。看得出来，他强迫自己隐忍着："说吧，不当采伐队队长，想去哪里高就？是想离相好的近一些，还是想直接去她家过日子？""啪——"姜占林抬手把茶杯扔出去，随着清脆的碎裂声，茶水无声地洇湿了水泥地。

"杨石山，你敢！师傅不在了，我就是欣茹和孩子们的靠山，不可能让你胡作非为。"

杨石山瞥一眼摔碎的茶杯，起身拿过门口的笤帚，把残渣扫进铁皮撮子里。他又慢腾腾地在师哥的对面坐下来，从怀里掏出烟荷包，给他卷一支烟，又划火点着递给他：

"来，抽一口，消消气。你别听欣茹胡说，我上哪找相好的去？"

姜占林狠狠地吸一口纸烟，又吐出一口辛辣的烟雾："谅你也不敢。快说吧，到底咋回事儿，一支烟贿赂不了我。"

杨石山给自己也卷了一支烟，吧嗒吧嗒地抽了几口。

姜占林眼里又冒出火星，仍然不紧不慢地抽烟。眼看师哥又要爆发了，杨石山才慢条斯理地说，"我去胶合板厂吧，看大门。我的身子骨真不如从前了，不咋听使唤了。看大门休班时，我还能帮欣茹侍弄侍弄菜园子，喂喂猪，喂喂鸡。这几年在大山里伐木，家里的事儿，我几乎没怎么管过。说真心话，真的愧对欣茹。她生三个孩子，都没好好坐月子，还要照顾师娘。欣茹的身子骨也不如从前，大夫说她亏气亏血。她苦药汤不离嘴。看她喝药，我都想吐。"

　　说到师娘，姜占林的心一惊。自从师傅走了，师娘都是刘欣茹照顾，他们这些徒弟只有不忙时，或者过年过节，才能去看一眼。不过就是看一下，说两句安慰的话。前些年，师娘被儿子接到了县城，他们只有到县城办事，才能顺便看一眼师娘……姜占林知道，这几年，师娘还得了风湿病。

　　姜占林的口气缓和了下来，说："我不能答应你，我得先和肖旺才谈一下再说。任命干部，也不是我一个人说了算，组织还得考核。"杨石山把烟头按到烟灰缸里："肖旺才一定能经得起组织的考验，也一定比我干得好。我都替组织考核完了。嘻嘻——"

　　"你严肃点儿，少跟我嬉皮笑脸。"姜占林用手指头点着他，"你呀你——想不到，给我出难题的，竟然是我的同门师弟。这要是师傅活着，他说啥都不能饶你。你呀——"姜占林恨得咬牙切齿。

　　"你给胶合板厂打个电话，我这就去办手续。明早，我就去胶合板厂报到。"杨石山指着办公桌上的电话。

　　"滚蛋！啥时候打电话，用不着你管我，打不打还要看我的心情。滚蛋——"姜占林白了他一眼。

　　杨石山倒退着走出姜占林的办公室，一只脚刚迈进走廊，就头也不回地走了。

　　姜占林愣愣地看着走出办公室的杨石山，他魁梧的背影薄了不少，背也微驼。

十九

刘欣茹发现，杨石山越来越不正常了。他一趟一趟往局里跑，去找大师哥，回家后脸阴沉得像一汪水。偶尔，他嘴里还是自言自语地嘀咕："我欠你的，我欠你的……"有时候还盯着一个地儿发呆。她不相信，一棵流血的松树，就能把杨石山吓坏。她太了解男人了，就算自己看人不准，父亲还能看错人吗？再说，从小就生活在大沽河边，生活在大山里，啥稀奇古怪的事儿没经历过，没见识过，没听说过啊。

刘欣茹还记得，春洛刚满五岁，她肚子里还怀着夏璎。周日，杨石山休息，说啥都要去大沽河下挂子，说挂几条鱼给她补身子。刘欣茹不让他去，说河边蚊子多，草爬子也多，吃两条鱼就能补身子了？她知道男人不擅打鱼。再说，家里那条破挂网，早就坏得大窟窿小眼子，小鱼不上挂，大鱼恐怕也挂不住。但杨石山坚持，说："要是运气好，没准还能挂几条大鳌花、大蓟花，你不但能吃上鱼，还能喝上鱼汤。吃不了就腌上，啥时候馋了，放两个土豆，炖一锅，你和春洛就吃呗。"

杨石山揣了两块饼子，灌一瓶子水就走了。

不知道为啥，那天杨石山一走出大门口，刘欣茹就心慌。她抱着春洛追出去："石山，你早点儿回来啊！今天太阳大，河水反光，水边更热，能把人晒伤。"杨石山头也不回地应着："回去吧。晚上焖小米饭，炸一碗辣椒酱，等着吃鱼吧。"

晌午，刘欣茹的饭，吃得无滋无味，心里惦记去河边挂鱼的男人。很少哭闹的杨春洛，也抱着她的腿闹腾，下午还说啥都不睡觉。眼看着像个大火球似的太阳慢慢地升到中天，又不紧不慢地往西落去，刘欣茹慌乱得坐不住了。她一次次牵着女儿，站在大门口，向通往大沽河的那条小路张望。男人仿佛隐遁了似的，就是不见踪影。刘欣茹晚饭也没心思做，眼看着家家屋顶都冒出轻柔的炊烟，她还牵着女儿的小手，朝小路上张望。

天都黑透了，小路的尽头，似乎有一团黑影移动过来。要是平时，这么晚了，她不会站在外头，遇到下山觅食的野猪，或误入镇里的黑瞎子，那可不是闹着玩的事儿。但对杨石山的担忧，让她忘记了凶险。小路上那团移动的身影，越来越清晰了，好像不是一个人，还有一匹马。刘欣茹失望了，男人怎么还没影儿呢？待那团黑影走近，她看清楚了，那团黑影是两个人和一匹马。等那团影子更近了一些，她看见其中一人是杨石山。而另一个人，看打扮和背上的枪，就知道是鄂伦春猎人。她不知道男人为啥和一个鄂伦春猎人，还有一匹马，一起回家。但她的眼泪唰地掉了下来。"你咋才回来啊？我都快急死了！"杨春洛哽咽着问。

杨石山似乎很疲惫，年轻的猎人帮忙把两个麻袋从马背上卸下来。她惊愕地看着扔到地上的麻袋，水浪似的蠕动两下，她恐惧地看着杨石山。一个大坛子、一个装满鸡蛋的篮子、一个水桶被搬到外屋地后，鄂伦春猎人才走出了门。他在大门口翻身上马，挥手与杨石山告别。

刘欣茹拉着女儿的手，手足无措地看着离去的猎人。她看着杨石山，想听他解释。

"进屋吧。蚊子起来了，别咬了孩子。"杨石山率先往屋里走。

刘欣茹跟在男人的身后，急忙进了屋。男人坐到锅台上，喘息了一会儿，才打开麻袋。原来，麻袋里是一坨黑瞎子肉。刘欣茹看着眼前的东西，惊愕地问："你不是去挂鱼了吗，哪来这些好东西啊？"

杨石山抹了一把额头上的汗水。暗黄的灯光下，男人苍白的脸上，有几道血痕，伤口很深，胳膊和手背上的伤口结了红褐色的痂，衣裳、裤子破烂不堪。

"怎么了，和人打架了？还是遇到鬼了？"

"你先别着急，等会儿跟你说。"

杨石山卷烟的手是颤抖的，半天也没把一支烟卷紧。她从他手里抢过烟纸，替他卷了一支烟，并点着火。杨石山贪婪地吸着，抽得剩一个烟屁股，才缓缓地吁了一口气："给我抔点儿水，我渴死了。"杨石山接过水瓢，咕嘟咕嘟喝下半瓢水，又吁了一口气，才缓缓说了这一天来的遭遇。

早上，他一到河边就下了挂子，想趁着大太阳不那么猛烈，多挂上几条鱼，也能早点儿回家。晚上，娘俩就能吃上鲜亮亮的河鱼了。第一挂网拉上来，运气特别好，有鲫鱼、鲤鱼和几条螯花。虽然螯花、鲤鱼都不太大，但足以让他兴奋。两个挂网拉上来，就有半桶鱼了，还挂了两条花老猫，龙镇人都把黑花鲶鱼叫花老猫。杨石山越挂越上瘾，说啥都要挂一桶鱼再回家。又起了一挂网，这网嘎牙鱼多，看着欢蹦乱跳的嘎牙鱼，他都笑出声了。他听说，月子里的女人吃嘎牙鱼最好，嘎牙鱼下奶。

太阳明晃晃地照在河面上，水面上闪出碎银子般的光，刺得他睁不开眼睛。他把上衣拽上来，盖在头上。炽热的光，被一件蓝褂子遮住了，他肚子叽里咕噜一阵叫。早上，他喝了两碗苞米面粥，吃了两块饼子。挂鱼的兴奋，让他忘了饥饿。这会儿，肚子开始抗议了。这么多年在山上伐木，他落下一个毛病，一饿就心慌气短，出虚汗。他伸手从石头旁的布袋子里掏出饼子，刘欣茹还给他装了两根大葱。他一口饼子、一口大葱吃起来，三五口就吃下一块饼子，又咕嘟咕嘟地喝水。虚汗被两块饼子和一根大葱打发了。他满足地打了两个饱嗝后，又心满意足地卷了一支烟，抽了起来。吃饱喝足，又过了烟瘾，他继续盯着水面。几只云雀飞了过去，又有几只叫不上名的鸟，长嘴点在水面上，不知道是看见了鱼，还是在喝水。它们在水里点了几下，飞起来，叫几声，又俯冲下来，长嘴再次伸到水面。

杨石山笑了。

二十

都说有水的地方就风凉，看来也不尽然，正如刘欣茹说的，太阳光反射到水面时，是那种令人难耐的溽热。衣裳遮住了光，也挡了风。他掀起衣襟，扇着身上的汗，扇着扇着，手就停住了。他感觉到身后有异样的动静，还闻到一股大牲口的味儿。他出了一手心汗，喘息也有些粗。但他没回头，侧着身子，右手轻轻抓起脚边的一节木棍。早上出门时，他顺手从椊子垛上拽了一截木棍，放到铁桶里。他本来是想挂了鱼，用这截木棍把铁桶背回来。

道远，路又弯弯绕绕，一会儿上，一会儿下，拎着水桶不好走。

杨石山凭着喘息和气味儿，知道身后的东西离他越来越近。他轻轻地转身，凭感觉，倏地把手里的木棍朝后砸去，原来是一只熊瞎子。这一下，正好砸在它的脑门上。它趔趄两下，差点儿坐到地上。杨石山知道这一木棍砸中了它的要害。他没给熊瞎子喘息的机会，又照着它的脑袋砸下去。雨点般的棍子砸下来，令熊瞎子有些蒙，但它还是摇晃着身子扑过来。杨石山大概用尽了力气，躲闪不及，被熊瞎子抓着了。他稳一下神儿，灵巧地退后几步，与熊瞎子保持一定的距离。

缓过神儿的黑瞎子，也彻底被激怒了，嘶吼着扑过来。

杨石山又奋力照着它的脑袋砸，这次他不仅听到了木棍的断裂声，还听见了熊瞎子脑袋的开裂声。他跌坐到地上时，又顺手摸起一块带棱角的石块。当熊瞎子再次扑过来时，他瞅准距离，当石块与熊瞎子的脑瓜骨碰撞时，一股鲜血喷溅到他的脸上和身上。熊瞎子站住了，望着眼前这个男人，仿佛在沉思：刚刚游荡到河边，无非就是为了吃顿鱼，想不到看见一个比鱼大几倍的猎物。它兴奋地走过来，心中还十分窃喜，看来今天有口福，还能吃到肉……咋也想不到，这坨肉不仅断了它吃鱼的念想，还要了它的命。

熊瞎子觉得冤，也不能就这么倒下，它用沉闷的嘶吼声表达着心中的愤怒和不甘。它想再次扑上来，撕开眼前这坨东西，但摇晃了几下肥硕的身子，扑通一声倒下了。熊瞎子的嘶吼声，把杨石山吓得头皮发麻，一股热流从大腿根下来了。他在眼前这个庞然大物的嘴巴下，慌乱地爬了几步才起身。但倒地的熊瞎子没起来，他呼呼地喘息着，稳了稳神儿，又抓起一块带尖角的石块。他蹿上去，骑到熊瞎子的身上，照着它的脑袋，又是一通疯狂的砸。

杨石山累瘫了，要是再来一只熊瞎子，他连跑的力气都没有了。但他还是听到了"嚓嚓"的响声，像脚步声，也像牲口走路的声响。他脑子里一片空白，哀怨地看着湍急的河水，命绝到大沽河岸边也好，死在大沽河岸边，有山有水，不会寂寞。他闭上眼睛等死。

欣茹、春洛——他在心里哀叫。

一只脚踢了他一下，虽然听不懂鄂伦春语，但他知道遇到了鄂伦春猎人。他睁开眼睛，把一老一少两个猎人吓一跳。他们叽里咕噜地说了一通，虽然他一句都没听懂，但他猜想，他们以为他死了。猎人知道，没谁能逃过熊瞎子的巴掌和舌头。熊瞎子一抱，英雄好汉也会因为骨骼炸裂而丧命。

年长的猎人好奇地打量他一番，从马背上拿过酒壶，递给他，示意他喝一口。年轻的猎人扶着他坐起来，朝他竖起大拇指："你厉害！"

杨石山咧了一下嘴，烈酒从喉咙下去，从脚下升起一股力量，他站了起来。他站住了，指着那头熊瞎子说，它差点儿要了他的命。他说自己是龙镇人，山河林业局的伐木工，趁着休息，想来河边挂几条鱼，给大肚子的老婆补补身子，没承想遇到了这家伙。要不是手边有一截硬木棍，他不是被它一掌拍碎了脑壳，也会被它一舌头舔去半个脑壳，这是捡回了一条命。

"老哥帮忙处理一下吧，这个大东西，我背不回去。"杨石山瞥了一眼他们身后那匹全身脏兮兮的枣红马。

这对鄂伦春猎人是父子俩。这些日子，他们一直在山里。今天，他们刚转了一圈，只打了几只山鸡，野兔啥的都没打。父亲说，现在正是春末夏初，很多动物要么刚繁育完，要么正在繁育。有两头狍子就大着肚子，他们绕着它走开了。

父亲笑着说，半个多月了，他们连黑熊的影子都没看见，想不到它却来河边吃鱼，又因为贪嘴而丧命。父子俩说完哈哈大笑。大水像一个传声筒，鄂伦春猎人的笑声被水返回来，回声在山水间久久不散。

父亲收住笑，脸上露出哀伤的神色。他忧戚地说："鄂伦春猎人的路，就要断了，山上的树越来越稀疏，空气也越来越差了。现在的山林，不是动物的家园了。动物们都逃去了远方，再也不回来了。"父亲又喝了一口酒，哽咽着说，"那年大旱，山火差一点儿就烧到老爷岭，我亲眼看见一头黑瞎子抱着幼崽扑进大火里。一对驯鹿因为在烧焦的山里，吃不到盐，找不到苔藓，也活活地饿死了。"他抽出烟荷包，把烟锅伸进去，用力地拧了两下，又把装满了烟末的烟锅抽出来，放在嘴里点燃后，吧嗒吧嗒地抽了两下："人是屠杀动物的刽子手。人再不停止屠杀，一定会遭山神报复的。"

一锅烟很快就抽完了。父子俩从马背上的褡裢，取出了刀，一头还冒着热气的熊瞎子，很快就被父子俩肢解了。鄂伦春族是游猎民族，他们更知道如何处理。爷俩把熊肉分成两份，让杨石山把熊皮和熊胆收好。杨石山知道熊皮和熊胆是贵重的东西。一张熊皮被带到山上，隔凉隔潮，熊胆更是上等中药材。他再次说，今天出来给要生孩子的老婆打鱼补补身子，没承想遇到了也想吃鱼的熊瞎子，他只要一块肉、熊皮和熊胆，其他的东西就送他们了。年轻的猎人欢喜得不得了，他和父亲说了一通鄂伦春语后，飞身上马，一声呼哨，马就跑。差不多一顿饭的工夫，年轻的猎人回来了，还牵着一匹马，马背上除了一大坛子酒，还有一篮子鸡蛋。

年长的猎人把熊肉、熊的内脏放到马背上，驮回他们村。年轻的猎人送杨石山回家。

杨石山徒手打死一头熊瞎子的事儿，只有刘欣茹和姜占林知道。"你又捡了一条命，上次是师傅给你的，这次是你自己搏回来的。看来你真是大难不死，必有后福的人。"大师兄啧啧地咂嘴，"也是师妹命好，否则我们现在就得为你挖坑了。"

那晚，姜占林和杨石山就着熊肉和酱炖河鱼，喝了烧酒，直喝到天都快亮了，两人躺在北炕上呼呼大睡。

那张熊皮一直跟着杨石山，他对外说是从鄂伦春猎人手里买来的。关于在大沽河边打死熊的事儿，他一点儿口风都不露。但每次想起那位鄂伦春族老猎人的话，他的心就像河水泛起涟漪。动物越来越少了，树木越来越稀，他的心隐隐作痛。

二十一

杨石山都敢和熊瞎子对打，还能在乎一棵流血的松树，还能被一棵"鬼树"吓着，真是奇怪了。

谁也没有刘欣茹了解杨石山，他胆子大不说，还不信邪，否则她爹妈也不会相中他。她爹有那么多徒弟，论模样，论家庭，杨石山都不占优势，但她爹相中了他，除了因为他厚道善良，胆大心细，干活儿认真，脑瓜还灵光以外，还因为他有担当。她爹活着时没少说："石山这孩子，有正义感，不会因为自己的事儿与人争执，但他绝不会容忍歪门邪道的事儿在他眼前发生。他能担起一个家，也能养活老婆孩子。"刘欣茹相信父亲，他虽然从来没和儿女说过亲近的话，但他绝对不容许别人欺负他的儿女。即便是杨石山，也不能欺负他女儿。无论他是活着还是死去，都能保护她。

想起父亲，刘欣茹的心稳了下来。

起初，杨石山对刘欣茹的追问置之不理。她问得口干舌燥，也没追问出他到底欠了谁的债。刘欣茹失去了耐心，爱欠谁就欠谁吧，等人家找上门来再说。她和杨春洛絮叨："怎么也想不到你爸这个劳模，是今天的下场，借人钱不说，从山上下来，还变了一个人。咱也不知道大山有啥魔力，把你爸整成这样。"

"妈，你也不用太着急，我爸叨咕的话，兴许另有隐情。我相信我爸不会因为喝酒、抽烟去借钱。这么多年，我爸挣的每一分钱，都交给你，他的烟酒都是你给买的。你也从来没断了我爸这口。我爸对吃喝穿戴都不挑，不喝大酒，也不耍钱……"春洛的话，让刘欣茹多少有些安慰，可她心里还是不踏实。

其实，她心底还有一种担忧，只是无法跟女儿启齿。

说到底，男人就是个小孩子，很容易走下坡路。浪荡女人的一个眼神儿，都能把男人的魂儿勾走。男人离不开女人，砍伐队的曲二手，虽然至今也没娶上女人，但他活在梦里……刘欣茹钻进一个死胡同，怎么都走不出来。她魔怔一般在原地转悠，欠债也不是啥了不得的事儿，大不了还钱，可看眼下的情形，完全不是借几个钱的事儿。就算他借钱了，以他在工友们心中的分量，大伙儿也会争着借他。再说，他借钱干啥呢？他上无老人，除了哥姐，也没啥亲戚。况且，他也不会因为借几个钱，就精神不正常……刘欣茹好不容易从死胡同里出来，又像一只钻进猎人套子里的熊，如何都不能解开系在心里的结。

杨石山根本不顾焦虑得近乎病态的女人，只要坐到饭桌前喝酒，就会情不自禁地叨咕一句："我欠了你的，一定还，加倍还。"这句话成了他的口头语，如佛堂前点燃的一炷香，如果这炷香不点着，他的酒就没法喝下去，也如僧人敲木鱼时说的偈语。随着这句话的音儿落下来，"吱溜吱溜"的喝酒声就响了起来，还伴随着刘欣茹的一声叹息。她太想跟杨石山狠狠地打上一架了。打完架，她就跟他离婚，三个孩子都自己带，一个也不给他。

刘欣茹像一个充了气的气球，眼看就炸了。

杨夏璎嘻嘻地笑："妈，你配合得可真好。你像一根火柴，我爸那头的香刚一插上，你这根火柴就'刺啦'一声划着了，还给他点上。"刘欣茹忧戚地乜斜一眼二女儿："你就知道吃，还贪玩，要是有你姐一半懂事儿，我也能省点儿心。哪天你爸要是扔下咱们离开家，我看你还能笑出来！"杨夏璎嘻嘻地笑了，去外屋盛一碗酸菜炖粉条，先是"嗞嗞"地喝汤，又挑起一根软软的粉条，放进嘴里。

"我咋笑不出来！我就不信我爸能扔下咱们。我相信我爸走到哪，都得带着咱们。他主要是离不开你，吃惯了你做的饭，喝惯了你给他烫的酒。再说，我爸前脚一走,我姥爷就得把他拉回来。你不是说我姥爷从来都没离开过你,见不得你受委屈吗,咯咯……"

刘欣茹斜了一眼二女儿,但她的嘴角明显地露出一丝笑容。

"妈,你特同意我说的话吧?"杨夏璎得意地看着她,又咯咯地笑出声。

刘欣茹想想也是。她走到镜子前,镜子贪婪地把她吸了进去。

这面镜子是婆婆留下的,据说是婆婆出嫁时的嫁妆。这面镜子虽然照见了杨家百年来的兴衰,但依然光洁如新,不失本色。刘欣茹结婚时,前房大伯哥就把这面镜子给了她,说是继母留下的唯一的老物件。前房的四个哥哥都已作古,他们的儿女有的在林场,有的在县里,有的去了外地,她和他们偶尔有联络,也不如哥哥们活着时那么热络。

"唉,物是人非了。"刘欣茹叹气。"只有你不见老,我认识你时,就知道你都一百多岁了,可你活得还像个小姑娘。你可真抗老啊。"站在镜子前,她左照右照,突然觉得自己的老相玷污了镜子。生完树根后,她的月经就不太正常,有时候十几天就来,有时候四五十天也不来。而且每月的经血都随心所欲,要么多得吓人,要么露一下头就没了。她那一头浓密的头发,也变得宛若染病的榆树叶,稀疏干涩。特别是脑瓜顶,头发脱落得露出了白白的头皮,宛若盐碱地。早先,她是圆脸,白里透红。如今,眼见着两腮塌陷下去,以前毛茸茸的大眼睛也如生了锈一般无神。最要命的是瘦,瘦得脸抽巴巴的,还干得起皮。眼角的几条皱纹,让她更显老。鼻翼两边的法令纹,也越来越深,明显地向下垂着。脸垮了,脖子上细密的皱纹更是让她不忍看。她擦了春洛给她买的雪花膏、蛤蜊油,也无济于事。胸脯也扁平,要是没有骨架子支撑,就得散花。

刘欣茹站在这面活了一百多年的镜子前,自哀自怨得差点儿掉下眼泪。四十来岁,月经就不准了,咋能不老?她也找中医看过,中医说她气血两虚,脾胃不调,肝火虚旺。老中医说吃几服药,就能正常。刘欣茹想了想,这种事儿还要花钱吃药,真是不值得,转身回了家。不就是肝火大吗,等明个儿山野菜下来,猛吃儿顿婆婆丁,多大的火气都能泻下去。

二十二

杨石山说她太过劳累，而大姑姐也心疼她，说她生孩子时，月子坐得不好。大姑姐说："这要是妈活着，她说啥都不会让你没出月子就啥活儿都干。可惜妈死得早，我和你的两个姐顾了东，顾不了西。孙子辈也一个接一个出生。"这几年，大姑姐的身子骨也没从前硬实了。

"欣茹，真是苦了你了，石山不会照顾人，心里头就装着伐木、上山干活儿。"

"姐，那你可说错了。石山可知道心疼我了，心里还装着孩子。"

刘欣茹不觉得苦，她对杨石山很满意，只是有些话，无法与姐姐们明说。在她心里，杨石山啥事儿都不多言，但他是个心里有数的男人。

这个冬天，刘欣茹过得十分惊恐，要不是有大女儿的安慰和陪伴，她都不知道怎么熬过来。男人没上山，在胶合板厂打更。他嘴里欠债的话，也在她耳朵里磨出了茧子。她天天忧戚地望着窗口，望着大门外，偶尔有人从她家门前路过，她的心就怦怦地跳。是不是有人上门要债来了？与要债比起来，她更怕有女人上门，与她争夺杨石山。

刘欣茹活得忧心忡忡，在一个没有死胡同里忧伤、哀怨、啜泣。

年三十儿过后，杨石山脸上似乎有了笑容。他问刘欣茹，"快要打春了，咋没看你生豆芽？吃春饼啊，孩子们都爱吃你烙的春饼，又薄又筋道，我也想吃。"刘欣茹心里一惊，男人很少关注日子，咋还关注上了打春，难道打春是个值得记住的啥日子？刘欣茹心慌意乱，泡豆子时把黄豆撒了一地，以至于这次的豆芽也生得都不如往回那么白，那么胖。有些豆芽根部发黄，显然是伤热了。她恨自己丢了手艺。炒豆芽前，她只能一根根掐掉发黄的根须。

"眼神儿也差劲了，豆芽根不是掐大了，就是黄根没掐下去。"刘欣茹把一根豆芽甩到盆里，"真是废物了，男人都不稀罕你了，还活着干啥？"

晚饭，杨石山平静地喝了两杯烧酒，卷了五张春饼，还显得意犹未尽。心慌意乱的刘欣茹，也比平时多吃了一张春饼，因为打春这天，既没有上门要账的男人，更没有索情债的女人找来，她心里稍微踏实了一些。但她又被另一种不安折磨着，杨石山魔怔了，兴许被山里的狐妖鬼怪迷住了，否则，一个能打死过熊，把号子喊得穿透密林的男人，怎么突然间就成了胡言乱语的人？不行，得找人给他看看。

刘欣茹背着杨石山，到鄂伦春人聚居的村子找了年逾七旬的萨满师，请他为杨石山驱魔。萨满师告诉她："春暖花开时节，你男人就好了，虽然他不能伐木，但性情会恢复如初。而且，这个男人是上天派下来的神，他是来造福人间的……"回来后，刘欣茹的脚步轻盈了许多。那晚，她和面剁馅，包了猪肉酸菜馅水饺。吃饭时，她照例为男人烫了一壶烧酒。

"我欠了你的，我用命还。"杨石山照旧嘀咕了一句，才端起酒杯，拿起筷子。

"快吃吧。今个儿饺子多放了肉，还加了一块猪皮冻，一咬一股油呢。"刘欣茹笑眯眯地说。

杨石山瞄了她一眼，夹起一个饺子："我欠了你的，我用命还。"

本来还一脸笑容的刘欣茹，脸色瞬间就暗了下来，差点儿扔掉手里的盘子，眼泪扑簌簌地就下来了："杨石山，你非把我逼死不可。你到底欠了谁，是欠钱还是欠情？难道哪个女人给你生了孩子？"刘欣茹带着哭腔。杨石山愣了一下，然后恍然大悟地笑了："我瞎说，我瞎说，别往心里去，我真是瞎说。快，你也吃饭，一起吃！"他继续喝酒吃饺子，"饺子就酒，越喝越有。"

"你咋还学会气人了？"刘欣茹无心吃饺子，笃信男人不是被山里的狐狸精迷住了，就是被哪个女人勾走了魂儿。但无论道行多深的妖魔，还是多风骚的女人，萨满都能祛除。那位萨满师之所以没能祛除男人身上的妖魔，就是差钱。她去时只拎着一篮子鸡蛋和一条五花肉。她给了钱，萨满师才能拿出看家本领。一想到男人一定是对"狐狸精"着了魔，而且萨满师没祛除男人身上的魔，她的胃就一阵阵闷疼，像是吃了萝卜、高粱米等不好消化的东西。打嗝声在屋里屋外响起来。

刘欣茹又去了一趟鄂伦春人聚居的村子。萨满师没收她的钱，头不抬，眼不睁，沉着脸说："回家吧，都说了，你男人开春就好了。别再浪费工夫，一趟一趟来回跑了。"刘欣茹讨了个无趣，但心里又燃起了希望，她盼着开春。开春后，杨石山被勾走的魂儿就能回来，她相信。

刘欣茹十分看不惯苗圃里那些在大庭广众之下打闹疯笑的女人。总是在心里骂："臭不要脸，也不说给孩子留点儿脸面。"自从杨石山魔怔了，她看谁都像迷住男人的狐狸精。

春节后，林业局的职工就陆续上班了。苗圃离不开人，节假日轮休。上班后的刘欣茹魂不守舍，要不是有大女儿春洛，要不是看在三个儿女的分上，她真想跳进大沽河一死了之，和鱼做伴。她觉得做条鱼可真好，无忧无虑地喝水，自由地吃小鱼虾。今天轮到她值班。看着那些绿油油的小苗，她的眼睛先是起了一层白雾，随后涌出的泪珠冲刷掉了白雾，眼前就是一片晶莹的泪光闪烁了。刘欣茹寻思，哪天还得去找大师哥聊聊，只有他能打开杨石山的心结。

姜占林的苦恼不比刘欣茹小。

杨石山去胶合板厂看大门，他怎么想都心有不甘。他还想与这个同门师弟较量一番。师弟还不到五十岁，正是干事儿的好时候，怎么说去看大门就去看大门了呢？眼下，生产热火朝天，各岗位都缺人，他却硬生生地从生产岗位下来，去看大门，真是见鬼了。

姜占林太想把杨石山派去集材队了，集材队是他的心结。

春节假期刚过，集材队一上山，就出了一个不大不小的事故。其中一个拉头杠的集材工，不听号子，率先扔掉原条，不仅砸伤了自己的左脚，令两根脚趾粉碎性骨折，还导致后杠的一个集材工锁骨骨折……他的家属却来局里闹，要求定为工伤，要求高额补助，还要求给家属安排工作，并且是在编的正式职工，还声称，林业局若不能满足她的诉求，她就去上访……姜占林被这事儿整得头大，责令信访部门做工作，可家属油盐不进，说男人为林业局做了这么多事儿，如今受伤了，就没人管了……信访部门的工作都做到家了，但家属就是不依不饶。一封封上访信邮寄出去，上级部门的公函也一次次到达姜占林这里。信访部门带着慰问品，到这位工人家里做工作，但家属避开他们，继续跑出去告状……为此，姜占林好几次被点名批评。

姜占林在集材队当过队长，知道集材队的工作量。特别是转运大批木材和吨位重的木材时，需要技术，需要人力，还需要一个有能力的管理者。一想到这些，再想起杨石山，姜占林就气不打一处来。早上一上班，他就给胶合板厂的厂长打电话："你叫杨石山上我儿来一趟。快，一刻都不能耽误！"他把话筒扣到座机上时，显然还带着怒气。

快晌午了，杨石山才懒洋洋地来了。他进门时一副满不在乎的样子，令姜占林的气冲到天灵盖。

"杨石山，你别想享清闲。我比你大三岁，我还干着呢，你凭啥享清闲？集材是重要的岗位，别人去，我都不放心。你是老林业了，不知道集材的风险不比伐木的风险小吗？你咋就不能帮我一把，凭啥装病？你咋还看我的笑话？"姜占林气得手都抖了。

杨石山嘻嘻地笑，给师哥点了一支烟："抽一口，啥事儿不能慢慢说？"他给自己也点了一支烟。

烟雾笼罩着两张脸，其中一张是拧巴得愁眉苦脸的脸。杨石山听说了集材队的事儿，家属不依不饶，不停地告状，还到上面闹访……他理解师哥，虽然没在集材队干过，但他对集材也了解。早些年，集材有水运，最老套的办法就是用牛马套子。山河林业局成立后，采用的集材方法是溜山。所谓的溜山，就是让木材顺着挖好的沟道，滑到山脚。但溜山也有短板，一旦地形复杂，山道陡峭，溜山就充满了不确定的凶险。

二十三

姜占林在集材队当队长的那两年，每次挖渠道时，他都要再三考察。

要选择缓坡的山道，如果是直立的山道，就要考虑避开。这种山道有很多不确定性，下面多半是深谷，木材到了山谷，还需要人力再拉上来，费时费力。下到山谷的人，也有一定的危险。姜占林对溜山很有经验，他在集材队那两年，年年都超额完成生产任务，就连磕磕碰碰的小事故都没发生过。他离开集材队，高科举担任队长后，集材队也保持了先前的势头。

高科举还带头搞革新，升任场长的姜占林大力支持他，集材队年年被评为先进集体。说起来，高科举和姜占林对山河林业局集材这方面，有着特殊的贡献。后来，高科举离开，集材队就像被大水冲开了堤坝，事故没少出，哪一次事故都让人揪心得吃不下、睡不着。

伐木队需要有责任心的头儿，需要技术过硬的伐木工，集材队也需要。姜占林想来想去，杨石山是最佳人选。

姜占林想不通，不知道师弟怎么就钻进了牛角尖，咋拽都不出来。开始，欣茹说他着魔了，他还不信。他觉得女人都爱邪乎，爱无事生非。欣茹一个人带三个孩子，孩子都还小，师弟大半年时间都在山上，她又在苗圃做家属工，家里事儿多，苗圃的活儿也不清闲，她累，所以心情就不好。可他发现杨石山铁了心，不想干了。

"我告诉你，杨石山，你还没老，就想找各种理由享清福，美得你！只要我还在，你就别想。"

杨石山抹了一把脸，说："你唾沫星子都进我脸上了。干啥动这么大肝火，我也没想享福啊，我这不也是在重要岗位吗？胶合板厂门卫不重要吗？

守不住大门，丢东西不说，还有防火，我也兼顾了起来。"

"少跟我扯淡！你先在胶合板厂眯着，下个采伐季一到，你赶紧给我上山。就算你疯了，我也得把你押上去。"姜占林从烟盒里弹出一支烟卷，没好气儿地甩给他，"滚，上山之前，别让我看见你。"

杨石山拿起烟卷，夹在耳朵上。哼着小曲走了。姜占林气得把一沓文件摔到桌上。

山里春天的脚步缓慢。

五月中旬，隔天一个夜班的杨石山，一大早就扛着镐头，背着个大布包上山了。前几天，刘欣茹没在意。那几天，也怪拉肚子，她就没顾得上魔魔怔怔的杨石山。为了泻肝火，她顿顿吃婆婆丁蘸酱。开始只是胃疼，吃了几天胃药，她又开始拉肚子。她认为自己圈了一冬天的火气，像开春拱出来的野菜一样，终于泻出来了。没承想，肚子里的火气泻得没完没了，拉得她腿脚发软。三天下来，她的班就上不了了。

大姑告诉杨春洛，用白酒烧两片止疼片，给她妈喝下去。杨夏璎熬了小米粥，还卧了鸡蛋，劝她妈吃下去。刘欣茹盯着卧在小米粥上的白莹莹的鸡蛋哭了。她泪流满面，还不停地抽泣："要不是跟你爸上火，我也不至于有病。想不到，他还让我操心。要是你姥爷活着，他说啥也不能容他。"刘欣茹叹了一口气，脸转向窗外，"开春儿的阳光真好，不像冬天，总是青白着一张脸，让人心里冷飕飕的。"

刘欣茹又想起萨满师的话，开春儿杨石山就好了。开春儿了，山都要绿了，可她还没看出来男人有好的迹象。

"妈，我爸天天背着布袋子、扛着镐头上山。我估摸是上山开荒去了。"杨思乐瞪着一双无辜的眼睛，看着他妈。二姐扯他一下，说："你别胡说八道，没准爸去挖野菜了，妈爱吃。"杨思乐不服气，没好气儿地扒拉掉二姐的手，说："起来，你看咱家的饭桌上有一根野菜吗？有吗？有吗？妈吃的婆婆丁和苦麻菜，还是我和大姐在咱家后园子的地边上挖的。"杨思乐扯着脖子和二姐喊，脸都涨红了。

"你俩别打嘴仗了，你爸愿干啥就干啥吧。我难受，不想管他。唉，我再也不管他了。"她嘴上说再也不管杨石山了，脑子却一直转：他上山干啥？她又躺了一天，才从炕上爬起来。她爬起来后的第一件事儿，就是尾随着杨石山上山。

山里的风硬，把她稀疏的头发吹起来，头发在她脑瓜顶上倒下，起来，起来，倒下。她的脸颊也被风吹得有些疼。她不敢太走近，怕杨石山发现她。她躲在一棵七扭八歪的老榆树后面，目不转睛地瞄着男人。

在一片缓坡上，杨石山先是把镐头放下，坐在一块凸起的石头上，端着大罐头瓶子，喝了几口水，才起身把一块塑料布铺上，又脱掉身上的外套，里子朝外平铺到塑料布上。用石块压住塑料布后，他就掐腰盯着山下的某一处，半天没动……刘欣茹脑袋一片空白，靠在树干上喘息，好一会儿，她才缓一口气。

"臭不要脸，为了等野女人，都等到山上了。杨石山，你太不要脸了！"

刘欣茹又转向男人，只见他把布袋子里的东西掏出来，又端起罐头瓶子，喝了两口水，才挥起镐头开始刨。每一镐头，都落在她的心口上。她的心口像有一支鼓槌，敲啊敲——震得她耳朵嗡嗡响，腿脚发麻。连日来的腹泻，已经让她的腿脚无力，要不是苍老皲裂的老榆树干像拐棍似的支撑着她，她就出溜到石块上了。

男人这是借着采菜的幌子，和狐狸精在山梁上约会，还拿块塑料布，又把外套铺在地上，可真会想招啊。刘欣茹稳了稳神儿，决定今天一定抓男人和狐狸精的现行。抓住他们，绝对不再给他留情面，扯着他们去林业局找大师哥，让他给自己做主。刘欣茹差点儿哭出来，十分想念父亲，要是他还活着，她不用任何人，他就能为她做主……她蹲在树后，盯着男人的一举一动。

镐头在杨石山手里起落，刨了几个坑后，他把布包里的东西掏出来。

刘欣茹看清楚了，是树苗。杨石山把树苗栽到坑里，填了几锹土后又用脚踩。刘欣茹的眼神儿大不如从前，春洛说她花眼了，可远的东西，她也懒得看了。但杨石山的一举一动，她抻着脖子都看清楚了。

"跑到山上种树。为啥？"

刘欣茹没惊动杨石山，累得脖子都酸了，眼睛还迎风流泪。她忍住没打扰男人。那几日，她分不同时间段，跟踪杨石山。他身边除了镐头、铁锹、塑料布，布袋子、水瓶子、树苗，没有狐狸精的影子。上山后，他照旧把塑料布铺上，把薄棉袄平铺到塑料布上，用石块把塑料布压上，再把布袋子里的树苗拿出来，照例喝两口水，然后刨坑栽树。

杨石山上身穿一件军绿色秋衣，下身穿一条军绿色秋裤，要是不挥镐头，他就是一棵树。

二十四

采伐还没开始，杨石山就拿着诊断书来找姜占林了。

他一进办公室，就把诊断书放到桌上，说："我病了，打算去县医院住院，胳膊、腿疼得厉害，脑袋瓜也迷糊。别说集材队长的工作，连看大门都不行了。"杨石山瞥一眼姜占林，"欣茹的身子很不好，而且整天疑神疑鬼，看来是精神出了问题。如果你不让我在胶合板厂打更，我就去住院，把欣茹也带着。恐怕我连班也不能上了，拿病假工资也没办法。欣茹需要人照顾，孩子们都在念书，不能让他们做睁眼瞎吧。我想好了，我养不起他们，你这个当大爷的，也不能眼睁睁地看着他们挨饿、辍学吧。"

姜占林气得差点儿背过气去，拿起诊断书，撕得粉碎。

"走后门开的诊断吧？少在我这儿装蒜，还拿张破诊断书来要挟我，当我是傻子？"姜占林皱起眉头，知道硬碰硬，他不是师弟的对手，这家伙认准一门，谁也拉不回来。他把气往下压了压，口气缓和了下来："你们两口子闹啥呢？你还不到五十岁，就去干老头干的工作，要不要点儿脸啊？师妹说你精神出了问题，你俩到底谁精神出了问题？她还说你有外心了，我看像。"姜占林盯着他，"杨石山，你帮不帮我无所谓，但你要是敢辜负师妹，别说我不饶你，这帮师兄弟也不能饶你，师傅都得回来找你，把你抓去！你掂量着办。"

"你别听欣茹胡说，我这条命都是师傅给的。别说欣茹是我孩子的妈，就算她不为我生儿育女，我也不会辜负她。你可别胡诌八扯了，我就求你这一次。你要是非让我上山，我就长期休病假。你别管我是不是走后门开的诊断。就我这身子骨，到大医院也能查出风湿病，大夫也会给我开诊断。"

姜占林颓然地坐到椅子上："换作别人，我两脚就把你从这屋踢出去。你这家伙，我认为你行。师傅活着时，也说你行。看来师傅看错人了，我也看错。现在看，你脑袋里除了一坨屎，还是一坨屎，啥都没有。"姜占林满脸怒气。

杨石山嘻嘻笑："只要你不让我离开胶合板厂，我就好好上班，啥病都没有，保准干好本职工作。"

杨石山临出门时说："师哥，给你个建议，王家驹的儿子王良权比较适合集材队队长的职务。他虽然年纪偏大，但稳当。他去当队长，不伐木，只管理队伍就行。"

"滚——"姜占林抓起桌子上的茶杯，摔了出去。

刘欣茹一进苗圃的棚子，就有人告诉她，说她家杨石山隔几天就来买树苗，只买红松苗，别的不买。他总不能倒腾树苗卖吧，这要是让局里知道，可是大事儿。刘欣茹没好脸色，怒气冲天地说他爱买啥买啥。买一座山，她都管不着。别说让局里知道，她正打算去局里告他，给他抓起来才好。她的话还没说完，打嗝声就响了起来。

"你爸疯了，放着伐木队队长不干，集材队队长不当，非要去全都是青工的胶合板厂打更，白天到山坡上栽树，晚上回来倒头就睡，呼噜声都能把房盖掀翻。树苗都是他自己花钱买的，一买一大抱，这日子真是没法过了。"刘欣茹坐在锅台上，呜呜地哭起来，"这日子咋过啊，全家五六口人，他的工资本来就比以前少了二十来块钱，他还花钱。我说这两个月他给我的工资都不够数呢，我一问，他不是说买烟了，就说请人喝酒了。"她忧伤地说，"你姥爷要是知道他变成这样，当初就不该为他挡那根木头，更不能把我给他。明早我就去找你姜大爷。"

"妈，那你没发现我爸不再叨咕了吗？"杨春洛眨了眨眼睛。

"是，自从上山栽树，他就正常了。"刘欣茹想了一下，还真是，杨石山上山种树后就又和以前一样了，"咯咯，是啊。"她的疑心瞬间就解开了，胸口的憋闷也好了，眼神儿都清亮了。

"春洛，礼拜天你帮妈在后园子里种两垄小毛葱，你爸爱吃。"

从春到夏，杨石山只要休班上山。

冬天一来，杨石山"欠了你的"话，也如解封的河水，又汹涌地流了出来。春天一来，他又满脸喜气，像是喝了烧酒一般兴奋。听他叨咕，刘欣茹偶尔也会生气，但又拿他没办法。大师哥都治不了他，她一个女人又有啥办法呢？再说杨石山除了花钱买树苗、上山种树，也没见他有背叛家庭、背叛她的举动。

为了不买烟，大地一回暖，杨石山就从集上买了一捆烟苗，说："欣茹，地头地脑栽两垄，就够我抽的，总比买烟叶、烟卷省钱。"杨石山知道刘欣茹跟他怄气，笑嘻嘻地说，"别老赌气，气坏了自个儿多划不来。我咋做，你才不生气？师哥不懂我，你还怀疑我。过半辈子了，我啥样，你还能不知道？"

刘欣茹恍惚了一下，眯起眼睛，终于如释重负地笑了。杨石山与大山纠缠不清，还委身于大山，总比有外心强。她眨巴几下眼睛，想想，自己咋这么糊涂？

"也是啊，我为啥跟你生气？真是吃饱了撑的，有这工夫，给孩子大人做顿好吃的不行吗？春洛都要高考了，等我闺女上了大学，我吃香的、喝辣的日子在后头呢，咯咯……"

"就是，就是，快去做饭，我都饿了。"杨石山长长地吁了一口气。

杨春洛的高考分数跟录取分数线差了二十三分。她虽然有些失落，但转年秋天就赶上林业局解决职工待业子女的就业问题，她顺利地进了山河林业局。本来她有机会被分配到邮政局，可她坚持要去制材厂。刘欣茹气得冒火，说一个女孩子在邮政局做分拣，或者到办公室工作多好，非得要去冒烟咕咚的制材厂。她摇头感叹："俺们小时候，干啥都是父母给拿主意，现在的孩子真是主意正，这么大事儿都自作主张。"

一想到从小到大都乖顺的大女儿，就连和高守利搞对象都是自个儿做主，她的气更不打一处来。虽然守利这孩子不错，也是在他们眼皮底下长大的孩子，高科举和张桂兰两口子也是正派人，但也不能挖到筐里的就是菜。以春洛的长相和品行，应该有更好的前程，找到更好的人家……刘欣茹泪水涟涟，一想到长大的儿女们一个个像翅膀硬了的鸟，忒儿忒儿地飞出窝，连头都不回，她就又落寞又哀伤。

"唉，刚操完杨石山的心，又操他的孩子们的心。"刘欣茹的叹气声，像一块落进水里的石子，发出"咚"的一声响。

二十五

杨春洛是大学漏子，没下车间，先是被分配到制材厂的团委，一年后，因为文笔好，又去了综合办公室。比她早几年参加工作的高守利、葛丹，去了胶合板厂。

杨春洛、高守利、葛丹，都在林业局的学校读书。高守利初中毕业后就进了胶合板厂，在车间做操作工。读了一年高中的葛丹，也说啥都不上学了。他说自己考上大学的希望不大，也进了林业局。葛丹因为能拉会唱，被分配到工会，担任工会干事。

杨春洛和高守利一直在秘密交往，参加工作后，就渐渐明朗起来。刘欣茹虽然没太激烈反对，但心里十分窝火。杨石山劝她，说孩子大了，人生大事就让他们自己做主吧。咱们给的意见，只供他们参考。日子还是得他们自己过……刘欣茹无奈地摇头，泪珠吧嗒吧嗒地滴落到手背上。

杨石山不在家，刘欣茹就和二女儿唠叨："以你姐的学习成绩，应该继续念书。她要是复读一年，再考一次，说不定就考上了。哪怕读中专呢，毕业后就能进局机关，哪怕到学校当老师也行啊。"她语重心长地告诫二女儿，"你可别学你姐，早早搞对象，耽误学习。你一定要考大学，念了大学，眼界才能高。无论现在谁对你好，你都不能动心。大学里，还有更好的男孩等着你。"

夏璎看着泪眼婆娑的母亲，咯咯地笑："谁说不考大学就没出息了？我姐将来一定不会差。再说搞对象咋了？搞对象也不影响学习，我姐是没发挥好，她有考试恐惧症，不然准能考上大学，最次也能上大专……"刘欣茹白了二女儿一眼，起身去外屋做饭。她心里的憋屈，杨石山不理解也就算了，连女儿也都随爹，尤其是这个老二。

刘欣茹从育苗场下来了。她的身体干不了重活儿，杨石山不让她干，杨春洛也不让她干。

大女儿的婚事令她苦恼。儿子杨思乐又来添乱，说啥都不读书了。刘欣茹瞪着眼睛，说："怎么也得高中毕业，高中还没上，就不念书了，将来能干啥？就算是去砍伐队，都不要你，现在使用的锯，和你爸他们那时候不一样了。没文化，没学历，连林业局都进不了。"

"我非得在林业局啊，出去打工不行啊？"杨思乐梗着脖子。

刘欣茹的眼眶红了："树根，找你爸说去吧，我管不了你。"

"找就找，我爸肯定支持我。"

杨石山看着儿子说："我听说，好像不允许伐木了。不管这个说法是真是假，将来肯定会有这一天。林业的苦日子来了，你还是要把书读好，先把书本上的知识学到脑子里。将来林业改革，你或许能干点大事儿。你的未来，有很多选择，上大学、当兵、上军校、回林业局、出去打工等，你的路才开始……"杨石山与儿女说话时，从来都是心平气和，但儿女们都不敢反驳。

杨思乐只得背着书包继续到学校读书。杨石山终于和自己站在同一条战线上了，刘欣茹有些得意。她看着儿子的背影，抿嘴笑了。但一想到孩子们的未来，她又闷闷不乐了。

"你说，当初生他们干啥。生一个，扯一根肠子……"

杨夏璎考上大学，对刘欣茹多少是种安慰。她逢人就说："俺家老二考出去了。读完书，我不让她回来，她留在大城市，在办公室工作多好，风吹不着，雨淋不着，将来再找个高学历的男人嫁了，挺好。人啊，一辈子图啥呢，不就是有个好工作，再找个好人……"但一想到杨春洛找的对象，她的自豪感就荡然无存，焦虑就如一团铅灰色的云，在她心头蓄积。她试探了几次，想说服大女儿，让她和高守利分开，但大女儿都无动于衷。刘欣茹用不吃饭要挟她，想把沉浸在爱情里的她拉出来。但她端着饭碗站在母亲面前，母亲不吃，她也不吃。

最终，刘欣茹妥协了："人各有命，随命去吧。"

刘欣茹虽然嘴上这么说，但心里还残存着一线希望。虽然女儿铁了心，要嫁给高守利，但她不希望她那么早出嫁，只要不结婚，时间一长，谁知道会有啥变故呢？

杨石山上山植树的事儿，早已不是什么秘密。他除了看大门，就是上山植树，不植树，也上山抚林。但只要有机会，他就安抚刘欣茹："孩子的事儿，就随她，守利、葛丹这俩孩子都不错。孩子们从小一起长大，脾气、秉性都彼此了解，我看挺好。"刘欣茹不说话，只是噘嘴生气。离开育苗场后，她偶尔也跟着杨石山上山栽树。一来，她喜欢山上风凉；二来，她也担心男人。

1988年，国家就不让打猎了。开始，鄂伦春人打猎都得拿"狩猎证"，到后来，狩猎证废止了，枪也上缴了。原来的鄂伦春村也改称新鄂乡了，这个世代游牧的民族，都从山上下来，定居到新鄂乡了。禁猎后，山上的野生动物明显比以前多了，特别是野猪，经常从山上溜达下来，明目张胆地进人们的院子里找食吃，院墙上晒的野菜，仓房里的豆饼、苞米、谷子，它们看见啥都能掏一嘴。野猪一下来，就是一大家子。公猪獠牙锋利得像刀，就算食物放在陶瓷缸里，大獠牙也能几下子就把大缸捣开，或用坚硬的皮把大缸蹭倒，长嘴一拱，獠牙几下子就把缸、坚硬的木柜整散。

野猪下山，就是祸害人。

林业人都知道，一猪二熊三老虎。也就是说，野猪撒起疯来，比熊瞎子和老虎还可怕。就那两颗大獠牙，谁也抵挡不住。熊瞎子就更不用提了，大白天都肆无忌惮地来祸害庄稼。长势茂盛的苞米地，一眼照看不到，就被熊瞎子祸害倒一大片。熊瞎子对苞米也情有独钟，特别是苞米灌浆时，熊瞎子总爱进苞米地，大概是谷物灌浆时的清香引诱了熊瞎子。熊瞎子饱餐一顿灌浆的苞米后，就大摇大摆走了。

龙镇的人对野猪又气又怕。

刘欣茹担心杨石山上山时遇上大牲口。她陪着他去，万一遇上大牲口，她也是个帮手。俩人总比一个人强，她就算帮不上啥，起码还能通风报信。杨石山不让她跟他上山，说："大风小号的，你去干啥？你去了，我还得照顾你。"

可她说啥都要跟着，她乜斜着他："我去碍眼啊？你不是就栽树吗，还有别人陪你上山？"

"你咋变得这么不可理喻，三句话没说完，就扯到别的上。走吧，要去就快点儿，灌两瓶子水带着。"

刘欣茹"扑哧"笑了，说："我要是不这么说，你也不带我。不是我不可理喻，是你把我的好心当成驴肝肺。你从来不懂我，以为我爱跟在你屁股后，我是心疼你……"刘欣茹知道，万一遇到野猪、黑瞎子，杨石山再也没力气和它们搏斗了。

杨石山栽树的山坡，距离大沽河也近，山风中还夹杂着水的清凉。刘欣茹看男人刨坑，坑刨得够深了，她就把树苗放进去培土。杨石山不让她干，说："你去石头上坐一会儿，要不就去采野菜吧，别往远走就行。"他们的午饭，大多是在山上吃。有时候带一饭盒小米饭、两个咸鸭蛋，有时候带几个馒头、半盒咸菜。辣椒酱是必带的，山上随处可见的婆婆丁、青麻菜、野蒜，随手薅两把，在河水里洗净，蘸酱吃，清香无比。无论是男人自己上山栽树，还是她跟着，她都不忘给他带上一壶酒。

坐在山风中吃饭时，两个人除了聊过往的旧事，大多说的是孩子们的事儿。

二十六

一场大雨突袭龙镇。龙镇的大街小巷，沟满壕平，大沽河的水也涨了起来。

这一夜，杨石山睡得不踏实，惦记刚栽下的树苗。清早，雨小了一些，他穿上雨衣和雨靴，要冒雨上山。刘欣茹一把把他扯回来："你不要命了？这么大的雨，你还敢上山？"

杨石山刚要瞪眼睛，想了一下，只得低头进屋。他站在炕沿前，心神不宁地盯着窗外。大风愤怒地号叫，门前的树像醉酒的汉子，东倒歪斜地摇晃。雨点打在窗上，发出噼里啪啦的响声。他心急如焚，惦记着山上的树苗，来回地踱步："刚开春就下这么大的雨，老天爷没安啥好心。"

"不管好心坏心，雨不停，你就别想出屋。"

快晌午时，一阵轰隆隆的雷声在天上翻滚，厚重的云层被雷炸开了，乌云密布的天渐渐有了亮色，雨也小了。杨石山脸上露出笑容，说："西边的天都见亮了，快，做饭吧，我吃一口，一会儿雨停，我就上山。"饭菜端上桌时，淅沥的雨果然停了。积在屋顶上的雨水，顺着屋檐滴落下来，落在窗台上时溅出小水花。

"吃完，我上山看看。"

"我和你去。"

杨石山和刘欣茹走出门时，太阳出来了。太阳像一团火，地上的水汽也蒸腾起来。空气中的湿气很重，刚拐到山坡，杨石山就笑了，他栽的树苗经受住了这场突如其来的暴风雨的考验。只有十几棵树苗，被雨水冲歪了。他们把树苗扶正，又把沙土踩实。

从山上下来，两人心情大好，晚饭吃得特别香。刘欣茹对杨石山说："今晚可得好好睡一觉，昨晚你翻来覆去，搅和得我都没睡好。"

杨石山点头，怀着歉意看着她，说："我今晚在炕梢儿睡，离你远点儿。"

"好像有人来了。"刘欣茹抬头望向窗外，高科举和张桂兰推门进来。她愣了一下，转头看向杨石山："他们咋来了？"

高科举两口子一心想早点儿把杨春洛娶进门。

高守利初中毕业就参加了工作。高家再盼望儿子早点儿完婚，也不好说啥。孩子们岁数小不说，春洛还在念书。春洛参加高考，张桂兰忐忑不安，春洛要是考上大学，她和守利的婚事就难说了。春洛要在外头念好几年书，见了世面的姑娘，还能看上守利吗？发榜时，得知春洛没考上，张桂兰暗自高兴。她又不好明着讲出来，但出来进去，脸上都堆着笑。

春洛参加工作，高科举和张桂兰觉得机会来了。这么好的人家，这么好的姑娘，要是被别人家抢了先，可真就是眼睁睁地看着煮熟的鸭子飞了。马上要过端午节了，高科举和张桂兰提着两盒礼，登门拜访杨家。

刘欣茹心里不乐意，脸上就不自在。高科举看出来了，但张桂兰心眼实，进门就问："春洛没在家啊？"刘欣茹不冷不热地说："孩子大了，都不由爹娘。这不，都这么晚了，还在单位加班，说是要赶个啥材料。"她瞥一眼杨石山，"依我，不让她这么早上班，再复习一年，准能考上大学。可俺们家的孩子，都让老杨头惯坏了。"

"是啊，孩子都上班了，还是早点儿成家，书这东西，不是非得上学校念去。俺家守利爸也没上过学，这么厚的大书都能看。"张桂兰用手比画着书的厚度，"老高年纪大了，天天盼着儿子成家。"

"成家？"

刘欣茹的脸冷了下来。她知道高科举比张桂兰大一旬，心里说：我们家姑娘还小，结婚那么早干啥？把精力用在工作上，将来提一官半职，再结婚也不晚。她斜一眼杨石山，男人没看她。他和高科举又说起了早年林业伐木集材的旧事儿，又聊了如今消减砍伐对林业及其职工的冲击……

刘欣茹心里气，她不知道杨石山说那些没用的干啥，就该直接回绝高家，女儿还小，再等几年也不晚，让高科举两口子死心。可这个老杨头，一说起早年的事儿就着魔。

高科举看出刘欣茹不高兴，就把话题转到植树上。说到植树，杨石山就像拧开的水龙头，水哗哗地涌了出来。

杨石山沉浸在他的植树里，刘欣茹勉强地咧一下嘴："嫂子，守利和春洛的事儿，我和她爸刚摸着点儿须子。我们寻思，两个孩子都没准儿，就是小孩子过家家，闹着玩。再说春洛也不能刚参加工作就结婚，等个三年五载再说。你家大哥要是着急，就让守利相看别家的姑娘吧。千万别让春洛把守利的婚事耽搁了。"她看一眼杨石山，"嫂子，可别在俺家春洛这儿耽误工夫，赶紧回去给守利找个好姑娘，比我们家春洛好的姑娘多的是……"一直窝在她心里的话，终于酣畅淋漓地说了出来。

"石山，你别给高大哥讲那些陈芝麻、烂谷子的事儿了。大哥也是老林工，啥不懂啊。"刘欣茹知道，高家两口子在意杨石山的态度。

刘欣茹的话说得太直白，杨石山脸上有些挂不住。他给高科举点了一支烟，自己也点了一支烟，抽了一口，点下头："春洛妈说得是。孩子的事儿，还是让他们自己处理吧。咱们当老的，就等着孩子给一句肯定的话，再做决定也不晚。"他虽然没像女人把话说得那么直接。但态度也算明朗。

高科举是明白人，清楚亲家的心思和态度。他也能理解，谁家的女儿，不想多留几年？况且，春洛一上班，工作就干得红火。局里的活动，像什么演讲比赛、知识竞赛、征文啥的，春洛都能取得好成绩。有些过去的老同事，知道他家小儿子与杨春洛的事儿，见到他都竖起大拇指："你们高家烧高香了，找个好姑娘，人家也好。"

目送着高科举两口子走出院门，刘欣茹扭身往屋里走："呸，咋想的？大摇大摆地来，拿点儿破东西，就张嘴要娶人家姑娘，是你家小子出奇，还是我家姑娘找不着主了？"刘欣茹斜了一眼身后的杨石山，"完了，这宿觉，让他们两口子搅和了。"

张桂兰的心情很糟糕。高科举轻轻地拍了她一下，说："咱们这次上门有些唐突。"不知道是为了安抚张桂兰，还是安抚自己，他缓缓地说，"石山两口子是明事理的人，他们不会挑理，咱们也理解人家，谁家女儿出嫁，爹妈能舍得？"

要不是高科举生了一场病，杨春洛的婚事或许就拖延下来了。

高科举的病来得很突然。清早，他要到局里参加"五一"表彰大会，从被窝爬起来就洗头刮胡子，还让张桂兰给他找一身板正的工作服。早饭，他吃了一大碗面片、一个荷包蛋、几片煎馒头片。撂下饭碗，他起身去箱盖上端水杯时，身子一歪就栽到地上。高守利刚要出门上班，听到声响，急忙跑回来。

"爸，你咋了？妈，妈，你快来看我爸咋了——"

高守利和大哥把父亲送到卫生所。

二十七

　　林业局医院的救护车，直接把高科举送到省城医院。在省城医院住了半个月，高科举保住了命，半边身子却瘫了。刚出院时，他脑子也不十分清醒，胡言乱语，见人就哭，说的话谁也听不懂。

　　张桂兰一步不离地伺候高科举。她眼泪汪汪地说："只要我有一口气，就不能牵扯孩子。他们都有自个儿的工作，有自个儿的家，有自个儿的事儿。"邻居们都说张桂兰鬼心眼子多，她这么说，是怕老儿子的婚事泡汤。明知道高家炕上躺着个病人，明知道是个火坑，明知道是个无底洞，谁家姑娘还眼睁睁地往里跳？杨石山倒是不能说啥，但刘欣茹心疼女儿，她的三个孩子可都是她的眼珠，尤其是大姑娘，工作干得好，人也好……听到人们的议论，张桂兰忧心忡忡。

　　张桂兰的大儿媳妇婚前因为彩礼，闹得十分不愉快，婚后对他们两口子不冷不热。即使有了孩子，大儿媳妇也记愁。为这事儿，张桂兰背后没少抹眼泪。她说谁有钱不想给脸上抹粉啊，这些年就靠高科举一个人的工资，大儿子上班就谈了对象，钱就没往家里拿过，偶尔拿回来几个钱，事后也会找个由头要回去。要不是守利早早上班，家里的日子就紧巴巴了。张桂兰一想起小儿子，心就难受。按说，他小，但他比他哥顾家，干得还多。很多时候，他倒是像哥。

　　高科举一撂倒，就再也没起来。

　　开春儿，一场雨也没下，大风却号叫着一场接一场。

　　受干旱影响，大沽河的水没有往年那么欢腾，但依然清澈见底。傍晚斜阳的余晖落到河上，波光粼粼的水面宛若有无数条鱼在跳跃。湿地的植物萎靡不振，毛叶苔、湿生合叶苔、多胞合叶苔枯瘦羸弱。几只白尾鸥从湿地那边飞到河面的上空，又俯冲下来，在水面上站了一下，又飞起来，尖锐的叫声似乎把云都穿破了——连鸟儿都在声讨老天爷，大旱不仅给人带来困扰，还给山林带来灾难。

一旦山火自燃，不仅能毁了山林，也能让动物们失去家园。

山河林业局防火形势十分紧张，遇到大风预警，就严令各家各户禁止烟火。所有上山的路都封了，高守利和葛丹被抽调到防火队，日夜守在上山的卡口上。日夜巡逻在卡口的高守利，累得筋疲力尽。终于可以休息一天，他回家换了衣裳，就去找杨春洛。看到女友，他眼眶里有泪光闪过。

"这些日子，累坏了吧？"春洛的目光中充满关切。

高守利点头，目光热烈地看着女友："上河边走走。"

大沽河的岸边，微风习习。西天的火烧云像愤怒的大火，把天都烧红了，烧透了。高守利仰头望天："春洛，我想好了，今年咱俩说啥都得结婚。咱们都相处八九年了，也该成家了。主要是我爸瘫在炕上，我妈一个人照顾不过来。前几天，我大哥三更半夜起来帮忙，睡不好觉，脸上就挂相，气得我妈偷着抹眼泪。我大哥晚上睡不好，白天上班肯定没精神。好在夏天也不太忙，等到冬伐时，我大哥又要上山，到时候更不能指望我大嫂，她平时一干活儿，就跟我妈耷拉脸。"

高守利看一眼杨春洛，说："我大嫂，有时候可能是累，两个孩子也是今天这事儿，明天那事儿，她心烦，说话也没好气儿。一看她嘟噜着脸，说话还夹枪带棒地捎带别人，我心里可不好受了。我又不能跟大哥告状，毕竟人家是两口子。我妈更不敢说，生怕儿子的日子过散了。咱们结婚，就和爸妈一起过，你不会不同意吧？"高守利拉过杨春洛的手。

杨春洛沉吟了一下，说："说到结婚，我得和我爸妈商量，结婚是大事，他们要是不同意，我也不能硬来。虽然是我结婚，但得爸妈点头才行。至于咱俩婚后的日子，那是咱俩说了算。家里有老，也是咱们的福气。我妈常说，要是我奶还在的话，我爸也不至于没着没落。我特别喜欢那句话，

· 108 ·

父母在，我们尚有来路；父母不在了，我们就只剩下归途了。"她抽出被高守利拉着的手，"一说结婚，我妈肯定不高兴，她舍不得我。

"还有一句话，女大不中留，留来留去做冤仇。刘姨就不怕把你留成老姑娘，到时候嫁不出去，和她结仇咋办？"

杨春洛嘻嘻地笑了。高守利把她拽到怀里，紧紧地抱住她。

西天的火烧云，宛若新娘头上的红盖头，铺天盖地，把他们的身影都映红了。"走，我领你去吃好吃的，再把葛丹叫上，他今天也轮休。"说起葛丹，高守利又叹了一口气，"葛丹比咱俩还不容易。不管怎么说，我身边有你，而葛丹除了兜里有'朋奴化'，连恋爱都没谈，身边还有两个大哥留下的孩子要养，炕上还有爹妈要管。"杨春洛点了一下头："咱们得多帮帮葛丹，他真是太不容易了。幸好他有两个姐姐，姐姐顾及娘家，时常来看看爹妈，送些吃喝。老的小的穿戴，也都是她们管。"

"春洛，我爸好多了，现在说话比以前清楚了不少，都是我妈照顾得好。"高守利期待地看着她。

二十八

　　高科举家是后搬到龙镇的，他祖上是安县的坐地户，安县距离龙镇有百十多里地。

　　高家世代靠开中医馆为生。中药馆在高科举的爷爷手里败落。当时时局动荡，他家还遭遇了乡野恶人的讹诈，中医馆只得以出兑的方式抵出去。名义上是出兑，可人家没给一文钱。就连祖传的秘方都被搜刮出去了，高科举的父亲亲眼看见了父亲含冤而死的过程。高科举的爷爷死后，父亲就担起破落家族十几口人的生活。起初，他想重振中医馆。但高氏中医馆就像一只飞鸟，悄无声息地飞走时，连一片羽毛都没留下。为养活一家人，父亲只能背一杆猎枪，干了上山打猎的行当。

　　高家虽然没能找回昔日的风光，但总算从差点儿流落街头乞讨的悲惨境遇里一步步走出来。

　　高科举十四五岁就跟着父亲在山里与猎物周旋，顺带着辨认草药。他从小就在小兴安岭的朔风里淬炼，骨子里的豪爽也是在山峦上练就的。父亲告诉高科举："山脊是猎人的路，好猎人就要走遍脚下的路。一个好猎人就该对动物、植物怀有感恩和敬畏之心。"高科举牢记父亲的话，从小就对乌斯孟、北沾河、南沾河、老爷岭、雀儿岭十分熟悉，就像山里的一只猴子，不仅熟悉动物的习性，对山上的植物、上山的路也都了如指掌。

　　"高家几代传下来的中医馆，没能传承下来，你爷到死都没闭上眼睛。"父亲又看了高科举一眼，"你爷没能把中医馆振兴起来，觉得对不住先人，对不住我。我没能让高氏中医馆重整旗鼓，对不住先人，也对不起你。早先，我心里对你还寄托一线希望，想不到你的心思却不在这儿。看来咱们高氏中医馆真的彻底死了。"父亲哀叹一声，一直惦记着把高氏中医馆的牌匾再挂出来的父亲，终于认清了，高氏中医馆大势已去。别说他不能重振，就是他的儿孙，也无能为力。

或许，父亲还预料到自己的气数到了，也预见到了林业的未来。于是，父亲带着全家搬到龙镇。搬到龙镇的第二年，父亲就病倒在炕上了。躺在炕上奄奄一息的父亲，把高科举叫到面前："儿啊，放下猎枪，去做林工吧，毕竟那才是正经行当。记住，只要放下枪，就不要再去打动物，一只飞鸟都不能打。"父亲说得十分吃力，但语气坚定，"也不要再碰药材了，中医馆的念想，就在你这儿断了吧。"

父亲不久就离开了人世。

高科举依照父亲的遗愿，进了山河林业局，成了林业工人。

起初，他被分配到集材队，他自己也想去集材队。他说跟着父亲在山里转了数年，见识过牛马套把原条从山上拉到江边，再堆起高高的木楞。等到冰雪融化，桃花水从山上下来时，再把堆积如山的木头，一根一根推到水里，利用湍急的水势，把木头送到山下的河场。下游的工人再把木头打捞上岸，归成楞垛。但水运不是一项简单的工作，相对而言，困难多，工序也多。单往中楞运输这一环节，就需要很有经验的老把式。弯把锯把树伐倒后，打丫子，造件子，而后再用人工或者畜力，把原木拖到事先浇好的冰沟、冰道里，出溜到山下，再用牛马套子倒到中楞，这一环节只能在寒冷的冬季进行。再就是归楞，归楞的好处是，除了节省占地面积，还易于入水。工人们要用搬钩和滚扛依次把原木滚入河中，林业人都称之为件子。楞上的件子也是顺势依次而下，省了力气和时间。原条滚入水后，能自上而下地顺势漂流。

高科举还看见过"放排"和"赶羊"。放排和赶羊的场面，十分壮观。顺畅时，汹涌的河水咆哮着将数千米木材流送到目的地。遇到水势不顺的时候，死人伤人的事儿也常见。放排工被水流冲下去，再不见踪影的事故，时有发生。他小时候看放排和赶羊，只是觉得好玩。年岁再大一些，他对此就有了浓厚的兴趣。

山河林业局，最初也想学习其他兄弟局的水运集材方法和经验，就成立了集材流送队。陈二就是山河林业局最早的流送工。早年，他曾经为木帮、为日本人放过排。当年，他被特招进山河林业局，就因为他是成手的流送工。看过陈二放排的人都夸赞他，说他天生就是吃这碗饭的人，是放排的好把式。

正是这次流放，致使山河林业局彻底放弃了水运。

立春的节气，总是能让人生发出希望。

立春这天，龙镇家家户户都烙春饼、啃青萝卜。风，如同春天的序曲。尽管春风来时的样子，有失体统，也有些丑陋，但它不嘶叫，也不能撼动坚硬的大地。从这天开始，人们就走出了冬天的寂寥。大沽河的冰层也开始松动，冰层下的水暗流涌动。住在大沽河两岸的人，不会错过跑冰排时的壮观场面。挣脱的冰排，生命进入倒计时，也要奋力一搏。冰排用沉闷撞击的响声和溅起的水柱告诉人们，即便是粉身碎骨，也要死得轰轰烈烈。四月末，大大小小的冰排，宛若白云，向下游轰隆作响地冲撞。待到冰排融化殆尽后，原木流送的时机就来了。

已经进了林业局的高科举，跑去看流送时的壮观场面。就是这次，他见识了陈二放排的技艺。

开始，水运很顺利，一根根原条顺水而下。山河林业局人大多是第一次看到水运。看到壮观的河面，人们都为原条在水里的畅游而欣喜若狂。但在下游的一个水湾处，几根捣蛋的原条挡住了其他顺水而下的原条的去路。眨眼工夫，数百米的原条就碰撞着堆积起来。有的不堪重击，突然腾空蹿起数米高，"咔嚓"一声，一根原条拦腰折断。溅起的水花和木渣儿，打在人们的身上，人群水浪一样地往后退。随后，刚才还顺溜的原条，如同冰凌似的拱了起来，而且越拱越高，瞬间就堵塞了河道。原条越聚越多，在水流的冲击下，拱起来的原条宛若一座山丘。顷刻间，水面像患了肠梗阻，河水无声地漫延到岸上。

吓得人们"哇"一声，朝后退去——

眼看着一场灾祸就要发生。只听一声长长的呼哨，手持长竹竿的陈二，跳到一根原条上。他手里的竹竿瞬间化作撑船的桨，在激流中左挑一下，右撅一下，三下五除二就理顺了七零八散冲撞过来的原条。他像一只灵活的猴子，从这根原条跳到另一根原条上，躲过迎头撞击过来的树木后，又跳到自动拱起的原条堆上，手里的竹竿再次上下翻飞。拥堵的一垛原条在他的竹竿下，宛若一只只羊，被他归拢到水流湍急的河道中。一根根原条顺着水流漂走了。

大水挟着原条又冲了过来。陈二看准机会，顺势骑上一根原条，顺水漂流而下。站在岸上的人们都惊讶地张大嘴巴，眼睁睁地看着陈二变成一个小黑点，顺水漂走了。

两天后，陈二才得以返还。他一脚刚迈进外屋，刚剪断脐带的儿子的哭声传了出来。陈二惊得站住了，没一会儿，呜呜的哭声从外屋传进来。陈二的哭声像屋檐下的风，呜呜声中还带着呼哨。陈二妈侧耳听出是儿子的哭声，说让他哭，憋在肚子里的东西，哭出来才不会生病。

陈二哭够了。按他妈说的，把肚子里的东西都哭了出来。他突然觉得饿，扯着嗓子喊："妈，给我拿几块饼子。"

陈二妈掀开碗架上的布帘，从盆里掐出两块饼子递给他："先给你儿子起了名儿再吃。"陈二想了一下，"叫水生吧。我刚从水里逃生回来。"

陈二从他妈手里接过饼子，狼吞虎咽地吃起来。

从那以后，山河林业局也意识到，兄弟局的经验，在山河林业局不太好用。山河林业局施业辖区没有很适合这种经验的地理环境，还受水位的制约和气温的影响。再者，水上流送，风险太大，损耗也大，有太多弊端，危机重重。

因此，水运集材在山河林业局被彻底取缔。

二十九

山河林业局成立之初,木材生产基本是沿袭伪满时期的作业方式。九月,林区人就开始秋收。十月,田地里的庄稼收完了,人们就赶着牛马套子进山伐木,利用冰雪的滑力和牛马套子,把伐下来的树木运到山下。

林业人称之为"冬采夏留,一股肠子拿木头"。采伐和集运,完全是靠人力。即便有牛马,多数时候,还得靠人。虽然费时费力,但比起水运,还是好很多。

一到十月,小兴安岭地区就普降大雪,封冻的大地宛若僵死的虫子,生命气息不见了踪影。尽管大雪封山,但覆盖着皑皑白雪的大山上,人欢马叫。高科举所在的集材队,也隶属于木沟壑林场。当时集材大多是人拉肩扛,先是用掐钩将原木集中成小山楞,林业人管这叫吊铆,然后再用牛马倒挂子集材,运到中间楞场。归楞时,完全使用肩扛,把门,掐钩。小木头四个人抬,大木头八个人抬,一副杠,分拉头杠,二档子还有耍龙的。集材也如跑冰排般热闹壮观,归楞场人喊马叫。

集材的牲畜,都是林业局从当地农户手里租来的。

脑瓜活泛的林工家属,看准这个来钱的道,也养起了牛马,每年冬天集材时就租给林场,一冬天下来,省了饲料不说,还能挣几个钱贴补家用。

高科举可谓老林工了,资格比杨石山老,对集材十分在行。为了贴补家用,挣两个零花钱,张桂兰也养了一匹马。一到冬天,高科举就牵着马匹上山。牛马也偷奸耍滑,人若是不看着,陡峭的路,滑得像镜面的冰雪路,牲口也打怵。它们站在原地不肯挪步,人要是不用鞭子抽它,它才不会主动去冒风险。

牲畜集材，主要的劳力还是人。

集材光靠牛马，不出活儿不说，也远远跟不上采伐的进度，只能人上。因此，集材工们的肩膀，个个长着"血蘑菇"。肩膀的皮薄，皮下就是骨头。抬一天木头，重力透过羊皮坎肩，透过棉袄，皮就磨破了。没了皮，就只能磨骨头了。林工们也称集材队为磨骨头队，还说他们是一支很专业的磨骨头队。

集材工抬木头的气势震撼。

磨骨头十分讲究配合。人们不但要互相了解，还要彼此信任。当一根木头被抬起来时，号子就响起来，步伐整齐。看似悠然自得，看似无比轻松，其实每个人都不得有半点儿疏忽。高科举一定是喊号子的那个人，他的嗓门大，还透亮，喊号子的节奏也好："哈腰挂嗨——吆嗨嗨——"掐钩就被牢牢嵌入原木里。"撑起腰啊嗨——哎嗨呦——"木头就在悠长粗犷的吼声里起来了。"哥儿几个呀，朝前走啊——"工友们就都抬头挺胸抓紧杠头，脚下的步伐也要绝对齐整，一晃一晃地朝楞垛走去。

人与原木的重量，压得跳板颤巍巍，嘎吱作响。但他们脚下稳，不能有一个人散脚。

姜占林在集材队时，和高科举配合得非常默契。遇上"水罐子"，长度在八米多的木头，就重达几千斤了。四人肯定不行，六人也有些费劲，基本上都是八个人抬。高科举一定是头杠，姜占林就压后阵。姜占林后来调离集材队，到领导岗位任职，他们才分开。

高科举担任队长后，依旧延续着姜占林的管理模式。"要想把集材干好，光有力气不行，还要嘴勤、脚稳、手快、眼尖，好集材工，不是一年半载就能练出来的。"他心思细腻，对集材工十分爱护。集材工每天从天刚蒙蒙亮开始劳作，到天一擦黑才下工。集材队的集材工，一天下来，肩膀的皮肉开裂，两天就露出骨头。沾着血水继续压，继续扛，继续磨，一块硬硬的鹅蛋大小的肉疙瘩就鼓了起来，这就是"血蘑菇"。

"血蘑菇"是林业工人的标志。集材工也都为自己肩膀上的"血蘑菇"

而自豪。

这让高科举很难过。每年冬季除了动员林业职工，还要动员大量农民带着牲畜上山突击运材，但这样也不能保证完成生产任务。一个采伐季下来，弄得人困马乏不说，还影响生产。这种情况下，如何才能大干、实干、巧干——突然，"巧干"两个字在他脑子里闪电似的震得他一激灵。是啊，为什么不能巧干？他的脑子飞快地转，他迅速走出家门，把集材队的骨干召集起来。于是，一场林业生产技术改革，在高科举的带领下，悄然地开始了。工作之余，骨干们没事儿就凑到一起研究。高科举经常把工友带到家里喝酒。林工们对酒有讲究，但对菜不太讲究。木耳炒白菜片、土豆丝，要是再抠个咸鸭蛋，炒一盘花生米，他们就能喝得热火朝天。酒，一定是新鄂乡鄂伦春人的纯粮小烧。

喝酒时，高科举又讲起陈二的故事。他说："今天的生产，和过去完全不同，那时候的集材方式能满足那时候的需要。那时候需要像陈二这样的流送工和我们这样的集材工。可现在不同了，咱们若是还停留在那个时候，咱们的儿孙也和咱们一样。那样的话，咱们可真是献了自己，又献了儿孙。所以啊，咱们也不能只顾着大干、实干，还要在巧干上用心思。"

高科举的话让大家兴奋起来。"对，要巧干。再不巧干，别说生产搞不好，咱们的身子骨也累垮了。"借着酒劲，工友们七嘴八舌，纷纷说出自己的想法。他们先是在纸上画，再利用小木块模拟滑道，一遍又一遍计算，一遍又一遍模拟。高科举如醉如痴地深陷其中。吃饭，他用饼子搭；抽烟，他用火柴盒一遍遍模拟，一次次推倒……他还把姜占林找来喝酒，让他帮忙出主意。

姜占林十分感动，除了提建议和想法，还从家里拿酒拿菜。

高科举把大家的想法归纳起来，在纸上写写画画。他骄傲地对张桂兰说："这字不白认，书也不白读。"小时候，爷爷就教他认字，爹后来虽然跑山，但也能看大书。他也跟着爹读，看到不认识的字，就问爹。爹看的都是线装书，还是繁体字。所以，无论是繁体字，还是简体字，都难不住高科举……经过无数次试验，最后，高科举觉得用冰雪槽道的方法更可行，更适用老爷岭、雀儿岭等施业区的采伐和集材。

采伐季开始之前，集材队就准备好了。

冬季采伐的号子一响，集材队就把焊着轱辘的铁炉子带到山上。上山后，依据施业区周边的地理特点，在炉膛里架上劈柴，两个人一边一个拽着铁炉子，顺着山坡往下滑动。铁炉子所到之处，雪开始融化，最初的槽道雏形就出来了。铁炉子来回走两三趟，一条槽道就开了出来。打丫子、造件子后的原条，顺着开出来冰槽道的坡度，自动归楞。

高科举又根据自然规律，以及施业区的环境，总结出"有坡自动化，无坡一条龙"的网道化、逆坡化集材作业方式。这种集材方式先是在高科举这个队试行，在姜占林的关注和倡导下，不到一个月的时间，就在林业局全面推广。于是，各个施业区的冰雪槽道网，遍布山岭。伐下来的木材，驯服地顺着槽道剑似的从山上自动飞奔下来，并灵巧地爬上楞垛，自动垛好。

"老天爷都输给了我们。"高科举自豪地说，"工友们加油干吧。"

当年，高科举被评为林业局革新能手。除了一个镶框的奖状，他还得了一个铁皮暖瓶。

三十

采伐季一结束，高科举牵着自家的马下山，张桂兰看到瘦得骨头都支棱出来的马，呜呜地哭开了。她埋怨男人没照顾好马匹，光顾着喝酒，把马累得都散架子了。高科举苦笑，说："你看看我，我比马还瘦，我的骨架子要不是有筋连着，早就散了。你不为我哭，却为一匹马哭？这是何故？你不心疼男人，倒心疼起牲口来。"高科举看着她，"找个主，把马卖了吧，再养马就赔钱了，以后集材用不着马了。"

张桂兰"扑哧"笑了，抹去脸上的泪水，想想也是，马匹咋还比男人金贵？她自知不占理，就悄悄坐在灶台前烧火做饭。此时，为男人做一顿可口的饭菜，才是她该做的。

吃饱喝足，就该睡觉了。张桂兰撵儿子："去，去炕梢儿睡，今晚的火烧得多。小孩子睡太热的炕上火，鼻子容易出血。"高守权就骨碌到炕梢儿。高守权正是贪吃贪睡的年龄，可这晚，他却翻来覆去不睡，眼珠叽里咕噜地瞄着炕头儿。因为家里多了一个人，一冬天没在家的爸回来了，他也想和爸亲近，可妈让他睡炕梢儿。

高科举洗头刮胡子，又把衣裳泡到洗衣盆里。儿子的目光追随着父亲的身影，他还不时地发出笑声。脑袋收拾完了，高科举又烫脚。他烫脚可真慢啊，还不时往盆里"哗哗"地加热水。高守权都看痴了。高科举终于从盆里抽出双脚，但并不急于擦干脚上的水，而是任凭脚上的水滴答滴答地淌回盆里。他拿过擦脚抹布，终于上炕了。躺在炕头儿的张桂兰，脸冲墙装睡，对他不理不睬。他碍于孩子，不敢有啥大动作，只能手从被窝下探过去，轻轻地揪一把女人腰上的肉。她腰上除了松垮的皮，没有肉。张桂兰没阻拦，他的手继续往上游走。这下，张桂兰不干了，掐他一把，还把他的手推出来。高科举只好把手缩回来，他听到张桂兰没说出来的话：儿子还没睡。

一冬天都没睡到热乎炕了，一钻进热乎乎的被窝，高科举全身的关节都舒展开了，从骨头缝儿往外冒凉气，身子一热乎，困意不可遏制地来了。他在黑暗中努力地想睁着眼睛，先是盯着在窗口探头探脑的一钩弯月，想心事。想着想着，他睡着了。张桂兰听到身边男人的鼾声，气得一耸身子，又转了过去。

高科举一觉睡到大天亮。

早上，张桂兰粗声大气地叫高科举："快起来吃饭，睡得像头猪，太阳都上天了。"高科举"咔哧咔哧"地挠头皮，"昨晚我咋就睡着了？儿子呢，上学去了？"

"你咋能睡不着。你心里除了山，就是木头。你不想别人，就不耽误睡觉。"张桂兰说完一扭身去了外屋。

高科举看看炕梢儿，看看屋里，又看一眼院子，儿子上学去了。他起身去了外屋，把张桂兰从锅灶前拎到里屋的炕沿上。"一天老怄气，动不动就怄气。你是气蛤蟆吗？我叫你怄气，叫你怄气……"开始，她还手抓脚蹬，当男人粗重的喘息喷到她脸上，她的耳朵和脖子刺痒得她都快笑出声了，她的手脚就软塌塌地垂了下来……张桂兰抚摸着男人肩膀上的"血蘑菇"，叹了一口气。但她还不忘矫情，白了高科举一眼："哼，要是让儿子跑回来撞见，你就不嘚瑟了。看你那张老脸往哪搁！"

"哪那么容易让儿子撞见。"高科举浑身轻松，愉快地耸了下肩膀。

张桂兰脸上挂着笑意去外屋烧火做饭。中午的贴饼子个个都有嘎巴，黄豆芽土豆条汤，也用味精调了味，喝一口，鲜亮无比。她还给男人蒸了一碗嫩得颤巍巍的鸡蛋糕。

"快吃，一会儿儿子放学了，他要是看见，你还能捞着？"

"给守权吃吧，我不爱吃鸡蛋糕。这东西不扛饿，还是贴饼子顶饿。"

高科举一语中的，不但牛马用不上了，没过几年，就连他们费尽心思研究出来的槽道，也从森工人的眼前消失了。

山河林业局开始建设森林铁路，那个场面让所有人都欢呼雀跃。工人们争先恐后地奔到现场。山河林业局采取的是"拉开战线，分段作业，先扒草皮，再挖冻土"的办法。这个办法解决了当地气候寒冷所造成的工程进度缓慢的现实问题。当喷烟吐雾的小火车奔跑在十几条数千公里的森林铁路上，伴着车轮与铁轨的碰撞声，还有汽笛声，把一车车木材运出大山时，高科举像个孩子似的哭了。

这对森工人来说，就是震天动地的喜事。

姜占林请高科举和杨石山到小酒馆喝烧酒。他说："今晚，我请你俩吃点儿好的。你俩尽管敞开肚皮吃肉，敞开肚皮喝烧酒。"他点了熘肝尖、青椒炒干豆腐、酱炖河鱼、猪头肉、酱猪爪、炒豆芽。吃得满嘴流油的三个人，都喝高了。

半夜，他们勾肩搭背地走在龙镇的路上，笑着，唱着，喊着。

张桂兰生完高守权后，宛若中了邪，再也不怀孕了。

冬天，高科举一上山，她就像丢了魂似的打不起精神。苗圃的人就逗她，说："高师傅一走，你就没精打采，是不是身边没人，晚上睡不好？"张桂兰撇了一下嘴："想他？真是闲得慌。我是想那匹马了。"

"你这话谁都不信。你到底是想你喂的那匹马，还是想喂你的那匹马？"说话的人突然想起什么，一语双关地说，"你家那匹老马，也早就不中用了。哈哈……"

张桂兰翻个白眼儿，骂了一句："邪门，滚一边去。"

在人们的笑声中，张桂兰悻悻地回家了。其实，张桂兰一看到别的女人大肚子，或者听说谁家生了孩子，就眼红。她听人说，冬天女人爱怀孕。可是冬天刚来，男人就进山了，在山里一待就是一大冬天。她咋怀孕？她没少跟高科举抱怨："你看尤大勺老婆，不断流地生。还有姜占林老婆，人瘦得像根刺，可人家都生了三个了，听说又怀孕了。我看，她是要生出一窝来。眼看认识的女人，今年生一个，明年又怀一个。可我就像歇伏的母鸡，生下一个孩子，就不开张了……"高科举就笑，让她别着急，说生孩子这事儿可遇不可求。

无论高科举怎么劝，她都不开心。都是女人，凭啥自个儿就生一个儿子？张桂兰趁高科举不在家，拎着半篮子鸡蛋，去找龙镇的黄半仙。据说黄半仙的师傅是鄂伦春的萨满师。一看张桂兰进来，黄半仙就抿嘴笑了，说她这辈子，命里注定没女儿，顶多还能再生个儿子。张桂兰疑惑地问："我咋就不能再生两个女儿？"黄半仙神秘地一笑，说她能再生个儿子，还是她家男人早早地放下猎枪的缘故，否则，这个儿子都不能来。黄半仙还告诉她，高家之所以人丁不兴旺，是因为他们家祖上有人打猎，伤害过一个得道的蛇仙。张桂兰不服气，说高家祖上还治病救人呢。黄半仙撇嘴，说高家本来是到世间把人从疾苦中解救出来的郎中，没承想半道误入歧途。要不是早早收手，说不定还出啥大事儿呢……从黄半仙家出来，张桂兰闷闷不乐。

从镇子东头走到镇子北头的家，她就想通了。命里没女儿就没有吧，能再生一个儿子也行。可这个儿子连影儿都没有……张桂兰忧伤地掉下眼泪。

高科举从山上下来，张桂兰又无端地和他怄气。这次，没了马做引子。森林铁路通车后，山上再也不需要牛马拉套子了。牲畜的作用，就是上山时帮忙驮粮食和锅碗瓢盆。再说那匹马，她养的那匹老马，老得已经派不上用场。要不是她舍不得，高科举早就把它杀了吃肉了。去年冬天，老马死了。高科举不在家，她只得找人，亲眼看着他们帮她把老马埋了。没了老马做引子，但她的气，随便一个由头都能爆发。

"看你那个脑袋，都不如鸟窝利索。"她气哼哼地瞪了高科举一眼。

张桂兰怄气，让高科举十分不解。他不想和她发生口角，他知道，家务活儿不轻松，女人也累。看她低头蹲在灶台前烧火，他没话找话，她装作没听见。高科举的气就来了，像抓小鸡似的把她拎起来，并掐着她的胳膊，不让她动弹："谁家的老娘儿们整天怄气？一看见我，气就来了，这还怎么生儿子？"

张桂兰扭动着身子，用脚踢他。高科举怕自己不知轻重，把她的胳膊、腿扭伤，好言好语地和她商量："你说，我走，你生气，我回来，你的气咋还没生完？你的肚子除了装了气，还是装着气。谁家的日子，老在气里过？"先前，张桂兰用脑袋顶男人。高科举急了，像一匹愤怒的马，更像一炉膛燃烧的火，把张桂兰按倒在锅台上。开始，她还连蹬带踹。几下子，高科举就把她的身子点燃了，她就乖顺得像一只猫。

"不和你动横的，你是真不老实。怄气，你接着怄吧。"

看着走进里屋的男人，张桂兰"扑哧"笑了："谁和你怄气了，我就是看你对我有没有耐心。"

高守利，就是高科举这次愤怒的产物。

说起来，张桂兰也是一个不让须眉的主儿。

伐木工从山上下来，就参加山下的生产会战。高科举到楞场会战，四五天没回家。张桂兰越想越不放心，就带着高守利到贮木场找他。此时的高守利，刚会走路。张桂兰刚到贮木场的院里，就看见高科举仰着脑袋望天。一群排成人字形的大雁，正从他们头上飞过去，她想男人不会闲着没事儿看大雁吧。果然，是搅盘机不走道了，钢丝绳上悬着一根一抱多粗的原木，上不去也卸不下来。试了几次，绞盘的钢丝绳都一动不动。他说一定是上头的滑轮出了问题，人得爬上去，看看到底是咋回事儿。助手咧着嘴，高科举知道他恐高。站在高科举身后的张桂兰，把儿子放到地上，对高科举说："你看孩子，我上去。你们在下面配合我。"说着就往架杆上爬。

高科举被女人惊呆了，他像是一只听到炸雷的鸭子。

架杆六七米高，张桂兰爬到中间，冷汗就冒了出来。爬到顶上，她哆嗦了半天，试了几次才敢睁开眼睛。她惊恐地看着地上的男人，高科举冲她摆手："稳住，别害怕，别往下看。检查一下滑轮。"果然是不安分的钢丝绳脱槽了。她颤巍巍地伸出手，想把钢丝绳复位，扯了两下，钢丝绳纹丝不动。

"你稳住啊，先等一下。"高科举摇着手喊。

由于吊在半空中的原木比较高，矮个子男人即使伸出双臂，也使不上劲。高科举怕高守利乱跑，抱着儿子跑去叫人。十几个高个子壮汉，硬是把坠着的原木抬起一点高度……张桂兰爬下来，叫了一声"我的妈呀——"就一屁股跌坐到地上。高科举一只手把她扯起来，他左手抱着儿子，右手抱着女人。

"走，回家包饺子吃。"

林工们在他们身后起哄。后来，高科举在架杆上滑轮两侧做了挡板，没有缝隙。直径十八点五毫米的钢丝绳，就安分得再也没出轨。

三十一

张桂兰虽然没能如愿地生女儿，但生个儿子，对她而言也是莫大的知足。除了得个儿子，这还证明了她能生养。高守利从小对大哥惧怕，大哥和他也有距离，居高临下，没给过他好脸。张桂兰对小儿子说："你大哥不是看不上你，他是被日子压得心气不顺。他一个人要养活两个孩子和你大嫂，还要帮衬你大嫂的娘家。"高守利对他妈的话半信半疑："葛丹有一个哥、两个姐，他大哥和他搂脖子抱腰，还和他摔跤、踢毽子，用他写过字的作业本给他叠匣子枪，叠得跟真枪似的……"张桂兰吧嗒两下嘴，没说话。

长大以后的高守利，也极力想改变和大哥之间的关系。他很想与大哥拉近距离，像葛丹和他大哥那样有说有笑、打打闹闹。他处处讨好大哥，也讨好大哥的孩子们。但是他和大哥的关系，就像一坨冻土，没有一丝松动，偶尔刚露出开化的迹象，大嫂一个白眼儿，大哥的脸就沉了下来。一直到父亲瘫到炕上，他炕上炕下伺候，大哥出来进去，偶尔才对他咧下嘴、龇下牙。

高守利对大哥长相都有些模糊，除了他那口洁白而整齐的牙。大哥那口牙，在高守利看来，是对大哥最大的恩惠。他和大哥说话，就下意识地看他的牙。他不敢看大哥的眼神儿，怕那道凌厉的光伤害到自己。

夏天还没来，大嫂的爹妈先后病了。大哥吞吞吐吐地跟母亲提出，要搬到岳父母家，这样照顾起来也方便。他还说，守利也不小了，能担起家了，也该给守利完婚了，正好他把西屋腾出来，给他做新房。他不想占爹妈的房子，惹得兄弟心里不痛快。他自己的儿女也大了，得为儿女张罗婚事。将来儿子结婚，就住姥姥家的房子，他还得给自己盖房。女儿好打发，那也得给嫁妆，不能像他自己结婚……没等大儿子说完，张桂兰的眼泪就像爬出洞穴的蚂蚁——她知道,这是大儿媳的主意。

张桂兰在心里感慨,幸亏生了老二,否则他和老伴身边连个依靠都没有。

大儿子一家在一个晴朗的日子热热闹闹地搬走了。来来回回地搬东西,大儿子几乎没抬头。大儿媳收拾了一摞锅碗瓢盆后,叫了她:"他奶,俺们走了,家里就剩下你们三口了,以后你们三口人好好过吧。给你们留够三口人用的碗筷了,俺们家人口多,多拿一些。"

"你拿吧,需要啥就拿啥,俺们好说。"

那些日子,张桂兰心情糟透了,出来进去,看到空荡荡的西屋,惆怅就涌上心头。她唉声叹气,嗝打得喉咙发干。她心里的话,既不能和小儿子说,也不能和老伴磨叨。一辈子要强的高科举,如今成了废人,虽然说话比刚出院时好了不少,但她要是说起大儿子的事儿,他就哭得稀里哗啦。张桂兰知道,他心里比谁都难受。而她也不想给小儿子和大哥制造隔阂,等以后她和老伴走了,哥俩怎么说也是个照应。若是哥俩生了嫌隙,她这个当妈的都无法面对。

张桂兰不好意思再上杨家的门商议小儿子的婚事。

如今家里的变故,让春洛进门遭罪,她于心不忍不说,也害怕刘欣茹再一口回绝。万一小儿子的婚事吹了,她受不了这个打击。现在的家,就像一个无底的黑洞,炕上躺着一个病人,一把一把吃药,打进去的药也不知道都跑哪去了,病没见好不说,人还瘦得皮包骨。去了几次林业医院,除了老病,也没检查出啥新毛病。再去省城医院,她都害怕老伴经不起一路折腾,有去无回,剩下她一个人过日子,那就更糟心了。

张桂兰为炕上躺着的病人,为小儿子的婚事,焦虑得神经兮兮。

傍晚,她刚给高科举喂了饭,正要把饭碗送到外屋,杨石山和刘欣茹拎着几样礼推门进来了。张桂兰愣住了。杨石山一进门就说:"老哥咋样?俺俩早就想过来看看。这些日子山上山下忙,一直也没得空,也该商议一下俩孩子的婚事了。"

张桂兰的眼泪唰地下来了，说："守利和春洛的婚事，你们说了算，你们说咋办就咋办。"

刘欣茹笑了："俺家杨石山说了，老哥干一辈子林业，吃的苦比谁都多，老了又得了这个病，光指着你和守利咋能行？守利车间里的活儿多，起早贪黑地忙。再者，男孩子心粗，春洛过门也能帮你一把……"

张桂兰差点儿给杨石山两口子磕头。躺在炕上的高科举，眼角的泪水都淌到耳朵眼儿里了。

"老哥，别哭，好好养身子骨，娶儿媳是喜事儿。"杨石山不停地为他擦泪水。

婚期只能定在冬天了，高守利还在防火队。防火工作这么紧张，他没时间收拾西屋。收拾房子的事儿，还得等他有时间。婚期定了下来，张桂兰悬着的心，落下去一半。只有春洛和守利扯了结婚证，儿媳妇进门，她的心才能完全踏实。一层窗户纸挑开了，晚上下班，春洛就来高家帮张桂兰做饭，给高科举熬药。她说："西屋就当婚房。结婚后，我和守利也不搬出去。西屋有地儿住，东屋的北炕也能住。晚上方便照顾高大爷，省得你一个人忙活……"

张桂兰又哭了："春洛，苦了你了。是我对不起你，对不起你爸妈。"

"大娘，别哭啊，会好的，会好的。"春洛轻声安抚未来的婆婆。

高科举住的房子，还是早年林场分配的三间土房。住了十几年后，才把前门脸贴了红砖，龙镇人都称"一面青"。后来，大儿子在西屋结婚，又在西屋生下孩子，孙子孙女都是张桂兰带大的。早几年，爷爷奶奶带孙子孙女，住在南炕。前两年，高守利不想住炕，说夏天太热。他要扒掉北炕，搭个木板床。大哥斜了他一眼："那你就不怕冬天冷？"

不知道从啥时候起，高守利有一种寄人篱下的错觉。他看了一眼年迈的父亲，没说话。他只得继续住在北炕。扒炕搭木板床的想法，就如被土埂截住的溪流，掉头倒流回去。

高守利刚上初中，大哥的孩子就相继出生了。大哥整日皱着眉头，不是说东西没地儿放，就说人多，整天闹哄哄的，心烦。大嫂出来进去，也冷着脸。张桂兰把手里仅有的几百块钱拿出来，说盖个下屋吧，装点儿东西啥的方便，木桩子垛也挪到院外，省得占地方。高守权从母亲手里接过一沓票子时，脸上有了笑意。但他并没盖西屋，而是自己又添了点儿钱，在大后趟房的西边盖了两间房。高守利像一棵蒲草似的，噌噌地蹿到一米八。他放学就跟在大哥的身后，推土、割草、和泥，大哥用拌着草的泥夯墙。到秋天，两间下屋就封了顶。大哥还在前门脸贴了红砖，用水泥勾了缝儿。大哥大嫂也没搬走，他们说两间房留给大儿子结婚用。高守利看见大哥和大嫂站在新盖的两间房前，咂着嘴欣赏自己的杰作。

　　"砖门脸就是好，下多大的雨，院子里都不会有泥土冲下来。"

　　"抓紧卖，能卖个好价，房子没人住，老空着没人气可不行。钱还是存进银行保准，等明个儿再用卖房的钱，到大沽河对岸给儿子盖砖瓦房。"

　　大嫂的话让高守利吃了一惊，但他没和爹妈说。不久，房子果然卖了。高守权和爹妈说："俺俩是这么寻思的，孩子还得等几年才能用房子，没有烟火的房子不禁放，干脆卖掉算了。再说，等孩子长大，也不一定稀罕这样的破房子。现在孩子可不像俺们，猪窝都能将就……"站在大儿子的身旁，张桂兰潸然泪下。大儿子结婚以后，和她说话，很少叫妈。

三十二

立夏刚过，晌午时，天空中突然乌云翻滚。半夜，一场雨噼里啪啦地落下来，人们争先恐后地打开房门，看如注的大雨从乌云密布的夜空中泼洒下来，人们都跳了起来。这个夜晚，无论是林业局的领导，还是广大森工人，一直提着的心，终于回到了原位。

高守利和葛丹也撤回单位。

一回到厂子上班，高守利就开始收拾房子。秋天来临前，他又把房子的外墙、院墙抹了一层厚泥。屋顶也重新修整了一番，他不想大动干戈地收拾，一来时间不够，再者，钱也不宽裕。墙抹得厚一点儿，窗户缝儿封严实，就不能透风。实在不行，冬天时，干脆就钉上塑料布。房子太老了，要不是爸生病花了不少钱，他真想趁着结婚，翻盖一下房子。

春洛一下班，也过来帮忙。高守利和她说，先将就个三年五载，等手头宽裕了，把房子推倒重新盖。再在东头盖两间厢房，装些东西。过年过节，大哥和孩子们回来也宽绰一些。

"能住就行。我听说林业局要给职工盖楼房呢。"春洛帮他拿过泥抹子。就在高守利抹窗框、堵窗台下的裂缝时，院门"砰"的一声，被撞开了。葛丹推着手推车进来，车上装着打好的四扇木窗。他夺下高守利手里的泥抹子，说："你糊弄别人也就算了，还能糊弄跟你过日子的女人？本来房子就比咱们都老，窗户再不整严实，冬天得多冷。"

高守利嘻嘻地笑："行啊，还会木工活儿了，啥时候量的尺寸？"

葛丹深的眼神闪了一下，他几下就把旧窗户卸了下来。两人很快就把西屋前后的旧窗户敲打下来，装上了新窗户。天色暗了，夜要来了，窗台才抹好。

"晾了几天，就能上玻璃。玻璃割好了，腻子也买了。"

"谢谢哥们儿。"

高守利照着他的胸口捶了一下。他不让葛丹走，说："我妈买了猪头肉，又拌了一盆黄瓜，咱俩喝一口。你回家拿点儿酒就行，你们部落的酒上口，不上头。"

"要是有时间，应该把高叔和高婶东屋的窗户也换了。"葛丹拍打着身上的灰，"我也没想到，自己还能打窗户。"

　

冬天的太阳，总是青白着一张脸，没了夏季时的炽烈。但有太阳的天，总能让人感到温暖。

冬月二十，是杨春洛和高守利的大喜日子。这天早上，太阳一露头就红着脸，亮堂得像水洗过一般。阳光透过窗子射进来，屋里暖洋洋的。

春洛身穿大红金丝绒镶金线的袄罩、黑色毛呢裤子、雪花呢大衣，还戴着一条大红羊毛围巾。她肤色白皙，眼睛不大，却是一双笑眼，高鼻梁，嘴唇红润，一头黝黑的头发，还是自然卷。大红的嫁衣更衬托出她皮肤的细腻白净。她穿上嫁衣时，心头有一种异样的感觉。虽然她嫁的人跟她从小一起长大，新家到娘家也就步行十来分钟的路，但她还是有要流泪的酸楚。她怕眼泪掉下来，让围前围后的夏璎和思乐看见，更怕她妈看她眼里的泪。

春洛偷瞄一眼她爸，他若无其事地抽烟。外屋的门开了，他抬头望一眼，起身迎了出去。

这个冬天，刘欣茹的心情五味杂陈，只要一想起女儿以后又多了一重身份，心里就有说不出的难受。特别是守利家的情况，她表面没说啥，但心里十分担忧。女儿能干，但不像在娘家爹妈跟前，出嫁的女儿就成了别人家的媳妇，将来还会是别人的妈……要不是杨石山做她的工作，她一定再留女儿几年。春洛太知道她妈的心思了，要说她妈对守利十分可心，也不全是；还有守利的家庭，她妈对此有万般担忧。这半年，她跟她妈说话都小心翼翼，生怕哪句话碰到她妈的伤心处。

为这场婚礼忙碌的，不只是高、杨两家人。高守利告诉葛丹，他和春洛的婚期定下来了，葛丹愣了一下，又点了一下头，就默默地和高守利忙活起来。随着婚期一天天临近，葛丹先去新鄂乡的大姐家打了酒，又买了一头猪，婚礼前一天晚上就找陈二杀了。在院子里架起一口大铁锅，烀了猪肉、血肠、猪肺、苦肠、大肠、猪肝等，还做了一大锅杀猪烩菜。又把烀好的猪下水切片码盘，就等着第二天开席用。

冬天无法在院子里搭棚子。高家东西屋，再加上外屋的厨房，摆六七张桌，都显得挤，只好在葛丹家摆了四张桌。商议结婚时，杨石山就说不用婆家招待娘家客人，老哥病着，家里只有守利和葛丹忙活，不容易。

再者，娘家客人也多。

杨春洛是大女儿，老大结婚不能不摆宴席。喝不上喜酒，别说亲戚们不干，老工友们也不答应，对邻居们也失礼。杨石山说，娘家这头儿的客人，自己招待，送完闺女，人就回娘家。因此，杨家不只杀了猪，还宰了十几只鸡和两只羊。

山里的冬天，青菜是稀缺之物。除了白菜、萝卜、土豆，几乎见不到绿叶菜。杨石山说，吃啥青菜，大冷天就吃肉。羊肉、羊排、羊汤、羊杂就往上端，还有猪肉、猪下水，比青菜好吃多了。但刘欣茹还是发了一大缸黄豆芽、绿豆芽，又让娘家弟媳和妹妹过来帮忙切白菜，将嫩白的菜帮切成细丝，淋上香辣的辣椒油。粉条炒黄豆芽、醋炒绿豆芽、冻白菜和酸菜心蘸辣椒酱，别说喝酒的人爱吃，不喝酒的大人、孩子也能撑破肚皮。

杨石山虽然是嫁闺女，但喜宴办得像是娶媳妇。他除了三个姐姐，也没有更近的人了。姐姐们提前两天就来了。婚后就在大兴安岭生活的三姐，一进门就抱住了杨石山："石山——"。二姐也拥了上来。大姐的腿脚不好，也从炕上下来了。姐弟四个拥在一起，流下了泪水。姑姑还给春洛送了一份厚礼——一台电视机。

杨石山心里热乎，姐姐们岁数都不小了，平时也很难出门，家里的孙辈都要她照顾，要不是侄女结婚，她们不会扔下一家老小。

杨石山叮嘱儿子，让他照顾好姑姑们。

在男方家做了证婚人的姜占林，喝一杯新郎新娘的敬酒，就跑到杨石山家。杨石山高兴得喝过了头儿，大着舌头谢姜占林，拱手跟亲朋道谢："谢谢大伙儿！我这个大闺女，是我的心头肉，我也看好这个孩子，她不光能干，过日子指定不差，工作也保准错不了，是不是，他姜大爷？"

姜占林点头："春洛这孩子，真没的说。"

送走了一拨又一拨客人，杨石山和姜占林又喝了一通，直到夜色浓稠得像一团墨，他们俩才你送我，我送你，在路上拉扯着。

"你快回去，不用你送我，我又不是找不到家门。"姜占林推搡杨石山。往家的方向走了几步，杨石山又趔倒歪斜地追上来，笑嘻嘻地说："你以为我多想送你？还不是想和你唠会儿嗑，扯两句过去的事儿。"

两个人又搂肩搭背地在大道上晃荡了起来。午夜的星空，像一张挂在天上的渔网。

高守利家的老亲少友都来了，大哥大嫂携儿带女，吃完饭一抹嘴巴就走了。

送走了客人，杨春洛望着杯盘狼藉的桌子，转身回到西屋，脱下嫁妆，换上家常衣裳，开始收拾桌子。张桂兰忙不迭地推她回西屋，说她从早上到现在都没歇过，怎么也得当三天新媳妇，再下厨房。日后，这活儿有她干的。

"妈，我不累，就让我干吧，收拾完再歇着。"

东西屋收拾完，天就黑透了。高守利从外边进来，把两盒烟扔到桌上："真累啊！"他把借邻居的桌椅挨家送了回去。

山里的夜晚来得早，高守利看了一眼窗外，说："天咋黑得这么快，这不要上炕睡觉了？"他看着杨春洛狡黠地笑。她瞪他一眼，说东屋还灯火通明，爸妈都没睡。高守利瞥了一眼东屋，笑了："逗你玩啊，啥话都当真，我咋就那么不知道好歹。"

131

高守利又突然想起啥，说："咱俩应该去葛丹家看看，帮他收拾收拾。这家伙兴许一天都没吃上饭。"他说着就要走。"这大冬天的，这么多人进进出出不说，闹了一天。咱俩应该过去看看他爸妈。"

"哎呀，你不说，我都忘了这茬儿。"杨春洛拍一下脑门。

"你当然忘了，你着急上炕睡觉嘛。"高守利再次把桌上的两盒烟揣起来。杨春洛又拿了个布兜，装了瓜子和糖。两人出门时，高守利冲东屋喊："妈，我和春洛去葛丹家看看，帮忙收拾收拾。"

关上屋门，这对新婚男女走进了夜色中。

三十三

冬日的夜色格外深邃，风不大，但刮得脸生疼。高守利把杨春洛夹在腋窝下："哥这里热乎，进来暖和暖和。"

看见他俩进门，葛丹妈打了招呼，说："累了一天，还不早点儿歇歇！"

"吵你们一天了，我俩过来看看，还有啥没收拾利索的？"杨春洛把装着瓜子和糖的袋子放到柜盖上。正说着话，葛丹一身寒气地进来，他也去邻居家还桌椅。看到他俩，葛丹的脸腾地红了。

"你俩咋过来了？"

还没等高守利说话，葛丹妈就唠叨起来。"守利都娶媳妇了，你还没着落。谁给介绍对象都不看，咱也不知道中了哪门子邪，好像谁家闺女都配不上你。"她叹了一口气，"要是心里有人，就说出来，也让我和你爸心里有数。这倒好，小时候那么皮实，还是人来疯的孩子，长大了却像个闷葫芦。"

"你可别没完了地磨叨了，快去给孩子们沏壶茶水。"葛天成斥责老伴。

葛丹点头："走，咱们去西屋喝。"

杨春洛端起茶杯喝一口："还真渴了，一天都没怎么喝水。"她咂了一下嘴，看着葛丹说，"听我爸说，为了更好地防火，更好地管护森林，局里在各个林场的主要高地建的瞭望塔，又要重新规划，重新安排。早先，守塔的都是兄弟俩，实施下来，发现不行。两个大男人守塔，弊端太多。据说要改成夫妻塔，好多林场都开始试点了。"杨春洛拿起茶壶，给自己倒茶，"我要是和守利去守塔，葛丹，你觉得咋样？"

高守利不解地看一眼杨春洛："守塔？我可不愿意。两个人在大山里，连个人影都见不着，咱俩天天大眼瞪小眼，要不就看树，看动物，多难受。"他看着葛丹，"看见没，以后我脖子上就套了一条链子，不管我走到哪，人家一扯绳子，我就得乖乖跟着走。从今个儿起，我和你喝酒都得提前打报告，人家批准，我才能喝。"高守利把茶杯放下，"就守塔这事儿，人家都没和我说。要不是到你这儿来，我还蒙在鼓里，啥都不知道。"

葛丹笑了，露出一口整齐洁白的牙齿。

"我也是才想起来。这些天忙活得哪顾得上啊。"

高守利没接春洛的话茬，看着葛丹说："你快点儿找个女人结婚。你爸妈都往七十奔了，虽然大哥留下一儿一女，但他们也想在有生之年看你成家，看你生儿育女。你要是不愿意让媒人介绍对象，也学我，自己找啊。"他又扑哧笑了，"葛丹，我看你就是心气儿高，想找好看的姑娘，还想找贤惠能过日子的女人。我可告诉你，这样很容易心高命不随。符合这个标准的，就是俺媳妇了，只可惜你下手晚了。"他喝一口茶水，"你工作比我好，整天坐在办公室里比比画画，不行就找一个坐办公室的姑娘。对了，你还是找个大夫或者护士吧，就你那荨麻疹，一犯病吓死人。身边要是有个大夫啥的，就省得你老往医院跑了。"高守利说得热闹。他突然盯着葛丹，"你不是看上别人的老婆而不得，为情所困，才不相亲的吧？"

"滚，别胡咧咧。"葛丹垂下脑袋，"我是没找到合适的。我妈整天求爷爷告奶奶，让媒人给我介绍对象，我怎么能相信媒人，相信媒人的话？"

高守利不怀好意地笑了。

"嘻嘻，我主要是想还你个人情。我俩结婚，把你累坏了，我寻思你结婚，趁我还没当爹，好好帮你忙活忙活。等我当爹了，我哪有时间管你。"高守利掏出烟，扔到桌上。又拿起其中一盒，撕开封着的商标，从烟盒的底部弹出一支烟，"给你点上，慰劳慰劳你。"

刺啦一声，火虽然小得像豆粒，但点燃一支烟不在话下。高守利抽一口，才把带过滤嘴的烟按到葛丹嘴里。葛丹顺手给他一拳，说："少跟我操心，我已经有一儿一女了，我不能把他们扔给爸妈，他们越来越老了。哪个女人愿意上门帮我带孩子，我可没你好命。"

葛丹面色凝重地闷头抽烟。

新婚的夜晚，杨春洛听到了朋奴化的琴声。朋奴化低沉的旋律，宛若从山谷中穿透，在她耳边回荡。

虽然山河林业局离鄂伦春人的居住地不远，但林场职工中的鄂伦春人寥寥无几。葛丹家从逊克搬过来时，高守利家也刚从龙门搬来不久。那时候，林业局还没给职工盖家属房。林业局职工或自建房，或从龙镇坐地户的手里买房。

后来林业局在龙镇的三道街北边，盖了家属房。葛丹家住在高守利家的后趟房，而杨春洛家住在把头的第一趟房，院子的大门对着马路。马路对面就是连绵起伏的群山。人们都羡慕杨春洛家住在路边，下雨天出门就上马路，鞋都踩不上泥，推开房门就能看见山。

成年人交往需要时间，小孩子却只需要抽一次冰岔，就能成为好朋友。葛丹和高守利同岁，他俩比杨春洛大一岁。他们都在林场小学，又在同一个班。上学，他们从后趟房走到杨春洛家的门前，等她从屋里蹦跳着出来，一起走；放学，他们又看着她推开大门进院。

高守利心事重。葛丹调皮淘气，只有在吹朋奴化时才陶醉其中。在学校的演出中，葛丹的朋奴化和歌声都十分受欢迎。葛丹不会说鄂伦春语，但能听懂。他唱歌时也用鄂伦春语。他能听懂鄂伦春语，也能用鄂伦春语唱歌，却不会说。若是有人让他用汉语唱，歌词都是他按照自己的理解现场编出来的。

杨春洛说他编歌词的能力很强。葛丹笑了，说自己是被杨叔逼的。小时候，他给杨叔唱歌，杨叔都让他用汉语再唱一遍。他无法把鄂伦春语准确地翻译成汉语，因此，每次歌词都不一样。

葛丹从相貌上看，是典型的鄂伦春人，身量还高。尤其是他的方脸，因为丰满，高颧骨被遮掩了。两道浓眉齐整，虽然眼睛小，但很有神。他唱鄂伦春民歌，苍茫宽厚的嗓音，穿透力极强。他只要一张嘴，歌声就能把人带入另外一个世界。那个世界，不仅有万马的奔腾，有野兽的嘶鸣，有鸟的啁啾，还有风声。此外，他的狍哨也吹得好。他只要在森林或沾河岸边吹狍哨，就会引来白额雁、凤头蜂鹰、苍鹰、雀、鹿、白尾鹞的叫声。小时候，他们都跟大人上山采山。葛丹就把狍哨偷偷地带到山上。人们都沉浸在采野菜的愉悦里，突然听到野猪的叫声，一哄而散躲起来，只有葛丹妈站在原地，惊恐地循着声音望过去，手里的篮子也啪地掉到地上。葛丹躲在树后，又吹出了鹿鸣。人们发现是葛丹在恶作剧，才从躲藏的树后或者灌木丛纷纷走出来。他妈知道是他在捣蛋，就跑过去踢他一脚。

他妈不解气，还想踢他，高守利和杨春洛跑过来，拉着他跑开了。咯咯的笑声在林子里回荡。

杨石山特别喜欢葛丹的歌声，喜欢他吹朋奴化，喜欢他吹狍哨。小时候，葛丹和高守利常去他家玩。"葛丹，来，给叔吹首曲子。"葛丹也不怯场，从衣兜里掏出朋奴化就吹。"葛丹，唱个你们部落里的歌。"葛丹就用鄂伦春语唱歌。

杨石山和姜占林说："这小子的歌声、琴声好听得很，咋听都听不够，每次听都有一种神秘感。"

三十四

葛丹高中没读完就参加了工作，杨春洛非常理解，毕竟他的家庭有别于常人。

说起来，葛丹父母的命运可谓多舛。

当年，葛天成带着家眷从逊克到龙镇时，葛丹还没出生。葛天成一到林业局就进了制材厂。当年的制材厂十分红火，年加工能力在几个大林业局里也是屈指可数的。葛天成在原料加工车间，生产任务十分紧张，工人三班倒。葛天成担任一工段段长。厂里有五台蒸汽机车，还有成套的制材设备，厂区存放大量的原条和板材。

葛天成那晚是零点班，他从热乎乎的被窝里爬出来，骑车到制材厂就凉透了。刚进车间，他就闻到一股烧胶皮的味儿，警觉地四处查找，走了几个来回都没发现异常。他和上一个班交接完，写好了交接班记录后，又在车间四处看。

他一边走，一边抽动鼻翼。

以往交接班时，他都会检查一下机器设备，提示操作工不能粗心大意，实在困得不行，就上外边吹吹冷风。可今个儿他的心慌乱地跳，他在车间里巡视了一圈又一圈，甚至连犄角旮旯都没放过，也没有找到可疑的地方，但味道还在。他不放心，就问操作工，闻到一股胶皮的煳巴味儿了吗？有人摇头，有人抽了几下鼻子，先说有，后又说没有。一个年轻的操作工嘻嘻地笑，说可能是他身上的味儿。来之前，他在家里的炉子上烤土豆，把一双破胶皮乌拉鞋当引火柴烧了，他家满屋都是胶皮味儿，是他把胶皮味儿带到了厂里。

葛天成气得骂人，他瞪起眼睛："瞎扯，你在家烧胶皮乌拉鞋，还能把味儿带到厂里，带到车间？脑子没毛病吧？"

"嘻嘻，我不是怕段长着急吗！找不到，就是鼻子不好使。"操作工盯着葛天成气呼呼离去的背影，委屈地解释。

葛天成带着一肚子疑惑，又巡视了一圈，也没找到胶皮味儿的来源。他想可能是鼻子出了问题，打算出门吹吹冷风，突然看见院子里一大垛原条上先是噼里啪啦地迸出火星，随后蓝色的火苗就在风中跳动了起来。葛天成不相信似的，眨了几下眼睛。他冲出去时，火遇上了松树油脂，刺啦刺啦响了几声后，火苗就蹿了一人多高。瞬间，火光就把院子映红了。

工人们也都发现着火了，赶紧停下机器，纷纷跑出来

零下四十二摄氏度的夜晚，大火烤得人脸生疼。葛天成当起扑火总指挥，安排人在水阀门处接胶皮管子。大火仿佛是一个怪兽，水还没落下去，就被大火伸出的舌头舔了进去。有人棉衣烧出了窟窿，烧焦了皮肉。有人头发烧焦了，院子里充斥着燎猪毛的味儿。大火形成一股推力，人们都无法上前。

葛天成把自己从头到脚淋湿，带头钻进大火里。待救火队赶来，他已经带人用集材装运的掐钩清出一条火道。由于葛天成前期带人有效扑救，大火很快就被控制住，避免了巨大的损失。

事后，经过调查，这场大火完全是风和电线作的妖。那几天有风，虽然不大，但也把电线刮得直跳动。下午，风就大了起来，其中一条电线的胶皮老化开绽了，两条电线被风刮得不断碰撞，不停打出火花。电线杆下堆放着红松，被火星骚扰的原条没能禁住诱惑，不可遏制地蹿出火苗，着起了大火。

从那以后，林业局严格规定，原条或板材，贮存时远离电源，远离明火，远离厂区。

葛天成右手的四根手指烧废了。他在医院住了半个多月，但溃烂化脓的手指没保住。出院时，他的右手只有一根大拇指了。局领导和林场领导

来家里看他，说他不能到制材厂工作了，问他想去哪个单位，只要他提出来就行。葛天成看着自己残废的右手，沉吟了一下，说听领导的，他服从分配。几位领导看了看，说去邮政局任局长吧，现任邮政局局长还有半个月就退休了。葛天成摇头，说自己本就没多少文化，连字都不会写几个，名字都写得歪歪扭扭，这又没了右手，当啥局长？他说去邮局也行，自己送信应该没问题，分拣也行。领导看看他的右手，他笑了，说一只手骑自行车没问题，再练练左手，不只工作，没准儿还能用左手拿筷子吃饭呢。说完，他自己笑了。

林业局下发了文件，任命葛天成为山河林业局所属的邮政局局长，还委派了专门负责写各种材料的副局长。

邮政局不过十几个人。葛天成没坐在办公室，而是用一只手从分拣干起。不到一年，他的左手就能使筷子吃饭了，骑自行车更是不在话下。葛天成和老伴都认为，苦难也不过如此。好端端地失去四根手指，又到后线工作了，这对他来说，是挺大的事儿。

葛天成怎么也没想到，更大的苦难正在不远处窃笑着看他。

葛丹出生时，葛天成已在邮政局工作了五个年头。葛天成可谓中年得子，小儿子与大儿子相差十来岁。葛天成夫妇将这个意外得来的小儿子视为上苍的恩赐。

哥姐也十分疼爱这个最小的弟弟。

葛丹初中还没毕业，大哥葛彤结婚了，两个姐姐也相继嫁到逊克，都嫁给了鄂伦春猎人，到新鄂乡定居。靠打猎为生的鄂伦春猎人，先是持证打猎，后来禁猎了，大姐家除了种地，还开了酒坊，二姐家种地养马。大哥葛彤在木沟壑林场二所的综合办。二所坐落在老爷岭施业区的半山腰。大嫂曲黎敏在二所财务室当出纳员。婚后，他们生了一儿一女。

那年春末，大沽河的冰排刚跑完，两个农民在大沽河岸边打鱼。大沽河两岸的人，对开河鱼情有独钟。这时，饿了一冬天的鱼虽然瘦，但鱼肉紧实，味道极其鲜美。傍晚时，两个打鱼人被冻得受不了，就到林子里点火取暖。火星子迸出来，引发了山火。大火还殃及了次生林。那场大火烧得林业人的心都揪了起来，葛彤始终坚守在救火第一线，从山火着起来，他就吃住在现场。

虽然初夏已经露头，但山里傍晚的风还很凉，为了御寒，林场给扑火的每个职工发了三米塑料布。一到晚上，大家就把塑料布合在一起搭帐篷。打火的人轮流下山休息，从山上下来的人就蜷缩到塑料棚子里眯一觉儿。

连日来扑火，大家都累得精疲力竭，躺下就睡，冻醒后，再接替上一个班的人继续打火。

三十五

葛彤刚从山上下来，又累又困，走路都能睡过去。终于走到山下，还没等他扑到棚子里架起的板铺上，他就又被哨子声叫了出来。一辆解放车过来送给养，车上装了一车木杆，为的是给职工搭帐篷用。因为没人卸车，葛彤又爬上解放车卸木杆。这时候，爬上天的太阳暖洋洋地照在他的后背上。葛彤实在太累了，等着队长挨个帐篷吆喝着叫人，人还没到齐，他就靠着车厢板睡着了。

因为地势低洼，司机往前挪车，葛彤一个激灵翻身要起来，却被甩下了车。

冻僵的大地是从下往上开化的。因为要与火场保持距离，帐篷就搭在大沽河的岸边。水边的大地，总是先开化，并且化得透。葛彤从车上直挺挺地落下来。看到葛彤四仰八叉地镶嵌到松软的土里，人们都吓坏了。

一听说有人从车上掉下来，人们都蒙头转向地从棚子里跑出来。

有人把葛彤拉起来，问他怎么样。他扑打扑打身子上湿漉漉的沙泥，摇头说没事儿。人们嘻嘻哈哈地开玩笑，说幸亏河边上的沙土暄，要是掉到石碴子上，脑袋都得摔开瓢。人们一边说笑，一边卸木杆。还没卸完，葛彤扑通摔倒了。

拉木杆的车拉上半车木杆和葛彤，歪歪扭扭地朝医院跑去。不太灵光的喇叭，时断时续地叫着。

葛彤在医院的病床上醒来就开始胡言乱语。人们都说，他被摔傻了，说的都是人听不懂的话。葛天成和老伴发疯般地赶到医院，医生说刚刚给葛彤注射了安定，如果他醒来再胡言乱语，就送到县里的精神科医院吧。全家人寸步不离地守着葛彤，他睡了一天一宿，睁开眼睛时皱着眉头，环视了一圈，疑惑地问："我这是在哪儿？你们怎么都来了？"

"葛彤，我是你妈。你还认识我不？"葛老太哇一声哭了。

"葛彤，你看看我是谁。"曲黎敏也低声啜泣。

"葛彤，你感觉怎么样，脑瓜清不清醒？"葛天成吁出一口气。

"哥——"葛丹叫了一声哥，满脸泪水。

"你们这是干啥，为啥挨个考我？我睡一觉就睡傻了吗，就不认人了吗？"葛彤咧嘴想笑，可头皮疼。他收住笑，看看这个，又看看那个。

"你好了，我的儿啊，你好了——"葛老太的哭声悠长而哀伤。

葛彤被家人带回家时，着了七天七夜的大火也扑灭了。葛天成怎么也没想到，葛彤没死在春天，没死在山火里，却死在秋天的一场山洪中。

这场洪涝灾害来得很突然，还没从春天那场山火里走出来的森工人，又在这场大水面前号哭。那场山火过后，天就走向另一个极端。老天爷宛若一个哀怨的弃妇，整日淋漓不断地下雨。风刮来一片云，天就开始滴答雨，一忽大，一忽小。

一进七月，连雨天就来了。一些上了岁数的老人骂老天爷，说天漏了，说老天爷得病了，整日泪水涟涟。雨大生蘑菇，黄蘑肉厚，松蘑、榛蘑香气十足，再有鸡肉的加持，香气更加四溢。趁着大雨没来，赶紧采蘑菇，否则雨水再大，蘑菇就烂到山上了。

龙镇人从来不会错过采蘑菇季，尤其是女人，背着大筐，拎着大篮子，不断流地往山上跑。林场的领导坐不住了，这样的天，要是山洪来了，根本就来不及躲。万一泥石流下来，后果不敢想象。林业局下达命令，要求各个林政检查站增派人员，日夜值班对采山人以劝阻为主。对强行违令者，局保卫部门就要干预。

周日，葛彤要到老爷岭三号检查站值班。头天晚上，他和曲黎敏说："明天我值班，你去妈家包饺子，好久没吃一咬直冒油的饺子了。"曲黎敏摇头，说："明早把肉馅剁出来，给妈送过去，晚上回来咱俩现包都来得及。"

她非要和葛彤一起去林场值班。她说俩孩子都在奶奶家，她和葛彤去值班，正好做个伴，再拿一条五花肉、一把粉条上去，中午随便采把蘑菇，肉炖粉条、蘑菇，都能香掉大牙。

葛彤不置可否："睡觉吧，明个儿好早点儿起来。"

早上，曲黎敏推开屋门，仰头望天。虽然天空乌云翻滚，但是乌云较前两天轻薄了不少，她抿嘴笑了，招呼葛彤快起来，去后院孩子奶奶家看看两个孩子，他们俩也早点儿走。葛彤从炕上爬起来，胡乱吃口饭，又跑去后趟房的爹妈家，迎面碰上出门的葛丹。

"跟我上山玩吧，你嫂子也要去。她说中午猪肉炖粉条、蘑菇，我刚才出来时，她切肉呢。"

葛丹摇头，说和高守利约好了，要去大沾河边钓鱼。

"哥，听说今年大沾河里鱼可多了。"

葛彤跟葛丹嘀咕："你嫂子可真是，好不容易休息，非要和我上山值班。你说在家帮妈干点儿活，在家歇歇也好啊。"葛彤用小摩托的前轱辘撞开院门，突然扭头问葛丹，"老弟，你刚才说啥，要去河边钓鱼？今年雨水这么勤，大沾河的水那么大，你俩还敢去河边？去哪儿玩不好，别去河边，听见没？"

"嗯，知道了。那我就和守利说一声，我俩去县里，最好能看一场电影。"葛丹快步绕过前趟房，就不见了身影。

葛彤进屋和爸妈说了几句话，又和孩子疯闹了一会儿，就推着那辆骑了好几年的小摩托从院子里出来了。刚拧着火，葛老太从院里追出来，招呼他等会儿。葛彤站住了："妈，晚上你别做饭，我和黎敏回来包饺子。晌午，你给我爸和孩子整点儿吃的就行。晚上，咱们再整几个菜，我们爷仨喝两口。刚才我告诉葛丹了，让他也早点儿回来。"

葛老太快步走到他前面，两腿夹着摩托车轱辘，像是半大的淘气孩子劫道。"你去值班，别让黎敏去，这天阴沉沉的，再下大雨，你俩都被隔到检查站可咋办？"母亲盯着大儿子，"你值班没办法，不上山不行。她就别去了。晚上你也早点儿回来，一起包饺子。我让你爸杀只鸡，给孩子们炖上。

咱家那只芦花鸡，开春就没下蛋，干脆杀了吃肉。"

葛彤点头："妈，你夹着车轱辘干啥？你快回去，一会儿我爸又急眼了。三号检查站离家近，我俩晚上交完班就过来，黎敏把肉馅都剁好了。"摩托车突突地跑了。

"晚饭一定回来吃啊。"葛老太在他身后喊。

葛彤心里说，妈真是岁数大了，就想让儿女还像小时候一样，守在她身边。他从心里感谢葛丹，两个妹妹嫁出去了，要不是葛丹和两个孩子在老人身边，上了岁数的爹妈，心就没着没落了。

看到曲黎敏还拿了一包脏衣服，葛彤就笑了，说："咱妈刚才劫住我，说啥不让你跟我去林场，还说晚上要杀鸡。"曲黎敏沉吟了一下："那我也跟你去，我拿几件衣裳到站里洗了，主要是为了陪你说说话啥的。那我下午早点儿回来，帮妈忙活忙活。"

三十六

　　还没到三号检查站，天又比早上又亮堂不少，还起风了，灰白的云翻滚着向西飘去。

　　"天要晴了。要是雨能停十天八天，蘑菇就不能烂。看来今年蘑菇丰收，一说采蘑菇，我手都刺挠。"坐在后座上的曲黎敏，啧啧地咂嘴，"实在太可惜了，这雨下得乌烟瘴气，不让上山，连蘑菇都不能采。别看局里三令五申不让上山，检查站的卡口站能守住，也未必能看住那些爬野山的人。"

　　到检查站的路是个大上坡，葛彤只能推着摩托。两人边走边有一搭没一搭地说话，坡两边都是次生的鱼鳞松、落叶杉。连日雨水，大树都成了水罐子。微风一吹，叶子上的雨珠簌簌地落下来。曲黎敏仰头望一眼，说自从山火后，雨水就没断，大树都喝饱了水，风一吹过来，树叶就像哭似的，人心都湿漉漉的，也有点儿想哭。

　　"你们女人啊，就爱悲天悯人。好模好样的，老哭啥呢？"

　　"我可没哭，我就是打个比方，是你们男人根本就不懂得女人。"

　　路上，碰到几伙背着花篓、拎着水桶上山采蘑菇的女人。葛彤就轻声劝——

　　"大婶儿，别上山了，等太阳出来再上来采蘑菇。我今天值班，你上山，让我难做啊。"

　　"大嫂，别去采蘑菇了。你看这天阴沉沉的，说不准大沽河的上游还在下雨。"

　　葛彤和曲黎敏一路上来，劝下去不少人。

　　"你看吧，这些下去的人整不好还得偷着上来，要么走小路，要么从哪儿绕上来。在山里长大的人，爬野山可有两下子了。"曲黎敏的话让葛彤心里十分不安。

"唉，那就没办法了。值班的人，只能把守着上山的路，别的地儿也看不住。"

一到林场，曲黎敏就从办公室拿了脸盆，把衣服泡进盆里后，又捏了一些洗衣粉撒到盆里。她仰起头看看天，从林场的院子里出来，眼见坡下的蘑菇像一只只刚出蛋壳的小鸡雏，她猫腰就采了起来。越往下走，蘑菇越厚。从枯枝败叶里钻出来的蘑菇，带着泥土和植物的清香。曲黎敏贪婪地沉浸在采蘑菇中，她后悔下来时没拿个篮子、水桶啥的，哪怕拿个布兜也行。她只能撩起衣襟兜蘑菇，衣襟兜不住了，她才回到林场。进入林场大院，她抖落着衣襟把蘑菇铺在窗台上。她又站在窗台下，细心地摘掉蘑菇伞上沾着的败叶和草屑，顺便剪掉根上的泥沙。

摘完蘑菇，她到压井下冲洗。午饭就是猪肉粉条炖蘑菇，再把早上从家里带的馒头熥上。

曲黎敏仰头望天，云层似乎比刚才厚了一些，看来一场大雨又要来了，她转头望一眼通往林场的路。葛彤还没上来，她一想起坡下肥嘟嘟的蘑菇，手又痒起来。她下坡时还向上山的路张望，没看见葛彤，猜想他也快上来了。

于是，她又奔坡下的蘑菇去了。

葛彤像一头耕地的牛，在通往林场的路上，来来回回地劝阻进山采蘑菇的人，上坡下坡，走出一身汗。当他再一次从坡下上来，想回屋喝口水时，突然发现不远处的山上有白花花的东西冲下来，同时他也感受到了强烈的水汽。他仰头望天，又伸出手去接，并没有下雨。他猛然意识到，是山洪下来了！他疯狂地往林场的院子里跑，跌跌撞撞地跑进调度室，抓起电话："我是木沟壑林场二所，山洪下来了……"他抬头时又突然想起了啥，想跑出去，可两条腿仿佛陷进泥潭里，软得怎么都拔不出来。

曲黎敏拎着空水盆，从检查站后面走过来。葛彤把她撞个趔趄，他刚要去抱她，又瞥见一个背着花篓的女人，从右墙斜坡的小道爬上来。他一把拽住女人，检查站靠东北角处有棵一抱粗的冷云杉，他把她推到那棵树下……他转身去拉曲黎敏，她也伸手要扑向他——两只手没有拉上，咆哮着的山洪就把他们吞噬了……葛彤和曲黎敏究竟是被冲下来的树砸倒的，还是被山洪和泥石流裹挟下去的，无人知晓。

山洪所到之处，一片狼藉。坐落在老爷岭的三号检查站，只剩下一个坍塌的半拉房架子。那棵冷云杉倾斜得近乎倒下，但被岩石挡住了。采山女人除了皮外伤，左腿骨折，脑袋也缝了十几针，保住了性命。

山洪过去了一天半，人们才在山下找到葛彤，而曲黎敏最终也没找到，人们猜测她被冲进了大沽河。那段时间，大沽河的水浑浊不堪。林场派人顺着沽河，到下游搜寻，但最终也没找到。

葛彤和媳妇双双走上不归路，悲伤笼罩着葛天成夫妻，他们一夜白头。葛天成不出门，更不见人。杨石山来看他们，葛天成才能说几句话。不久，葛天成就病了。葛老太也魔怔了，她唠唠叨叨地说着一句话，"我不让他去好了，值班能咋的，不去值班还能咋的？谁也要不了他的命。去值班，山洪要了他的命。唉，都怪我，我要是能拦住，儿子媳妇就不会死。"葛老太不停地埋怨自己，还说是她把儿子和媳妇推上了不归路，"我不让他去好了，我……"

葛老太的哭声小心翼翼，却像上山路那么漫长。

葛彤扔下一儿一女，葛丹还在念书，葛天成和老伴不仅要为小儿子活，还要为葛彤留下的儿女活。

高一时，葛丹不想再读书了，他不仅要照顾大哥的两个孩子，还要把爹妈从崩溃的边缘拉回来。大哥大嫂离世后，葛丹对朋奴化更爱不释手了。

夜深人静时，邻居们总是能听到朋奴化哀伤凄婉的旋律。

三十七

刚散会，杨春洛就匆忙地往家里赶。

高守利骑着自行车从后面追上来："我去接你了，你咋不等我一会儿？"杨春洛用脚尖点地，抬腿坐到车后座上，说："我开完会，从会场出来，没回办公室，寻思快点儿回家做饭，吃完饭回我妈家看看。"风让她的话时断时续。

高守利没搭话，坐在后车座上的杨春洛似乎感觉到他有许多话要说。果然，一进门，他就把她拉到西屋。"你赶紧打消守塔的念头！你在大山里长大，不知道大山发起脾气来有多可怕？再说，守塔的活儿是人干的吗？蚊虫叮咬，野兽出没，山上又冷又潮，又闷又热，赶上下大雨，赶上刮大风，塔晃荡得人都不敢上去。多数时候，连口热乎饭都吃不上。"高守利从兜里掏出烟盒，点了一支烟，叼在嘴里。烟头上的火一闪一闪，像飞舞的萤火虫。他使劲地吸了两口，又说："再说咱爸还指望咱俩照顾。咱俩走了，都交给咱妈，她一个人肯定不行。咱妈一辈子没享过福，好不容易我结婚了，让她跟着咱们过。咱俩要是去守塔，我大嫂准说咱俩往外推爸妈。"

杨春洛刚要说话，一口咽呛进喉咙，她剧烈地咳嗽起来。

高守利急忙为她拍打后背，说："你着啥急？唉，这些日子你也没消停。你明明是刚结婚的新娘，不知道的还以为你是家庭妇女。一天天，家里外头全是活儿，你就像个大老爷们儿。"高守利怜惜地为她捋了捋头发。

杨春洛的眼泪都咳了出来，说："你急啥，进屋就霹雷闪电地数落我。上塔，我也只是想想，我还不知道咱家的情况？我就是有这个想法，上不上还得听你的——"她又咳嗽起来，吐出一口痰后，清了清喉咙，"我是说，等咱爸的身体好起来，不用天天盯着了，晚上也能睡个囫囵觉，妈一个人可以照顾他了，咱俩再上塔。就一个夏天，冬天就下山了，基本没啥大事儿。下山，咱俩一冬天就没啥事儿了，就能照顾他俩了。"

"春洛、守利，你俩吵吵啥呢？"张桂兰声音有些发颤。

"妈，我俩说单位的事儿。"杨春洛推开门，去了东屋。

夜色完全暗了下来。收拾完锅碗瓢盆，杨春洛伺候公公吃了药，又把暖瓶的木头塞打开，放到炕沿根下边。半夜公公吃药喝水，婆婆伸手就能够着。打开暖瓶塞儿的水，不冷不热正合适。

"快去睡觉吧。"张桂兰催促她。

西屋的灯光，让他们一下子跌进温柔乡里。高守利痴痴地看着杨春洛："对不起啊，我一说话就着急，咱俩倒是没啥，我妈怀疑咱俩打架。我妈可能会多想，两人刚结婚就打架，是不是因为她？告诉你，我妈的心眼儿就针鼻儿那么大。你没看吃饭时她一眼一眼偷着瞅你吗，她是怕你受欺负，把你当她的亲闺女。"

杨春洛了解高守利，他性子急，脾气一来就不管不顾，但心眼儿好，干啥还细心……

风在屋檐下吱吱地叫。窗在风中发出轻微的声响。

高守利盯着杨春洛的脸，扑哧一声笑了。东屋的灯光透过了门玻璃，幽暗的光束下，春洛的脸宛若白瓷碗，高守利周身的血瞬间就涌了上来，粗重的喘息声像窗外的风。杨春洛推他："去，去，往那边点儿。"高守利翻身压到她身上，像一头蹲仓的黑瞎子受到侵犯时低吼，吓得杨春洛去捂他的嘴。他也意识到东屋还住着爹妈，就把嘴抚在春洛的肩膀上……这晚，她突然意识到，她和守利所要面对的，除了寻常日子、炕上的病人，还有工作。嫁到婆家和在娘家做女儿，真的不一样。她理解了母亲的担忧。

杨春洛失眠了。

午夜，一场大雪悄然而至。随后，风也大起来了，尖厉地在房前屋后嘶叫。杨春洛有些担心东屋的公婆，老人舍不得烧煤，炉子要是没火了，下半夜一定冷。她悄悄地爬起来，披上外衣，下地给炉子填了煤。

直到火苗蹿出来，她才回屋。

高守利也醒了，问："你又给炉子填煤了？"他转过身，盯着女人。床头红色灯罩下的光，让春洛的脸尽显妩媚。棚顶上吊着的气球和拉花投到地上的影子，悠闲地晃动。虽然婚礼过去了，但春洛没舍得把气球和拉花摘下来。有几个气球瘪了，她又让守利吹了几个红色和粉色的气球补上去。

喜气能让人心情愉悦，就像鞭炮声总是能振奋人心。

下半夜，发了疯的大风吹得窗户发出砰砰的响声。"春洛，我让你遭罪了。咱们这么精心地伺候，我爸的病也没见大好，虽然比之前好了不少，但和我的预期差老远了，关键是离不开人，这就麻烦。"高守利用一根手指轻轻地刮她的脸颊。

杨春洛微蹙着眉头，说："两人在一起，有啥遭罪的？就算是吃点儿苦，又能咋样？咱们年轻，有力气，有精力。谁家的日子不是这么过，往后无非生个孩子，照顾孩子，给爸妈养老送终。然后，咱们老了，咱们的孩子再给咱俩养老送终。一辈又一辈的日子，都是这样过的，只不过咱们赶上的时代与他们那个时代不同。说到底，是我们心里有追求，我们不甘心过平庸的日子。呵呵，是我，是我不甘心过没有起伏的日子。像一条小河，没有注水的入口，还有出口，早晚干涸。"杨春洛有些热了，把胳膊拿出被窝，"炕烧得太热了。"

高守利再次把她搂进怀里，又把她的胳膊掖进被窝。

"唉——"他轻轻地叹了一口气，"爸要是能自理，咱妈也不用照顾，以后你要是想守塔，我就陪你。"高守利近乎低语。杨春洛把胳膊从他的脖颈后伸过去，另一只手搭在他的脖子上。

"其实，守塔的事儿，我也没想好。上次在葛丹家只是顺嘴说一下。今天下午开会，传达了局里的文件。我心是有点儿活泛，但还是得听你的意见。而且我也知道，依咱家现在的情况，咱俩也走不出去。唉，我就是不想在办公室整天翻来覆去地写那些材料。就每周的简报，都写得脑瓜疼。

我发现了，我这个人就是一个伪爱好者。上学时不爱听课，天天沉迷于诗歌、小说，特别喜欢古文，总想着有一天不用学书本上的东西，就专心写诗、写故事、写童话，恨不能离开学校。可是，真的以写字为生了，却厌烦得不得了，有时一看见字就迷糊，一闻到铅印的味儿都想吐。"杨春洛咯咯地笑了，"我天生爱挑战、爱玩，脑子里还老有一些稀奇古怪的想法，从小就是这个性格。我妈老说夏璎是犟种，说我听话。其实，夏璎的反骨是毫无顾忌地表现出来，而我的个性都藏在心里，表面上听话，内心也是犟种一个。就拿结婚这件事儿来说，我妈一心让我晚婚，但她还不是没犟过我？你也知道，我小时候，我爸走到哪儿都带着我——上山，去林场，到大沽河边挂鱼，我爱山水，爱得不得了。那时候我就想，等我长大了，我就给山河写诗……"

高守利拥着春洛，在她的绵绵絮语中，睡着了。

杨春洛无意间瞥见北地的墙角那道贯通到棚顶的缝隙。刷房时，高守利特意用黏稠的石灰抹了两遍，但干了之后，那道裂隙依然清晰可见。

三十八

杨夏璎大学毕业后，在外边闲逛了两三个月，才回到龙镇。刘欣茹说："要不是你姐结婚，你还不回来呗？"

"错，是林业局招我回来，要不，我想去南方，到大城市找工作。"

夏璎进了林业局机关，杨春洛刚完婚，她就把潘望带回家。

"这是我男朋友潘望。"

刘欣茹傻眼了，大女儿搞对象没经她同意，二女儿连个招呼都不打就把潘望领回家，跟他们见面。夏璎说："潘望家住在县城，他是新闻系的高才生，为了我，他也进了林业局机关，分到党办了。"刘欣茹半天没说话。要不是杨石山提醒她快去给孩子们做饭，她还傻站着。

无论心口多憋闷，她都不得不为二女儿第一次领进门的男朋友准备饭菜。

刘欣茹蹲在灶台下，盯着灶膛里的火，眼泪噼里啪啦地掉下来。直到被灶膛里的火烤疼了脸，她才"哦"了一声。饭菜还是不能糊弄。虽然没啥准备，但为春洛婚礼准备的菜肉还有不少。她在锅灶前忙活，夏璎要帮她，她冷着脸说不用，还让她别在她眼前晃。夏璎一转身就进屋了，还砰一声关上了屋门。

刘欣茹瞥一眼关上的门，气呼呼地从鼻子里哼了一声。

鸡、鱼、猪肉和排骨都在仓房的大缸里冻着。这时候解冻，也来不及。她只能可着冰箱里的东西做。手掰肝、盐水羊蹄、熟猪肘子切片码盘后，撒上调料上锅蒸。还有干辣椒丝炒护心肉、酸菜炖大骨棒粉条、花生米、炒黄豆芽、白菜丝凉菜。八个菜陆续上桌，米饭和白面豆包也端了上来。夏璎早已为她爸烫好了酒。

第一次上门，潘望也没有陌生感。

吃饭时，他与杨石山侃侃而谈。他说，随着木材不断减产，林业将迎来大变革。要不是夏璎回林业局，他不会到局机关工作。整天写材料，都把脑子写僵了。这些年，森工就在走下坡路，拖欠职工的工资，以后说不定就开不出来工资了，或者开一部分，这都很难说。如果商业采伐彻底终止，那么森工人的冬天就来了。山上的一棵树要长几年、几十年、几百年、上千年。育林永远跟不上采伐。他和夏璎都是受过高等教育的年轻人，没有对森工现状的深度思考，怎么能迎接未来？不能一再打着老森工人的旗帜说今天的事儿，毕竟时代不同了，老一辈的传统不能丢，但要赋予其新的内涵才更有意义，更适合国家经济飞速发展的今天……潘望像是台上的辩手，看着杨石山，"叔叔，要是您和阿姨放心，我和夏璎就辞职，出去闯荡一番。反正我们年轻，出去学点儿真本事，再回来也不迟。"

刘欣茹气得肺都快炸了，只得装作拿东西，去了外屋。站在锅台前，她不停地喘气。要不是潘望第一次登门，他要是像守利那样她看着长大的孩子，她非得说他两句。立事牙刚长几天，就夸夸其谈，说些乱七八糟的大道理，还要出去打工，这不是要把夏璎拐跑吗？

夏璎装作没看出来她妈的态度，还一个劲地给潘望夹菜："潘望，你尝尝这个黄豆芽，又脆又有豆香，这可是我妈的拿手菜。妈，你说是不？"

"嗯，我吃了，好吃。"

刘欣茹气得直劲咬后牙槽。"嗯。"她从鼻子里哼了一声。

夏璎和潘望前脚刚出门，刘欣茹的脸就撂下来了。

"你几辈子没说过话了，跟他聊得这么欢！"她把气撒到杨石山身上，"这孩子心思太活泛，不靠谱。这样的孩子，要是今天一个主意，明个儿一个想法，将来准花心。过日子，还得找个有技术、靠得住的男人，像守利和葛丹那样的孩子。他说的话，我一句都不爱听。岁数不大，满嘴跑火车。咱家这个老二，从小就像一头驴，大人越不让干啥，她就越要干啥。这么

153

看来，这个潘望还不如守利踏实。"

"你看，你又来了。你不能因为人家孩子的想法多，就断定人家不是好人。潘望这个孩子有思想，有文化。孩子有想法，是好事儿。再说，他——"杨石山听见门响，扭头看外屋。

送潘望回来的杨夏瓔听到了父母的对话。

"妈，你是否看不上潘望，不重要，我和潘望情投意合就行。再说，你不能把潘望和我姐夫比。他们的成长环境不同，潘望的父母都是知识分子，都是那个年代的大学生，要不是早些年的问题，他家也不可能到县里。后来，他爸平反了，只是他们不想回去。他们习惯了北方的生活。而我姐夫初中毕业，是土生土长的龙镇人。你要是担心，也该为我姐担心，姐夫根本就配不上我姐。我姐虽然没考上大学，但她上学时文科就好。我姐的文笔，潘望都佩服。"

杨夏瓔的话，让她妈哑口无言，她脸上挂不住了："你俩就是半斤八两，不听老人言，吃亏在眼前。你跟他过吧，有你后悔的那天，到时你哭都找不到门。"她使劲白了杨石山一眼，又看着二女儿说，"你们都随根儿，随你们的爹。你姐不听我的话，说啥都要嫁。我也认了，我犟不过你们爷们儿。可你别忘了，你是大学生。你们俩是女孩子，女孩子找个靠谱的男人，嫁个好男人，下辈子才能不受苦，不遭罪。"刘欣茹近乎歇斯底里，脸涨得通红。

"哈哈，这就不用妈担心了，我哭时找门干啥，潘望的怀里，才是我要去的地儿。"夏瓔得意扬扬地看着她，"妈，你不是嫁了一个好男人吗？而且，我爸还是姥爷亲自为你选定的佳婿。可我老是听到你唉声叹气，还把我爸说得一无是处。我爸不想当官，你说他没出息。我爸上山栽树，你又跟在他屁股后看着。我不像你，坏男人在我这儿，我都能给他调教好。可好男人在你手里，也糟践了。"

"啧，这孩子咋还没完了，越说越没边儿。"杨石山瞪一眼二女儿，"跟你妈好好说话不行？"

杨夏瓔只要一张嘴说话，就让她妈心口憋闷好几天。刘欣茹翕动着嘴唇，半天都没说出话，只是用手咚咚地敲着胸口，坐在炕沿上生气。

"你妈多辛苦，她要是不操持这个家，咱们都吃不上饭。"杨石山瞥一眼刘欣茹，"快给你妈捶捶后背，她累了。"

"好嘞，听好男人的。"杨夏璎站到她妈身后，为她搓揉肩膀，"妈，别放着好日子不过，非得让自己闹心。人各有命，我和我姐都能为自己的选择负责。"

那晚，刘欣茹一夜未眠。她翻来覆去地哀叹命运不济，嫁的男人，半路把伐木的技术丢了；养的儿女，个个都有主意，想干啥就干啥。个个都像倔驴，认准什么事儿，十头牛都拉不回来。

杨石山明白女人的心思。他嘴上不与女人争辩，心里非常喜欢潘望，这个孩子有见地。潘望预见了森工的未来，为森工担忧。可很多森工人，特别是年轻人，都沉浸于眼下，习惯了当下，没有危机意识，没往远处想。潘望的话说到他的心坎里，每当看到光秃秃的山脊时，他的心都疼得像是被谁揪了一把。

这些年，虽然砍伐也在减产，但这不是解决问题的根本办法。

三十九

　　早饭后，杨夏璎刚要出门，刘欣茹叫住了她："你晚上下班早点儿回来。你姐有家了，另当别论。你和树根还没成家，在外头疯得整天不着家。眼看过年了，馒头没蒸，鱼和猪肉也没收拾。你帮我忙活忙活，今年过年，家里多了好多人哪……"杨夏璎晃着脑袋，说："不行。以后，妈要是约我，提前打招呼。我和潘望约好了，去县里。趁着年前和几个同学见个面，吃顿饭。晚上住在潘望家。"

　　刘欣茹冷下脸："哪有还没咋样就住人家的，碏碜不？"

　　杨夏璎白了她一眼："那碏碜啥？人家要是知道我住宾馆，就不碏碜了？人家一定会说，男朋友家不住，却住宾馆，没准是男朋友的爸妈不待见她。我可不背负这个，潘望爸妈可喜欢我了，我不去，他们会生气。"

　　刘欣茹没说话。二女儿不像春洛，她要是说一句，她能用十句顶撞她，惹一肚子气不说，她也不会因为惹着妈妈而改变主意，该干啥，还是干啥。

　　"老杨头儿，你今天没班，不会又上山去看种的那些树吧？要是不上山，就早点儿回来。春洛结完婚也没歇着，叫他们回来吃顿饭，都得寻思寻思。把公婆扔在家里，终归不是事儿。又没办法把老两口也叫来……"

　　杨石山发现，刘欣茹的话多得像天上的星星。

　　下午两点多，刘欣茹就里外屋忙活开了。羊腿、羊排、猪肘子、猪排骨，从雪堆里扒出来，又用大盆端到锅台上。杨石山早早地回来了，一进门就搓着手，说这天冷得实在不像话，看来今年又得倒春寒。刘欣茹在烟雾缭绕的锅台前眯着眼睛看他："老杨头儿，快帮我扒几头蒜，再剥几棵葱。"她又埋怨，"天冷就别出去呗，屁股像生了疔，家里暖和都坐不住。整天往山上跑，那些树苗有啥好看的，是能被风刮跑，还是能被人偷走？"

杨石山刚要说话，她又说："快去干活儿，别犟嘴了。外面的大事儿听你的，家里的事儿得听我的。夏璎和你一个德行，又臭又硬。"

饭桌上，高守利看着岳父，欲言又止，喝了两口酒，才叫了一声爸，说："春洛想去守塔，还要拉上我。"杨石山端起酒杯，喝下一大口，又夹起一块猪蹄。岳父专注地对付那块猪蹄。高守利十分意外，看一眼岳父，可能是他对这种小事儿不在意吧。于是，他也喝酒、吃菜。岳父终于把一块啃得发白的骨头放到桌上，又端起酒杯，喝了一大口。杨石山喝酒像喝水，高守利望尘莫及，他喜欢一口一口慢慢喝。高守利觉得烧酒在口里停留一会儿，才能感受到它的烈与柔。

岳父撂下酒杯，说："就你和春洛目前来说，把你爸妈照顾好，是头等大事儿。你爸是森工的宝，他这辈子太不容易了。虽然一代又一代林业人都苦，但是你爸他们那代林业工人最苦——林业人是靠大山的馈赠才活下来的，如今我和你爸老了，是该你们守护大山了。但还是要先把父母守护好，再去守护大山。守护好大山，才是森工人和森工子孙的出路。往大了说，也是人类的出路。"

高守利咂巴几下嘴，也没咂出岳父话里的深意。岳父究竟是支持春洛，还是不支持？说支持吧，他又说要把父母照顾好；说不支持吧，他又说守护大山才是出路。他疑惑了。

"我爸这一病，就成了老小孩。大夫不让他抽烟喝酒，这烟好歹算是戒了，但酒不喝不行。只要不给酒，他就不吃饭，气得我妈哭一通，喊一通。我和春洛喂饭，他不闹，但我俩一走，他就和我妈要酒喝，真是没办法——"

"就让他喝吧，喝一辈子了。老林工，没有烧酒驱寒暖心，咋活啊！"杨石山笑眯眯地说。

杨春洛看了一眼父亲，给他倒酒，又给高守利的酒杯倒满。"爸，你喝得太急，这么多好菜，你也不慢点儿喝。再说这酒有啥好喝的？"杨春洛端起高守利的酒杯，用舌尖儿舔了一口。"哎呀，辣，辣死了！"高守利给她夹一块酱排骨，说："吃块肉就好了。你还敢照量，这酒我喝都辣。"

杨石山看着女儿笑："这酒啊，有人是喝出来的，有人天生就能担酒。你二妹就是天生的酒壶，喝多少都面不改色。你弟也不差。你早晚也得喝。那时候，你就不觉得辣了。"

杨思乐从外面进来。

"哎呀，你咋这么晚，全家人等你吃饭，等得菜都凉了。你姐还要回家管她公公，你爸才说不等了。"刘欣茹给儿子拿了筷子和碗，"快吃，吃完学习。"

"爸，还有半年，我就拿到高中毕业证了。我想去当兵，森警、武警都行。"杨思乐一口扒下半碗饭。

"好，好啊——"杨石山看着儿子，微微地点了下头。

"老杨头儿，你疯了，他考不上大学，自费也行。咱们就这一个儿子——"刘欣茹的眼泪出来了。

"行，行。听你妈的，到时候再说，现在还早。"杨石山让儿子吃肉。

夹着清雪的风，凛冽得像刀片，雪花漫天飞舞。

屋里有病人，不能也不敢停火。火炕烧得滚热，火墙一宿也不能凉。早上，杨春洛发现屋里有烟，呛得嗓子难受。她想开门放一会儿，又怕公公感冒。她推开门，看一眼屋顶的烟筒，烟朝着西北方飘去。听见儿媳妇起来，张桂兰从东屋出来，杨春洛叫了一声妈，问她眼睛咋通红。张桂兰说点火时被烟熏了。

"这些日子，东屋的灶坑只要一点火就倒烟，烧一会儿才好。可能是犯风，以前也有过，守利上房顶鼓捣过两次。这几天又犯病了。眼瞅着就要过年了，炕又作起了妖。"张桂兰唉声叹气。

"我叫守利起来，上房顶看看。"杨春洛从西屋出来时，穿上了大衣，婆婆问她干啥去，她说一会儿就回来。

张桂兰刚把粥端上桌，杨春洛就匆匆地回来了。一股暖流扑到脸上，她随手关上门，把寒冷关到了门外。

"我寻思买瓶眼药水，太早了，药店还没开门，就回我妈家拿了一瓶眼药水。上次我妈闹眼睛，在卫生所开了两瓶，她上两次就好了。这瓶还没开封。"她把眼药水递给婆婆，说按时点眼药水，也不一定是烟熏的，兴许是晚上睡不好觉熬的，要不就是上火了。

"这么冷，你还回去拿眼药水。"张桂兰唏嘘地看着门上的玻璃。玻璃上的霜比铜钱都厚，不到晌午都化不透。这屋不冷，是两个孩子怕他们的爸冷，豁出去烧煤。

"妈，林业局要为职工盖楼房的事儿，有准信儿了。听说北桥那片地都规划出来了，叫林都新苑。我和守利想好了，到时候，咱们要一楼，我爸出去晒太阳也方便。要是上楼，就不用引火做饭、烧火墙烧炕了。"

"那敢情好，半夜起来给你爸吃药也不冷了。"婆婆的眼眶又红了。

高守利撂下饭碗，就要上房打烟筒。他说兴许是天冷，烟筒上霜了，才倒烟。灶坑不好烧，炕就不热，上半夜还将就，下半夜炕就被风抽得冰凉……他从屋顶下来，说烟筒也没上霜，不知怎么回事儿。

高守利穿上大衣，说："我去叫葛丹过来看看，反正今天不上班。"

葛丹和高守利把高科举搬到西屋。冬天和泥得用热水，冻土遇凉水就结成疙瘩。葛丹和高守利掏了炕洞里的烟灰，还在烟洞出口处放半块影壁砖，又上屋顶加高了烟囱，还用一个没底的破盆给烟囱戴个帽子。这样无论刮啥风，都不能直接扎进烟囱里。遇到大风时，炕也不会很快被抽凉。两人忙活了一小天，才把炕弄好。但高科举还是不能回东屋，炕得烧两天，新抹的泥才能干透。

高科举明显地胖了，塌陷的脸颊鼓了起来。杨春洛和高守利很高兴，说等天暖和了，爸还能恢复得快一些。张桂兰脸上也有了笑容，说春洛太累了，哪个新媳妇进门就伺候公公。杨春洛就笑，说她要是伺候不好公公，她爸都不能容她。

"算你识相，我老丈人可是我的坚强后盾。"高守利得意扬扬地晃了两下脑袋。

四十

　　腊月二十九，高守权回家送了一条猪肉、两只鸡，还拿了半袋子冻馒头，告诉爹妈，年三十就不回来了，岳父家没啥人，不能把老两口扔下。虽然心里十分不舍，但张桂兰仍然说："陪他们吧，家里这边挺好。"

　　高守权嗯了一声，骑上自行车走了。

　　坐在炕上的高科举，看着走出院门的大儿子的背影，鼻子一酸，眼眶盈满泪水。

　　年味儿在龙镇的街头蔓延，家家户户的门楣上，彩色的挂钱儿和对联，迎接着除夕的到来。除夕夜，高守利到院子里放鞭炮。他说得好好崩崩咱家的霉运、穷运，让我爸快点儿好起来。年夜饭的饺子，是酸菜馅的，杨春洛怕公公吃了不消化，又给他包了白菜馅的，还切了白菜丝，热水焯了粉丝，拌了一大盘凉菜。

　　"这道菜，我是跟我妈学的。我妈拌的凉菜又酸又辣，十分爽口，我爸爱吃，我们也爱吃。"

　　张桂兰尝了一口，啧啧称赞，说好吃。

　　"守利，你先喂爸。"高守利给他爸倒一杯酒，笑着对他爸说，"平时你都偷着喝，过年了，你就敞开喝一口。"高科举脸上现出喜色，不停地点头。

　　"爸，你快点儿硬实起来，不能就这么倒下，一世英雄，咱不能让病打倒了。"窗外的鞭炮声淹没了高守利的话。

　　高科举吃了六个饺子、小半碗凉菜、几块鸡肉、半条鲫鱼。他还要吃凉菜，高守利把盘子端走了，说不能吃了，吃多了不消化，他还让爸吃了几片食母生。高科举嚼碎了食母生，笑眯眯看着他们。收拾完桌子就到午夜了。张桂兰对儿子儿媳说："你俩也睡吧，我不咋困，再烧一会儿炉子，要不下半夜火墙该凉了。"

杨春洛去院子里撮了一桶煤。张桂兰催促她上炕睡觉，说自己等会儿再睡，鞭炮声不断，躺下也睡不着。杨春洛嗯了一声，又给炉子填了煤，眼看着火苗蹿出来，才回西屋。院子大门木杆上的红灯笼，在风中摇曳出一片朦胧的红，撒在窗口。

杨春洛盯着灯笼，许久才进入梦乡。

初一早上，杨春洛延续着母亲的习惯，早早起来包饺子，把三十晚上剩下的鸡和鱼也热了，又拌了一盘白菜丝，公公爱吃。菜端上桌，春洛又到锅台前煮饺子。

"你爸还不醒，这是睡热乎了。"张桂兰给炉子填了煤，眼看着被压下去的炉火又腾地蹿起来，长长的火舌争先恐后地往里钻。张桂兰进屋喊道："老高头儿，起来吃饭！你儿媳妇又给你拌凉菜了。"

高科举的身子已经僵了，他死在除夕的夜里。

"要是知道我爸要走了，我就让他把剩下的半盘凉菜吃了。"高守利满脸泪水。

张桂兰大病了一场。杨春洛带着婆婆到林业局医院输液。婆婆在炕上躺了十几天，还说浑身疼。杨春洛又给她吃了止疼片，她才睡安稳。从那以后，她就离不开止疼片了。杨春洛期盼着，等天暖和起来，婆婆再出去溜达溜达，身子骨就能有起色。

正月十五后，林业局召开了"夫妻塔"上塔动员大会。散会后，杨春洛回了一趟娘家，她爸还没回来。她等了一会儿，说："我得先回家，明个儿再来。"说着话就往外走。她妈叫住她，说有刚发好的黄豆芽，让她拿一些回去。外屋的门关上了，刘欣茹隔着门玻璃看着女儿的背影叹气："唉，打小就是操心的命。"

一个星期后，杨春洛才见到她爸，还是她在山上找到的。山坡的路口，也是风口。风掠过树梢时发出怪叫声，离老远，她就看见她爸坐在一块石头上，看着他面前的树。她从边上绕了过去，站在他身后叫了一声爸，他才回头。

"爸，山上的风大，你上山可得穿厚点儿。"杨春洛坐在她爸的对面，说了打算报名守塔的事儿。杨石山意味深长地说："守山是好事儿啊，两口子过日子也是大事儿。守利能同意吗？他爸没了，眼下他妈的身子也不是太好。"杨春洛想了一下，说："守利能同意和我一起上塔。要是他爸在，我也不敢有这个想法，让人笑话不说，把老的扔家里也不行。眼下，婆婆的身体是不怎么好，但她没啥病，就是公公去世对她的打击挺大的。"

"你俩别因为这事儿吵吵就行，凡事都要有商有量。你问我，我没意见。"杨石山站起来，"走，我都冻透了。你也跟我回家吃饭，你妈一准儿做好饭了。"

杨春洛跟在她爸身后，走上了回家的路。

截止报名的前一天，吃完晚饭，高守利盯着杨春洛笑。

"笑啥？"

"笑还不行，我笑你的理想要实现了。"

"啥理想？"

"别装了，明天去报名吧，我和你去。反正守塔就几个月，冬天就下山了。趁着妈的身子骨还行，你想干啥就干啥。"

"去吧，我看家。守塔能多挣几个钱不说，也是为大伙儿好。不用惦记我，我没事儿就去你家，和你妈你爸上山种树。"张桂兰的话，让杨春洛眼眶一下热了，她抽了一下鼻子。

这些日子，她心里非常煎熬。如果只有她和守利，她会毫无顾忌地报名。就算守利不情愿，她相信他也不会违拗她，但有婆婆，她内心忐忑不安。婆婆的一番话，让她心安了。

这晚，杨春洛一觉睡到天亮。

刘欣茹听说杨春洛报名守塔，气得直哆嗦。

她叫上二女儿杨夏璎："走，你骑车驮我，去厂里找你姐。"夏璎也被她的神情吓坏了。

"妈，我姐咋了？"

"你姐作死。别问了，带我去找她。"刘欣茹没好气儿地说。

还没到制材厂的大门，就看见杨春洛从院里出来，刘欣茹从车后座上跳下来，劈头盖脸地骂："杨春洛，你疯了？结婚才几天，你就要去守塔？山里啥样儿，你不知道吗？野猪、狗熊、毒蛇不说，湿冷、闷热你就受不了！你还没生孩子呢。再说草爬子也够你受的。万一碰上有毒的草爬子，你落下毛病，别说生孩子，再把命搭上，你让我咋活啊……"

龙镇人都把蜱虫叫作草爬子，把老鼠叫作耗子。

杨春洛怎么也没想到，对自己兴师问罪的竟然是娘家妈。她愣愣地看着她妈，说："妈，有啥话不能回家说？"

"你赶紧去撤回，要不我就去找姜占林。你爸一个人为了大山差点儿把命搭上，还要子子孙孙都献给大山？"刘欣茹歇斯底里地喊。

杨春洛让二妹帮忙，把她们的妈拖回了家。杨石山一进门，刘欣茹就号啕大哭起来，说他怂恿闺女和女婿去守塔。杨石山笑，说她是咸吃萝卜淡操心，孩子们都成年了，成家了，他们有自主权。她一边哭诉，一边做饭。她习惯孩子大人进门，饭菜就端上桌。虽然现在吃饭的人越来越少，杨夏璎还三天打鱼，两天晒网，但她一辈子的习惯改不了。

"妈，你管得太宽了。我们上学，你管。我和我姐找男人，你也管。我姐都结婚了，干啥工作，你还参与。你是穆桂英，阵阵都落不下？"杨夏璎挑衅地看着她妈。

"你再说，你再说一句——"刘欣茹扬起手里的面碗。

"我不说，我也不吃了。"杨夏璎推开门，头也不回地走了。

房门合上了，刘欣茹气得跺脚。

她转身冲杨石山说："我也不吃饭了，你给我个说法。如果你不把闺女劝住，我就从此绝食。"杨石山笑，说："那我就陪你绝食。我觉得春洛选择的工作挺好，守塔也就是一年中的几个月，虽然艰苦，但年轻人不吃苦，还让老的去受苦？你要是怕闺女受苦，就帮她把家照顾好，得空帮忙照顾一下她婆婆。儿子不在身边，她一个人的日子不好过。你还要把自个儿的身体养好，往后闺女有了孩子，你也能帮她一把。"杨石山沉吟了一下，"闺女们都工作了，儿子又打算去部队，将来回不回林业局，我不干预。咱俩的负担越来越小，等夏璎也嫁出去，儿子再娶了媳妇，我也退休了，就带你到山外转转。你现在的想法，和山里的石碴子一样冥顽不化……"他虽然说得慢条斯理，但语气坚定。这是他第一次很严肃地和刘欣茹说话。

过了半辈子，刘欣茹始终觉得她男人就是一根木头，除了伐木、喝酒，家务活儿全不会干，对孩子们的事儿也不细心。在她眼里，男人既不会说温情的话，也不会关心人。三个孩子，他都很少抱。前几年，他大半年时间都在山里伐木，从山上下来，回家还得缓十天半月，嘴里嚼着饭，眼睛都睁不开，推开饭碗，倒头就睡。有时候，她看着身边呼呼大睡的男人，觉得自己是和一头猪过日子。可男人一旦从疲惫中缓过来，就像一头狼，嗓门都大。

后来，杨石山又说啥都不伐木了，迷上了栽树。那段时间她的疑心，现在想来，她自己都觉得可笑。其实，她很满足。虽然他迷上了栽树，还用工资买树苗，但她也想开了，总比迷上女人强。花点儿钱就花点儿钱，总比出去给野女人花，帮人家养孩子强。欠大山的情好还，欠女人情，这辈子就别想消停。生了三个孩子，男人要是走下坡路的话，她和孩子的日子也不是今天这个样子。这三个孩子，谁不夸啊，不仅学习好，哪样都不差……虽然她为这个家操劳了半辈子，但她累得舒坦。杨石山不管家里的事儿，但他心里还是装着这个家。他对孩子不像她那么细心，孩子们对他却十分孝敬，还有些怕。真正遇到大事儿时，他们还是都找他。自从结婚，他从没让这个家缺吃少穿，最困难时他上山只带饼子和咸菜疙瘩。有时候，她给男人蒸一锅白面馒头，他走了，她发现锅台上的盆里扣着馒头。她嘀咕着埋怨男人，干那么重的活儿，山上那么冷，只吃饼子哪能行？泪珠噼里啪啦地落到馒头上。

男人的心始终都在这个家里，在她和孩子们身上……

这一夜，刘欣茹翻来覆去睡不着。折腾了一夜，她想通了，大女儿要去守塔就去吧。她又心疼起来，昨晚春洛被她骂哭了。她连口饭都没吃，哭着从家里走的。

她翻箱倒柜，找出布和棉花，要给女儿和女婿做两条棉裤。别看三四月树都要开始发芽吐叶了，但山风邪，专往人的骨头缝儿里钻。年轻轻的，得了关节炎可怎么得了。

"这就对了嘛，孩子有啥事儿，你都打破头楔，哪还像妈。"杨石山吧嗒吧嗒抽烟。

四十一

大沽河沿着陡崖峭壁，沿着山林和峡谷，沿着裸露着奇形怪状的岩石的河道，滔滔不绝地向前奔流。

从小生活在大沽河岸边的杨春洛，见惯了河水，见惯了森林，见惯了野兽，见惯了雷劈树。她也见识过大山发怒，河水发飙——为了示好大山，示爱大河，一代又一代森工人努力着，有人不惜牺牲了生命，有人一辈子甘愿做山河的子孙。有人说，这是森工人的宿命。可她爸说，哪来的命运？要说到命运，山就不是命运吗？树就不是命运吗？大队人马上山采伐，打扰了大山的安宁，也断了在山石上努力活着的树的命。在山上活了几百年，甚至上千年的树，没有怨言地下山，为人搭建房子、铺铁路、搭桥，也去战场……森工人是时候为大山想想，为大河想想，为大树想想，为它们做点儿啥了。这样，它们才能休养生息，再为子孙后代造福。

杨石山很少严厉地教育儿女，也很少说教，但他就像一盏灯，不仅照亮了儿女们回家的路，也在他们走到岔路口，迷茫得找不到路时，以父亲的身份，以长者的身份，以老林工的身份，看似不经意地点拨两句，句句都能戳中他们，他们就能找到自己要走的路了。杨春洛从心里感激父亲。

上山前一晚，杨春洛兴奋得睡不着。

山河林业局从二十世纪八十年代初期，就在施业区建设了瞭望塔。杨石山带春洛上过塔，守塔的兄弟俩，哥哥叫陈江生，弟弟叫陈水生。杨石山说他们的父亲是陈二。早年，陈二是非常出色的流送工。他手里的一根竹竿，像一把锋利的板斧，多凶险的楞垛，多拥堵的水口，他都能解开。后来，他到山河林业局了。山河林业局仅有的一次水运，就是被陈二化险为夷的，被写进了局志。

陈二是林业局的职工，但龙镇人认识他，却因为他是个劁猪匠。

不做流送工的陈二，后来进了伐木段，在刘昌明那个段做伐木工。干了几年，陈二就病退了。回到家的陈二闲不住，和师傅学了劁猪。两年后，他就成了远近有名的劁猪匠。陈二劁猪的手艺十分娴熟，手速快得惊人。猪还没闹清楚是咋回事儿，陈二就完活儿了。缝合后，伤口既不感染，也不化脓。不了解陈二的人，都以为他原本就是劁猪匠。

陈二骑着一辆破得稀里哗啦响的自行车，游走在龙镇的十里八乡，给人劁猪。陈二劁猪，收费不确定，给得多，他照收；给得少，他也不生气。但挤出来的猪身上的东西,必须给他——放到案板上，用刀切成手指厚的片，放到一个铁丝编的篦子上，架在火上烤到两面焦黄，蘸着盐面，就着一壶酒吃下去。

陈二的老婆给他生了五个儿子、四个闺女。生最小的闺女时，她都五十岁了。

陈二的儿子们，也相继进了林业局。陈江生在伐木队做饭，而陈水生因为伐木时腰受伤了，只好去胶合板厂倒班。瞭望塔建好后，哥俩就报名去守塔了。

陈江生做饭，做够了；陈水生倒班，倒够了。

杨春洛第一次登塔，就是陈江生和陈水生兄弟俩的塔。她觉得瞭望塔好玩，虽然刮风时塔晃悠得吓人，但她一点儿都不害怕。站在塔上观望大山，与在山下看大山是不一样的。站在塔上看大山，那种浩瀚太振奋人心了。那次，她还和父亲在塔上吃了饭。陈江生用大沽河的水炖小鸡、蘑菇，还炖了河鱼。杨石山在塔下的土屋里喝了三碗酒。下山时，他说干啥都不容易。瞭望塔都在深山老林的最高处，没有人烟，上下山也没有路，几年下来，瞭望员用双脚走出了一条小路。说起来，守塔的工作比砍伐轻松不了多少，还要忍受孤独和寂寞。所以，瞭望员的流动性很大，这样就不利于工作。听说还有五座塔,将迁移到更高的山顶,视野更好,但离人群也更远。

林业局所有瞭望塔,既有名字,也有编号。木沟壑的瞭望塔,又名蛱蝶谷551瞭望塔。

在551瞭望塔的左前方,有一片原生白桦林。据有经验的老林工说,蛱蝶谷的桦树最年轻的,也有二三百年树龄。蛱蝶谷之所以没遭到日本人和不法木帮的盗伐,是因为险峻的地势保护了它。通往蛱蝶谷的石砬子,没有下脚处,更别说把采伐工具运上去。这片原生桦树林非常奇妙,几次山林大火都绕过了它。有人说是河神庇佑了它,山火总是在它脚下拐弯或退却。更奇妙的是,每年桦树叶子刚冒出芽尖儿,成群的金钩蛱蝶就飞到这片林子里。差不多半个多月,白桦树像是开了金黄色的花儿。

桦树嫩芽儿还是松鸡、雪兔的食物,山雀、红雀、田鼠也纷纷跑来,小动物们啄木钻孔,获取桦树汁液。桦树叶子还是白尾鹿的食物,也是驼鹿、豪猪等动物的食物。从白桦林穿过去,山谷下就是湍急的大沽河,山河林业局成立后,就把蛱蝶谷保护了起来。蛱蝶谷是一片美丽的世外桃源。上学时,杨春洛和高守利、葛丹偷偷来过这里。葛丹用韧劲十足的细枝条编了一个笼子,他俩给她抓了十几只金钩蛱蝶,放进笼子里。

那次,杨春洛差点儿挨揍。

"一个丫头,淘得没边儿了,哪都敢去,还敢去蛱蝶谷!别说路上遇到狼、熊瞎子,小命就没了,要是掉下山谷可咋办?"刘欣茹还把高守利和葛丹训斥了一通:"你们俩要是再敢领春洛去蛱蝶谷,我就告诉你杨叔,打断你们的腿!"

葛丹和杨守利笑嘻嘻地跑了。

杨春洛报名时,要求到木沟壑蛱蝶谷的551塔。木沟壑林场是她爸工作过的地方,551瞭望塔的海拔在七百米左右,而且是一座主塔,上下的指令都要经过它中转。

杨春洛不想睡了,起来收拾东西。

山上寒风料峭，寒气袭人。原本还可以再晚几天登塔，但杨春洛急于上去熟悉一下，再收拾收拾。她说那里以后就是他们的家，他们得把家收拾得像个家的样儿。高守利虽然不乐意，但也不好违拗新婚妻子。

杨春洛和高守利上山，要带的东西多，自行车又无法推上去。葛丹送他们，说多一个人，就能多背上一些东西。此时，山上的冰雪还没完全融化。他们从龙镇出发，坐两个多小时的车，才到木沟鳌岭的脚下。

站在山脚下，他们目测，距离塔上差不多有三公里的路。

三个人在路口喘口气，才往上走。通往551塔的小路两侧都是高矮不一的密密的灌木丛，不仔细看，很难分辨出小路。积雪不仅把两侧的灌木丛埋了半截，小路上的积雪也没过小腿。小路的宽处只能容下一个人的身子，若是背着东西，就能被旁逸斜出的灌木枝子剐破脸。窄处，人就得侧着身子走。

"这是路吗，也许这里不是路？"杨春洛犹疑地问。

高守利和葛丹凭经验断定这里就是通往551塔上的路："走吧，站在这里看，一天也上不去。"

小路的坡口处，是最先感受到春风的。所以，雪上有一层硬壳，也就是俗称的雪壳子。雪壳子非常滑。葛丹背着百十来斤的东西，率先上坡。他一脚踏上去，雪壳就炸裂了，他的双脚陷进雪窝里。好在坡口处的雪不深，刚没过小腿。越往上坡走，雪越厚。春风光顾这里时，也匆忙地掠过了。

葛丹在前，守利紧随其后，杨春洛跟在他们后面。

高守利给了葛丹一截木棍，让他当拐杖，也能探路。越往上走，积雪越深，先是小腿，后来就没过了膝盖，最深处没到大腿根。三个人在小路上跋涉，走到一半时，高守利脚下一滑，人就歪到雪窝子里了。走在前面的葛丹，刚要转身回来拉他，杨春洛摆手，让他别动。她骨碌一身雪，才把高守利从雪窝里拉上来。

"你俩走我蹚出来的脚窝。"葛丹弓腰往山坡上爬。高守利夫妇紧随其后。

山上风大，掠过树梢时，尖锐的叫声十分凄厉，棉衣被风吹得贴在身上。

杨春洛虽然有些紧张，但一前一后两个男人让她稳住了心神。

"等到树都长起来，你们上下山时，再用镰刀清理一下两边。否则，蒿草和树一长起来，乌烟瘴气，更看不见路了。要是盘着蛇的话，没有毒，也吓一跳。"

"这条路以后就是我们俩要走的路了。我就管这条路叫春洛路。"高守利的笑声，被风撕碎了。

爬上551塔下的土屋前，三个人都累得呼哧带喘。

四十二

一座不到二十平方米的土房，像一只小鸟，蜷缩在二十四米高的瞭望塔下。土屋周围还算是一块开阔地，风从山峦和茂密的林子下来，到这里就散了，他们身上的汗也倏地散了。土屋仅有的一扇窗户，塑料布被风扯得七零八落，宛若流苏。灰白色的碎条，在风中啪嗒啪嗒地抽动。

荒废了一冬天的土屋，门前和窗下的积雪，乌涂得像一块抹布。风把树枝、枯叶、泥沙都带了过来，堆在窗下和门前。土屋显得更加破败不堪。他们把肩头的东西卸下来，先动手把门口清理出来。被风吹到犄角旮旯的雪和枯枝败叶，把窗下的铁锹、二齿子、铁爬子、扫帚等一些工具都埋上了。门口处被清理出一条过道，葛丹用力地推开土屋的木门，乌涂的雪和灰尘落了他一身，他呸呸地吐了两口。前一个瞭望员留下的水缸、水桶等一些生活用具，蒙着一层厚厚的灰尘。靠南的窗户下，有一铺半截小炕，是一条红砖砌的。差不多有半米宽的烟道，把外屋的灶台和里屋的土炕，以及土炕边上的半截火墙连起来。炕面泛起一堆堆浮土，还有丝丝缕缕破布、枯叶、棉絮一样的东西。

看来炕上成了老鼠寻欢作乐的窝。

高守利把窗台上的积雪扫下去，几下就将破马张飞的塑料布扯了下来。他从行李里掏出新塑料布："葛丹，还是你有经验，要是不带上塑料布，今晚就别想睡觉了。"

杨春洛听出来了，高守利有些泄气。她赶紧走过去，说："我钉窗户吧，你去帮葛丹。"高守利咧嘴想笑，嘴角刚有一丝笑意，就收了回去："你可别逞能了，就这活儿，我们两个大老爷们儿干都闹心，何况你一个女人了。我先把窗户钉上，沙土、死虫子和烂树叶就不会进屋了。你把屋里擦出来，再把炕上的东西扫下来，一会儿好烧火。"

杨春洛拿着一块抹布进屋了。

葛丹抓起一把破损得只剩下一个头儿的扫帚，把炕上的土和枯叶扫下去，又拿着桶出去拎雪。

锅灶下成了耗子的货船，耗子们在这里交配。葛丹拿着破笤帚驱赶耗子，在这里住了一冬天的耗子不愿意离开。当葛丹把锈迹斑斑的大铁锅，从灶台上拔下来，耗子们才溃散。一只半尺多长的耗子逃走时，还冲他龇牙，吱吱叫着抗议。站在灶台旁边的高守利，顺手扔一块木柈子，被砸中的耗子，吱吱叫着逃走了。灶台里留下十几只粉嘟嘟的小耗子崽儿，它们显然没有逃脱的能力，就聚堆蠕动，那唧唧声令人汗毛都竖了起来，十分硌硬人。

"真他妈的烦人！"高守利操起一把铁锹，把这窝还没长毛的耗子崽儿端到外头，用铁锹狠狠地砸了它们，抢了几锹土，把它们埋上，又咬牙切齿地用铁锹拍了几下。

清理了灶膛，葛丹砍了几根弯曲的细枯木，几斧子下去，枯木就成了一尺长的木柈子。把铁锅坐上去，木柈子也架到灶膛里，白得耀眼的雪倒进铁锅里。灶膛下先是冒出缕缕烟，没一会儿，呛出来的烟在屋里弥漫起来，三个人抹着鼻涕、眼泪，跑出屋外。闲了一冬天，没沾火气的炕洞凉，兴许还有霜，烟火得熏一会儿。葛丹盯着屋顶的烟筒。过了好一会儿，烟筒里才蹿出两股黑烟，又噗噗几声，烟才顺畅地从烟筒里冒出来。

"好了，这两天都别停火，且得烧两天，才能驱除寒气。"

三个人再次进屋，灶膛里红彤彤的火，让冰冷的火墙和炕面有了热乎气。杨春洛的心也暖了。待雪化成了水，她用热水沏开盆里的洗衣粉，擦了一遍又一遍，屋里堆积了一冬天的浮土才不呛嗓子。她又给屋地掸上水，压住了浮土后，才把豆角干、土豆干、茄子干都挂在矮趴趴的屋檐下，虽然土屋也就一人多高，但总比放到地上强，那就成为小动物们的食物了。

高守利贴着土炕边，搭个一米半高的木架子，把豆油、盐、酱油、米、面、挂面、土豆、白菜、萝卜，还有一坛子猪油、一大塑料桶酒，以及做饭的用品，摆到木架子上。他又找了两块破旧的木板，垫到土炕上。他招呼杨春洛："炕有热乎气了，把木板擦干净，先把炕铺好，被褥也潮，散散潮气，不然晚上没法睡。"

红格子床单一铺上，黑黢黢的土屋就有了亮色。高守利阴沉的脸上也有了一丝笑容。

"这就对了，脸那么难看，你让春洛咋办？从进门起，她都不知道咋哄你好了。别忘了，你是大老爷们儿。"葛丹说话一向简单，大多时候都是用眼神儿说话，他是实在看不下去了，才低声提醒高守利。

高守利不服气，气呼呼地看着葛丹："我咋了？我态度多好啊，进门手脚就没闲着，累得都快散架子了，哪还有心思和她说笑，上塔来工作，又不是哄她玩。"

葛丹意味深长地看了他一眼，高守利才低下头。

"你看你这个熊样儿，又用眼神说话。我就纳闷了，从小咱俩就对着太阳练眼睛，我练伤了眼睛，一见光就流泪，你倒好，练得眼珠子越来越亮，你成精了咋的？"

十一二岁时，高守利和葛丹在玩闹中打赌，有时候坐在屋檐下，有时候身子贴在学校的院墙上，迎着刺眼的强光瞪眼睛，谁先眨眼睛，或者先淌眼泪，谁就输了。谁眨了眼睛，就请对方吃一根三分钱的冰棍；要是流了眼泪，就请对方吃一根五分钱的冰棍。每次都是高守利先败下阵来。

高守利的话，让葛丹下意识地抬起头，太阳正沿着瞭望塔向上攀爬。葛丹笑了。他没对任何人说过，他不眨眼不流泪的秘诀是，每次他和高守利打赌时都看见杨春洛踩着太阳从光里走来，一直走到他眼前。在葛丹眼里，杨春洛是从太阳光里走出来的女孩，在太阳光里长大的女孩。他不敢眨眼睛，怕光里的女孩从他眼前消失。长大后，他们都不屑于再玩这个游戏了。但葛丹还是常常独自与太阳对峙，依然能看到春洛从光里走出来，虽然他一眼不眨，但她还是走出了光束……葛丹无声地叹了一口气，继续干活儿。闲置了一冬天的水缸，刷了出来。他一趟一趟去树木密实的地方拎雪，一桶桶雪被倒进水缸里，倒在铁锅里。

"等大沽河完全解冻，就能喝上清澈的河水了，现在只能将就着喝雪水。"

"明个儿得空，我下去凿两桶冰，挑上来。"高守利看了一眼水缸里堆得上尖儿的雪，笑了。

"我有空就给你们送水送菜，否则你俩吃菜都成问题。"

高守利拍了一下葛丹的肩膀："有你，我啥都不怕。你别忘了，还要给我送酒，不能断了我这口。"

吃住的地方收拾好，已经下午了。他们还要把塔楼收拾出来。高守利不让杨春洛上去，说："你做饭，咱仨还是早上从家里出来时吃的饭，肚子早就咕咕叫了。"

葛丹和高守利上塔了。一冬天没人光顾的瞭望塔，除了厚厚的灰尘、枯叶，还有各种虫尸。葛丹打扫得很细心，就连犄角旮旯儿都清扫出来了，还找了一截铁丝，把角落里的蛛网和虫尸抠了出来。

高守利和葛丹从塔上下来时都灰头土脸的。

四十三

深山老林里的炊烟袅袅地升起来，不知名的飞鸟鸣叫着，从缭绕着炊烟的上空掠过。烟宛若丝绸一般在风中飘荡。最能散发出温暖的，莫过于烟火了。有烟火的地方，就有人气；有人气的地方，就有暖意。

穿透山峦和密林的光，照亮了两个从塔上下来的男人。

杨春洛心头涌上一股暖流。她把炕桌放到地上，找了三个小矮凳，把用荤油炖的土豆和豆角丝，还有白菜粉条，端了上来。她满怀歉意地说："我尝了一口菜汤，雪看似白得无暇，但入口还是涩。沉淀的雪水，下面还有泥沙。这也难怪，雪从天上落下来，那么远的路，一路上得经历多少灰尘泥沙啊。"

"看见没，你这个老同学，一说话就诗情画意。我就想不通，这么弱小个女人，放着办公室的工作不干，却非要上山做瞭望员。"高守利喝了一大口酒。

"干啥都是工作。采伐量锐减，你想没想过，早晚有一天，采伐会完全停止？以后胶合板厂、制材厂还能生存吗，还有存在的必要吗？"葛丹说。

高守利愣了一下，点头，说："你今个儿话有点儿多啊，像极了我老丈人，还有那个还没成为杨家女婿的潘望。不过，你说的也不是没道理。看来我要感谢你，老同学。早点儿下来，占据了瞭望员的岗位，日后说不定什么样呢。"

"我就不是你的老同学？就咱仨，谁不知道谁啊。"杨春洛的话让高守利笑了，让葛丹的眼睛也亮了。

高守利站起来，从木架上拿下一个饭碗，放到杨春洛面前："从现在开始，你要学会喝一口，没有酒，你过不了大山里的日子。"他给她倒了半碗酒。

杨春洛乜斜他一眼，没说话。

高守利和葛丹喝了一碗酒，又倒了一碗。

"我在山上，你在山下，还是那句话，你不能让我断了这口啊。"他一口喝下半碗酒，"我现在喝酒的架势，也快赶上我老丈人了。我发现，还是大口喝酒得劲，也有男人的气势。喝酒，就要使大碗，大口喝。"

葛丹点头，说："只要我得空，就上来给你俩送吃的喝的。"

高守利端起饭碗："来，走一个。"

葛丹瞥了一眼窗外，端起酒碗和高守利碰了一下，随着两个碗碰出的一声闷响，他们碗里的白酒也被一饮而尽。葛丹看了一眼杨春洛："春洛，你是得学着喝一口，要不寒气会把你全身的关节都废了。"杨春洛抿嘴笑了一下，说："没准儿以后我成了一个女酒鬼，你俩都喝不过我。"葛丹看她一眼，说："那倒是没必要。适量地喝点儿酒，是非常惬意的享受。"葛丹的眼神像他的琴声，含着万语千言，还有一种神秘感，却无法用语言来形容。

"唉，这男人看似狼一样，那是没遇到母狼。有了母狼，就没了自由。你看，我还不是被这头母狼胁迫到山上了？"高守利现在喝酒，的确和杨石山有一拼。他说着话，又端起酒碗，一口喝下半碗，"葛丹，你不找对象就对了，三十岁结婚不晚，四十岁也行。"

葛丹依旧埋头喝酒。

杨春洛再一次乜斜一眼高守利，说他身在福中不知福，还给葛丹灌输不好的东西。她说："你这样怂恿葛丹，要是让葛大爷和大娘听见，他们非得骂你不可。他们多着急，想让葛丹能早点儿成家，特别是大哥走了以后，他们恨不能葛丹一夜就长大。"

"哈哈——也是。葛丹你就当我刚才的话是屁话。来，喝酒喝酒。"高守利懊恼地拍着额头。

"我俩慢慢收拾吧，塔上还得再清理清理，说不定还有得道成仙的狐狸精在那儿等着呢。你早点儿下山，太晚了，你一个人，我俩也不放心。再让成精的狐狸半道把你掳走，生一窝半人半狐的妖怪。"酒后的闲话像一团线，从这头儿扯到那头儿。高守利的话渐渐多了起来。

葛丹下山时，太阳已经偏西，高守利说啥都要送他一程。杨春洛说，那："我和你一起送，反正今晚也很难睡踏实，一会儿回来再收拾。"葛丹说啥都不让："咱们可别卖一个搭两个了。上山的路，你俩也不是没走，还想再灌一裤腿子雪啊？"

"以后，要想看我俩，你就得上山了，还是最高的山峰。"高守利与葛丹挥手告别。

第二天早上，杨春洛和高守利早早地吃了饭，登上了551塔。

不知道老天是感受到了他们的心情，还是对他们的到来表示欢迎，他们登塔时，被火红的光环笼罩着的瞭望塔，全身散发出清幽的光芒。登塔的他们像一幅剪影，微风拂面，他们的脸颊上也有了红晕。走在前边的高守利，突然停下来，靠在铁架子上："哎，昨晚吃饭时，我给你倒酒，你为啥不喝？故意不给我面子，是不？"

"你傻啊，我还没生孩子呢。我还没怀孕，你就怂恿我喝酒，存心，是吧？"杨春洛哼了一声，快步从他身边挤过去时，还用肩膀使劲地撞了他一下。

"媳妇，我错了，我真错了。"高守利愣了一会儿，拍着脑门。

杨春洛没搭理他，上了塔台。

"我们在大山里生个孩子！"高守利双手拢在嘴巴上，在她身后高喊。

杨春洛也有些兴奋。趁着高守利在塔楼里收拾东西，她在塔台上转了一圈。三月中旬的小兴安岭山脉，积雪还没完全消融，苍莽的林海，一派壮阔。她还看到如潮水一般涌动的绿意。除了红松，蛰伏了一冬天的其他树种已经开始返青了。

微风拂来，山林荡漾出灰绿色的波浪。

那片白桦林尤为养眼，像点缀在山峦上的轻纱，在微风中如云团般缥缈。杨春洛眼里有泪花闪动，她想象着金钩蛱蝶飞来的情景。在山里长大的她，从小就认识金钩蛱蝶，白桦树更是随处可见。蛱蝶谷美得像仙境。她喜欢白桦树，它宛若亭亭玉立的少女。白桦林里也有黑桦树。在洁白的白桦林里，黑桦树从来都不违和，像极了武士。

初中时，杨春洛就喜欢上了文科。她虽然长在大山里，也见证过大山发怒时的嘴脸，但她还是更多地感受到了大山的秀美、山峦的跌宕。尤其是傍晚时，远远地望过去，起伏的山峦如武侠小说中的排兵布阵，她甚至还听见了波涛怒吼和绿浪滚动的声响——她总想给山河写点儿啥，可至今也没写出像样的诗句。此刻，她把对森林的一片诗心，转嫁到瞭望塔上。只可惜，她的心事无法跟守利说，他会斥责她白日做梦。

"诗情画意的大山啊，我来了——"她也把双手拢成喇叭状，站在塔台上喊。

四十四

杨春洛抑制不住内心的兴奋，扭头朝塔楼里喊："守利，你快来看啊，站在塔上看山和站在山下看山，太不一样了。我真想写一首诗，念给山林听，只可惜我不会写。"

"你可别后悔啊。难受的日子在后头呢。到时候，你哭得一把鼻涕一把泪，我可不管你。你再哭闹着想回到原岗上，可就回不去了。"

杨春洛咯咯地笑，摇头说："不可能，我对山水、对森林、对花草永不厌烦，就像我对爱情永远都忠贞。"

说到爱，高守利就没话说了。杨春洛不只对他付出了爱，对他这个家、对他父母的付出也无可挑剔。他最大的愿望就是，能给予这个将陪伴自己一生的女人一个温馨的窝。自从结婚，特别是父亲病逝后，偶尔回家看看的大哥，对他似乎也不像以前。他说话时，大哥也能用正眼看他，以前大哥听他说话，一般都是敷衍应付。在高守利眼里，大哥比父亲还威严。大哥的笑脸除了给大嫂，就是给他的孩子。就算对妈，大哥都很吝惜他的笑脸。小时候，大哥和他都怕父亲。父亲脾气大，动不动就发火。长大后的大哥，虽然不和爸妈顶嘴，但他也很少和他们说话。高守利没少看见母亲抹眼泪。

"难道人一长大就和父母疏远了吗？大哥大嫂简直不像儿子儿媳，他们好像是我爸妈的爸妈。"

高守利的话，让葛丹一愣。

"在我的记忆里，你家大哥和你爹妈总是有说有笑，大嫂也和你们不分彼此。他们把你当成他们的孩子，两个姐姐就更不用提了，她们有口好吃的，都要送回来……"

"可能、可能是哥嫂死得早，留下两个孩子也实在是可怜，大姐二姐心疼爸妈，也心疼我，又心疼两个孩子。"葛丹说得磕磕绊绊。

高守利皱起眉头。葛丹家情况特殊，可春洛家是个大家庭，爸也严肃，但他们家就有热乎气。只要孩子们需要，爸就在。妈又把家打理得井井有条，饭菜虽然简单，但做得十分用心。丈母娘能干，哪怕三顿粗粮，她也细做。就连咸菜，她也用葱花、香油，还有旺火烧透的干辣椒，拌一拌。她说高粱米饭最伤胃了。每次剩下高粱米饭，她就用荤油和葱花炝锅，把土豆条、白菜丝炒软，把高粱米饭烩上。高守利连汤带菜，能吃三大碗。自从他和春洛的婚事确定下来，岳父岳母就把他当作自己的孩子。别看春洛家孩子也不少，日子也不宽裕，但她家有一股暖意，这股暖意除了姐弟之间的亲密，主要来自爸妈。岳父看似只盯着种树，其实心里装着家，装着大人孩子。酒喝到一定的量，他偶尔也会嘀咕"我欠了你——"岳母就会笑，说"你爸又神经了"。岳父也不计较，呵呵一笑就过去了。

说到底，是春洛给他家带来了温暖。这辈子为这个女人做啥，他都心甘情愿。结婚后，他就想把他家的氛围营造成春洛家那样。他做到了，爸妈也因为春洛进门而心情好起来。只可惜爸死了，但他走得安详而又满足。爸走时嘴角还带着笑意。他一定想活下去，都怪该死的病魔。

山河林业局施业区内，有两个国家级重点森林火险区，一个是东沽峰，一个是北沽岭。而551塔因为地势高，通讯辐射面广，承担着全局森防通讯的中转任务，东沽峰和北沽岭也在551塔的区域内。刚一开始工作，高守利就埋怨杨春洛，说她逞能，非要上最高的塔，喊话费嗓子不说，责任也大。这下好，她是塔长，她喊吧。

杨春洛内心深处一直有隐隐的不安，要不是她，高守利不会上塔。山下的老妈一心等着抱孙子，守利也爱热闹，要不是她，他不会忍受大山里的寂寞。说起来，都是她任性。

"守利，慢慢来，我知道，你都是为了我。"杨春洛哽咽了。她转过脸，不想要让守利看见她眼眶里的泪水。

"我瞎说，我是瞎说——"高守利在后面拥住了杨春洛，拍着她的肩膀，"没事儿，没事儿，有我呢。"守利虽然没看见她眼眶里的泪水，但还是感受到了。

对杨春洛来说，瞭望员的工作的确是一个巨大的挑战。上塔之前，虽然做了培训，但真正开始工作，她还是有些紧张。她能看出来，守利其实也紧张。551塔是主塔，监控着二十多万公顷山林，还有两个火险区。她和守利既要负责传送监控烟点火情的数据，还要传输采伐数据。虽然现在的采伐量少得不能再少，但还在适当地采伐。山上山下实时信息和数据绝对不得有误。随时下达防火指挥部的指令的同时，551瞭望塔还要负责传输其他瞭望塔的数据。

杨春洛不怕寂寞，只要守利在身边。她也不怕吃苦，再苦还能有父亲在深山里砍伐苦？那种蚀骨的冷，那种劳累，就不是谁都能抵挡得住的。危险也让人望而却步，谁都上有父母，下有儿女，哪个人都是肉长的。

杨春洛不断地给自己信心。

七点钟，塔上的工作就正式开始。防火指挥部传来第一道指令，杨春洛和高守利要在第一时间传达下去。

"杨塔长，请开始工作。"高守利戏谑的口气，令他自己笑了起来。她接过对讲机，还没说话，脸先红了。她清了几次嗓子，都没张开嘴。她看着高守利："还是你来吧，你先打个样儿。"

"还是你喊，你不是啥也不怕，不是想守塔吗？再说，塔下只有大河、大山、大树、熊瞎子、狍子、毒蛇、耗子、野鸡，它们听不懂你说话，也上不来，你怕啥呢？"高守利用激将法。

杨春洛又把对讲机往上抬了抬，让它正对着嘴巴，干咳了几声，又清了清嗓子，使足全身力气，竟然没说出来。她扭头看着高守利，尴尬地笑了。高守利抢过对讲机，装模作样地清了清嗓子："咳咳，我是551塔瞭望员高守利，下面是551瞭望塔塔长杨春洛的播报，请大家听好——"他说完就把对讲机塞到她手里。杨春洛仿佛接了一团火炭，差点儿把对讲机扔出去。

高守利得意扬扬地看着她："杨塔长，播啊，我可给你打场子了。"眉毛还往上挑了两下。

"大家好，我是551塔瞭望塔长杨春洛，下面传达防火指挥部的通知：各位瞭望员，春防开始了。据气象台的消息，今明两天将有五到六级大风，春防任务十分艰巨，请各位瞭望员严格执行规章制度，坚守岗位，及时汇报。"她喊得磕磕绊绊，像是被卡住了脖子，声音像是被大风刮跑了，一会儿高，一会儿低。关掉对讲机，她才发现自己出了一脑门汗。

这是她在塔楼上传达的第一条讯息。

高守利笑她，说她胆小得就知道窝里横，能耐都用他身上……他的话，杨春洛根本就没听，她还沉浸在刚才播报时的窘境里。她想起刚才不流畅还胆怯的播报，脸一阵阵发烧。

能迈出第一步，就是好样的，她在心里再次鼓励自己。

四十五

塔上没有取暖设备，从塔下背上来的热水，到中午就成了凉水，暄软的饼子硬了，饭盒里的菜也凉了，但他们只能在塔上吃硬饼子，吃凉了的菜。

为了驱寒，高守利再次逼杨春洛喝口白酒。

傍晚，从塔上下来的这顿饭，杨春洛吃得无滋无味。收拾完碗筷，她早早地躺在炕上，心事重重地捧着瞭望员手册。她在心里暗暗告诫自己，把这个小册子背下来，把内容装在脑子里；今天播不好，明天播不好，早晚有一天，自己能成为一个合格的喊山人、优秀的瞭望员。

"守利，我再说一遍，以后在塔上绝对不能沾酒。"杨春洛盯着高守利。

"收到，杨塔长。"高守利看着她说。

随着春暖花开，最让他们受不了的就是蚊虫的泛滥，特别是草爬子。他们进山前已经打了疫苗，草爬子咬人疼，还往皮肉里钻，若是它的腿留在人的皮肉里，一到阴雨天，叮咬的地方就发红，还钻心地痒。

在塔台上忙活一天，天完全黑下来，他们才从塔上下来。简单地吃顿晚饭，高守利就为杨春洛抓草爬子。他好信儿，一边抓草爬子，一边查数，这天晚上他抓了二百多只草爬子。他嘻嘻地笑，说："草爬子要是能吃的话，咱俩身上的草爬子够一盘了，油炸后下酒，咱俩还有肉吃。"他边说边吧嗒嘴……蚊虫和草爬子无情的袭扰，使杨春洛身上凸起一片片红肿，令她刺痒不堪。高守利用酒精给她止痒，他说自己就没么难受，因为皮糙肉厚。他重重地叹气，说瞭望员这活儿不是女人干的。他还嘟囔着骂，说不知道是谁想出这么个鬼主意，兄弟塔干不下去，就搞什么夫妻塔，纯是折腾女人。就算山里的女人抗折腾，也禁不住这么折腾。这才哪儿到哪儿，秋防时更遭罪，要是没有洪水和山火还行，要是洪水和山火来了，女人不吓个半死，也得吓尿裤子。他匕斜一眼换衣服的杨春洛："长虫、狗熊、野猪，女人对付不了，蚊子、草爬子也够女人受的。趁你姜大爷还在位，莫不如让爸跟他说说，把咱俩调回去……"

杨春洛知道，高守利说这些，就是说给她听。他想让她知难而退。

上山之前，姜占林给瞭望员开了会，让大家有困难就提出来，上山前要做好心理准备，守塔的工作十分艰苦，并不是想象中那么简单，工作枯燥，责任还重大，吃睡也是个问题……杨春洛早就想好了，既然上来了，无论多困难都不能下去。

"你就死心吧，爸才不会去说，我也没打算下山。只要有你，我啥都不怕。"

"行啊，你都学会忽悠我了，我的女人越来越厉害了。明个儿你改名吧，就叫高杨氏。"

杨春洛不把高守利的话当真，他无非就是快乐快乐嘴，干起工作来，他还是十分认真的。瞭望员要有较强的观察力和判断力。要想成为一个合格的瞭望员，就要对烟火、低云、旋风带起的尘土等自然现象，有明确的分辨和认识，比如，雨后森林上空浮动的到底是烟雾还是气雾？烟点在哪个方位，和瞭望塔之间大概有多远的距离？为了增强观察力和判断力，杨春洛从塔上下来，匆忙吃一口饭，就走出土屋。

"又出去走，要是碰上黑瞎子、野猪，小命还要不要？"高守利的语气十分不悦，"这有啥难？距离，图上都有标注，从颜色、移动就能分辨出来烟点和雾气。你这不是轴吗？怎么就非要去走？"

"没事儿，天还大亮，你慢慢吃，我不往远走。要是天黑了，我还没回来，你就顺着门前的这条小路去接我。"杨春洛说着话就要往出走，高守利一把扯住她。

"你松开，我就是想按照图纸走一圈，把各个方位都记住，就当消食儿还不行？"

杨春洛从小就有分不清东南西北，不记路，还有"脸盲症"的毛病。

一进山，她不记路的毛病就更明显了，这个毛病必须改，否则做不了瞭望员。塔楼上看到的都是一望无际的绿，根本就分辨不出来东南西北。瞭望员失职，就会成为森林的罪人。观察力和判断力差，对方位判断不准确，对烟点没有正确的分辨，就不配做瞭望员。

为了辨认方向，除了吃饭喝水，杨春洛几乎一天都围着塔楼转悠，却越转越糊涂，转两圈就晕了。她嘴角起了泡，口腔也溃烂了。高守利笑，说她从小就这个熊样儿，走路，心从来不带在身上，常常是路过了家门，还在走。杨春洛说自己脑子不好使，高守利讥笑她，说她不光不记路，还不记人，说不定哪天把他都忘了。

"我要是连你都忘了，那就不是把心丢了的问题，我一定是得病了，脑子坏掉了。"

"我又说错了，你还接我的话说。快吐两口，把晦气吐出去！"

高守利捂住嘴。

"没事儿啊，就是话赶话，开玩笑。"杨春洛咯咯地笑。

她坚持每晚都出去。高守利看不下去了，也怕她一个人出去，有什么事儿。真要是遇到意外，那他这个大男人如何面对岳父岳母，就连他老妈这关都过不去。

这晚，杨春洛从外面一进来，高守利说："你今晚好好睡吧，明晚开始，我带你走路，用脚一步一步量，记忆就深刻了。我回来再吃饭喝酒。我没陪你，就是因为这时候出去走，耽误我喝酒。"杨春洛说："那就这样，每晚咱俩下塔就去，回来再做饭、吃饭、喝酒，反正饭菜也简单，再说夏天的天也长。"

高守利的方向感极强。即便是看不到人踩踏过的脚印，也没有动物走过的痕迹，他也能准确地找到方向，走到要去的地方，并能准确地确定位置。而且，只要走过一次，他就能估算出来山与山之间，与551瞭望塔之间的距离。每次出去，他手里还拿着一把镰刀，在树干上砍出记号。他把蒿草砍掉，唰唰几刀下去，一条小路就清晰可见了。他说只要有他在，就不能让这些草扎到杨春洛。只要是走过的地方，他就能开辟出一条小路。

半个月后，他还把走过的路，踩过的点儿，以551瞭望塔为轴线，画出一张草图，并在图上写上方位，还用数字标注上距离。

他对杨春洛说："你看下我画的草图，比咱们发的那个还详细吧。这张图是杨春洛和高守利的图。万一有啥自然灾害，咱俩的路，兴许还能派上用场。"

四十六

傍晚，他们从蛱蝶谷方向回来。

半路，天色就暗了下来，高守利仰头望天："咱回去还得做饭，走，我带你抄近道。从前边过去，能近一半。这是我下山找水时发现的一条小路。"

杨春洛快走几步，跟上他。果然是一条很近的路。

"哎，我画的图咋样？这图虽不及人家专业绘图的做得好，但你能看懂吧？只要有我在，我就保你不迷路。要是没我，我就管不了那么多了。你丢了，我只能躲在山旮旯儿流泪。"

半天没听见杨春洛说话，高守利回头寻找她。当他看到她站在几步远的树下，呆呆地看他，还满脸泪珠，他几步蹿过去："咋哭了？被啥咬了？我看看，咬哪了？"高守利手忙脚乱地扑打着她的身子，又推搡她转过来，噼里啪啦地扑打她的后背。

"起来，是你咬我了！高守利，是我任性，非得让你和我进山守塔。你天天喝酒，我忍了；你东一句、西一句地埋怨我，我也认了。山里冷，山里潮，山里闷热，在山里吃不好，睡不好，可你也不能这样，逮着啥说啥，说话从来都不过脑子。没有你，我一个人怎么在山里待？没有你，我咋能上来守塔？我不认路，不敢在人前大声说话……"杨春洛委屈地放声大哭。

高守利愣住了，好一会儿才明白过来，自己说了浑话。他第一次看到妻子大哭，吓坏了，把她紧紧地抱住："好了好了，我错了，我保证以后不说浑话了，我是浑蛋——自从你开始喊山，嗓门大得像狼嚎，不是，像野猪叫，难听死了。你现在不用对讲机，声音都能从这座山蹿到那座山……"

杨春洛被高守利的话逗笑了，扎在男人怀里。

不到两个月，那张草图更加完善了。杨春洛也记住了551塔所辐射的各

187

个方位，以及准确位置。她用脚步丈量了瞭望塔四周的山林、小道、场点，以及山谷，山坡。她对551塔周边的地理情况已经谙熟于心。她传达信息越来越流畅、凝练、准确。

"要不是你，我才不会出去遛。指挥部给的图已经很清晰了，可你这人就是轴，就是犟，非得个儿再走一趟。为了你，我又逼着个儿画张图。"高守利喝了一口酒。"这下好了，塔楼里挂一张图，随时都在你眼睛里；脚下还有一张图，刻在你心里。"

杨春洛看高守利的眼神，五味杂陈。工作，守利没的说。如果他喝酒能有节制，就更好了。上山之前，只有家里来客人时他才喝，偶尔和岳父、葛丹喝，也和车间的同事喝，最多也就七八两酒，不会超过一斤。自从上山，他就离不开酒了，要不是对瞭望员有规定，要不是她看得紧，他得顿顿喝。

"要不是你管我，'早白'我都不能断。"

"'早白'是啥？"

"你是真傻，连'早白'都不知道。'早白'，就是早饭时的白酒。"高守利白了一眼杨春洛。"只有晚上下塔后，才能喝酒。我肚子里的酒虫都饿了一天了，你这个女人心太狠，手段太毒辣。"

高守利的酒喝得越来越瘆人，战线也拉得越来越长。喝上酒，话也越来越密。有时候，她都睡一觉了，他的酒还没喝完。葛丹也没忘记自己的承诺，山上的酒还没见底儿，山下的酒就送了上来。一见到酒，高守利就哈哈大笑，拱手作揖地感谢老同学，说酒不能断，断酒就是断了血脉，在深山老林，没有酒打发日子，没法活下去。

杨春洛实在看不下去了，私下跟高守利说："不能总让葛丹给买酒，每次他都不要钱。他一个月就那点儿工资，还要供大哥的两个孩子念书，这两年工资还不按时开。他爸妈身体也不好，一年到头儿不断药。开春入秋，对他爸妈来说，简直就是关口，不到县里住院，也要到林业局医院挂点滴……葛丹的负担太重了，他还不善言谈，每次喝酒，都是你滔滔不绝地说。"

守塔后，高守利的话像树上的叶子，特别是酒后，他的话比傍晚的蚊虫还多。

四十多天的胚胎流下来，杨春洛才知道自己怀孕了。孩子是在林业局医院流下来的。

早上起来，杨春洛觉得腰有点儿酸。早饭时，高守利非逼她喝一口白酒，说她着凉了，还说少喝一口没事儿，不会影响怀孕，怀孕了也不会影响儿子……高守利的话让她一惊，她皱着眉头想了一下，这月至今没来月经，都晚了十多天了，她寻思可能是累着了。这半个多月，正是火险的高发期。夏秋交替时节，还多雾气。深林里的大雾，又消散得慢。所以，来不得半点儿掉以轻心。塔台上离不开人，他们俩围着塔台转，不错眼珠地盯着。吃饭又不按时，也吃得不可口。他们俩一上塔，就看见塔楼的北侧，距离瞭望塔四五公里的位置，有浓浓的雾气。杨春洛一直关注着，上午九点多的太阳已经很大了，即便有雾气，也该散了，就算不散，也不该还这么浓重。她坚持要下塔去看看："万一是烟点呢？"

"不可能，保准是雾气。那里有个深谷，山谷下是一片次生林。那片次生林多半是落叶松，咱俩都去过。肯定是雾，或是瘴气，要是烟点，我就是乌龟王八蛋。"高守利说啥都不让她下塔，"你就听我一次，保准是雾气。这十几天，你差不多每天都走三五十里的山路。很多路，不能称之为路，除了石砬子，还有张牙舞爪的树枝和草，穿厚衣裳就出一身水，穿薄了，皮肉就遭罪，划得到处是红肿的血痕不说，汗水一浸，伤口生疼。你说，你的腰咋能不疼？"

高守利古铜色的脸，有些涨红。他是真急了。

杨春洛还是咚咚地下去了。任凭高守利扯着嗓子喊，她也没回头。她越想越紧张，脚步也越来越快。她觉得现在的高守利整晚都泡在酒里，眼神不如以前好了。再说，她宁可亲眼看到，也不能主观臆断。

那些日子，她的确不舒服，除了腰腹有坠痛感，也没食欲。就连以前最爱吃的排骨炖豆角，她都觉得腥气很重。高守利说是天太热的缘故，晚上陪他喝两口，就能吃进去饭了。上次葛丹来送酒，还背来了鸡蛋和辣椒，还有几把豆角和几根黄瓜。葛丹说，扣膜的菜下来得早，但天不热，结得少，他拿一点儿上来，让他们先尝尝鲜。杨春洛舔了一下嘴唇，最近吃不下饭，她就想吃辣椒，炒盘辣椒鸡蛋，刺激刺激味觉。更让杨春洛惊喜的是，葛丹还抓了十几只小鸡雏上来，这令她兴奋不已。她说以后塔上塔下就不只她和高守利了，还有一群鸡，就怕该死的黄鼠狼惦记它们。晚上，他们俩能看着，白天上塔就顾不上了。

葛丹说没事儿，剩多少，是多少。剩两只的话，也是大山里的溜达鸡，吃鸡蛋还方便。正常情况下，山下的人能上来。要是有啥事儿，山下的人上不来，他们俩又下不去，吃喝都成了问题。

那晚，高守利说啥都不让葛丹下山，说："你在塔上住，晚上可凉快了。你可以随便吹朋奴化，说不定还能勾来有音乐细胞的动物呢。"

"葛丹，你就住一宿吧，晚上山里可清静了。我和守利好久没听你吹朋奴化了。"

"对，你还能吹狍哨。反正你在塔上，野兽上不去，我俩关门，动物也进不来。你随便耍。"葛丹都要往山下走了，高守利硬生生地把他拽了回来。他犹疑了一下，转了回来。

那晚，琴声从塔上传下来。在山里听葛丹吹朋奴化，杨春洛有一种想哭的冲动。

四十七

杨春洛感激葛丹。虽然小鸡是不起眼的东西，但在大山里养鸡，还是别有一番情趣。她精心地伺候小鸡，只要从塔上下来，就把小鸡放开，山里的鸡不仅长得快，还长得壮实。

杨春洛下到中间，又回来了。高守利嘻嘻地笑，说："走不动了吧，我就说咱们的区域平安无事，你偏不信。虽然今年有些干旱，但你别忘了，七月中旬还下了两场雨。"杨春洛抚着后腰，嘀咕着说肚子疼得厉害，先前是隐隐约约地疼，这会儿坠着疼，还想吐。

话还没说完，她哇一声吐了。

"累着了？准是累着了。昨晚你非不让烧火，怕炕热，我妈说热天才落毛病。"高守利扶着她坐在床上。八平方米的塔楼里，只能摆放一张铁架子床、一张木桌和两个木凳子。杨春洛疼出一身汗，没一会儿，衣裳就湿透了。高守利紧张起来，说："你躺会儿，我给你倒点儿热水喝。"

要不是夏璎和潘望上山来给他俩送肉包子、青菜、粉条和猪肉，杨春洛都不知道怎么下去。

看到他们，高守利差点儿哭出来。"你俩咋来了？快上来，你姐病了！"他都破音儿了。夏璎和潘望几乎是跑上塔台的。"你俩把她背下去，先送去林业局医院，再告诉咱妈一声。"高守利额头上的汗珠噼里啪啦地落下来，"我妈腿脚不行，干活儿还慢，麻烦你俩，我这里走不开。"

"我来背。"潘望也顾不上许多，背着杨春洛就往塔下走。

杨春洛疼得全身像水洗的一样，刚到林业局医院的走廊，一团血糊糊的东西就掉了出来。她知道有东西下来，就想往厕所走："夏璎，快点儿，我可能来月经了，咋这么多——"话还没说完，她就昏了过去。要不是夏瓔架着她，她就摔倒了……她醒来后，大夫告诉她，她流产了。

杨春洛脸色苍白,有点儿蒙:"怎么就流产了呢?"大夫说可能是抻着了,或者是胚胎发育的缘故,总之,流产有很多原因,但她还年轻,很快还能怀孕。

"春洛，春洛——"

"妈，别大喊大叫，这儿是医院。"杨夏瓔迎出来。

"你姐呢? 她咋样了?"刘欣茹推开二女儿。

看到躺在床上输液的大女儿，刘欣茹眼泪止不住:"都怪妈没照顾好你。大山就是一个妖精，好人都被折磨完了。你爸、守利、你，还有你妹，注定被大山祸害……"杨石山从门外进来。看到他，刘欣茹刚止住的哭声又响了起来:"你咋才来啊，孩子才四十多天，就流产了! 眼见着花一样的女儿被折磨成这样，我的心都被撕成一条条的……"

杨石山看到手足无措的女人，拍了拍她的肩膀，说:"别哭了，明个儿你这两朵花,再给你带回两个花骨朵似的外孙女、孙猴子一样淘气的外孙子。到时候，你准笑得嘴又都咧到耳朵后了。"刘欣茹果然不哭了，抹了一把眼泪，说:"都啥时候了，你还有心说笑,快看看你大闺女吧。"

"爸——我没事儿。"杨春洛又看着潘望，"把你俩累坏了吧，等你们结婚，你俩要啥? 我随个大礼。"

杨夏瓔笑了:"我要个大彩电。"

"就这么定了。"

女儿们的说笑，让刘欣茹的心情也放松了不少，她笑出泪花。她嗔怪女儿们:"你俩可真是没心没肺，还说笑,我差点儿吓死。守利他妈还不知道，要是知道孩子没了，她还没我有挺头儿。"

王知了进来换药，看到杨家人都在，腼腆地叫了一声:"杨叔、刘姨。"

"啧啧，这孩子一晃都长成大姑娘了，还会打针了，可真快啊。在我心里，你还是小孩呢，才这么高。"刘欣茹用手比画着。

王知了笑着点头:"嗯，刘姨，我都回来两年多了。"

"王知了是王良权的小女儿吧？王知顺的妹妹？"看着走出病房的王知了，杨石山问。

杨春洛点头："是，她家就兄妹俩。"

"她家是闯关东来的，路上好像遇到了事儿，多亏肖红军帮忙，她家才在林业局落脚。肖红军年龄比我大多了，开始也是伐木工，后来集材时受伤，不久就去世了，被定了工伤。肖红军没了，王良权他爸王家驹，就把肖红军的孩子当作亲生的。王良权的儿子王知顺和肖红军的孙子肖旺才，差不多大。肖旺才是狍子岭林场的场长。"

"嗯，爸，你记性真好。知了比我们小挺多，小学和初中也是在林业局的学校上的，高中时才去了县里，后来考了一所卫生学校。前年毕业后，她回到林业局医院做护士。"

"你们都长大了，我们老了。"杨石山感慨道。

杨春洛回到家，刘欣茹和张桂兰换着样儿给她做吃的，半个月后，她苍白的脸才有了血色，但身子还虚弱。她坚持要上山，说守利一个人在山上忙不过来。当着婆婆的面，她没好意思说守利喝酒。张桂兰哭了，说葛丹刚从山上下来，他在塔上陪守利好几天，守利那儿有吃有喝，塔楼上也挺好，不让她惦记……一听说杨春洛要上山，刘欣茹也哭了，她默默地把吃的用的给女儿女婿装好。她喋喋不休地说："妈送你上山。守利喝酒，就让他喝吧，山里的寒气大，喝酒驱寒。他年轻轻就跟你进山，身边除了你，就是大山，连一个说话的人都没有，换作别人，刚结婚，咋能跟你进山，山下还没玩够……"

杨春洛刚要出门，婆婆来了："我去送春洛。"

"妈，不用你们送我，你们以为路近啊，上山那段路就够你俩走的。"杨春洛看着她们，"葛丹和潘望送我，夏璎也去，你俩就不用去了。这次带这么多东西上山，守利都能美出鼻涕泡。"

"是啊，有孩子们，还劳驾你们两个老太婆？"杨石山慢条斯理地说，看了老伴儿一眼。

"那好吧，你们可得把你姐照顾好，千万不能有啥闪失。头一个孩子就流产了，要是落个习惯性流产的毛病，可就完了。"

葛丹站在潘望身后，那双深井般的眼睛里有一汪水涌动。

四十八

孩子没了，高守利十分痛心。

春洛在山下休养的这些日子，他常常一边喝酒，一边自责。傍晚，他喝酒时，还和酒碗说话："我太不是个东西，都怪我粗心，媳妇怀孕都不知道，二十四米高的塔，还让她上上下下。"他端起来喝下半碗酒，把碗放到桌上，"高守利，你可真是个浑蛋，你亲手杀死了你的孩子。你咋还有脸喝酒、吃饭？你咋对得起那个为你遭罪的女人？"他又端起碗，喝干了碗里的酒。他伸手从桌旁拎起酒桶，烧酒欢快地从桶嘴里跳出来，又雀跃着落到碗里。

他继续喝酒，继续和酒碗说话。

一轮皎洁的满月跳到窗前，他看着月亮，端起酒碗冲窗口比画："月亮妹妹，下来，干一碗。一个人喝酒真没意思。下来，干一碗酒，再上天跳舞，就更好看了。来呀——"都下半夜了，他才上炕睡了一觉，早上又早早地醒了。看着洒满阳光的窗口，他早饭也不吃就上塔了。不到晌午，看到一行人把杨春洛送了回来，高守利哽咽了，说："你们晚点儿走，等我下塔给你们做饭吃。"

"不用你做，我和潘望做。我俩现在都学着做饭，为以后成家做铺垫。"夏璎和潘望挽起袖子就忙活开了。夏璎点火、切肉，潘望择菜。葛丹把从山下带上来的东西一样儿一样儿倒腾出来。

夕阳西沉，葛丹他们要走了。

夏璎再三叮嘱她姐："多吃东西，不能着凉，别太累。来回上塔时，妈让你穿厚鞋，不然以后脚后跟疼。"她又转向高守利，"你好好照顾我姐。咱妈说了，小月子养不好，会落一身毛病。"高守利笑着说："让咱妈放心，我天天给她熬鸡汤、炖肉。"

夏璎突然又想起什么："嗯，妈说也不能吃太硬的。太硬，牙口受不了。"

"夏璎，你把妈的话一次性说完，好不？"

"不能着凉，不能被风吹，免得受邪风。"夏璎乜斜一眼高守利，"这回说完了。反正我姐要是落下一点儿毛病，我就和你没完。"

"嘻嘻，你再心疼你姐，还能有我心疼？"高守利怕夏璎，这小姨子是个得理不饶人的主。

早上上塔，高守利说啥都要把杨春洛背上去，说："咱妈说得对，上下这么高的塔，将来再腿疼、脚后跟疼，可就糟了。以后你要是生个儿子，他还不得怪我没照顾好你？"杨春洛在高守利的背上默默地流下眼泪。下塔，高守利又把她背下来，进屋放到炕上，让她在炕上躺着，不许下地。下塔后，所有的活儿都是他干。杨春洛笑了，说小鸡得吃，要不就变味儿了。

高守利看着那只收拾得连一根毛都没有的大公鸡，咂了一下嘴，嘀咕着说："是啊，这么肥的大公鸡，要是坏了，就白瞎了。春洛，等我给你熬鸡汤喝。"他转身走了出去。

"你干啥去？"杨春洛在他身后问。

"我去采两把蘑菇，回来炖鸡。加了蘑菇的鸡汤才更鲜，更有营养。"

杨春洛不想让高守利太过劳累，她很想帮忙，哪怕烧火也行。她从炕上下来，去屋外抱了桦子，又去掐了一把干树枝。灶台下的火焰，呼呼地蹿出来。高守利进门，急了，连拖带抱，又把杨春洛弄到炕上。

"躺着，我做好饭，你再起来。"

"哎呀，没那么娇气，走动走动，也能多吃点儿。只有多吃，才能硬实。"杨春洛又从炕上下来。

高守利只能给她拿个小木板凳，说："那你坐着帮我烧火。"锅很快就开了。袅袅热气从锅盖里冒出来，新鲜的松蘑炖笨鸡的香味儿，在土屋里弥漫。鸡汤炖好了，五花肉炒辣椒、炸花生米也端上了桌。高守利说这次带上来的东西太多，也太好吃了。他给杨春洛盛了鸡汤，又把两个扒好的煮鸡蛋放到她的碗里。

"鸡蛋还得吃，鸡蛋壮力。"

高守利给自己倒上酒，喝第一碗酒时，他为杨春洛撕下一个鸡大腿，说："鸡腿肉好，吃一个。没劲儿，你就喊不了山。"杨春洛让他吃，他说蘑菇更好吃。一碗酒很快就下去了，他又倒一碗，很快又喝了下去。杨春洛劝他别喝了，说他酒后呼噜声太大，能把野兽招来。以前她从来不失眠，这半个多月睡不好。上山的前一天，她又去了林业局医院，开了几片安眠药。在走廊里，她碰到王知了。听说她开了安眠药，王知了还劝她尽量别吃，说她可能是贫血，气血虚，也会影响睡眠。王知了说在山里也方便，随手薅点儿野刺五加叶子，煮水喝就行。能不吃安眠药，尽量别吃，以免有依赖性。

高守利瞄了她一眼，又倒了一碗酒，说明早就去采刺五加叶子，再加黄芪，给她熬水喝。

杨春洛没劝住高守利喝酒，只好撂下筷子，上炕躺下了。她说坐时间长了腰疼，躺着看他喝。

天色暗了下来，跳跃的烛火让朦胧的土屋闪动着影子。高守利的轮廓也笼罩在烛光中。坐在木架上的蜡烛，淌下来的烛油凝固成红色，让她想起小说里描写的玫瑰花。第一次上山，杨春洛没经验，买了五包白蜡烛。本来就黑黢黢的土屋，若是赶上连雨天，十天八天不放晴，屋里就生出一股霉味儿。白色的蜡烛，流下白色的烛泪，总是让人心情落寞。要是赶上旱天，十天半月也不下一滴雨，棚顶的土就簌簌地落下来，烛火下扯着线的虫子从棚上垂落下来。虫子翻卷着身子，宛若荡秋千的顽皮小童。土屋里弥漫着一股土腥味儿，风一来，窗上的塑料布就咕嗒咕嗒地响。她常常盯着烛火发呆，白色的蜡烛令她心里难过。她在心里埋怨自己：男人心粗，对过日子的一些小事儿不计较。杨春洛，你是女人，你要把日子过得有声有色才对。女人就该有风情，否则守利就更寂寞了。

去年，玻璃取代了窗上的塑料布。还是葛丹把四块玻璃背上山，他说，塑料布是两面派，天冷，它就冻；天热，它闷热，大夏天也不敞亮。躺在炕上，看月亮，看星星，都模糊。葛丹说这番话时，眼神里掠过一丝苦痛。他又轻轻地叹了一口气，回头时发现杨春洛正看着他，他腼腆地咧了一下嘴。葛丹不但为窗户换上了玻璃，还用报纸糊了墙，用厚实的废图纸糊了棚。怕白面打的浆子生虫子，干裂后图纸还会掉下来，他就用小秋皮钉把图纸钉到屋梁上。糊了蓝色图纸的棚，糊了报纸的墙，使土屋更像一个家，土腥味儿没那么大了，垂吊的虫子也消失了。

那晚，葛丹和高守利喝酒到很晚，才上塔楼。半夜，塔楼上先是传来忧伤悲怆的歌声，没一会儿，朋奴化就响了起来。

"葛丹准是喝高了。他的琴声和以往不一样。"高守利嘟囔了一句，翻身睡了过去。

窗上有了透明的玻璃，杨春洛的夜晚就丰富起来。除了倾听窗外各种动物的脚步声，还能看夜晚的云卷云舒。她盯着玻璃窗，嘴角浮出笑意。平凡的日子，就是靠这些点滴惊喜支撑起来的，就像烛火，不仅照亮了人心，也照亮了夜晚。

四十九

尽管白色的蜡烛还没用完，杨春洛也不想用了。这次上山前，她特意去佟记日杂买了红色的蜡烛。老板娘马秀莲告诉她，红蜡烛刚卖完。杨春洛惋惜地咂了一下嘴，问她啥时候能到货。马秀莲说，咋也得一两天后，这两天她家七儿没时间去上货。杨春洛想了想，那就等，还叮嘱她多上几包红色的蜡烛。

噼啪一声，烛火爆出火花，仿佛一只飞虫投身到火光中。杨春洛想起"飞蛾扑火"。她扑哧笑了。窗外掠过飞鸟的叫声，既清脆又有些孤单。这种叫声，一定是一只鸟招呼迷失在林子里的另一只鸟。她嘴角上翘，心头升起一股暖流。夜晚的鸟叫声，总是格外惊人心魄。夜晚的山，就不属于她和高守利了。夜晚的山，成了动物们的地盘。

她下意识看一眼高守利，他正在给自己倒酒。

高守利的脸抽动了两下，他乜斜一眼躺在炕上的杨春洛："媳妇，当初你要是不报名上塔，孩子也不能流，害了你自个儿的身子，还把孩子整没了。我现在才明白，要不是爸支持你，你也不会有这么大的决心。刚上塔那阵子，你身子都被蚊虫咬烂了，要不是我天天用酒精给你消毒，说不定你都得皮肤病。你要是得了牛皮癣，我不嫌，别人会嫌，你都不能去浴池洗澡。"他喝下半碗酒，盯着她看，"我一说这些，你就噘嘴生气，事实上，是不是这么回事儿？你上塔，还搭上了我，要是没有我，你连路都找不到，别说看烟火点。没准儿你都被熊瞎子舔了，成为森工人学习的好榜样了……"他宛若碎嘴的女人，喋喋不休地数落杨春洛。

起初，杨春洛并没有往心里去，她知道他酒后话多，说够了，自然就闭嘴了。但今晚他的话，还是让她心里有些难过，他不只记恨她，还把她爸也刮扯上了。他怎么就变了呢？杨春洛转过身，默默地流下了泪水。高守利一边喝酒，一边说些不着边际的话……她在他的抱怨和责怪中睡了过去。她太虚弱了，也实在太疲倦了。梦里，她还在塔台上不停地走啊走啊，走得脚底板火烧火燎地疼。她先是看到一处烟火点，随后，火苗就蹿了起来。"守利，着火了，快报告指挥部——"

午夜，她从噩梦中醒来，而身边的高守利正呼呼大睡。下半夜，她睁眼到天亮。这晚的云，虽然不是太厚，但翻卷得很激烈。果然，凌晨时下了一场不大不小的雨，雨滴敲打在屋顶上，发出沉闷的响声。她知道，土屋的房盖并不是太厚，无非是用木板，再用草铺上，抹了一层厚泥，铺上两层油毡纸，只要不漏雨就行。至于能否防寒，另当别论。夏天，土屋里也离不开一炉熊熊的火，否则难以抵挡大山里的潮湿……无论怎样，她都爱大山。在她眼里，大山是神秘的，也有灵气。

从小，她就对山林、对大沽河充满敬畏。

天都大亮了，高守利还在沉睡，昨夜贪杯也许是心情的原因。杨春洛没有惊动他，轻轻地爬起来生火做饭，把昨夜剩下的饭菜热一些，带到塔楼上当午饭。早饭，他们向来吃得简单，粥、饼子、鸡蛋，或者馒头就咸菜。这次她上山，送她的人多，带上来的东西也多。她煮粥，熥包子，还煮了鸡蛋。

昨夜的雨，对于山林来说，不过是一杯寡淡的茶水。

太阳早早地升上了天，潮气也从地面升腾起来，扑在脸上热烘烘的。土屋山墙边上码着的桦子，被风吹雨淋，已然呈现出白灰色。昨夜的一场雨，不会影响到垛下的桦子，她抱着桦子往屋里走，突然一个细长的脑袋伸出来，吓得她"妈呀"叫出声，扔掉了怀里的桦子。

"咋了咋了？"高守利光着脚，跌跌撞撞地跑出来，把杨春洛拉到身后。几条被摔到地上的蛇正扬着头，吐着鲜红的蛇信子。高守利认出是土球子蛇，山里人都知道，土球子有较强的毒性。

高守利抓起一块桦子，朝土球子砸过去，又抓起一块砸过去，几条土球子曲里拐弯地走了，爬到坡下的草地上就不见了。

"你起这么早干啥，再说起来咋不叫我？"高守利把散落的桦子归拢起来，发现桦子垛上还有十几条松花蛇和几条土球子。

"这些蛇是来桦子垛上开会？"他仰头望了一眼天，扑哧一声笑了，"夏天林子里湿气大，昨夜又下了雨，今晨太阳又早早地蹿上了天，蛇们都出来晒太阳了。"

在瞭望塔上的第五个年头儿，杨春洛和高守利不仅迎来了儿子高石头，还遭遇了一场大火。

第一胎小产后，杨春洛的身体两三年才恢复过来。看到女儿迟迟不怀孕，刘欣茹十分着急。他们一下山，她就想方设法给她做可口的饭菜，还到处淘偏方。她听说庙堂里的水果贡品对求子的女人管用。据说离龙镇几十公里的蛇头岭，有个石头寺，那里的香火很旺，也很灵验，她就想去石头寺，为大女求子。但她又不想让别人知道，尤其是杨石山。杨石山不信邪，要是知道她去寺庙为女儿求子，就得说她神神道道，又弄些牛鬼蛇神的东西。知道女儿女婿要下山了，刘欣茹发面蒸馒头，一锅暄软的白面大馒头出锅后，她还在每个馒头上点了三个红点，放在盖帘上晾着。第二天早上，她早早地起来，做好了早饭就匆匆地走了。她坐上了第一班发往石头寺的小客车。

石头寺坐落在蛇头岭的半山腰。

香客们正陆续上山，刘欣茹要做第一个香客，她奋力地往山上爬，到石头寺的大门时，她全身已经汗涔涔的了，但她心情大好。掩映在松柏中的石头寺规模不大，但造型别致，以木结构为主，红墙金瓦，飞檐翘角，廊檐上的祥云图案以白、蓝、红三色为主，艳丽中带着几许轩昂和肃穆。几只鸟在寺庙的上空盘旋，屋后还有叮咚的流水声。当钟声敲响，委屈一下子就从心头翻上来，她稳了稳神儿，才没哭出来。她是为女儿来求子的，不是来诉说委屈的。她在门口站住了，又用双手拢了拢短发，扯了扯衣襟，吁了一口气，才高抬右脚跨进石头寺的门槛。她直接进了大雄宝殿，进门就匍匐在蒲团上，她要给佛祖磕一百零八个头。

开始磕头时，她头昏眼花，但她坚持磕下去。她知道，只有虔诚，诸佛才能感知到，老神老佛才能帮她的女儿……逐一跪拜了诸佛，她的心情愉悦起来。她偷瞄着扫地的僧人，当年迈的僧人扫到后堂时，她从佛祖的供桌前偷拿了两个苹果。她双手合十："佛祖，我拿了两个苹果，给女儿女婿。请原谅我，阿弥陀佛，阿弥陀佛……"

刘欣茹一只脚刚迈出大雄宝殿的门槛，火红的太阳正好照到门口，她双手合十念了一句："阿弥陀佛，佛祖保佑。"

五十

杨春洛和高守利吃完晚饭才回杨春洛的娘家看望二老。

森工人早就住进了林都新苑。上了年纪的老人都不爱住楼房，他们说楼房虽然方便，但不接地气，人还是要时时与泥土和植物在一起，心里才踏实，身体才健康。刘欣茹、张桂兰，还有葛丹的父母，只有冬天才从平房回到楼上，还得儿女们不断劝说："冰天雪地，烧炕、烧炉子、劈柈子、撮煤、倒垃圾，万一摔了胳膊、腿咋办？"但父母们自有一套说辞："俺们都在这儿住一辈子了，常年干这些活儿，以前都没摔跟头，现在就能摔？"

无奈，儿女们只能强行把他们搬到楼上。

张桂兰腿脚不好，高守利和杨春洛要了一楼，而刘欣茹也不想住高楼，她和杨石山选了二楼。两家虽然不在一栋楼，但中间只隔了三栋楼。高守利和杨春洛一进门，刘欣茹就笑了，说："一寻思你俩就得吃完饭才能来。我还给你们留着好吃的呢。"她从冰箱里拿出两个沾着香灰的苹果，说一人一个，大口吃。

杨春洛和高守利有点儿蒙，他俩看了一眼，心说不就是苹果吗？妈咋神秘兮兮的？高守利摇头，说："妈，你知道，我不爱吃水果，给春洛吃吧。"刘欣茹咂了一下嘴："不爱吃也得吃。咋这么多话？"

高守利嘻嘻地笑了，只能接过苹果。

"啊，有一股土腥味儿，好像是香灰味儿。妈，苹果没洗啊？"杨春洛咧着嘴。

"别问，快吃。"

高守利和杨春洛对视一眼，只得把沾着香灰的苹果吃下去。刘欣茹呵呵地笑了，转过身，双手合十，在心里默念：阿弥陀佛，阿弥陀佛。

这个冬天，杨春洛怀孕了，转年下山时，儿子出生了。

高守利请杨石山给外孙起名："爸，你是孩子的姥爷，你给起名吧。"

"你可拉倒吧，就你能信着你爸，他起的名字，连小猫小狗都不稀罕用。"刘欣茹呵呵地笑了，"你老弟小时候，他给起个名叫杨生产。幸亏我及时制止，你老弟才有了一个响亮的名字——杨思乐。"

"妈，我老弟树根的名，也响亮？"杨春洛看着她。

刘欣茹撇嘴，说："小名叫啥都行。"她看着高守利，"外孙的名字，我早就想好了，就叫高石头。"

高守利愣了一下，下意识地看杨春洛。春洛朝他眨一下眼睛。高守利笑了，说："好，就听妈的。高石头，这名好听。"高守利的声音都低了下去。刘欣茹得意地笑了，心说凭啥不叫高石头，这个孩子是石头寺给的。

"他姥啊，你太霸道。"杨石山摇摇头，"你闺女和女婿理解你，不和你一般见识。"

张桂兰对孙子叫啥名字，根本就不在意。看到孙子，她就来了精神，身体也好了不少。她和刘欣茹争着带孩子，常常因为孩子在奶家多待一天，还是在姥家多待一天，闹别扭。杨石山只得出面说和，说石头理应在奶奶家，姥姥去奶奶家带孩子。赶上饭时，就一个人带孩子，一个人做饭。张桂兰笑得哈哈的，说还是亲家公公平。虽然独占高石头的愿望落空，刘欣茹很无奈，但她拗不过杨石山。她回家又嘟囔："张桂兰做饭难吃，喂奶也手忙脚乱。"杨石山就笑着说："她做不好的事儿，你就抢着做。你俩的目标是一致的，就是为石头好，为石头他爸妈好。"

"外孙是我求来的，你老帮着她说话，啥意思？"刘欣茹冲杨石山瞪眼睛。杨石山笑了，说："你就好事儿做到底，既然帮高家求来了后人，再帮高家把后人照顾好，这也是积德行善。到时候，你再去石头寺还愿，我陪你去……"杨石山的话说到刘欣茹的心坎里了。她被会笑又会逗人的高石头暖得心都化了。

旱情从冬天就显露了出来。一冬天，只飘了不咸不淡的两场小雪，一场像样儿的雪都没下，天干冷干冷的。林业局也关注到森林所面临的严峻形势，一开春，防火预案就下发到各个林场。

局里要求，三月初，瞭望员就上塔。

上塔这天，杨春洛心情有些低落，不只因为扔下刚百天的儿子，她还隐隐地担忧——在她的记忆里，去冬今春的干旱有些诡异。

这场干旱，大有持续下去的征兆。

上山的路虽然还没解冻，却看不到冰雪。灌木丛下的枯叶，肉眼可见的，有半米多厚，在风中唰啦唰啦地响，就连上山的小路上都有很多枯叶。高守利安慰杨春洛，让她别想孩子，也不要担心旱情："老天爷是个性情中人，没准儿哪天半夜来了兴致，一场瓢泼大雨就缓解了旱情。至于儿子，他奶他姥都不会亏待他。他一生下来就知道孝敬你，说啥都不吃你的奶。他要是吃你的奶，你这头奶牛，上山是带着他，还是不带他？戒奶吧，他那么小；不戒吧，你还能把他带上山喂蚊子？你看吧，咱儿子长大一准儿错不了，别的说不好，指定是个孝子。"高守利的话，让杨春洛的心痛快不少。

上山时，她差点儿被枯叶绊倒，她的心又悬了起来："唉，你说石头会走了，要是摔着了，咋办？就他奶和他姥那腿脚，咋能跟上他？"

"又来了，儿子刚过百天。他会走时，咱俩都下山了。"

杨春洛笑了："我被儿子整神经了。唉，这次上塔可不比以往。要不你晚上下塔，我就吃住在塔楼上，你给我送饭送水。"

高守利瞄了她一眼："你解手也在塔楼上？关键时候，我还能下塔睡大觉，把你一个人撂在上面？别忘了，我是你男人，551塔不只是你杨春洛一个人工作的地儿，也是我工作的地儿。大山也不只是你一个人的，还是我和我儿子的。你把我当成酒蒙子了？你太不相信我了，我喝酒是喝酒，工作是工作。这么多年，我因为喝酒误事儿了吗？"

杨春洛笑了："你咋还挑字眼儿？我这不是着急吗，我的意思是塔楼上日夜都不能断人。赶上太阳好，就把对讲机充满电，可别在关键时候没电。咱们也尽量省着用，工作要注重细节。"转而反应过来，"真是一孕傻三年啊。以前的对讲机是太阳能充电，现在用的是电池。以前的对讲机音质不好，不说话都哗啦哗啦响，现在的对讲机音质清晰极了。咱们要把指挥部的每一个指令和每一座塔上的信息，都准确无误地传达下去。"

高守利呵呵地笑了，说："得了，你不就是想告诉我，少喝酒，别喝酒。你干脆让我别吃饭得了。"他说完，偷瞄一眼杨春洛，见她没说话，就问，"生气了？"

杨春洛抿起嘴唇："我哪有闲工夫和你生气，我是在告诫我自己，不能因为想儿子，影响到工作。"

"不能，我相信你，绝对不能。你一上塔，心里眼里就全是大山，森林是你的心头肉。哈哈……"高守利把东西撂下就上塔了。杨春洛一个人把石头屋打扫出来。去年，林业局要求塔下的土屋都推倒重建，全部用石头砌，万一山洪暴发，土屋太不安全了。

五十一

太阳像一个大火球，从塔楼的东侧冉冉升起，塔台就沐浴在金色的光亮中。

杨春洛做好饭，送到塔楼上。这一上塔，她和高守利几乎就没怎么下来，由于风大，烧火做饭也受到了限制。

一冬无雪，想喝雪水是不可能了。起初，高守利还到沾河岸边凿冰。三月的大沾河虽然还没完全解冻，但春风让冰层早早地泛起酥脆的白碴儿。每次下塔，高守利不仅把水缸、水桶装满，还把能装水的容器都装上水。塔上也备足了水，一旦有火情，塔上不能没水喝。

熬到五月，老天也没下一滴雨。就连那片白桦林都失去了往年的生机，被旱得有气无力。金钩蛱蝶来了几天，又像被一场大风吹落的树叶，一夜之间就不见了踪影。杨春洛很失落，说金钩蛱蝶都走了，山下的人也都忙得没上来。

危机还是来了，能吃的东西见底了。开始，高守利还安慰杨春洛，说："没事儿，葛丹指不定哪天就上来了，那家伙就是一头忙牛。他上不来，夏璎和潘望也能上来，妈知道咱俩这次上来得匆忙，带的东西少。"杨春洛点头，说："但愿他们能快点儿上来，别让咱俩断顿就行。"

山下的人没上来，高守利和杨春洛商量："看来只能下山补充米、面、油了。我留在塔楼上，你下山补给。你到林场想办法给夏璎打电话，让俩妈把儿子抱到林场，你们母子就能见上一面了。"

杨春洛想了一下，说："明早我早点儿下去，551塔离兴旺林场最近，在那儿买些油盐和米面。这个季节除了土豆、白菜，也没啥菜，我能整上来多少是多少吧。幸亏这次上山把自行车推了上来。"

第二天早上他们一上塔，指挥部接二连三地发出各种通知和工作安排。他们要传输，还要记录，守利一个人忙不过来，杨春洛下山时都两点多了。到了兴旺林场，她给夏璎打了传呼，但夏璎迟迟不回。她想夏璎要么忙着，要么就是到哪个林场蹲点儿，身边找不到电话，没法给她回话。她只好又给潘望打传呼。潘望很快给她回了电话，她没说想见石头，都这会儿了，俩妈根本就无法把孩子抱上山。她改口问家里的情况，潘望说他下木沟壑林场蹲点儿都快一个月了，夏璎在另一个林场，他也不知道家里的情况，但估计不会有啥事儿。有爸在，姐啥都不用惦记。

杨春洛挂了电话。机关的人都下到各个林场了。潘望和夏璎早就领证了，婚宴却不能如期举办。

山下的防火形势十分紧张。

兴旺林场有三百多名职工。平时，林场职工都如候鸟一般，冬天住到林都新苑，一开春又搬回林场。这几年，一些上了年纪的人，干脆冬天也不下山，他们说住惯了火炕，睡床把腰都睡硬了。

杨春洛在兴旺林场走了三家日杂店，才把所需的米面油盐买齐。上山的路口都设卡，以前是十天八天上一次货，这两个月上货不那么应时，日杂店里也缺东少西。杨春洛惦记着上山，不想耽搁时间，守利一个人在塔上，万一有险情，他一个人忙不过来，再说天色也晚了。

从兴旺林场到551塔，差不多有六公里路。自行车要推着走，因为路况不允许骑车，而且后座和横梁上要驮东西。自从上塔，杨春洛和高守利喝的是大沽河的水，由于干旱和大风，河水里枯枝烂叶和泥沙也多。虽然拎上来的水都是烧开了才喝，但头几天，她和守利还是拉肚子，差不多一个星期才好，幸亏她带了药。就在快走出兴旺林场时，她看到把头儿人家的院子里有压井，突然感觉口渴得厉害。

她把自行车靠在房山墙上，进院拿起压井把上扣着的水瓢，冲着站在屋门口的老者打招呼："大叔，我喝口水。"压了半瓢水，她先是抿了一口，滋润一下舌头，又喝了一大口，满足地咂着嘴，"真甜啊——"她舍不得一下子咽下清凉甘甜的井水，就让井水在喉咙和舌根下盘旋了好一会儿，才咽下去。她眯起眼睛，畅快地"哎"了一声。

守利要是也能喝一瓢井水，该多好啊，她迟疑了一下，说道："大叔，能否借我两个桶，我驮两桶水上塔。我是551塔上的瞭望员，我们在塔上喝水很困难。"

"就这路，等你到了山上，桶里的水也颠没了。"老人说着话，去西屋找出两个十斤装的大塑料桶，"这是装酒的塑料桶，这天旱得酒都快断顿了。孩子们都防火，上下山也不方便，没人给打酒了。用热水涮涮，估计不会有太大的味儿。"老人使劲地晃荡塑料桶，把水倒出来。

"有味也没事儿。"杨春洛连声道谢。简单地聊了几句，她才知道，老人是从山外来的，女儿女婿都是林场的职工，老两口来帮女儿带孩子。如今孩子都上中学了，女儿一家也搬到山下的楼房住了，老两口不想下山，就在山上开了菜园子，种上香菜、生菜、豆角、茄子、辣椒、西红柿、土豆、白菜。女婿下班，就把菜带下山。吃不了的菜，他老伴儿就在家门口摆个小摊。小园菜，人们都爱买。

两个塑料桶装满了水，老人到桦子垛上拽下一截硬木棍，别到车后座上，两边分别挂上塑料桶，又用一段铝线把桶固定住，还帮她把米面放到后座上。"这就牢靠了，但车后座的东西沉，上山时自行车会倒撅，你推车时要使劲压住车把才行。"

一想到守利也能喝到甘甜清冽的井水，杨春洛因没见到儿子而产生的失落感仿佛也减轻了。

上山的路十分难走，杨春洛得时时压住车把，但她心情愉悦，买到了少量的米、面、油，还有比较充足的盐，又偏得了两桶水。要是路况好，这段路根本就不算啥。可现在天色晚了，再者路不好走，还驮着东西，上山就要比平时多花时间。自行车像一头负重的牛，走得磕磕绊绊。站在上山的路口，能看见551塔，可是她都走出汗了，塔还在远处。她之所以走得气喘吁吁，也是因为紧张。两侧的树棵子里不时传来响声，她知道是她的脚步声和自行车的响动惊动了小动物。能逃走的多半是小动物，大牲口不会跑，它们不会放过嘴边的猎物。

杨春洛更加紧张起来，加快了脚步，喘息声越来越粗重。

五十二

天完全黑了下来，就连551塔都被黑暗吞噬了。

高守利一定焦急，这会儿可能也从塔上下来了。走到一大半时，杨春洛停下来喘息了一会儿，往上的坡度更大，她要一鼓作气爬上去，中间不能停歇。小路太不安全了，万一碰上熊瞎子、野猪啥的，可就惨了。从漫长的冬眠中醒来的熊瞎子，此时正饥肠辘辘，又赶上干旱，又饥又渴的动物们都往有水源的地儿跑。

杨春洛不由得加快脚步，呼哧呼哧地往上走。一阵风刮过来，她闻到一股烧树叶子的味儿——她警觉地抬起头，看见在她右手边十几米的地方的烟。开始，她以为自个儿眼花了，就盯着看。好像一只野兔，或者是山鼠，在她眼前一晃跑了。她确定是烟点时，又有一阵风刮过来，烟仿佛是被吹散的鬼魂，一缕一缕飘起来。风过去后，烟点又聚拢在一起。

杨春洛手里的自行车啪嚓一声倒了。她往烟点跑时，还被树棵子绊倒了。她连滚带爬地跑过去，烟点比刚才似乎又大了一圈，她双脚踏上去，一通乱踩。她又顺手折了一根灌木条，使出全身力气啪啪地抽打……有的地方，她认为踩灭了，也抽打灭了，但一会儿又憋出烟，她急得快哭出来。突然想起自行车上还有两个水桶，她跟跟跄跄地往回跑。铝线绑得紧，天色又暗，她鼓捣了半天，也没拧开。她顾不上许多，干脆低头用牙磕开胶皮，铝线露了出来，她把手指头伸进去，又掰又拧，铝线断了。水桶砰一声落了下来，好在桶盖拧得紧。她趔趄斜地把塑料桶拖到烟点处，把外衣脱下来，手脚并用地在烟点周围扒火道。火道扒了出来，她浇了一桶水后，双脚在上边又蹦又踩。烟消了下去，她又把另一桶水浇上去。这回蹿上来的，就是氤氲的水汽了。她还是不放心，怕熄灭的烟点复燃，就坐在地上扒，把

·211·

枯叶下腐殖的土翻上来，压到烟点上。幸亏烟点刚起来就被她发现，否则一场山火就从这里起来了……

半山腰有烟点，别的地儿是不是也起烟点了？由于烟雾小，还没被瞭望员发现？她仰头望天，繁星宛若一双双眼睛盯着她。她爬起来，疯了一般往山上跑。

"你咋才回来，都急死我了！"高守利刚从塔上下来，他被披头散发的女人吓得牙齿发颤，"咋的了？咋的了？"

"你……快去……快点儿下去……在上山的路……半路上……有烟点。"她喘了口气，接着说，"看到自行车，就能找到刚才的烟点，你去看看，我上塔汇报。"

尽管杨春洛说得前言不搭后语，高守利还是听明白了。他连话都来不及说，就撒腿跑了。接到杨春洛的汇报，防火指挥部当即做了部署和安排。指挥部第一时间下达了命令，她传达了指挥部的部署，各个林场扑火队火速集结出发。

这晚，杨春洛没下塔，半夜她又发现了几处烟点，立即做了汇报："起火点是东沾峰，火势从东向北沾岭蔓延。"

杨春洛除了传达指挥部下达的命令和安排，还有风向的变化，与扑火队队长肖旺才用对讲机保持着联系。也就是说,1996年5月中旬这场不可遏制的山火来之前，山河林业局就打了一场有准备之仗。杨春洛对551塔周边的环境熟悉得不能再熟悉，烟点一起来，她就准确地报告了位置。干旱了七八个月，眼看都进入夏季了，干旱还在延续。再加上六七级，甚至是七八级大风，一个火星就能燃起大火，更何况紧邻东沾峰的是一望无际的沼泽地。沼泽旱得七裂八瓣，干枯的草匍匐着，没有明火都有自燃的风险。等发现烟点，明火就起来了。火势很快蔓延起来，草甸子灭火的难度更大。扑火的队伍很难进去，因为沼泽地里根本就没有路。天干物燥，烟点宛若雨后的蘑菇，一个接一个蹿出来。再加上大风助力，风急火猛，明火很快就在山林里起来了。打灭一个火头，又着了一条火线，致使火场不断地扩大。

大火穿过东沾峰,很快就蔓延到木沟壑雀儿岭施业区,打火的人都急红了眼。沾河人都知道,挨着雀儿岭的狍子岭也是一片没开发的原生林,那里多生红松、紫椴和水曲柳,是一代又一代森工人保护下来的"处女林"。武警森林部队快速投入火场进行扑救。但火势并没有得到有效的控制,大火开始蔓延,林业局又急调远征扑火队,支援扑火,以优势兵力投入火场重点部位。林业局下令,全力打灭火头,控制火线,防止火势蔓延。

火场前线的需要和火势的情况,都通过551塔上传下达。这一夜,杨春洛眼睛都没闭一下。

午夜时分,高守利才回到塔上。他说烟点找到了,他又把火道扩大了,没马上离开,就怕死灰复燃,他一直守在原地没敢动。后来,听到警报响了,他知道山火来了,也怕她一个人忙不过来,就心急火燎地跑了回来。看到高守利,杨春洛腿一软,就跌坐到塔楼里。高守利把她架起来,才发现她双手烧伤了,水泡一个挨着一个,还有被硬物刮破的血口子,手指头已经肿得回不了弯。他想给她简单地包扎一下,可塔上没有消毒的药水,更没有能包扎的布条,石头屋里也没有。高守利叹了一口气,说:"你一觉没睡吧,我看着,你睡一会儿。"

"你不也没睡吗,我不困,你去眯一会儿。"

"让你睡,你就去睡,睡醒了换我,还想咱俩都撂倒啊?"高守利急了,他的眼睛里布满了红血丝。

五十三

大火不仅攻击山林，还把天烧红了，烧透了。

日夜坚守在塔上的杨春洛，嘴上起了黄亮亮的脓疱。由于连日没怎么睡觉，高守利双眼充血，红得像兔子。他们俩日夜在塔台上转悠，看到大火把山都要包围了，欲哭无泪。干粮眼看着吃完了，就连水也日渐干枯。嘴唇上的脓疱破了，又在破的地方鼓起新的脓疱，然后像土豆似的爆皮，不久又开始皲裂。起初，还能啜一小口水，干哑得像含着沙子的喉咙，不放过一滴水。那一小口水还没等落到肚子里，就被喉咙劫持了。再后来，两人就只能往口腔里滴几滴水，水滴被砂纸一样的舌头又劫持了，喉咙开始疼痛。两人轮班休息。高守利睡觉时喝一口酒，酒不仅能让严重缺水的身子露出一丝窃笑，也让一天连半饱都达不到的胃不那么疼了。

"你看，你老说我喝酒，酒是粮食精吧，不仅解渴，还顶饿。"高守利一笑，嘴唇裂口处就绽出血珠。

杨春洛盯着仅有的两瓶酒，拿起瓶子，对着瓶嘴抿下一小口。她想，其他瞭望塔的瞭望员和他们境况一样，别人能坚持能克服，他们就能坚持能克服。尽管他们的工作量，要比别的瞭望塔大，但她是杨春洛，就要坚持住。

水彻底断了，两瓶酒也见底了。天热得像下火，塔楼上的咸菜疙瘩，长了黏糊糊的绿毛，不久就开始发软，并有了腐烂的迹象。火成了妖怪，他们不能天天下塔生火做饭，只能吃剩饼子，再把咸菜疙瘩上的绿毛用手揩去，吃一口饼子，啃一口咸菜疙瘩。高守利看着杨春洛手里沾着血丝的咸菜疙瘩，垂着脑袋喃喃地说："这样下去不行，咱俩不饿死也得渴死。"

"我下塔去找水，活人不能让尿憋死。"他说着拎起水桶下去了。"等我。我找不到水，也能薅一桶野菜，最次也能撸一桶树叶子回来。实在没水，咱俩就嚼树叶子。"

杨春洛嗓子嘶哑，几乎说不出话了。她盯着高守利，说："你去哪找啊？现在的山像一铺火炕，就算有小水洼，也干了。你渴，动物也渴。你找到的水洼，兴许也早就让动物们占上了。大沽河有水，可那边被火围上了，眼看都要烧到桦树林了。找不到水，再遇到熊瞎子、野猪啥的，可咋整？"

高守利咧了一下嘴，想笑。他说："我一会儿把那根铁棍拿着。要是遇到黑家伙，我就拼了，到时候咱们就有肉吃了。"高守利拎起水桶，又犹疑地站住了，"我听我爸说过，无论多干旱，在洼地挖一个坑，就能渗出水，再用屉布过滤一下，水就能喝。石头屋后边的山谷就是洼地，一会儿我去挖一个坑试试。要是能出水，咱俩不就有水喝了？"

杨春洛嗯了一声。她知道，扑火的人受着同样煎熬，除了体力透支，还时时面临着死亡的威胁。大火依然在肆虐，要想扑灭山火，打断火头是当务之急。救火队投用了风力灭火机，仅运输汽车就百十多辆，还动用了直升机。但山火像是成了精的妖怪，表面的火看似扑灭了，人们前脚刚离开，藏匿在地下的火又鬼火似的着了起来。扑火队都奋战在火海中，凌晨三点到五点，才能换班休息两个多小时。太阳还没出来，扑火的人们又投入与大火的搏斗中。扑火队的补给，包括对讲机的电池，进山的向导，都要经过551塔中转。每次听到对讲机里说到面包和水，杨春洛都下意识地舔一下干裂的嘴唇，还试图吞咽一口唾沫。可干涸的口腔很难生出津液。

唉，要是有个面包吃就好了。明个儿下山一定敞开肚子，喝一顿汽水，可劲儿吃一顿面包，杨春洛想着。

杨春洛和高守利分工明确，一个中转，一个记录。自从山火袭来，很多时候，两部对讲机都忙不过来，记录也顾不过来。自从上塔，杨春洛就要求自己，记录一定要详细。有时候怕错过时间和内容，就一个人拿着两部对讲机，另一个人飞快地记录。

就在高守利下塔去找水这段时间，杨春洛亲历了肖旺才的死亡。

从进入火场，肖旺才几乎没怎么休息，副队长生拉硬拽地把他拉下去，他才眯了一觉，吃口东西又上来了。自从上山，他就带队成功地堵截了蛇头岭二十三公里处一个过道的大火头，避免了大火烧到湿地。虽然干旱，湿度微乎其微，但是夜晚的气压低，风力也有所减小，湿度会在此时起来，这时的"点烧"就不易失控跑火。肖旺才带队连夜点烧危险地段的防火线，一鼓作气点烧了三十余公里，阻止了火势向狍子岭蔓延，避免了大火对野生林的毁坏。

林场职工都知道肖旺才，这是一个干起工作来不要命的主。早年，他接替了杨石山，在采伐队干了几年后，就去了林场。虽然是一场之长，他却很少在办公室坐着，常年和职工在一起。谁家有个大事小情，他都到，职工们都喜欢他。这次打火，他又冲在前面。狍子岭安全了，他又带队向狍子岭的左侧点烧了十多公里的防火线。有了防火带，就能遏制住大火的蔓延。他马不停蹄，就在他带队向北沾岭行进时，连日来的劳累让他落在了扑火队的后头。他在对讲机里第一时间呼叫了杨春洛，他说他们一队开始向北沾岭行进，与二队会合，形成一个半圆，打出一条隔离带。杨春洛把这一消息汇报给了指挥部。她联系肖旺才，准备告诉他，指挥部批准了他的扑火路线，并让他下去休息，再呼叫他，却发现他的声音不对。她焦急地呼叫："肖场长，肖场长——"却再也没听到他的回音。

杨春洛向指挥部做了汇报，说联系不上肖旺才。指挥部立即做出指示，让距离最近的森警去一队火场，寻找失踪的肖旺才。

森警找到肖旺才时，他已经死了。

在他的不远处，躺着另一名扑火队员。大家仔细一看，是王良权的儿子王知顺。知情人知道，肖家和王家是世交。当年，王家从山东逃荒过来，要是没有肖旺财他爷肖红军，王家就没有今天。正是因为有了肖红军的帮助，王知顺的爷爷王家驹才能带着一家老小在林区落脚，还开枝散叶。

王知顺也是林场的职工，山火一起来，他就被编到肖旺才这个队。肖旺才有扑火经验，王知顺也经过培训。扑火时，肖旺才总是走在队伍最前面，王知顺就盯着他，怕回头火把他卷进去。果然，肖旺才由于疲累，渐渐地落在了队伍后面。他向瞭望塔汇报完计划的线路，又往前赶了一段距离，突然发现旁边是一个马鞍状的山谷，他大声吆喝队员们向左。他站在边上盯着队员们，避开了复杂的山谷后，刚要转身去追队员，突然一股"旋风火"扑了过来，王知顺要把他拉出来，结果两人都被"旋风火"裹挟进去。两人都有经验，就势翻滚，滚出一段距离。那股"旋风火"并没有恋战，倏地就离开了他们，他俩却再也没起来。

这股"旋风火"，仿佛就是来要命的，而后便逃之夭夭。

肖旺才和王知顺是窒息而死。据说，一股浓烟被吸入气管，人当场就能窒息。

杨春洛无声地啜泣，悲痛过度，身体又严重缺水，她连眼泪都没了。夹杂着浓烟的大火，依旧在她眼前燃烧，而她除了对着对讲机呼叫，无能为力。

她的双手严重感染，以至于对讲机都要靠下颌夹住。

五十四

高守利无法到大沽河岸边去取水，他知道大沽河的北岸、东岸都是火，大沽河的水也是有史以来的最低点。他从塔上下来就直奔西南方向，那里林子密实，或许能找到从二可河、伊南河分叉流经的溪水。他在布满枯枝败叶和岩石的山路上，走了二里多地，终于在一个谷中发现了一个溪流。溪流在谷底形成了一个水洼，此时溪流已经断流了，但水洼里还有水。他站在一块坚硬的石头上俯瞰，心就凉了半截。几头野猪正在水洼处喝水，他数了一下，一共有五头，其中有两头还没长出獠牙的小猪。有两头野猪还在水洼的泥塘里打滚，看来这是被山火撵到这里，没来得及跑出去的野猪。高守利倒吸一口凉气，就算有黑熊帮他，他也制服不了野猪。他不能再走了，一来体力不够，二来不能离551塔太远。

高守利坐在石砬子上，看着那几头贪婪凶残的野猪戏水。

"猪大爷啊，给我留点儿水。快跑吧，要是大火来了，你们可就成烤猪了。"高守利看着山谷下的水洼，又有三头野猪在水洼的泥潭里滚了一身泥巴。差不多又过了半个小时，野猪才慢悠悠地晃着屁股离开了。看到野猪走进林子里，连渴带饿，快支撑不住的高守利，使出浑身力气，冲到山谷下的水洼边上。野猪把水洼搅和成浑浊的泥汤，他也顾不上许多，双手往水桶里捧的发绿的水里，不仅有猪毛、猪尿，还有各种虫子的尸体。捧了差不多半桶，他抬头时吓出一身冷汗，一只瘦得肚皮都快贴在一起的灰狼从密林深处出来了。灰狼蹬了一下腿，龇牙咧嘴地抻着腿，高守利拎起水桶，快步登上石砬子，就势藏到一棵水曲柳后边。这只灰狼没追赶在它眼前逃走的高守利，而是走到水洼处，伸出血红的舌头，舔泥潭里的水。

看来灰狼刚才蹬腿是下意识的。它根本就没想攻击眼前这个猎物。也许，它就快渴死了，可能是被山火驱赶到这儿，几天没吃到食物，也没喝到水了。又渴又饿，它一点儿力气都没了——反正一切皆有可能。高守利趁着狼喝水，呼哧带喘地跑回石头屋。

他又拿一把镐头，去了石头屋后边的洼谷。再回来，他把仅有的两瓶白酒和十几斤高粱米，还有一小袋土豆干，也搬上了塔楼。看到他，杨春洛哑着嗓子告诉他，肖旺才和王知顺死了。高守利惊得张大了嘴巴，眼含热泪地摇了摇头："这该死的大火……"

高守利已没心情把自己在水洼的遭遇告诉女人。

山火依旧肆虐，眼看水桶里的泥水都干了，土豆干也所剩无几了，他俩绝望得面面相觑。高守利声音微弱，说："我不吃了，土豆干给你留着。我刚才去找水时在咱们屋后那个谷里刨了一个坑，明早看能不能上来水，要是上来水了，就用屉布过滤一下，咱俩也不至于渴死。不能下塔做饭，咱俩就吃生米。米和水都可着你吃喝，你不能死，儿子需要你。咱也不能向山下求救，人们都在火场。"

太阳像一个火炉，山被大火烧得像一铺热炕。头上被太阳烤，脚下被山火烧，塔楼热得像一个蒸笼，没地儿躲，没地儿藏。杨春洛想哭，但没有眼泪。她抓起一把土豆干，把一半塞到高守利的手里："吃，儿子不只需要妈，也需要爹。不行的话，咱俩嚼树叶、啃树皮，也不能坐等饿死渴死。打起精神，跟大火拼了。"

杨春洛突然竖起耳朵，说："你听，好像有人上塔。"高守利眼睛倏地亮了，缓缓地站起来，向下望去："是有人上来，啊，好像是葛丹！"

看到葛丹背着东西吭哧吭哧地爬上塔台，他们相视无语。高守利瘪了一下嘴，差点儿哭出来。

杨春洛看一眼葛丹，转过脸。

葛丹没去扑火。

山火来的前几天，他也在山上。可能是因为山里气候潮湿，他的荨麻疹犯了，还伴随着高烧，而且肚子绞痛。他被送到林业局医院检查，除了荨麻疹，还有阑尾炎。大夫说先输液消炎，要是三天还不好，就去县医院，手术切掉盲肠。输了几天液，他的肚子不那么疼了。他惦记着上山，可大夫不让他出院，最少还得输液十天。"炎症不消彻底，以后还会犯，变成慢性炎症，盲肠穿孔会要你的命。"没办法，他只得继续住在医院，输液消炎。

到了第九天，葛丹说啥都不待在医院了。他拔下针管，头也不回地走了。

葛丹看到他俩时，吓了一跳——他仿佛看到两个野人。面前这两个人，除了消瘦、疲惫，脑袋上的头发就像路边的野草。高守利的胡子像是被火燎了似的卷曲着。杨春洛的脸红一块、白一块，像是长了疥癣，双手肿胀、溃烂，冒出脓水。他都不敢直视面前的两个人，平静了好一会儿，说早就想到他们断了吃喝，可没想到困难成了这样。在山下，他心急如焚，但也没办法，除了医生不放他出院，上山的路也都封着。他连续几趟跑林场，找领导再三说明情况，又拿着防火指挥部开的进山证明才上来。

葛丹脸色苍白，高守利拍了拍他的肩膀，问："带没带消毒水和消炎药？"

葛丹从包里掏出两瓶双氧水和酒精棉，还有一卷纱布。这是他上山前顺手装上的，没想到真派上了用场。

"葛丹，干脆，我叫你葛大爷，给你磕两个得了。你救了春洛的命，你看她那双手，再不用药，手能不能保住不敢想，怕是命都保不住了。要是她没了，我和儿子咋活……"高守利像孩子似的呜呜地哭了。

杨春洛趴在塔台的栏杆上，眼珠生疼，就是没有眼泪。

葛丹不但背上来了水、酒、白面馒头、饼子、烀土豆，还有煮熟的黄豆、小鱼干、虾米干等。他说这些东西都是高婶和刘姨准备的。他本来想买点儿面包、饼干带来，可龙镇日杂店的面包、炉果、方便面、罐头，所有能吃的东西都断货了。食品都送到山上了。因为其他林场和部队官兵都来扑火，龙镇一下子拥进来上万人。他们的补给都供应不上，咱们老百姓咋还能和他们争抢……葛丹十分愧疚，一再说都怪他，他来晚了。也多亏了生病，要不他也不能从防火一线下来。他还转达了杨石山的嘱托，让他俩在注意安全的同时，工作不能有一点儿疏忽。葛丹说这场大火不仅要人命，更让老林业人难过得流泪，很多老林工都要求上山打火。他们说没有山林了，还活着干啥，还要这条老命干啥……

"老天爷，快下一场雨吧，救救我们这些渺小得像片树叶子的生灵吧。"杨春洛望着塔台下那片桦树林哀求道。

大雨来之前，先是下起了冰雹。

鸡蛋大的冰雹落在塔楼顶上，发出砰砰的响声。塔台上的玻璃被砸破了，稀里哗啦碎裂的玻璃像是被风吹落的树叶，随着冰雹翻飞着，飘下去。瓢泼大雨紧随其后，大雨从傍晚一直下到后半夜。被憋了许久的大雨，下得汹涌澎湃，下得激情四溢。高守利和杨春洛在塔台上失声痛哭。

对讲机里传来了欢呼声，也传来了啜泣声。这场着了二十五天的大火，终于灭了。

火灭了，但人员不能全部撤下山。地形十分复杂，有跳石塘、沼泽地，要防备腐烂植被下的死灰复燃，也要预防地下火死而复燃地蹿上来。

一大部分扑火人员还在一线。杨春洛和高守利也坚守在塔楼上。

旱情解除了，大沽河丰盈起来。从塔上下来，高守利和杨春洛心情愉悦。那晚，他俩趁着夜色去河边洗了澡。回到石头屋后，高守利还对着墙上的半块镜子刮了胡子："真轻松啊，全身轻得好像能飞起来。就是这胡子和头发，再不刮，再不剪，就像孤魂野鬼了。"他忽然想起什么，转头问杨春洛，"有个怪事儿，你想过吗？为啥书上写的、人们嘴里传的鬼，都是女人。难道男人连做鬼的资格都没有吗？"

杨春洛沉吟了一下，嗅着自己头发上的香皂味，说："嗯，还真是这么回事儿，但我没想过，我现在想儿子。"

"等过些日子，你下山一趟，除了买点儿吃的用的，再回去看看儿子，也不能老指望葛丹和夏璎他们送。"他瞟一眼坐在炕上陷入沉思的杨春洛，"葛丹一趟一趟往山上跑，我都不好意思。"杨春洛愣愣地看着他，点点头。

"你瞅啥瞅，我一个大男人都看出来了，他从小就喜欢你。要不是碍于我，他早追你了。"

"你可别胡说八道啊，瞎说话烂舌头。"杨春洛眼珠都瞪圆了。烛光下，她的脸微微泛起红晕。

"我要是胡说八道，何止烂舌头，还遭雷劈。"高守利随即又呵呵地笑了，"谁惦记你，都白惦记，杨春洛是我的女人。"他转身抱住了她，双手把她箍得上不来气儿。

五十五

清晨，大山还湿漉漉的，太阳就出来了。

七月的大山像一个美少女，树叶上挂着水珠，野菜、蒿草上也挂着露珠。大火和干旱虽然把山峦的水分吸干了，但一遇到水，林木就疯长起来。杨春洛忧戚地看着自己的双手，说："花草树木最知道感恩，它们不记仇，给点儿阳光就灿烂，给点儿雨水就滋润，不像人，人的要求太高。你看我这双手，抹了那么多药，上了那么多油，依然疤痕累累，看来是恢复不过来了。"

"要不是葛丹及时把药送上来，别说你的手，你的命还在不在都难说。你不知道，感染最容易得血液病。要我说，咱俩都得感谢他，等明个儿下山，我得和他好好喝一顿。"

杨春洛嗯了一声，说："我起来了，做饭去。"迎着透过窗洒进来的阳光，杨春洛抻了一个懒腰，"你多躺会儿，我起来给你做点儿好吃的。"

杨春洛推开房门到房山头去抱柈子，不经意地一瞥，一团红色的影子在她眼前闪了一下，她以为自己眼花了，又瞪起眼睛看，竟是一只通身火红的野狐狸。它正站在距离石头屋四五百米的地方，朝着这边张望。杨春洛愣一下，看了一眼窗下的鸡笼子。五只鸡，一只也不少。这五只鸡，潘望送上来时还是小鸡雏。扑灭山火后，夏璎和潘望举办了简单的婚礼。杨石山非常支持他们，说结婚是两个人的事儿、两家的事儿，不要去麻烦别人。夏璎说他偏心："我姐结婚，你和姜大爷都喝多了。"杨石山呵呵地笑，说："你姐跟你们不一样，你和潘望都在机关工作。你姐结婚时，你高大爷病了，我再不张罗，你高大爷和高大娘哪有心思。"

"逗你呢，我和潘望才不在乎这些呢，我俩也都不想麻烦，结个婚，累得都快发昏了。"

潘望把鸡送到山上，是让姐和姐夫帮忙养。夏璎怀孕了，预产期在是腊月。他说山上的溜达鸡下奶，给夏璎月子里吃。

杨春洛抱了几块桦子，转身进屋，点着了火，锅里添上两瓢水，煮了鸡蛋。捞出煮好的鸡蛋，她还隐隐不安。她又悄悄地走出来，红狐狸站得离她又近了一些，她都能看到它圆圆的黑眼珠。这显然是一只漂亮的狐狸，身材纤瘦，一条长尾巴很蓬松，除了尾巴尖儿，鼻梁处还有一条手指粗，像倒挂着的水珠似的乳白色的毛，四个蹄子、耳朵尖也有一撮乳白色的毛，通身针似的红毛溜光水滑。从小在山里长大，杨春洛见过不少野狐狸，但这么漂亮的野狐狸，她还是第一次见。

能被长相这么漂亮的狐狸迷上，也是求之不得的美事儿。随即，杨春洛又皱了一下眉头，这条狐狸没祸害她的鸡，那是干啥来了？不能就是为了见她一面吧？或者有求于她？她的脑子飞快地转着，那些在书上看到的狐仙鬼怪的故事都在她脑子里飞转。她有些兴奋，也顾不上做饭了。她站在房山头看着狐狸，试探着走近了几步："你需要我的帮助吗？"她不敢大声说话，怕吓跑它，"还是你饿了，出来找吃的？"

经历了一场大火，山里的动物们还没从惊恐中恢复过来，能跑的都跑了，留下来的，或者没来得及跑的，估计除了野猪、熊瞎子，还有狍子吧。像狐狸这种动物，它鬼着呢。一有个风吹草动，它马上就跑。

杨春洛转身进屋，拿了两个馒头，想了一下，又拿了两个刚刚出锅的鸡蛋。看着她走过来，红狐狸竟然没跑。她也不敢太靠近狐狸，就把东西放在离红狐狸有十几步远的地方，又转身站在桦子垛旁盯着它。果然，它试探着走到食物跟前，又往石头屋这边望了一眼，才叼起鸡蛋跑了。

高守利起来了，杨春洛跟他说，刚刚看到一只全身通红的狐狸，好像是一只公狐狸，应该是出来找吃的。她给了它两个鸡蛋、两个馒头，它先把鸡蛋叼走了。她说话时，扒了一个鸡蛋，放到高守利的碗里。

"你可真大方，咱俩吃鸡蛋都算计着吃，你还给狐狸？万一它吃惯了，天天来找你要，咋办？"杨春洛笑了："万一它是你前世的女人，幻化成狐狸来看你，我得和它搞好关系，否则它再把你迷走了，我到哪找你去？"高守利用筷子挑起一坨酱，抹到鸡蛋上，说："真可笑，你都说它是公狐狸了，整不好是来勾搭你的。你要是再看见它，告诉我，看我不打折它的腿。"

塔楼上一天的工作刚结束，杨春洛在桦子垛后又看见了那只狐狸。"大美，你咋又来了？"她脱口叫了出来。那只狐狸没跑，还温柔地看着她。杨春洛的心一下子就软了。高守利听见她说话，探出头问她跟谁说鬼话。见杨春洛没吱声，他好奇地走出来。看见那只狐狸，他伸手抓起一块桦子要打。杨春洛拉住了他："别打，没准儿它是来向我们求助的。狐狸是有灵性的东西，它要是没难处，不会离我们这么近。"说着话，她转身进屋拿了两个熟鸡蛋、两块饼子，"大美，我也不知道你能不能吃饼子。要是吃，你就叼走吧。"

红狐狸并没有躲，它看着面前的两个人，又把鸡蛋叼走了。它转身时，那条长而蓬松的尾巴像一团划过的火。那些日子，杨春洛时时牵挂着红狐狸。红狐狸也隔三岔五来石头屋的房后，对于杨春洛养的那几只鸡，从没动过邪念。

但高守利不放心，晚上睡觉前，他还在鸡笼子旁边下了夹子，防黄鼠狼。一想到还有一只叫大美的红狐狸常来常往，他又多下了两个夹子。"哪有狐狸不放骚？哪有狐狸不吃鸡？没准儿装两天好狐狸，其实就是奔着这几只鸡来的。它要是把鸡偷了，夏璎吃啥……"高守利一边下夹子，一边骂骂咧咧。

杨春洛不置可否。只要看到大美，她就给它送吃的。为了给大美吃鸡蛋，她把自己早上那份鸡蛋省下来。第三天早上，高守利就发现了："你干啥？你为了给骚狐狸吃鸡蛋，自个儿不吃？"他把一个扒好的鸡蛋扔到她碗里，"吃了——"

"啧，米汤都溅到我身上了。"

杨春洛和大美达成了默契。每天早上，她都给大美两个鸡蛋，还有两个馒头或两块饼子。她一直好奇，大美为啥叼着鸡蛋跑，而不把鸡蛋吃掉。

傍晚下塔，高守利说要去砍一些枯树枝，引火的柴火快没了。杨春洛说："吃完饭再去，我和你去。反正离黑天早着呢。"高守利不干："整完柴火再吃饭，我还要喝酒。再说摸黑出去整柴火，也不安全。"

杨春洛没再说话。他们回到石头屋，拿上斧子、镰刀和绳子，转到石头屋后，从石砬子下去。高守利说："别再往远走了，那边有一个山谷，谷下有一片枯死的灌木。山火时，我就在那谷下刨了坑。后来，不知道那个坑上没上水。要不是葛丹送来了水，我就得下来看。把谷下枯死的灌木砍回去，就够烧到下山了。今晚先砍一抱回去，明晚再来。"

杨春洛点头，朝着那片枯树走过去。她突然发现一米多高的石砬上，十几棵呈深灰色的树干，七扭八歪地伸展在石砬子上，像盘在岩石上的蛇，茂盛的树冠却像瀑布似的倒挂下来，细枝条上开着淡黄色的小碎花。"这是啥树啊，太好看了，第一次看见开这么好看的花的树，还倒垂下来。"高守利没听她说话，盯着那片枯死的灌木，想着从哪里下手。都走过去了，杨春洛无意中一扭头，发现倾泻下来的树冠下有一个隐蔽性极强的山洞。她又折回来，弯下腰时却被一股臊气呛得打起了喷嚏，鼻涕眼泪唰唰地流下来。

石砬子上倒垂下来的灌木，宛若一个屋顶，正好遮住洞口，成了一道天然的大屏障。再加上两旁的蒿草、野花，还有一些叫不上名的植物的遮挡，根本就看不出这里还藏着一个洞。若不是出来打柴，一走一过，谁也不会注意这里有个洞。这里不过就是山崖下的一个谷，一个植物茂盛的地方罢了。

"洞里可别藏着熊瞎子。"杨春洛弯着腰紧走了两步。突然眼前一个红影闪过去，她吓一跳。叼着野山鸡的红狐狸，在不远处站住了。

一人一狐惊愕地对视。杨春洛认出了它："大美！"它也认出了她。但它并没有跑，似乎有些意外，放下嘴里的那只野山鸡，充满柔情地望着她。杨春洛也疑惑地看着它，她又用斧头钩住洞口的蒿草。斜阳最后的光束射进来，两米多深的洞里就有了亮儿。洞里还有一只狐狸，也是全身通红，肚子下还有六七只刚出生不久的小狐狸，正叽叽地叫……她呆住了，瞬间明白大美乞求的眼神儿了。

"啊呀，它生小狐狸啦。"杨春洛惊愕地说，"大美，你咋不早说啊？"一想到自己在与狐狸说话，她笑了。

"明早你再去，还给你煮鸡蛋，这回多煮几个。"大美再次叼起那只野鸡，从容地贴着她的腿走了进去。高守利跑过来，看到眼前的情景，也愣住了。他们没有打扰它们，而是悄悄地把洞口的蒿草整理好，高守利还把一块石头挡在洞口的一侧。

他们背着一大捆枯枝木棍走了。

八月过半的一天，杨春洛打开房门，门口竟然有两只金色的松鸡，松鸡的爪子和翅膀显然断了，它们趴在门口扑腾。她愣愣地盯着松鸡，好一会儿才反应过来，她跑到房山头的桦子垛旁，那条如火一般的尾巴，在她眼前倏地就不见了。

"大美——"杨春洛知道，大美的孩子断奶了，它带着孩子们走了。大美用两只松鸡，与她告别。

五十六

山里的严寒，总是在不经意间光顾。一场清霜来了，常常令人们始料不及。昨天还葱翠的野草，一夜之间就匍匐在黑土地上了，草叶上挂着一层亮晶晶的白霜。人们才呀的一声："昨晚下霜了！"

山河林业局的寒冬和春风一起来了。作为四十多个林业局中总面积最大的一个，七千五百平方公里的山河林业局所面临的形势，宛若寒冬腊月的一场寒流。

人们被这场猝不及防的寒流冻伤了。

姜占林从春忙到冬，忙得焦头烂额，忙得疲惫不堪。他最先发现了暗流涌动的背后暗藏着巨大的危机。他在大会小会上责令宣传部门加大宣传力度，把"两危"的危害性、停止采伐的意义讲透，让森工人明白，拯救森林，搞好生态建设，就是救我们自己，就是对国家做贡献。困难是暂时的，开不出工资、不能足额发放工资也是暂时的。

冰冻三尺非一日之寒，今天这个局面，是过量采伐造成的。早在二十世纪八十年代末期，森工系统就开始了"拯救大森林，维护生命线"的大讨论。这在当时，对森工人是莫大的冲击。但人们并没往深处思考，甚至还有人说这是庸人自扰。山这么大，树木这么多，每年都在栽种，怎么还无事生非地搞什么大讨论？很多人对此不屑一顾，在他们心里，大山与人一样，生生不息。当时的讨论，并没让森工人意识到，危机就在身边，危机就在眼前。就在人们还沉浸于靠山吃山的梦里时，森工系统又开始了治理"两危"、实现两个良性循环的改革。

这场改革，犹如一场突然而至的寒流席卷而来。森工人虽然不接受，但森林资源危机、企业经济危困就摆在森工人面前。人们这才意识到，森工人的苦日子来了。森工又开始治理"两危"，实现两个良性循环的改革。但改革就如绽放的昙花，并没有让他们走出寒冷，他们的心彻底慌了。他们突然没了目标，看不到方向了。蓄积于心中的疲惫凸显，内心的矛盾和无助也乌泱泱地蔓延出来……虽然这场寒流早就有了苗头，但姜占林这个带路人也没从心底重视起来。他从春忙到冬，忙得焦头烂额，忙得疲惫不堪。当他发现暗流涌动的背后暗藏着巨大的危机时，他迷茫，也有些焦虑，甚至感到力不从心——但他不能懈怠。多年在领导岗位上，他学会了及时调整情绪，全局干部看着他，他是全局的定心丸。职工也都看着干部，在危难时刻，领导干部就要站出来，带着森工人扛过去。伐木生产那么苦，生产任务那么重，森工人都经住考验了。

只要太阳出来，"两危"的寒霜就成了水流……

姜占林心里十分清楚，天然林商业性采伐量逐年递减，才是森工人最大的心病。他们像挂在枝头上的一片叶子，在瑟瑟的风中抖动。"两危"的状态下，采伐量再跟不上，日子就更苦了。作为一局之长，他早就意识到，天然林商业性采伐早晚要完全停止……他的心整日悬着，在班子会上，他无数次责令宣传部门加大宣传力度，给职工们树立信心，让他们放心，在局党委的领导下，"两危"的难关一定能渡过去。开不出工资、不能足额发放工资都是暂时的。还要把减少采伐量的意义讲透，提前给职工们打预防针，让森工人明白，拯救森林，搞好生态建设，就是救我们自己，就是为国家做贡献。

姜占林像一头疲于奔命的狼，忙得两头不见天日，但各种矛盾像雨后的蘑菇，他按下葫芦起了瓢。

还没走出"两危"困境的森工，天然林商业性采伐全面停止，像一场龙卷风，在森工人本就淌着鲜血的心头上，撒了一把盐……森工人近乎哀号着不能接受眼前的事实，森林资源危机、企业经济危困，已经把他们折磨得遍体鳞伤。他们经历了从过去的抓生产，到限制生产的疼痛，但他们心里还依赖大山，还对森林抱有希望。那时候，采伐还在继续，虽然已经大幅度减产，但商业性采伐也有一定的数量。而眼下却要封山育林，也就是说，过去的伐木人，现在就要放下斧锯，进山育林。

"山上的树都是山神爷赐给咱们的。如今，又让咱们把树还给山神爷？怎么还？饭都快吃不上了，哪来的力气干活？"

年轻时，让干啥就干啥。那时候有力气，心气儿也足——早些年的原木都是牛马套子拉下来，后来为了生产，又用小火车往山下运，再后来小火车闲置了，又用汽车运。最早时候，上山伐木挖地窖子，住棉帐篷，后来倒好，上山伐木要搭塑料棚子，说是为了节约成本。一个施业区没多少树木可伐，再去挖地窖子，搭棉帐篷，的确是浪费。森工人都理解，也按上头的安排照做。现在倒好，一棵树都不让伐了，这不是等着饿死？难道让森工人结队要饭去吗？靠工资活着的森工人，工资都不能及时开出来，有时候是三两个月，但最多也没超过半年，就能补发压的工资，虽然活得胆战心惊，但还有盼头。前年开始，工资不能足额发放，不只在岗工人的工资开不出来，退休工人的工资也停发了。这不是一脚把森工人踢出去不管的架势吗？

森工人都是二十来岁就在林业局工作，那时候，全身都冒着热乎气。后来，干不动了，还累出一身病，子孙又接替了他们。凡是森工人都想着多伐木，多生产木材。过去，人们也以生产能手、劳动模范为荣。就拿杨石山来说，他先是跟着师傅学徒，独立伐木，又干了二十年，要不是那次伐木时碰上了邪乎事，他还不能下山。从那以后，他就自掏腰包买树苗，天天上山种树。山是国家的，植树都是经过局里审批和规划的。他凭啥说到山上种树，就到山上种树……要不是有姜占山照应，他早就被林业局开除了。要不是摊上刘欣茹那样的老婆，他这个家早就散了。打更的工资本来就低，又隔三岔五开不出工资，可他的工资有一半被他拿来买树苗了……

一时间，喧嚣声宛若架起的干柴，一个火星子都能燃起冲天大火。闹腾最凶的，除了退休的老林业人，还有那些上有老下有小的四五十岁的职工。

森工人彻底慌神儿了，从心里不能接受。"山上的树，都是山神爷赐给咱们的，如今又让咱们把树还给山神爷？真是奇了怪了。"早些年的原木，都是牛马套子拉下来的，后来为了生产，又用小火车往山下运，再后来小火车闲置了，又用汽车运。最早的时候，上山伐木挖地窨子，住棉帐篷，后来上山伐木要搭塑料棚子，说是为了节约成本。一个施业区没多少树可伐，再去挖地窨子、搭棉帐篷，的确是浪费。森工人都理解，也按上边的安排照做了。现在倒好，一棵树都不让伐了，这不是等着饿死？难道让森工人结队要饭去吗？靠工资活着的森工人，这些年工资都不能及时开出来。有时候是三两个月，最多也没超过半年，就能补发压的工资。虽然活得胆战心惊，但还有盼头儿。前年开始，工资不能足额发放了，不只在岗的工资开不出来，退休的工资也停发了。

一时间，各种声音喧嚣而起。甚至有人私底下开小会，七嘴八舌地议论，十几岁、二十岁就在林业局工作，那时候全身都冒着热乎气，后来干不动了，还累出一身病，子孙又接替了我们。凡是森工人，都想着多伐木，多生产木材。过去，人们也以当生产能手、劳动模范为荣。就拿杨石山来说，他先是跟着师傅学徒，独立伐木，又干了二十年，要不是那次伐木碰上了邪乎事儿，他还不能下山。从那以后，他就中了邪，自掏腰包买树苗，天天上山种树。山是国家的，山是林业局的，森工植树都是经过局里审批和规划的，他凭啥说到山上种树就到山上种树……要不是有姜占山照应，他早就被林业局开除了。要不是摊上刘欣茹那样的老婆，他这个家早就散了。打更的工资本来就低，又隔三岔五开不出工资，可他的工资有一半被他拿来买树苗了……有人背后说，在林场说不通，就到局里讲理。局里讲不通，干脆就去省里……总有讲理的地方。闹腾最凶的，除了退休的老林业人，还有那些上有老、下有小，面临下岗的四五十岁的职工。

姜占林怎么也没想到,曾经与他一起工作的老工友,闹到了职代会会场。

职代会在局里的大礼堂召开。姜占林在报告中阐述了这一年的工作任务,以及对未来的展望。他说:"每一个时期,森工人所面临的生产任务都不一样,担负的责任也不同。国家百废待兴时,林业人就是以生产为主,支援国家建设。当国家改革开放,并逐步走向繁荣时,森工人的工作任务就变了。就目前来说,保护森林,开发生态资源,就是森工人新时期的工作……"他在台上开大会,台下的人就叽叽喳喳地开小会。

主持会议的常务副局长对着话筒喊:"请大家肃静,注意会场纪律。"

礼堂的大门砰的一声被踹开了,一伙人闯进会场,参会人齐刷刷地望向突然被撞开的大木门。

"姜占林,你别站着说话不腰疼。想当年,你也是伐木工,你也跟俺们一样,就着西北风啃窝窝头,喝雪水,咬咸菜疙瘩,睡板铺。你那腰咋疼的?是不是冰的、累的?你那胃咋坏的,是不是啃冻窝窝头啃的、吃高粱米饭吃的?那时候俺们虽然累点儿、苦点儿,可俺们知道,林业会一天比一天好。早晚有一天,俺们能让老婆孩子过上吃白面馒头、白米饭,炖肉吃鱼的日子,让跟着俺们提心吊胆过一辈子的女人享两天福。俺们退休了,俺们的孩子又成了森工人,俺们心里自豪啊。孩子们也在山里忙活了十多年,可干着干着,咔嚓一声,说不伐树,就没活儿干了。你上嘴唇下嘴唇一搭,就拿俺们这些人开刀。你当了几天官,就不说人话。姜占林,你才吃几天白面馒头、白米饭……"姜占林看清楚了,指着他骂的,是伐木队的尤大勺。他的吼叫声在礼堂屋顶回荡。

"尤大勺说得对,说得对!俺们当年跟着你干的时候,你还是个小崽子,俺们现在都老得快进棺材了,还开不出工资了,合着俺们就是来跟你两头受罪……"

礼堂乱哄哄得像菜市场。

"对,别跟俺们唱高调,俺们不懂啥'两危',也不管那些停止采伐的事儿,一家老小就靠俺每月这点儿工资活着。这些年,工资开成这德行,让俺们吃啥喝啥？俺们就做贡献了，从没伸手跟你们这些当官的要过啥？好不容易给俺们分两间楼房，俺们的胳膊腿老得上楼都费劲。夏天，俺们只好再回到平房去住。还今天赶，明天撵，老吆喝改造棚户区，你们为俺们想过吗？俺们最舍不得的是前后院那块菜园子，自个儿种，起码能省几个钱。"叫骂的是陈江生，他弟弟陈水生站在他旁边。

骂声又转成一片哭声。

"俺们都是退休的人，一辈子把命都给大山了，临了干不动了，这点儿工资还开不出来了，让俺们去找儿女要吗？咋能伸出手，咋能张开嘴？再说，俺连儿子都没了，要不是女儿，俺们都不知道咋活……"

姜占林看到站在人群后的王良权，他还当过林场的劳动模范，他亲自为他戴过花、发过奖。他的儿子王知顺，就是在那场特大山火中牺牲的。

儿子的死，要了他半条命。

姜占林口腔干得像是着了火，喉咙嘶哑。他从台上下来，站到老工友们面前，还没张嘴说话，就哽咽了。看到他眼眶里的泪花，刚才还嚷嚷着哭骂的人，就安静了下来。

会场的抽泣声，像鼓槌敲击着姜占林的心，他咳了两声："老工友、老哥们儿们，我从来没忘记你们，我也从来没忘记咱们在一起伐木集材的那些日子。我至今也没忘，自己就是一个伐木人。按说，你们都是我的师傅，我还有几年也要退休了，没有谁比我更了解你们曾经受过的身体的苦和眼下心中的苦，没有谁比我更知道你们的日子。你们中间大多数人都不在岗位上了，但你们从孩子的嘴里也能了解森林的情况、'两危'的深刻内涵，不是让咱们这些为森工做出突出贡献的森工人没饭吃、没活干，而是让森工了解森林资源危机。森林危机，也导致了经济危机，咱们的日子不好过，局里的日子也是举步维艰。怎么办，咱们眼看着森工就这么滑下去？只有从我们做起，拯救森林，抚育森林，森林才能得到恢复。森林恢复了，我们的经济才能发展。"他说不下去了，在咳嗽声中调整了情绪，"老哥们儿们，森林面积逐年减小，林分质量逐渐下降，生态危机对人类的危害显而易见。沙尘暴、大洪水，这些不仅危害我们，也危害我们的下一代。可今天，可眼下……老哥们儿们，我今个儿说的每一句话，都是掏心窝子的话。我们都是在大山里长大的孩子，面对起伏的山峦，我不敢说瞎话、说狂话，否则大山会惩罚我们……"眼泪顺着姜占林棱角分明的脸颊流下来。

王良权跑过来抱住了他，哭得肩膀一个劲儿地耸动。尤大勺、陈二也拥了上来，大家抱成一团。

姜占林明白，与会的人没站出来，保安也没拦他们，人们希望他们出头儿闹，借他们的嘴，说出森工人的心声。

五十七

王良权一家的经历，称得上一个传奇。

当年，他爹王家驹拖家带口，从山东逃荒到大沽河岸边，被胡子劫了。这伙胡子宛若散兵游勇，加上赶车的老板，也就十来个人，从王家驹挑来的家当里没找到一块大洋，不甘心，也十分气恼。其中一个头头儿模样的胡子，狠狠地踹了王家驹一脚，说："你他妈都穷死了，身上不带几个钱，也敢带着这么一大家子出来闲逛！"王家驹没站稳，扑到二女儿身上，二女儿趔趄几步，差点儿被他扑倒。

"这个丫头不错。没有钱，用她顶也行。跟我走吧。"胡子头儿贪婪地笑。

胡子头儿上来抓住二女儿的肩膀，王家驹扑通一声跪下了，咣咣地磕响头，说："官爷放过俺家闺女吧，她还小。"王家驹还让儿子们也跪下磕头，求他们放他二姐。王家驹的老娘扑过来，她抱住二孙女，说："官爷放过俺孙女吧，俺给你磕头了。"奶奶说着就跪下胡乱地磕头，乱草一样的头发在风中，像一只饥饿的老母鸡，疯狂地抢食地上的米粒。年轻的老婆也跑过来，抱着二女儿的腿，哆嗦得都不敢大声哭。胡子头儿嘻嘻地笑了，说："不给闺女也行，把儿子给我。我看儿子个个都结实，练几年，干活儿都是把好手。"

王家驹把头都磕破了，胡子头儿也没放过他们。

"说吧，不给闺女，给儿子也行。男的给两个，女的就要这个。都不给也没说的，用一家老小的命顶。"

"爹，让俺去吧，弟弟们还小。"二女儿挣脱了娘，泪流满面地站在爹面前。王家驹半张着嘴，都哭不出声了。他看见二女儿哆嗦成一团，尿顺着大腿根流下来。

胡子头儿嘻嘻地笑："妮子都比你这个当爹的懂事儿。跟我走吧，保准吃香的、喝辣的。过两年再生个儿子，我也有后了——"临走前，胡子头儿把一块大洋扔到王家驹的脚下。他张着嘴，眼睁睁地看着年仅十四岁的女儿，被胡子头儿带走了。

那年，王良权才三岁。

二女儿活生生地被胡子掳走了，要不是十八岁的大女儿有了婆家，也会与他们一起逃荒。幸亏大女儿没离开关里家。原本他们还想再走，走过大山，找一个平原的地界，全家安置下来。只要有地种，就不能饿死。逃荒的半路上，就这么丢了个闺女，王家驹一下子就病倒了。那些日子，他一直半张着嘴，不吃不喝。

老婆把怀里的王良权塞给婆婆。她架着男人，哭咧咧地往前挪，好不容易走到一个只有六户人家的屯子。在屯子口的一户人家的大门前，老婆进门为大人孩子们讨口水喝。这户人家的屋里有个年轻的小媳妇，带着三四个孩子在家。看着这灰头土脸的一家老小，男人好像病得快死了，她十分不忍，说："你们这是要往哪里走啊？兵荒马乱的年月，老的小的咋走？要是不嫌弃，就在俺家下屋歇歇脚。反正这天也不冷，等你家男人好了再走吧。俺家男人带着大儿子到河边打鱼去了，晌午就能回来。"

王家驹老婆哇一声哭了："大嫂，你这是救了俺们一家老小的命啊。俺们一家人都不会忘……"她架着男人哭咧咧地进了下屋。

婆婆泪水涟涟，千恩万谢地冲着小媳妇作揖，还跪到地上，要给她磕头。

"大婶儿，这可使不得。"小媳妇忙制止她。

下屋，其实就是一个四下透风的板棚子。板棚子里原本住着两只羊，一地羊粪，角落里还堆放着一垛木板。女主人把羊牵到院子里，又帮忙归拢了杂乱的板棚。王家驹的老婆和老娘把木板铺到地上，先让男人躺上去。带着全家人一路奔波操劳，路上饥一顿饱一顿，王家驹瘦得离谱的脸枯黄。他又眼睁睁地看着女儿被胡子掳走，本来就消瘦的脸颊塌陷得像一颗砸破壳的核桃。他知道老娘和老婆不容易，若是他死在路上，她们连埋他的力气都没有。他强撑着，躺到木板上。这一躺下，他一下子就垮下来。他微张着嘴，气若游丝，宛若一个将死之人。

奶奶不停地抹眼泪，孩子们都吓坏了，坐在地上不敢说话。奶奶哭了一通，突然里倒歪斜地跑去上屋，进屋又扑通跪下了，哭着哀求小媳妇："救救俺们吧，俺家刚丢了一个闺女，才十四岁啊。俺儿要是再有个好歹，俺们这一家就没活路了。"

男人离老远就发现家里闹哄哄的，他和大儿子急慌慌地往院子里走。进了院门，他们疑惑地瞥一眼板棚，岂止是一个外人，还有孩子。他咚咚地走进屋，又看见媳妇和一个老太太拉扯。他瞪着眼睛问媳妇："咋回事儿？这是谁？"

王家驹的老娘这才松开手。小媳妇说他们是从关里家逃荒来的，路上遇到胡子，抢走了闺女，男人病得挺重……男人听明白了，把王家驹的老娘扶起来，让她坐到炕沿上说话。小媳妇看着男人，说："大婶想让咱们帮忙找人给她儿子看看病，要不你去屯子里找周婶子来试试？"

"她儿子病得不行了？"男人说着话就从上屋走出来。他来到下屋的板棚里，看到躺在木板上奄奄一息的男人，皱了一下眉头，说："先把他抬到西屋的炕上吧。他万一要是有个好歹，你说我这、我这家还……再说家里还有小孩子。"王家驹老娘听明白了男人没说出来的话。她簌簌地掉眼泪，又要下跪。男人拉住了她。

"也不知道周婶子能不能治好你儿子的病，反正死马就当活马医吧。万一治好了，不只是救了一条命，"他看了一眼坐在木桩子上的孩子们，"也是救了一家人。"

男人转身咚咚地走出院子。

只有十几户人家的村子，叫红柳屯。这家人姓肖，也是闯关东来的，男主人就是肖红军。

周老太是红柳屯年纪最大的长者，平时给人跳大神儿。除了跳大神儿，谁家小孩子夜哭，她就给烧道符；谁肚子疼，就找她扎两针；哪个大人头疼脑热，也找她看看。

五十八

　　周老太虽是小脚，但身板硬朗。她踮着脚来到西屋，看一眼躺在炕上的王家驹，从腰里掏出一个布包，拔下一根软颤颤的银针，先是扎了王家驹的人中，他毫无反应；又扎了他的手指肚，他还是没反应；再扎了脚趾，十个脚趾尖儿都扎完，他才沉沉地哼了一声，把那股沉到肚脐眼下的气硬生生地拔了上来。

　　"他爹——"王家驹的老婆惊叫一声后，哇哇地哭了。她的哭声，引来孩子们的一片哭声。

　　"秀珍儿，别哭！孩子们也别哭。"王家驹的老娘的呵斥声让棚子里的哭声戛然而止。

　　周老太的银针，挑了王家驹的心口窝，还把一个熏得黑黢黢的小瓶子扣到他的胸口上，拔出黑紫的血。王家驹吁出一口气，嘴闭上了，眼睛睁开了。他喝了水，傍晚又吃了肖红军的老婆蒸的鸡蛋糕。十几日后，他就能下地了。王家驹一家就在肖红军家的西屋住了下来。王家驹说肖红军是他的救命恩人，两人结拜为兄弟。肖红军年长几岁，为兄。王家驹没有力气再往前走了，要是路上再遇到胡子，掳走两个儿子，他的命也就没了。

　　他对老婆说："在哥嫂家歇歇脚，再做打算。"

　　肖红军说："兄弟，你就别走了，拖家带口，路上还不安全。趁着秋天还没到，干脆在咱家西头盖两间房。木头多的是，趁着天好，咱哥俩脱土坯，几个太阳就晒干了。盖房子很容易，安置好一家老小，咱俩就去龙镇，听说林业局招伐木工……"至此，王家驹带着一家人在红柳屯安下家。

　　十九年后，他们才搬到龙镇。

王家驹念念不忘被胡子掳走的二女儿。这么多年，他从没停止找二女儿，肖红军也帮着找。可二女儿就像投进大水里的石子，音信全无。一听说哪绺胡子被抓了，王家驹就托人打听。有的胡子手上有人命，被枪决前都要游街，王家驹请假都要去看。掳走女儿的胡子的长相，像一个石像，刻在他的心头。王家驹和老伴坚强地活着，他们说怎么也得和二女儿见上一面，再离开人世。

从山东来的老娘，再也没回到山东。

老娘百年后，王家驹跪在她的坟前，对埋进坟里的老娘和身后跪着的儿子们说："以后，这就是咱们王家的祖坟了。王家的子子孙孙就是龙镇人了。"但大儿子和二儿子没活过他，早早地进了王家的祖坟。三儿子回了山东老家，王家驹说："回吧，你爷的坟茔还在老家，逢年过节都没人给你爷扫墓。你回山东，和你姐也有个照应。"当了一辈子伐木工的王家驹，得了很严重的风湿病，腿都变形了，常常疼得无法睡觉。他退休后，又把找二女儿的重任委托给小儿子王良权。

王良权结婚后，就和父母一起过日子。结婚好几年，王良权的老婆才生了儿子王知顺。儿子也进了林场。在一家都五六个孩子的年代，有人说王知顺是要来的。为证明儿子不是要来的，王良权的老婆都快把药架子吃倒了。有一天，人们突然发现她大腹便便了。关于王知顺是要来的议论声，才像一片云似的飘走了。

王知了与哥哥王知顺相差十四岁。

王知顺正当壮年，却死于那场山火。这对王良权两口子来说，简直就是一场灭顶之灾。要不是上有年迈的爹妈，下有还在念书的女儿，他们真想和儿子一起去了。儿子刚走那几年，他们宛若风中的烛火，有气无力地东摇西晃。女儿回林业局医院上班后，他们的身子骨才硬朗起来。王良权说："死者去了，活着的人还得活着。爹妈要不是挂念二姐，或许也活不到今天。"

森工人连工资都开不出来，这让王良权十分难过。他抱着姜占林哭个痛快。他自己是老林业人，儿子又为林业而死。儿子死后，老父亲也随孙子去了。如今老妈都快九十岁了，吃药看病比吃饭还费钱。老妈能活到今天，就是要找到二姐这个信念支撑着。两年前，老妈患病的眼睛，通过手术换了晶体后，重见光明了，但吃喝拉撒要靠他老婆伺候。老婆原本也是林业人，无奈家中有老，婚后多年才生了儿子，夫妻俩生怕儿子有啥闪失，一商量，她就回家伺候老的，带小的。全家人都指望王良权的退休工资。这两年，要不是小女儿帮衬一把，家里这两个药篓子都能把房梁吃塌架。如今退休工资又开不出来了，还能带着他们再去逃荒吗……王良权的哭声和倾诉，让会场静得一片死寂。

人们都垂下头，要么流泪，要么叹气。

姜占林眼眶一热，鼻子就酸了。他巡视了一下会场，让人把老工友们安排到后边坐下。他再次走上主席台，没有坐下，而是先给大家鞠了一躬。

"各位工友，各位同事，各位青工，各位代表，我没有忘本，我是伐木工出身，也是在大山里长大的孩子，我家祖祖辈辈都靠大山活着。是山养育了我，是大沽河养活了我。我爱这里的山，也离不开这里的水。大山大河就像我们的父母，如今，妈瘦了，爹也病了，作为他们的儿子，难道我看着爹妈瘦下去，病下去吗？爹妈年轻时养育了我们，现在他们老了，指望着儿女养老，让他们重新焕发出生机，难道我们逃避吗？眼下，我们是遇到了困难，但能因为我们有困难，就不养活爹妈了吗？我理解王良权的眼泪，也理解老工友们的愤怒，其实你们不是愤怒，你们是伤心，是担忧往后的日子咋过，这些我都了解，也都理解，还感同身受——

"前几天，一位老工友到我的办公室来，一进门就哭。他说，占林，俺干一辈子了，在职的都发不出钱，俺们这些退休的人咋活啊？俺们把命都给大山了，到头儿来大山不要俺们了，俺们还活着干啥，不如死了算了……我让他放心，说局里不能不管大家，国家的'天保工程'政策也会全方位地惠顾了森工人。今天我还要对大家说，国家不能不管森工人，我们眼前的困难只是暂时的。我们的脑袋上下了一场霜，但太阳一出来，这霜是禁不起太阳的照射的——我们是有担当的森工人。所以，我们怕愧对父老，但我们也不能愧对为我们付出了所有的大山。我曾经十分不理解杨石山，和他的家人一样，认为他魔怔了，疯了，可后来我懂得了他，他只是比我们先行了一步……"

姜占林的眼泪再次流下来，泪珠在他的连鬓胡子上闪闪发亮。但他语重心长的一番话，还是触动了大家的心。老工友们慢慢起身，沉默地离开了会场。

看着大家离去的背影，姜占林叹了一口气。

五十九

散会后，姜占林把一沓材料扔到办公桌上，颓然地坐在椅子上，心脏有些闷疼。他拉开抽屉，拿出一盒药，端起水杯，吞下药丸，口里苦涩，舌头像是长了刺，干涸得难受。前不久，他到林业局医院看病，医生怀疑他有冠心病，让他到县医院做检查。他一直没得空，吃了几盒冠心苏合丸后，觉得有缓解，就推三阻四地回绝了医生。此时，他瘫坐在椅子上，脑袋里回荡的都是会场里的骂声和哭声……他强迫自己静下来，理了一下思路。

1998年，国家开始启动天然林保护修复工程，从试点到今天的全面展开，山河林业局作为森工企业最大的局，不能不带头儿，不能不走在面前。这也是大势所趋。如果还滞后，沿河的森工人真就没了活路。如果真到了那天，他就是罪人……之所以出现今天的境况，说到底，他觉得自己逃脱不了干系。首先是自己对"两危"的认识不够，对全面停止采伐的认识也不足，总以为这天很遥远，小兴安岭这么大，哪能说采没就采没了？因为拖沓和认识不够，他没能带领大家走出来，没能很好地开展工作……职代会上，他没想到老工友会以这种方式出现他的面前。他也没想到自己会流泪，说出掏心肺腑的一番话，自己都觉得吃惊。虽然他一再强调自己是从基层一步一步走上来的领导干部，但这些年的工作，让他多多少少学会了伪装，伪装自己的心情，学会了把喜怒哀乐装在心里，还学会了虚伪，有时候说话，自己都不知道在说啥。他笑话过自己，也瞧不起自己，那些冠冕堂皇的话，咋一张嘴就流出来——他痛心疾首，恨不能扇自己两巴掌。可当他面对老工友时，当他听到他们的哭声，他们的责备，他的性情又一下子回到了从前，回到了那个真实的自己。他毫无保留地说出窝在心里许久的话，也尽情地流了一回泪……

姜占林走出办公室时，天已经黑了下来。他出门时，凛冽的风吹得他一激灵，他裹紧身上的棉服。夜晚的灯火一下子扑过来，他的心头一暖。

姜占林没朝家的方向走，而是来到杨石山家。

刘欣茹正在锅灶前忙活，氤氲的雾气笼罩着她。姜占林推门进来，她还以为是儿子回来了。"树根，洗手放桌子，饭就好了。"姜占林站住了。

"师妹，是我，石山还没回来？"

"哦，姜书记——啊，大师哥，你俩脚前后脚，他也刚进屋。"

听到声音，杨石山从里屋迎了出来："姜局，快进来。"他搓着手，"哪阵风把你吹来了？"

姜占林咧了一下嘴，说："你少跟我阴阳怪气。"他扭头对刘欣茹说，"师妹，给俺哥俩整点儿下酒菜，今晚喝两碗。"

杨思乐进门看见姜占林，叫了一声"姜大爷"。他从部队回来就进了森林消防队。

"思乐回来了，你们消防队都是年轻人，对'两危'和全面停止天然林商业性采伐怎么看？"

杨思乐看一眼父亲，说："早就应该停止了，否则大山都被采秃了。森工早就该转变角色，由过去的砍伐人变成抚林人。"姜占林的心一动，他下意识地看一眼杨石山，说："这就是我们森工人的后代。看来我老了，我真是老了。我小看了他们这代年轻人，我太自以为是了。"

刘欣茹手脚麻利，一盘土豆丝、一盘猪里脊炒木耳、一盘煎鸡蛋、一盘花生米、一盘黄瓜拌耳丝、一盘酱猪蹄和干豆腐卷拼盘，端上了桌。

"这么丰盛，看来我今个儿有口福。"姜占林盘腿坐上炕头，"今晚用炕桌吃饭，还是坐在炕头儿喝酒，有感觉。"

"师哥，你真有口福，今晚石山不知动了哪根神经，可能是嘴馋了，刚在任家熏酱馆买了猪耳朵、猪蹄和干豆腐卷。他很少买这些东西，他吃豆腐，就能美得忘了姥家的姓。"刘欣茹说着话，又去了外屋，端了一盘焯好的冻白菜、萝卜块、大葱、干豆腐，还有一碗辣椒酱，"知道你俩爱吃这口，特意加了这个，这些东西现在没人爱吃，只有咱们这个岁数的人还念念不忘。"

"太好了，今晚敞开喝。"姜占林眼眶倏地红了。

杨思乐拿个大碗，夹了两筷子鸡蛋、土豆丝，拌到饭里，风卷残云般往嘴里扒拉饭。"姜大爷，您和我爸慢点儿喝，我出去一趟。"杨思乐的脸微微一红。

"去吧，我和你爸都老了，你们年轻人有自己的生活。"姜占林自嘲地笑了，"听你爸说，你从部队回来就处了对象，还是林业局医院的儿科大夫。我老了，真是老了。还是改不了口。"

早在2006年，森工就在内部做了重大改革，政企分开。学校、邮政所、林场的卫生所、林业局医院都归口了。

"姜大爷，你和我爸都不老，你俩的思维还挺前卫，我们都佩服。虽然林业局医院在行政上和森工分开了，但服务职能没变，咋叫都行。"杨思乐呵呵地笑了。

"这小子真会说话，也会来事儿，比你强。"姜占林用手指点着杨石山。

杨石山烫好了酒，脱鞋上炕，盘腿坐在姜占林的对面。姜占林看着他问："儿媳妇还没上门？"杨石山把酒放在桌子上，说："我不过问这些事儿。师妹也不像过去，有个屁大的事儿都问我。两个闺女成了她的智囊团，早先不得意潘望，现在有啥事儿都和闺女、女婿商量。除了上班、种树、护林，在家里，我基本上油瓶倒了都不扶。"

姜占林患有糜烂性胃炎，很严重。他不敢再像年轻时那么喝酒了，偶尔有接待任务，办公室主任会阻拦他喝酒。有重要的客人，他也是象征性地比画两下。坐在杨石山家的炕头儿上喝酒，他的思绪又回到了过去。他看了一眼饭桌的酒杯："师妹，给俺哥俩换碗，还是用饭碗和茶缸子喝酒得劲，也能找到当年的感觉。"

刘欣茹从外屋拿了两个粗瓷二大碗。

"那时候可真好，把一棵棵看不到顶的树放倒，心里那个自豪劲儿就别提了。再看着一车车木头被拉到山下，心里那个高兴，不喝一口都不行。"姜占林自顾自说着、喝着，好像就是来回忆过去的。杨石山笑盈盈地看着他，一边听着他说，一边不停地端起酒碗，大口喝，大口吃。三大碗酒下肚，两人的颧骨上就隐约泛起了红血丝。刘欣茹沏茶时，往茶水里加了蜂蜜。

"都是老胃病了，别只顾着喝酒，喝点儿蜂蜜茶，解酒养胃。"刘欣茹给他们倒上。两人喝了一阵子茶，又端起大碗喝酒。

"哈腰挂呀，呦——嗨嗨，挂上钩啦，哎——嗨嗨。"姜占林率先喊起了号子。杨石山也附和起来。

"向前走啦，哎——嗨嗨，哥们儿们，抬起来吧，哎——嗨嗨，朝前走来，哎——嘿嘿，大步抬啦，呦——嘿嘿。"

"顺山倒喽——"

两人喊一句，喝一口；喝一口，喊一句；喊着，喝着，突然哈哈大笑起来，还笑出了眼泪。"咱俩老了，连号子都喊不全了，喊得稀碎。"杨石山的眼泪流到下巴颏的胡子楂上，胡子楂上就挂着一颗颗亮晶晶的星星。那晚，哥俩的酒喝到半夜。杨石山送姜占林回家、走到半路，姜占林又转身要送他回家。两人在路上来来回回地送着，聊着。漆黑的夜色下，星光俯视着他们，街灯窥视着他们。他们内心的酸甜苦辣，一览无余地暴露在黑夜里。

六十

晚霞烧红了半边天。

天一黑下来，就有了起风的迹象。果然，午夜时分，风开始嘶鸣着在窗前像黑老鸹似的聒噪。被风吹起来的沙砾和草屑打在玻璃窗上，发出窸窸窣窣的碎响。躺在床上的姜占林，粗糙的脸颊就有了隐隐的疼痛。厚重的窗帘禁不住风的诱惑，不时动两下，他盯着窗帘，把脸压在枕头上。他太想睡一会儿了，做领导干部这些年，无论第二天主持什么规模的会，无论遇到什么样棘手的问题，他做伐木工时养成的习惯都没变过，脑袋沾枕头就着。他告诉自己，不预支焦虑，不设想还没发生的困难，自己是将，无论兵来，还是水来，只要自己不乱阵脚，就能调兵遣将挡住风雨……

凌晨三点多，他终于眯着了。梦也随之而来。梦境里，师傅手把手地教他伐木。"顺山倒"的叫喊声此起彼伏……在地窖子里，他叫喊着怂恿师弟喝酒。三大碗酒下去，烂醉的杨石山睡得像条死狗，任他怎么推搡拉扯都不醒。师傅抬手给他一下："你是他大师哥，咋能让他这么喝酒？"姜占林在半梦半醒间徘徊，他闭着眼睛想了一下，是梦。师傅离开他们多年了。他翻个身，高科举又来了，他们抬一根水管子，老高打头阵，他押后，老高的号子声一起，他也附和着喊起了号子。

姜占林被自己的号子声喊醒了，睡眼惺忪地坐起来，窗帘遮挡了他的视线，但凭直觉，他知道该起床了。他打了一盆温热的水，洗头洗脸刮胡子。尽管一夜没怎么睡，但他脑清目明。在厨房忙乎的老婆，看见他穿一身工服，还戴了一顶安全帽，盯着他笑了。与他生活了几十年，她早已习惯，他不说，她就不能问。

姜占林出门时，嘶鸣了一夜的风，竟然停了。太阳像一个火球，明晃晃地挂在天上。他看一眼潮乎乎的地，知道是早上的一场细雨赶走了风。他长长地呼出憋在胸腔里的浊气，又深深地吸了一口清洌湿润的空气。

　　一辆黑色的轿车，朝着老爷岭方向驶去。

　　木沟壑林场的一棵红松前，除了山河林业局的领导干部，还聚集着老林工和年轻人。九大勺、王良权、陈二都在人群中。杨春洛、高守利、葛丹、杨夏璎、潘望、杨思乐也都到了现场。

　　姜占林跳到一块石头上。看到他的打扮，叽叽喳喳的人群倏地安静了下来。他的目光从黑压压的人头上掠过，他眼眶一热，鼻子就酸了。

　　"同志们，今天……"他喉咙突然发干，哽咽得说不下去了。人们期待地盯着他，一只鸟从人群上空飞过去，落在红松上，啁啾了两声后，又拍打着翅膀飞起来。啁啾的叫声在空旷的山谷回荡——这只鸟，救了久经沙场的姜占林，他再次清了清喉咙。

　　"同志们，我们今天在老爷岭举办'挂锯停斧'的仪式，向采伐时代告别，迎接封山育林时代。今天我也再做一次伐木人，今天以后，我们森工人以山为友，以树为邻，以水为伴……"他举起握紧的拳头，"我宣布，'挂锯停斧'仪式正式开始——"

　　一位神情庄严，头戴安全帽，脚穿胶皮鞋，也是一身工装的伐木工，从人群后面走出来，气定神闲地站在红松前。

　　"杨石山——"有人叫出声。

　　站在松树前，杨石山先是选定了方向，又清理出场地，瞥了一眼师哥。姜占林像一个徒工，跑到师弟面前，从他手里接过斧子。姜占林吁了一口气，他瞄了一眼树根，举起斧子，在距树根十厘米处砍了下碴口，又砍了上碴口。并在下碴抽片，上碴留下弦挂耳……不知道是紧张，还是好久没拿斧头了，他的额头上冒出了细密的汗珠。他再次看着松树刚被砍出来的碴口，心头翻滚起热浪——从工服兜里掏出一块红布，系在斧头上，把它缓缓地挂在身后一棵红松的树干上。

杨石山拿起油锯，仰头望着松树蓬勃的树冠，望了许久，他手里的油锯才突突地响起来，并伸向红松的根部……人们目不转睛地盯着他的身影，盯着这棵即将承载划时代意义的松树。随着"顺山倒"的喊声响起来，红松顺山倒下去——"慢慢走，日光很温暖，慢慢走，月光下的路很光滑，慢慢走，河水才是你归处。慢慢走，阳光照射的地方，是你的家……"这是杨石山第一次，把心底的歌唱了出来，也是他第一次在大庭广众之下唱歌。

在场的人沉默地盯着这棵红松十几秒，才回过神儿。掌声在山谷回荡，泪水在脸颊上流淌……

姜占林和杨石山泪眼蒙眬地对望一眼，欣慰地点头，再点头。他们记住了2014年4月8日。这一天，山河林业局"挂锯停斧"。

六十一

砍伐时代，宛若落日，沉到地平线下。

姜占林不得不面对严寒的局面。他马不停蹄地组织会议，经过无数次讨论、请示，最终，山河林业局出台了改革方案。

"要想走出严寒，就得迈开步子。停止采伐是国家的需要，是时代的需要，是必然的趋势……"姜占林在推进改革的大会上，像是一个与儿女唠家常的老人，掏心掏肺地对职工再次阐述了封山育林的重要性。就此，"生态立企，在保护中发展，在发展中保护"的转型大幕，在山河林业局徐徐地拉开。

潘望担任局森林资源经营处副指挥。

宣布任命后，他和夏璎回家吃晚饭。刘欣茹把杨春洛和高守利也叫了回来，说全家好久没在一起吃饭了，还让春洛把婆婆也带来。她语重心长地跟大女儿说："好好和你婆婆说，别让她那么见外，都是一家人，孙子又在外念书，她常出来走走、散散心才对。"她有些哽咽，"石头这孩子，就爱在外头疯……"

杨思乐嘻嘻地笑，说："你还说我姐她婆婆，你还不是一样，除了锅台，就是围着我爸转。趁着我爸冬天不上山种树，去看看你外孙，趁着腿脚好，到外头走走。"

"哪能说走就走，你可是有地儿吃饭了，我不在家，你爸饥一顿、饱一顿，那可不行。"刘欣茹揉了揉眼睛。

潘望看着岳父："爸，局里准备投资建药厂，还要打造六个万亩基地，建设一个千亩种子园，培育寒葱、沙棘、红松嫁接苗、中药材、牧草等。项目都由林场负责管护，实行四六分成。"他看一眼夏璎，"我让夏璎去林场，主管营林抚育，她说啥都不去，非要去药厂，承包种植基地。她要承包林下土地，种刺五加、细辛、甘草。而且，她给中草药起了一个名，叫'寒地仙草'，还信誓旦旦地要把'寒地仙草'推广出去，以后让全国的药商都来山河林业局采购。要不是我拦着，她这两天就要去签合同，要去注册商标了。"

杨石山眯着眼睛笑，说："我看挺好，你们都长大了，不管干啥，都要干好。像你姐、你姐夫，就把瞭望塔守得很好。你的岗位更重要，千万别辜负森工人，别辜负父母。"

"潘指挥，你别用职位来压我，咱爸都支持我，我就去药厂。到了药厂，就去签林地承包合同，把'寒地仙草'打出去。早晚有一天，人们不会因为你潘指挥而认识我，而是因为我，才知道我身后还有个潘望。"夏璎拿着一根刚出锅的麻花，"潘指挥，你可听好了，你现在抱我的大腿还来得及。日后，我的'寒地仙草'出来了，药商要是找你走个后门啥的，我也能给你个薄面。"

"爸，你听见了吧，你二闺女野心大得恨不能一口吃出个胖子。"潘望打趣道。

杨石山笑了："你们俩都有野心，野心还都不小。"

"给我掰一半，闻着都香。"春洛揪了一块麻花放进嘴里，"咱妈炸麻花的手艺越来越高了。"

高守利看一眼春洛，小声说："快吃，咱俩一会儿去看看葛丹。他要是没地儿去的话，咱们好帮他想想办法。"他犹疑了一下，看一眼潘望，"潘望，让葛丹去木沟壑林场营林抚育部，行不行？"

"咋不行，营林抚育部门的职能很多，眼下正缺人。思乐他们森林防火也缺人。"

"太好了，咱俩一会一会儿把饭给妈送回去，就去葛丹家。"他脸上的笑像糖稀似的，都快淌下来了。

高守利和春洛还没到家，葛丹就打来了电话，他已经在高家了，问他们几点能回来，要是一时半会儿不回来，他就去找他们。

高守利说马上到家。

高守利和春洛进门时，葛丹正和张桂兰聊天。高守利进门就说："葛丹，我跟潘望说了，你去搞营林抚育吧。你想去哪个林场，到时候和他说一声就行。"葛丹呵呵地笑，问他能不能喘口气再说话，总那么急三火四，火燎屁股似的。高守利笑了，说："我这不是为你着急吗，都好几年了，工资开得三心二意，这半年基本就没开工资。要不是大哥的两个孩子都成家立业了，你拿啥养活他们……"

春洛让婆婆吃饭，说给带回来的菜都是她爱吃的，还有炸得酥脆的麻花。高守利瞥一眼桌上的菜："葛丹，咱俩也喝一口，我妈吃不了这些。刚才没喝好，潘望对酒把控得严，说不喝酒就一口不喝。丈母娘看着老丈人，不让他多喝。我又着急回来见你，也没喝好。这一顿饭就呛呛改革这些事儿了。"

杨春洛去外屋拿了碗筷。

高守利的话，又稠密起来。他把酒杯使劲地放到桌上，酒晃悠着洒出来。他趴在桌上，伸出舌头舔去酒水。

"你说，咱们刚过几年好日子啊？早些年，咱们住不像住，吃不像吃，粗茶淡饭把胃都吃伤了，盼了十几年，才住上楼房。好不容易不用烧火，不用拎水，不用劈柈子，不用买煤，咱们家这老头儿老太，还都不爱上楼，说是住在楼上不接地气。也是，他们岁数大了，上下楼真是费劲。咱们这些做儿女的，只能理解他们……刚过上几年梦里都能笑出声的好日子，这说塌就塌了，说不行就不行了。"高守利伤感地看着葛丹。

"嗯，我不打算去营林抚育。你听说六个万亩基地、一个种子园的项目了吗？"

高守利点头："晚上吃饭时听潘望说了。"

"我打算承包山坡地，林下种植寒葱。这些日子，我在网上查了资料，寒葱是个好东西，它有止血散瘀、化痰止痛的药用价值。但野生寒葱因为产量低，一直供不应求。寒葱喜寒，大沽河两岸的地势和温度十分适合。人们十分认可寒葱，连韩国人也爱吃寒葱，出口的需求不小。但野生寒葱都长在石壁上，采收的难度比较大。"他一口气说了这么多，才发现高守利和春洛仿佛不认识他似的瞪眼看他，他看着他们继续说，"虽然寒葱是草本，但它是多年生植物，我想先出去学习栽培技术，回来再和林场谈……"他端起酒杯喝了一口，"我也是奔五的人了，爹妈老得都快走不动了，我这还一事无成。但我不觉得林业走到今天就痛苦，有啥痛苦的？停止采伐是早晚的事儿，只有这样，森工人才能走出来。再伐下去，山上就剩石头了。别说子孙后代，就连咱们都得深受其害。父母都讲究给子孙留遗产，'天保工程'才是惠及子孙，惠及人类，也是千秋万代的工程。封山育林才能让森林休养生息，恢复元气……"

"你咋、咋有点儿像春洛她姜大爷？就是咱们的姜局长。"高守利扑哧一声笑了。

葛丹喝了一口酒，垂下头，说："杨叔早就开始种树了，那时候谁都议论他，说他魔怔了，说他疯了。甚至还有人说他种红松，是为将来有一天把那片山坡据为己有。这件事还把姜大爷捎带上了……如果杨叔当年不离开伐木队，那他今天兴许就是林业局的领导，或许能当上更大的官，可他偏不。他当年也未必能想到，有一天森林会停伐，封山育林，但他早就意识到了再伐下去的危害。"

"你比我还了解我老丈人啊。他要是听见你说的这番话，非得再让你给他吹个小曲不可。"高守利端起酒杯，"来，走一个。我替我老丈人谢谢你。"

葛丹迟疑地看了一眼酒杯，说："太多了，两口吧。"

"别磨叽，先喝了这个，快讲讲你的种植计划，春洛指定比我还感兴趣。"高守利看一眼春洛，"是不，媳妇？"

春洛点点头。她从来没听葛丹说过这么多话，而且说得有理有据。这个晚上，他们的谈话一直围绕着种植和封山育林的话题。

高守利和葛丹的酒，喝得缠绵。

春洛熬不住了，去东屋和婆婆先睡了。早上，她起来做饭，西屋的炕上，高守利和葛丹一个横躺，一个竖着蜷缩在床边。看他俩睡得正香，她没有惊动他俩，悄悄地关上了房门。

六十二

春天一来，冰封的大沽河就有了动静。

沉寂了许久的森工人也热闹起来。有人忙于签合同，承包林地搞种植，有人忙着讨论养殖，有人要求去林场，有人收拾自家临街的房子，想做点儿小买卖。只有杨石山，每天按部就班地上山种树。

早上，他刚从家里出来，打算上山去看看，前天刚下了一场秋雨，小树眼见着长。尤大勺却在半路上截住他，说："队长，我正要上山去找你，没承想在这儿遇上了。曲二手病了，你去看一下吧。"杨石山愣住了，说："那家伙身体那么好，咋说病就病了？"尤大勺说："好像还病得不轻，都起不来了。我家里有点儿缠手的事儿，也顾不上他。他也想见队长。"

"我这就去，这就去看他。"杨石山眉头皱了起来。

他推开曲二手家的房门时，黑暗和一股潮湿的霉味儿，迎面扑过来。他在外屋门口的台阶上站了一会儿才适应。门口三个土台阶，已经凸凹不平，破破烂烂。

"是、是队长吧？石山，快进来。"曲二手虚弱的声音，从里屋传来。

杨石山走进去。虽然他在门口时有了心理准备，但里屋的炕上炕下还是令他陡然一惊。躺在炕头的曲二手，知道他进来，眼睛撑开一条缝儿，伸手扯了一下炕头儿悬着的灯绳。屋顶的灯倏地亮了，幽暗的光照在他脸上，他的脸像是蒙了一张黄纸。

"这屋黑得不行，白天都得开灯。"

"你咋病成这样？从山上下来时还好好的。"

"唉，到寿了。"曲二手努力想笑，但只挤出"呲"的一声。

"送你去县医院。别在家挺着，啥大不了的病，还在家等死？我这就去林场要车。"

曲二手的脑袋在枕头上晃了一下："石山，不去，没用了，我自个儿的身子骨，自己知道。"

杨石山是第一次来曲二手家，他打量着炕上炕下，说："我看你不是病了，是这屋的卫生让你中毒了。"曲二手扑哧一声笑了，随即叹了一口气，"一个老跑腿子，穷讲究啥？"杨石山用脚把地上的杂物归拢到墙角。炕上乱得让人无从下手，炕梢儿堆着棉衣棉裤，还有露出棉花的被子。两双沾满泥土的大头鞋，三只在炕沿上，另一只耷拉下来。炕上还铺着早已不多见的炕席，炕席的花纹里藏着黑黢黢的污垢。低矮的木窗龇牙咧嘴，窗玻璃也裂纹了，两条封窗户缝儿的草纸在半开的窗户上"呼嗒呼嗒"，苍蝇嗡嗡地盘旋，灯绳上挂着苍蝇、蚊子的尸体。曲二手脑袋下的枕头油光锃亮，身下的褥子恐怕也几年没洗过，水渍或者尿渍大圈套小圈，已经看不出本色了。炕沿下还有一个磕掉了漆的搪瓷盆，里面是半下子尿。

杨石山把炕沿上的水杯、饭碗、方便面盒，往旁边推了推，水杯上的污渍直粘手。"真难为你那些花儿草儿的，咋和你睡的，看来她们和你是真爱，不然都得被这屋的臭气熏跑了。"

"我的花儿草儿啥的，跟我相好这么多年，都不嫌我。"曲二手咧了一下嘴，想笑，终究没笑出来。

"吃啥药了？这些日子，吃饭咋弄？"杨石山顺手拿起炕上的药看了看，除了止疼片，还有土霉素。

"尤大勺送饭。这些日子，他家老三闹离婚，他顾不上我，我才让他去找你。找你来，也想和你说说话。"曲二手转了一下脑袋，他看了一眼杨石山，又闭上了眼睛，喘息了一会儿，"我的日子不多了，有些事儿，还是想和你说说，不然我就白来人世一回了，树叶落下来还有声响。我……"他喘了一阵，没说下去。

杨石山叹了一口气："我让春洛她妈和她婆婆过来，先把你这炕上炕下收拾收拾，臭死了。"

"那敢情好。不然我哪天走了，你们嫌我臭，再不管我，我就真臭到这屋了。关键是影响别人，都是老邻旧居，我也过意不去。"曲二手的声音虚弱得像蚊子叫，他喘息了一会儿，睁开眼睛，"队长，帮我翻下身行不？"

"咋不行，有啥需要，你就尽管说。"杨石山去搬他的身子。

趴在枕头上的曲二手，喘息了一会儿，把手伸进枕头套里，抠了半天，抓出一卷钱和一个存折，又喘息了一会儿，才慢慢仰躺到枕头上："队长，这是我的全部家当。这钱，帮我买寿衣，处理后事。这折上的钱，给大勺吧，他孩子多，老三要离婚，老四等着过礼，出嫁的闺女还要嫁妆，他的日子过得艰难——"

一股酸楚涌了上来，杨石山眼眶湿了。

杨石山天天往曲二手这儿跑。眼看着他越来越虚弱，他干脆就和他住到一铺炕上。他劝曲二手去医院："不去县医院，到林业局医院住上一段时间，系统地检查和用药，病就好了。哪能说死就死，尤其是你，不能死啊，你那些花儿啊草儿啊，也不能让你死，她们还等你和她们说话解闷……"曲二手说啥都不去医院，杨石山只能到林业局医院请大夫。

"他没啥亲近的人，只有俺们这帮老哥们儿，去给看看吧。"杨石山对一位姓彭的医生说。

彭医生手里的听诊器在曲二手的前胸后背游走了一圈，他又扒开曲二手的眼皮看了看，开了一些治疗心脏病的药，还有维生素。杨石山送大夫出门时，彭医生冲他摇摇头，说初步诊断应该是心衰，还贫血。现在看，病情不是一天两天了。要想确诊，还需要进一步仪器检查和化验。他实在不去医院，就只能用药维持了。帮他把药开了，先吃着吧。

吃了治疗心脏病的药，曲二手不那么喘了。

刘欣茹送来的饺子，他吃了五个。"唉，好几年没吃过这么香的饺子了。"他满足地咂嘴，"队长，要不你今晚回家好好睡一觉，这些日子，你也累得够呛，明晚再来陪我。"

杨石山犹疑了一下，说："只要不耽误你做梦，我还是陪你吧。你那些花儿草儿不怕我就行。"

曲二手笑了："她们不怕你，还都感激你呢。"

这晚，曲二手的兴致特别好。九点多，他喝了两碗鸡汤。刘欣茹用砂锅炖的鸡汤，他一边喝，一边夸她炖的鸡汤有味道，不比尤大勺的手艺逊色。

没有月亮的夜晚，星星就格外亮。一只蹦上窗台的蛐蛐叫了起来。杨石山第一次发现，蛐蛐的叫声很有节奏感，以前他从没这么仔细地听蛐蛐叫。今天，他的心安定了不少，曲二手的病情有好转。明个儿还是要想办法劝他去住院，再和林场申请一辆车，抬也得把他抬去。刘欣茹和张桂兰把曲二手的衣裳和被褥拆洗了，把他的寿衣也做好了。剩余的钱和存折，还在他手里。这些钱不着急给出去，他要是好了，还得过日子。

"石山，你想啥呢？"

"我在想，等你好了，给你说个女人。能给你做三顿饭，帮你收拾收拾屋子就行。你也别有那么多要求了，一把岁数了。"

"嘻嘻，我有那么多女人，可不想再找了。她们再争风吃醋，我夹在她们中间，多难啊。"曲二手笑得像个孩子，"石山，你要是不困，咱俩说说话。"

"我不困，你要是不累就说吧，我听着。"

六十三

"石山，你别看我长得不起眼儿，身上的故事可多了。嘻嘻，你别笑话我就行。"曲二手脸上堆着笑，"说起来，话可长了。"他盯着杨石山。

"嗯，你说啊，我听着呢。你这说半截话，要不就闭口不说的毛病，到死都不改。"

曲二手嘿嘿地笑，说："你咋还学会记仇了？"

"唉，其实我是我爹酒后的产物，不是他情愿的。所以，他连姓都不舍得给我。曲是我妈的姓，我爹姓许。我老家是吉林那边的，我爹在当地很有名，还有钱，当地人都叫他许木头。木帮的人都说，许木头心狠手辣。我小时候都不敢看他的脸，怕他那阴森的眼神。虽然他看我时和看别人不一样，但我还是害怕。我老觉得他张着血盆大口，要把我吞下去。早先他是木帮的大柜，后来干大了，就盖了大宅院，做了木帮的头儿。"

一只蚊子落在曲二手的脑门上，他咧了一下嘴，抬起右手，用手指头捏住了蚊子。吸饱了血的蚊子，在他手指下溅出一股血，他顺手把血抹到墙上。他扯了一下灯绳，灯倏地灭了。

曲二手的妈早先的男人，在许木头手下做槽子头儿。他妈过门还不到一个月，男人就进山伐木了，因为与另一伙木帮争夺山头儿，被活活打死。婆家不敢惹许木头，就把儿子的死推到进门不久的媳妇身上。婆家说曲二手的妈命硬，是丧门星，把她赶了出来。娘家的哥嫂也不让她回去，说嫁出去的闺女，泼出去的水，寡妇再回娘家，对娘家的风水不好。他妈只得去求许木头，哭着求他给她一条活路……许木头收留了她。

曲二手的妈就进了许家的大宅院，为他家的女人和孩子洗洗涮涮。

许木头有两个老婆。两个老婆表面一团和气，私下里谁也不待见谁。

259

许木头也知道，但他睁一只眼，闭一只眼。他不想管女人的事儿，只想挣钱。两个老婆生的孩子，都是他的种，他要给儿子们挣家业。有一天，他喝了酒，把曲二手的妈按倒在炕上……曲二手听人议论过，说他妈好吃懒做，惦记着许木头的钱，是她勾引的许木头，还说她不但命硬，还是个下贱的荡妇，一心要给许木头做小……究竟是许木头强迫了她，还是她勾搭了许木头，曲二手不得而知，反正她肚子里就有了曲二手。

曲二手记事儿起，他妈就告诉他，说他还在她肚子里，他爹就死了。

曲二手喘息着说要喝水，杨石山拿着水杯撑起他的后背，让他半坐起来。喝了水，他咂了两下嘴，还用舌尖儿舔了舔嘴唇，看着杨石山问："不困吧？"

杨石山摇头，借着星光，他看见曲二手的脸有了幽暗的亮儿，说道："我也想坐一会儿。"

杨石山把枕头拿起来，垫到曲二手的后背，让他靠墙坐着。

"唉，听说我妈生下我后，就更不被待见了。许木头的两个老婆对她横挑鼻子竖挑眼，打骂是常有的事儿。但许木头还是睁一只眼，闭一只眼，装作没看见。我后来才知道，我妈没离开许木头家，是为了有一天他能认下我。我妈无数次哀求过许木头，只要让儿子到许家的祖坟边磕个头，让她死都行。"

曲二手十四五岁就跟着木帮上山，十七八岁就是一个成手了，啥活儿都能干，打枝、归楞这些活儿根本就不算事儿，伐木更不在话下。稀奇古怪的事儿，他也能应付。在没腰深的雪壳子里，他像只兔子，比别人走得都快。他还是放排的高手。

"你不愧是木头的种，随根儿。"许木头盯着他，嘿嘿地冷笑两声，扔给他一只熟猪耳朵。

在曲二手的记忆里，他长这么大，许木头第一次上赶着跟他说话。

"石山，能不能给我一根烟？"曲二手嬉笑着问。杨石山又把自己的枕头放在他的后背垫上，给他点了一支烟，又给自己点了一支。烟雾在屋里缭绕起来。烟火头上暗红色的火一闪一闪，像鬼火。

曲二手贪婪地吸了一口。

"越来越有钱的许木头对我妈的身子也没了兴趣,他就到窑子里喝花酒。但只要得空,他就和林工们上山伐木。我十几岁就在木帮里混,啥稀奇古怪的事儿都听过,也见过。林工们一回到窝棚里,喝上酒就讲山里的怪事儿,讲许木头如何欺诈他们,如何狠毒,还说他的钱都沾着林工的血……许木头倒霉,就是从那棵坐殿的树开始。那年冬天,许木头遇上了坐殿的树,但他不信邪。推不倒,抡起大锤也没砸倒,他就把牛套到树干上,鞭子把牛屁股都抽出血印了,老牛才硬生生地把树拽倒。

"那头牛究竟是被倒下的树砸死的,还是累死的,谁都说不清。但有两匹马在树倒下的瞬间挣脱了绳子,嘶鸣着跑过去,殉葬一般冲到倒下来的树下,人们都亲眼所见……林工们都说,是那两匹马,替他们挡了血光之灾。"

曲二手抽了一支烟,盯着窗口看了许久,才接着刚才的话茬。

从那以后,许木头就厄运上身了。他的孩子一个接一个生病,又一个接一个死了。许木头也倒下了,开始只是腿疼,后来腿上就鼓起一个又一个脓疱,脓疱破了,流出来的脓血奇臭。两个老婆都沉浸在失去子女的痛苦里,任由他躺在炕上,不去管他。因为争夺家产,两个老婆的娘家兄弟们互殴。以前,许木头跺一下脚,全家人都踮着脚尖儿走路。而此时,许木头喊破嗓子都没用……眼看着被砸抢得稀巴烂的家,许木头的眼神都呆滞了。

家道中落,只有曲二手的妈没离开,她给许木头熬药、敷药,伺候他吃喝拉撒。许木头并没有很快死去,直到脓疱长到心口,他可能是预见到自己的日子不多了,有一天,把曲二手叫到跟前:"你先去祖宗龛前,给祖宗们上三炷香,磕三个响头。然后,到东大岗上的祖坟磕响头,放一挂鞭炮。你告诉列祖列宗,你是我许木头的儿子,你认祖归宗……"

曲二手不知所以地看着他妈。

"儿子,照你爹说的办。"他妈说。

关于许木头是他爹的传言,曲二手也早有耳闻,但他没多想,他从小就在木帮里，觉得许木头对他和对其他林工没啥区别。许木头要是他爹，就不能把他扔在木帮里，对他不管不问。那年，他生冻疮的脚差点儿烂掉，他想下山歇几天，等脚好些再上山，许木头瞪着一双血红的小眼睛，差点儿一脚把他踢下山崖。那个山崖陡峭得刀切一般，如果许木头再赏他一脚，他指定没命了。还是木帮的大柜，扒开雪窝子，采了一些草药，天天用草药给他泡脚，他的双脚才保住了……他还亲眼看见许木头把一块麻糖喂到他最小的儿子嘴里，一只手摩挲着小儿子的脑袋，目光中流露出慈爱："好好念书，将来许家的产业就指望你们了。"

"儿子，你爹认你了。快叫爹——"曲二手的妈催促得脸都红了，颧骨像是搽了胭脂。

曲二手愤怒地瞪起眼睛："为啥他是我爹？"他扭头跑出去时，还一脚踹掉外屋的半扇木门。

他跑到山上的窝棚里，躺了两天，直到大柜叫他："你妈上吊了，还不快回去看看。"

曲二手跑回许家大院时，躺在仓房地上的他妈已经死透了。她兑现了只要许木头认下儿子，让她死都行的承诺。埋葬了妈，曲二手还是执意离开，他想天下之大，还能没有自己的活路？许木头艰难地爬起来，跪到他面前："儿啊，你别扔下我，我是你爹，我真是你亲爹。我啥人都没了，只有你一个儿——"许木头近乎哀求。曲二手倏地站住了，站了许久，才扔下行李跑了。

漆黑的夜色中，他匍匐在他妈的坟上，大哭了一场。半夜，他才回到许木头家。看到他，一脸死气的许木头笑了。真是奇怪了，都长到他胸口的脓疱，流出一摊脓水后，竟然一个个瘪了。瘪了的脓疱干巴了，痂脱落后，红鲜鲜的肉也长了出来。

"嘿嘿，我许木头不会那么容易死，老天爷都助我东山再起，等我站起来，还是一条好汉。只要能站起来，就不怕断子绝孙。"许木头盯着身上长出新肉的疮疤，眼神中又现出往日的阴森。

曲二手不由得打个寒战。

许木头盯着曲二手："儿啊，去把大柜叫来。"

大柜一进屋，坐在炕上的许木头就扔给大柜一坨黄灿灿的金子："你拿去，码够人，上山伐木吧。剩下的钱，就是你的，以后挣来的钱，咱俩对半分。"大柜捡起那坨金子，走了。

许木头的大旗，又竖了起来。

许木头盯着曲二手："儿啊，许家就剩下你这根独苗了。爹提着一口气不死，就是想给你打下江山。再干几年，你就是木帮的头儿。爹不仅给你姓，还要把'许木头'的名号传给你。"许木头嘻嘻地笑了，"爹不会让你孤单，等过了这个冬天，爹就把刘屯保长家的三闺女娶进门，再给你生几个兄弟。只要你们兄弟齐心协力，许木头的大旗就永远不倒。"

这个冬天，前所未有地冷。出来进去的人都缩着脖子，抄着袖，这天冷得邪乎，冷得要人命。入九后气温就达到了零下三十多摄氏度，进入三九，零下四十摄氏度了。

"诡异的天儿，一定出邪乎的事儿。"一些上了岁数的人，忧戚地盯着窗口。

不知道是曲二手的命里没有"江山"，还是许木头高估了自己的身子骨，那天，许木头非得让曲二手背他上山看看。好久没上山的许木头，看到牛马套子拉下山的原条，嘿嘿地笑，这笑声在曲二手耳畔像一阵阵阴风。许木头嘴里呼出的气，令他耳根刺痒，他的脖子一缩一缩的。山上冷得哈气成霜，大柜嘴里喷出一团团白气，号子喊得震天响……许木头满意地"嘿嘿"两声，就用双腿像夹骡马的肚子，夹一下曲二手的臀部，曲二手明白他的意思。他就像一匹骡马，背着许木头下山了。他们从山上下来时，已经是傍晚时分，在一家熏酱馆前，许木头又夹了一下曲二手，他倏地站住了。许木头说，买些下酒菜吧，回去喝一壶。他们买了半拉酱猪头、两个酱猪蹄、两根酱猪尾巴、一个酱猪舌头，还有一只烧鸡。

"儿啊，今晚你陪爹喝一壶。爹高兴，再干两年，许家的家底又厚实了。"

曲二手摇头，他还没有勇气和许木头面对面喝酒。

"那行，你给爹把酒倒上。"许木头像耗子似的，吱吱地喝酒，吧唧吧唧地吃肉。

曲二手端着一个大碗，坐到外屋地的灶坑前，呼噜呼噜吃了两大碗高粱米饭。

许木头喝了两碗酒，半夜肚子疼得满炕打滚，烧得直说胡话，折腾了两天半，许木头就变成了一截木头。曲二手不明白，满身脓疱都没让许木头咽气，两大碗酒咋就要了他的命？

大柜说："孩子，不是酒要了他的命，是那些冤死的小鬼，索了他的命。"大柜说完，低头走了出去。曲二手看着他的背影，迷茫地眨了两下眼睛。

曲二手把许木头埋到母亲的身旁。

"我妈先前的男人死了，连尸首都没收，她就被婆家赶了出来，娘家也回不去。她在许家活得没名没分，还受气。死后，终于有个男人在她身边了。"曲二手笑了，"石山，我这辈子做得最有分量的一件事，就是让我妈死后身边有了男人。嘻嘻——"

曲二手又伸手和杨石山要烟："再让我抽一根。"抽了两口烟，他又说，"我不想成为许木头，也不想要啥'江山'，只想跟着木帮干活儿。大柜说，要是看许木头，不能让你回木帮，但不看僧面看佛面，你妈是好人，你这孩子也好啊。那年我生病，许木头差点儿把我赶出木帮，你妈偷偷给我抓了药，熬好了，让你给我送来……大柜还说，我一次又一次躲过灾星，都是我妈为我积的德。"

回到木帮的第二年，曲二手又遇到一件诡异的事儿。他盯着自己的左手，沉思了许久。

"石山，我累了，咱俩睡吧。睡一觉儿起来，我再给你讲。可有意思了，比我做的那些梦有意思多了。"

蛐蛐又在窗台下有节奏地叫起来。杨石山觉得这晚蛐蛐的叫声，像极了冬天从窗户缝儿挤进来的风声。

早上，刘欣茹过来送饭，进门就问："老哥咋还没醒？"杨石山点头，说："昨晚和我说话，睡得晚。"刘欣茹扫了屋地，又把曲二手的两件换洗的衣裳收起来。

"石山，把老哥叫起来吃饭吧，待会儿饭凉了。"刘欣茹催道。

"哎呀，起来吃饭。欣茹给你炖了鲫鱼汤。"杨石山招呼曲二手。

曲二手的眼皮动了一下，仅有的两根手指也努力地动了一下。他给世间留下最后两滴泪珠，吐出一口气后，眼睛就再也没睁开。

曲二手带着一身谜团走了。工友们都来送他，尤大勺攥着存折，哭得像老鸹叫。曲二手在龙镇活了几十年，也没有女人愿意改变他外乡人的身份，死亡却让他彻底成了龙镇人。

六十四

森工人的子女都考林业学校，王知了却不想延续家族的职业。

王知了虽然不想做林业人，但她喜欢大山，喜欢大河，特别喜欢秋天的山。她觉得春天的山，如情窦初开，像野菜一样生涩。夏天一来，它就老了。老了的野菜，柴得无从入口，被人嫌弃，也被野草嫌弃。开花的野草都招摇着，把它欺在身下。而秋天的山是丰富的，像策马奔腾的男人。第一场霜下来，大山就有了颜色，灵动起来，斑斓得令人陶醉，不久就成了五花山。深秋的五花山除了诗意，还有了令人沉思的深刻，这时候的大山也属于男人。

早先，伐木人把大山弄得乌烟瘴气。停止采伐了，大山才恢复了宁静。

在她心里，山就如一个雄壮的男人，如果没有与水相依，山的威武就显现不出来。奔腾的水也如一匹马，男人怎么能没有一匹腾跃的马呢……男人是大山的主宰，就比如鄂伦春男人，游猎时他们带着血性，酒后他们又充满柔情。大沽河也是王知了心绪飘飞的好地方。傍晚时分，她常常去河边坐一坐，看晚霞从河面落下去，看黄昏来临，看飞鸟归巢……初中时，她就不安心在林业局的学校读书，一心要去县里。那时候，她开始读课外的大书，写小诗。春暖花开时，她逃课站在大沽河岸边，仰视蛱蝶谷的那片桦树林，第一次看到金钩蛱蝶在桦树的枝头上翩翩起舞时，她哭了。好几个晚上，她都兴奋得睡不着觉。

她以"桦树"为题，写了一首诗——

桦树林是天上落下来的一片云

落到地上的桦树，长出了耳朵

倾听金钩蛱蝶的悄悄话

阔叶和针叶，相爱出响声

迸发出喃喃低语

只有——

桦树的叶子，别出心裁

开了一朵朵小花——

像语句开始时的符号

也像倒挂的露珠

一条纤细的尾巴，拴住了它

它注定成为桦树的骨肉

金钩蛱蝶发烫的触角和煽动的翅膀

让一朵野菊花失了生动的脸庞

金钩蛱蝶和桦树，上演了一场生死恋

生与死，死与生

桦树干上写下的絮语

神秘的字符，都是无解——

写完之后，王知了看了又看，读了又读。她并不喜欢这首诗，甚至还有些生气，自己那么爱诗，却写不好诗。但她怎么也没想到，这首被她嫌弃的诗里，暗藏了她爱情的谶语。

王知了对书籍如饥似渴，每当拿到一本书，她先是深深地嗅一嗅墨香，满足地吁一口气，才开始阅读。她对少数民族十分好奇，因此，她的阅读也是有偏好的。除了小说、诗歌，她多半选择关于少数民族的书籍。她说，少数民族的语言，活在月光下。月亮是少数民族人民的情人，看他们跳舞，听他们歌唱。他们的语言也有月光一样的神秘，月光一样的深情。

独来独往的王知了，身体单薄纤细。从小到大，父母希望她学医，说她当了大夫，爷爷奶奶看病就方便了。初中以后，她就有了自己的心思，想学文。学了中文，才能更好地写诗，写大山，写大河。高中后，她心里十分清楚，无论考高等医学院，还是学中文，她的成绩都没戏。高中三年的功课，她勉强能跟上。上课时，能集中精力十分钟听课，她都很满足。因此，课堂上的内容，她都听得一知半解。很多时候，她也强迫自己去解一道类型题，但她解不下去，脑子里乱得像风中的杂草，一会儿想起一句诗，一会儿又在构思童话或爱情小说。

精力不能集中，她怀疑自己生病了。

王知了是父母的第二个孩子，父母生她时已经过了不惑之年。尤其是母亲，怀她之前吃了很多药。所以，她把自己的羸弱，归罪于母亲。

"妈，你都那么大岁数了，还要我干啥？"王知了这句话，不仅让母亲落泪，也让王良权的眼神暗淡。王知顺死于那场山火，母亲搂着她哭得喘不过气来："没有你，我和你爸还活着干啥。"她几次为母亲敲打后背，掐人中，母亲缓过气来，继续哭……

王知顺遇难时，王家驹还在世。

家人都瞒着奶奶。王家驹卧床多年，除了记得被掳走的二女儿，再就是老伴，偶尔也认识王良权，但眨眼工夫就问儿子："大哥，你啥时候来的，走累了吧？快坐下歇歇。"对孙子孙女，更是不记得了。看到孙子孙女，他让儿子把两个胡子打出去。"去，拿刀劈了他！不做人事儿的狗杂种，还上门抢人来了……"有时候也错把孙子孙女当成他过去的同事："老幺，你今个儿伐了几棵树？"

王家驹阴一半阳一半地活着。通过手术装了晶体的赵秀珍，耳聪目明，以至于王知顺死时，王良权想把她和王家驹送到邻居家。王良权说家里要掏炕，扒火墙，怕炕洞里的烟灰呛着他们。赵秀珍有很重的支气管炎，呛了冷风都咳嗽不止。

王良权在她面前装着笑脸，说："娘，两三天就接你们回来。"老太太嗯了一声，说："你过来，别站在门口说话，像啥样子。"岁月虽然剥夺了她脸上的光辉，沧桑的皱纹也横七竖八，但她看向儿子的眼神坚定有力，"良权，不用送俺走，俺挺得住，当年眼睁睁地看着你二姐被胡子抢走，俺还不是挺了过来？"老太太哽咽了，"你爸走不走也不碍事儿，他啥都不知道了，谁死了，他都不会难受。"站在地上的王良权手足无措地哭了。

"不要哭。知顺先走了，他是为了爷爷奶奶，先去那头儿打了前站。等俺们去时就有家了，你去忙吧，好好送知顺走。俺挺得住。"

老太太说完就把身子转过去，脸冲着窗户，又用扑克摆起了"八门"。眼泪吧嗒吧嗒地落在炕上的声响，像钉子钉到王良权的心上。

"娘，俺让你操心了，俺对不起你和爹，俺……"王良权扑通跪下，对着躺在炕上的爹，对着娘的后背，磕了三个响头。

高考时，王知的目标很明确，考医专，学护理，不能给爷爷奶奶看病，也能给他们打针。至于文学，只能当作爱好了。医专毕业后，她没有更好的去处，只能选择回林业局卫生所。王良权对此难过了好一阵子，他觉得女儿的选择草率又任性。既然不想做林业人，为啥还回林业局？虽然没直接接触林业，但还是为林业人服务。林业局已经在走下坡路了，她何必回来？

王良权对小女儿抱有很大的希望，但现实又很无奈。小女儿的脸上带着的哀伤之气，令他时时不安，也令他愤怒。但他敢怒不敢言，失去了儿子后，他活得战战兢兢。儿子的离去，让他突然醒悟，啥都没有活着重要，啥都没有一家人在一起活着重要。爹娘被找二姐的信念支撑着。以前，他惦记着除了找二姐，圆爹娘的梦，就想着看着一双儿女，别有啥闪失。想不到还是没看住儿子，他竟然走到了他前面。白发人送黑发人，那种锥心刺骨的疼痛，没摊上这等横事儿的人，是体会不到的。儿子的事儿，也让他更心疼起爹娘。儿女都是爹娘心头上的肉，那种钝刀子拉肉的滋味儿，让他痛不欲生。

爹娘一辈子都活在失去二姐的苦难里，他更加理解他们。

王知顺离世还不到百日，王家驹突然清醒了，不但认识儿子儿媳和孙女，还对老伴说："秀珍，给俺包一碗饺子吃。俺很多年没吃山东老家的饺子了。"

老伴疑惑地点下头，转头意味深长地看了一眼儿子。王良权却很害怕，怕清醒的爹找王知顺，爹要是见孙子，他如何和爹交代？可清醒的王家驹绝口没提孙子，除了要吃老伴亲手包的饺子，就望着窗外。

"太阳可真暖和啊，外头可真亮堂啊。知顺走了快百天了，有大太阳，他就不会冷。等我去时，还是要给他带上棉衣裤，这孩子在山里冻坏了。"

"爹——"王良权吓出一身冷汗。

"给你爹预备后事。"娘说这话时语气坚定。

果然，第二天，王家驹就不行了。爹弥留之际，王良权哭了。王家驹拉着老伴的手说："秀珍，我等不到二闺女了，你等吧，我等你信儿。我早点儿去那头儿也好，知顺这孩子可怜，身边没有亲近的人，他也不认识别人。我去帮他一把，把老亲少友给他引荐引荐。"王良权哭成了泪人……

王良权安葬了他爹，爹死前的话令他如鲠在喉。儿子没了，爹也走了，娘白发苍苍，老婆这辈子都在为儿女活，为这个家活。唯一的女儿，还老是一副爱答不理的样子，与谁都格格不入，像天外来的人。

"唉——这个家，就这么败了。当年爹带来的一家七八口，如今丢的丢，亡的亡。我唯一的儿子也没了。"王良权的叹气声，都缺少底气。他的心宛若挂在树杈上的一张破烂不堪的蜘蛛网。一股风过来，悠荡的蜘蛛网随时都能掉到地上，也可能随风跑得没了踪影。他怀着痛苦，不停地织补着这张网。他就想让这张网再厚实一些，再坚实一些。虽然儿子带走了他的半条命，但剩下的半条命，他要留给女儿。当小女儿回到林业局医院时，他叹了一口气，说道："林业医院也挺好，不管咋说，守家在地。日后，你再找个当大夫的男人嫁了，我和你妈的心就踏实了。你哥没了，只要你能陪着我们，我和你妈就天天烧高香。"

王良权说不清楚，是安慰自己那颗伤痕累累的心，还是安慰女儿。

但王知了并没多想，父亲的话，她也没往心里去。

六十五

起初，王知了不安于在林业局医院工作，除了心心念念地惦记文学，还想出去深造，考个全日制本科，然后读研。林业局也支持年轻人深造，只要出去学习，就报销学费，工资照常开。但她知道条件就是学成还要回来。

医院和卫生所归口后，县卫生局也有这个政策。在政策面前，她打退堂鼓了。她可不想留在林业局，或是留在龙镇。

当年，她下决心学护理，还不是因为唯一的哥哥没了，她觉得自己有责任替哥哥把家里的老人照顾好。要是哥哥在，她兴许赌一把，考个文科专业，然后换一个城市生活，出去见见世面。她还能一边写诗，一边工作，闲着没事儿，走在石板铺就的步行街上，拿着一杯奶茶，一边走一边喝。走到头儿，也见不到一个认识的人。要不就坐在一个排档口，点一杯加了鸡屎藤的清补凉……王知了心里还有一个更大的、不为人知的愿望——找二姑。她从小就知道爷爷奶奶、爸爸妈妈，还有哥哥，一直都在寻找丢失的二姑。二姑如一幅画，时时挂在家里堂屋的墙上。她期盼自己考上大城市的一所好的大学，但高中第一学期的期末考试，让她知道，理想还没开始就破灭了。

但她寻找二姑的心愿，宛若缭绕的炊烟，从没熄灭过。

当年爷爷带着全家逃荒，不得已才落脚到大山里。奶奶至今都提着一口气活着，就是期盼着有朝一日能见到二姑。她想完成家人们没完成的事儿。哥哥走了之后，她更坚定了这一信念。

爷爷的这口气提得费劲，提着提着就断了。

但世事难料，她还是放弃了学文，学了护理专业。她知道，人们背后都说她傲气。到医院工作后，她试图改变，也有一些变化，但还是不太合群。

人们私下议论，这丫头得找啥样的婆家？一般人家，她不能干；"二般"人家，也不想要她这样手不能提、肩不能担的媳妇。将来，她准是高不成、低不就的主。王良权那么要强的一个人，儿女的缘分却这么浅……听了这些议论，她像一条被人追打的野狗，灰溜溜地回家，还关上了大门。她倚在大门上，平复了好一会儿，才若无其事地进屋。

王知了读医专时交往过一个男朋友。男同学喜欢她，说她漂亮洋气，还仙气十足。但她恋爱的那根神经仿佛还没苏醒，或者搭错了地方，她对男同学既没有冷淡，也没有热情，反正跟前有这么个人，不多也不少。毕业前，医专生都下去实习，王知了学的是护理，而男同学学的是口腔，他们实习的地点是两个医院。临走时，男同学约她去大排档吃麻辣烫，还给她要了一份糖酥饼。他说："太辣对胃不好。你那么瘦，肯定脾胃弱，先吃一块饼垫垫肚子，再吃辣。"王知了有些心不在焉，原因是她收拾行李时发现《呼啸山庄》找不到了。她把寝室里的箱箱柜柜都翻遍了，也没有找到。是不是谁借走了，忘记还回来？男孩约她出来，她还在想着失踪的《呼啸山庄》，和《呼啸山庄》里的希刺克利夫。希刺克利夫从一个具有诸多人性美的少年，变成了一个疯狂，甚至有些变态的复仇者，是不是因为遭遇伤害而变得心理扭曲了呢？她又想起那个活在爷爷奶奶心中的二姑，这个被胡子掳走的女人的命运可想而知——肉体的折磨和侮辱，心灵的摧残和糟蹋，被苦难折磨的二姑，性情是否也会变得乖张暴戾？能不能用一把剪刀杀了那个欺凌她的胡子？或者，没杀死胡子，却被他五花大绑地拷打？二姑究竟是生还是死……王知了浮想联翩，想等实习结束就写写家族，写写二姑。

在一定程度上说，她的家族充满神秘感。

男同学看着她欲言又止。她似乎也感觉到了他异样的目光。她从文学里回过神儿，看着男同学。他尴尬地咧了一下嘴："你看，咱们要实习了，实习后，咱们就各奔东西了。我爸妈不可能同意我去林场，过山沟里的日子，我可能也不大习惯——"男同学不敢直视她,把脸扭向一边,看着大排档里出出进进的人。半天也没听见她说话,男同学只好又把头转回来:"山沟里的日子艰难。你看咱们还有继续……"他欲言又止。

王知了抿起嘴笑了,淡定地摇了摇头:"你没借我的《呼啸山庄》吧?"男同学莫名其妙地看着她,她拿过桌角上的牛仔背包,朝他招手,"那我走了。我得去找书。我的书丢了。"

"知了,我说的,你听明白了吗?"男同学在她身后急切地追问。王知了摆了摆手,撩起厚重的塑料门帘,头也不回地走了。男同学有些蒙,王知了摆手是表示没听明白,还是和他告别?他盯着那个忽地被掀起,忽地又落下来的塑料门帘,发了好一会儿呆。

王知了心里装着诗和远方,她在医院,也成了谜一样的人。王良权很为女儿的婚事担忧,私下和老伴说:"咱家闺女再嫁不出去,就剩在家了。"

"剩在家咋了?她一辈子不嫁,咱也养她。你领不到工资,咱就把楼房卖了,能卖多少是多少。"老伴乜斜一眼王良权。

六十六

　　龙镇的豆腐出名，都是因为佟家的豆腐。还没有林业局时，佟豆腐他爹就在龙镇做豆腐。很少有人知道佟豆腐他爹的大名，仿佛佟家豆腐就是他爹的大名。他爹不但把做豆腐的祖业传给了儿子，还给了他"佟豆腐"这个名字。他小时候，人们说起他，还叫他"佟家豆腐的那小子"。

　　他接管了豆腐坊后，人们就直接叫他"佟豆腐"。

　　佟家从密山搬到龙镇时，佟豆腐还没出生。关于他家从密山来龙镇，有很多传言。有人说佟豆腐他爹年轻时当过胡子，后来被另一伙胡子打散了，偷偷潜回密山，娶了老婆，生儿育女，过起了平凡的日子。但这伙占了上风的胡子，扬言要斩草除根，佟豆腐他爹吓坏了，连夜赶了一辆大车，带着家眷搬到龙镇。也有传言说，佟豆腐他妈长得漂亮，是个标致的美人。一个胡子头儿看上了他妈，吓得他爹带着老婆，拉着全部家当，趁着夜黑风高跑到龙镇。

　　一到龙镇，佟豆腐他爹就开了豆腐坊。当年林业局食堂和附近林场的食堂，都吃他家的豆腐。

　　早些年，吃他家豆腐，是别无选择，龙镇就这么一家豆腐坊。多年过去，人们还吃佟豆腐家的豆腐，是因为他家豆腐持久不变的味道。龙镇人耿直，心肠热，不会变通。而龙镇人吃豆腐，也像他们做人一样，除了酱炖，就是凉拌。

　　佟豆腐他妈不仅模样儿好看，还能干。他爹也长得魁梧英俊。做了几年豆腐，他爹又发现一个商机，就在院门前盖了两间门房，把耳房的石磨和做豆腐的家什，搬到了西门房，东门房开了小卖店。"佟记日杂"挂牌匾那天，引来不少人观看。佟豆腐的爹妈抓一把糖块，撒给孩子们，又拿了两盒烟卷，给围观的人点上。

"请多捧场，多谢大家。"佟豆腐他爹拱手谢大家。

佟记日杂童叟无欺，夫妻俩不多言不多语，即使是小孩子去他家打酒、装酱油，他们也不会少找孩子们一分钱。爹妈叫佟豆腐"七儿"，因为他是家里的老小，也是单传。大姐比他大十五岁。他还在上小学，姐姐们相继嫁了出去，爹妈就守着豆腐坊，守着佟记日杂，和七儿过着日子。

爹把祖上的真传毫无保留地传给了七儿。

他从爹手里接过祖传手艺，还是用石磨磨豆子，用卤水点豆腐。那种带着淡淡卤水清香的豆腐，是龙镇人家逢年过节时餐桌上不可缺少的食物。龙镇人若是出门在外，回来的第一件事儿，就是吃一顿佟豆腐。佟豆腐不仅对做豆腐上心，对日杂的货物和账目也清清楚楚。爹妈渐渐老了，他们的心愿就是早点给七儿成家。他刚搭二十岁的边儿，爹妈就都六十多岁了，他们很为七儿的婚事着急，说眼看黄土都埋到脖颈了，不看着七儿结婚生子，他们咋能闭上眼睛？逢年过节，姐姐们一回娘家，这话就挂在爹妈的嘴边。

爹妈长相的优点，都被佟豆腐继承了下来。他除了相貌好，身量也高。爹妈知道七儿的心气高，就苦口婆心地劝他，说咱们是外来的人，能在龙镇这鱼龙混杂的地界站稳脚跟，多亏了咱们小心经营，谨慎做人。咱家就靠卖豆腐和卖油盐酱醋的微利过日子，不能盯着林业局的姑娘。林业局的姑娘矫情得很，人家都是吃公家饭的人，也瞧不上咱们这样小门小户的人家……佟豆腐脸一红，微微地点头。爹妈的话在理，可他还没想好找个啥样的姑娘。

在龙镇，爹妈的人缘好，品行和口碑也好，而且佟家豆腐的儿子不光长得好、能干，还本分，但这不是他的资本。虽然龙镇人不欺生，但他的脑门上盖着的"外来户"的钢印，像一道符咒，时时提醒着他。

佟家为儿子找对象的口风一出去，媒人就陆续上门了。

在爹妈和媒人三寸不烂之舌的撮合下，佟豆腐去了孙吴，和一个姓马的姑娘相亲。孙吴的姑娘叫马玉莲，相亲时佟豆腐吓一跳，心里说，还有长这么砢碜的女人？人高马大不说，脸还长。一脑袋头发，厚得一把都掐不起来。爹妈却十分称心，他们说丑妻近地家中宝，长相不好看的姑娘，别人不惦记。人活一辈子，长相再好看，也架不住老。再说，漂亮脸蛋对你是诱惑，对别人也是诱惑……从来不和爹妈犟嘴的七儿，这次不干了。从孙吴回来，他躺在炕上怄气，不吃不喝，也不起来。爹妈害怕了，说："你起来吃一口饭，有啥事儿咱们慢慢商量。"七儿倏地爬起来，说："我现在就吃饭，只要不和那个姑娘成婚就行。"他站在锅台前呼噜呼噜吃了一块小葱酱拌豆腐、三个两合面大馒头、一盘炒黄豆芽。

爹笑了，说："七儿，吃饱了吧？洗洗脸，换衣裳去孙吴，把马家的丫头接来，让她熟悉熟悉咱家铺面。你结婚了，我和你妈就搬出去另过。"爹吧嗒一下嘴，"我和你妈干一辈子，也该歇歇了，享几年清福。"佟豆腐气得恨不能把刚吃下的东西吐出来，赌气进了屋，又大头冲下趴炕上了。爹和妈对望一眼，笑了。爹跟他说："七儿，你去下屋卖货啊，我和你妈出去一趟。"

爹和妈头也不回地走了。

傍晚，爹妈把人高马大的马玉莲带了回来。看到七儿的马玉莲，眼里光芒四射。她把包放到北炕上，不好意思地扭扯了一会儿衣襟，就挽起袖子去外屋帮婆婆做饭了。佟豆腐气得直翻白眼，不回上屋吃饭，不回上屋睡觉，吃住在日杂店里。那些日子，他黑白都在日杂店里待着，马玉莲给他送饭菜，还按时给他送水。第三天傍晚，马玉莲进来捡碗。她端着碗走到门口，犹疑了一下，站住了。

"我知道你没相中我，嫌我长得砢碜。嗯，按说我不该来你家住，就算你不嫌我，没结婚的姑娘也不该来男方家住，好说不好听。"马玉莲哽咽着，看了一眼佟豆腐，"我也是实在没办法，继母对我不咋好。前些天，我和继母闹了别扭，她摔摔打打，我又不敢和爹说……"她的眼眶里蓄满了泪水，眨巴几下，眼泪就像珠子似的掉下来，"我明天就回孙吴。你回上屋住吧，这屋下半夜冷，别凉着。"

佟豆腐心里一动，绷着的脸也软了下来。他知道自己心软，更受不了女人的眼泪。他硬撑着，再次绷起脸没说话。他告诉自己，不能因为一时心软，一辈子守着这么个丑女人过，难受得心里都没缝儿。他别过脑袋，正好有人来买货。看着忙着收钱拿货的佟豆腐，马玉莲落寞地回了上屋。

佟豆腐的爹妈并没让马玉莲回孙吴。他们对她说："你就住着，不能当儿媳妇，还能做闺女。再说俺们还没死，这个家还轮不到他说了算……"爹的话明显是说给七儿听。

傍晚，马玉莲又来到下屋，对佟豆腐说："你歇歇，我卖货。按照价签卖，保准卖不错。"此时正是林业局下班的时间，屋里站着一群等着买豆腐和其他东西的人。还没等他说话，马玉莲就忙活起来了。她手脚麻利，一会儿就把等着买货的人答对走了。但她并没离开，边卖货边整理货架子，还把一些临期的货挑了出来，又撕了一块纸壳，写上"临期货，九五折出售"。有人来买货，她就滔滔不绝地介绍，说别看这些货快到保质期了，但不影响吃，也不影响用，现在买可合适了……不到一个星期，积压的货就卖空了。

佟豆腐又揣着钱，去进了新货。

一进腊月，龙镇就有了年味儿。小年那天，马玉莲炒了六个菜，佟豆腐陪他爹喝了一杯。喝完酒，他又要回下屋睡觉，妈拦住了他，说："这可是真不知好歹，西屋热乎乎的炕你不睡，非得去下屋。下屋不敢多烧火，烧热了，怕东西坏，只要不冻冰就行。你天天在下屋睡觉，落下毛病可咋整？"妈连推带搡，把他推去了西屋，他爬上炕就睡了。妈把火墙和炕烧得滚热，他睡出一身汗，半夜口渴得厉害："妈，我渴，给我舀瓢水喝。妈——"

妈走路不抬脚，动静大，可他没听见她的脚步声。"起来喝水。"他用一只胳膊支起身子，朦胧中接过水瓢，咕嘟咕嘟喝下半瓢水。他把空水瓢递出去的瞬间，发现站在他眼前的不是妈。他皱着眉头想了一会儿，才想起家里还住着一个马玉莲。他愣着，迟缓地躺下。一双温热的手帮他把棉被往上拉了拉，又掖了两边，一股热血冲到他头顶，他拽住了马玉莲的手……

早起磨豆腐的爹，走路都踮着脚尖儿，生怕惊动了院子里早起觅食的麻雀。

佟豆腐恨得直咬牙根,却也只能唉声叹气地接受了事实,接受了马玉莲。

结婚这天，佟豆腐被几个外甥按到炕上，才换了新衣裳。

六十七

佟家虽然不是林业局职工，但他家是龙镇第一批买商品楼房的人家之一。

爹妈给七儿也买了房子，说："楼房离学校近，俺们和孩子先住过去，一来照顾孩子上学，二来也干不动了，佟记日杂和豆腐坊就交给你们了。"都说娶的媳妇随婆婆，马玉莲除了长相不及婆婆，她比婆婆能干，还干净利落。佟豆腐从爹手里接过豆腐坊后，虽然还沿用纯手工和卤水点豆腐，但一年后做了很大的改良。他做出的豆腐，不但有淡淡卤水的清香，黄豆的香气也充分地释放出来，上火炖上个把小时，不但炖不烂，还软颤颤的，口感绵软又有韧性。

夏天，佟豆腐增加了绿豆豆腐这个品种。绿豆清凉解暑，人们更离不开佟豆腐家的豆腐了。都说佟豆腐做的豆腐不但味道比他爹做得好，而且卫生更好。天气热时，人们都忌讳吃豆腐，夏天的苍蝇无孔不入，豆腐坊是蚊蝇聚集的地方。但佟家的豆腐坊不但没苍蝇，压豆腐板和屉布都洁白如新。马玉莲把豆腐坊擦洗得一尘不染，和佟豆腐说话也柔声细语，对他言听计从。

马玉莲也叫佟豆腐"七儿"，只是她与公婆的发音有所区别，公婆把"儿"作为重音，而她把"七"作为重音。

"俺们家七儿做的豆腐，豆子味儿可浓了。"马玉莲叫"七儿"时，脸上的自豪像溢上岸的河水。

佟记日杂也在马玉莲手里扩大了店面，增加了很多品种，比如青菜、水果、馒头、烧饼、麻花。林业局下班的人，不管顺路还是不顺路，都要拐到佟记日杂买块豆腐，买两样水果，买点儿青菜，买袋馒头。回家炒个青菜，炖块豆腐，饭菜就都齐了。

龙镇的人一说起佟豆腐，没有不知道的。

十几年过下来，马玉莲除了长相不让佟豆腐称心，其他方面，他就算鸡蛋里挑骨头，也挑不出啥差错。至此，他也认命了。

这个夏天，刚一入伏，佟豆腐突然生病了，上吐下泻。马玉莲给他熬了姜糖水，一大碗喝下去，他不但没好，还腹泻得更严重了，两天就起不来炕了。这天，豆腐都缺货了，马玉莲吓哭了，不敢惊动公婆。公婆都那么大岁数了，还为他们照顾孩子。她骑着送货的三轮车，把佟豆腐送去了林业局医院。化验后，大夫说："赶紧输液，是病毒性痢疾。人都脱水了，咋才过来？"听到大夫的埋怨，马玉莲哭了，在走廊的拐弯处狠狠地扇了自己一个嘴巴："你咋怎么该死！男人病成这样，你才把他送来。他要是有个好歹，你就去死吧。"她抹干了眼泪，跑前跑后，到窗口缴费、取药，把药送到护士站。

"你回去吧，家里没人哪行。我没事儿，打针有护士，一会儿打完针，我要是走不动，就往家打电话，你再来接我。"躺在床上的佟豆腐一脸菜色，有气无力，说话都时断时续。马玉莲流着眼泪走了。

改革前，林业局对医院的投入也不小，十分注重医疗资源和医务人才的配备。医院除了内科、外科、儿科、妇科外，还有中医全科。龙镇及辖区有三万多常住人口。

改革后，医院的护士就不倒班了。在林业局医院住院的基本都是慢性病患者，急病患者一般都去县医院，即便是到林业局医院就医，医生也会依据病人的情况，及时让家属送病人去县医院。县医院的各方面条件比林业局医院更好。所以，住在医院里的患者，除了有些轻微外伤的，就是慢性病患者，大多都是日常打针换药，以老年人居多，有的补钙，有的疏通血管，都是白天用药。晚上，医院只有一位医生和一个护士值班，万一夜间有重症患者，医生和护士在，也好及时处理。

一个月，王知了最多值三五个夜班。

龙镇人有下午不看病的习俗，所以每天上午医生护士都忙得脚不沾地。诊室门口排一溜等候就诊的人，医生忙得连水都顾不上喝一口。护士就像蜜蜂，从一号病房飞到四号病房，药还没换完，八号病房的呼叫铃声又响了。

　　到了下午，医院就冷清了下来。

　　佟豆腐来医院输液，正赶上王知了上白班。她进门把吊瓶挂在输液架上，拉过佟豆腐的手，勒上绑带后，消毒，轻轻地拍打两下，针头在他手背上一拱一推。她又轻轻地拉下绑带，粘上胶布，调了滴速……佟豆腐不是林业局职工，只对机关食堂的采购员比较熟悉，就算常来他家买货的人，他也只是面熟，至于姓甚名谁，做啥工作，他不知道，也不太在意。每天午夜后，他起来磨豆，做豆腐，再出去送豆腐，回来就中午了。吃过午饭，他还要补一觉，然后起来，帮老婆打理一下日杂店，又开始挑豆子、泡豆子……他就像一头拉磨的驴，家是他的原点，他转了一圈又一圈，还是没离开原点。他无心关注日杂和豆腐坊以外的人和事儿。

　　自从娶了马玉莲，他也忌讳看人脸。他不想伤心，更不想让自己难过。谁的脸，都比他老婆的好看、耐看。

　　活这么大，佟豆腐是第一次输液。从小到大，他都很少吃药。爹妈说是豆浆养育了他们的七儿。七儿一岁多就开始喝豆浆。他爹做豆腐时，煮豆浆的锅开的那一瞬，先给七儿舀半瓢豆浆。小时候，他贪睡起不来，他爹也会舀半瓢豆浆，给他留出来。

　　他每次喝绷着一层黄黄的油皮的豆浆时，都陶醉般眯缝起眼睛。

　　佟豆腐不认识王知了，但他知道，她家人一定是林业局的职工，否则她不会在林业局医院做护士。林业局总是优先考虑职工子女的就业。被这么好看的姑娘拉手，还是第一次，佟豆腐心跳得不行。他也是第一次这么近距离地看一个好看的姑娘。王知了的皮肤，像刚点好的豆腐脑，白嫩嫩，软颤颤，还像开春时山上盛开的山梨花，花瓣儿上挂着闪亮的露珠。在林区，这样的皮肤实在少见。她的眼神里，还有水波一样的东西流动。虽然瘦弱，但身材出挑……佟豆腐心跳加速，连日来苍白的脸也有了红晕。

六十八

　　林业局医院的病房里有四张床。王知了又给其他三个患者打了针，就匆匆地走了出去。佟豆腐不自在地蠕动一下身子，王知了那张白皙如梨花般美丽的脸，在他眼前闪来闪去，像彩虹一样，一会儿消失在云层里，一会儿又从云层里露出来。他脸上的表情，也随着王知了的出现和消失而起伏变化。在他看来，王知了就像埋藏在森林里的一颗明珠。以前，他也来医院开过药，爹妈经常胳膊腿疼，但每次都来去匆匆，他从没留心过医院里的大夫和护士。

　　佟豆腐有点儿可怜起自己来，除了豆腐、日杂，还有老婆，其实自己一点儿见识都没有，出生在龙镇，读书也在龙镇，只有上货才去县里。这么一想，佟豆腐惊讶地发现，从小到大，他只坐过一回火车，还是和他爹去一个叫讷谟尔的地方看黄豆。那次，他爹在火车上还给他买了一袋香肠和一袋五香豆腐卷。他一边吃着香肠和豆腐卷，一边听着火车轮子与铁轨的撞击声……眼看着吊瓶里的药水见少，他既兴奋又失落。兴奋的是，王知了就要来换药了；失落的是，他为啥没早点儿生病，要是早生病，早来输液，早就能见到长得这么好看的护士了。

　　佟豆腐心中暗想，怎么也得想办法知道这个漂亮护士的名字，下次再来打针，就点名让她打。

　　吊瓶里的药见底了，他按铃的手有点儿抖。呼叫铃声很好听，是那种节奏舒缓的音乐。佟豆腐的心，都快跳到嗓子眼儿了，进来换药的护士却不是王知了。一位看上去有四十多岁，高颧骨上长着稀稀拉拉的雀斑的护士站到他床前。

"佟——"还没等护士叫出他的名字，他就咂了一下嘴，不耐烦地问："咋换人了？"他的语气十分不悦。这位护士也没好气儿地瞥他一眼："咋的，换药还挑人啊？"她娴熟地操作着，又把吊瓶挂到支架上，"盐水冲管五分钟。自己看着点儿，到时间按铃。"她转身走了出去。

佟豆腐的心慌慌地跳，是不是那位好看的护士看出他的心思了，故意躲着他？他紧张得出了虚汗。他完全忘记了，自己还是个病人，肚子也争气，输液期间一次便意都没有。再进来换药的，还是第二位护士。

这一瓶药，对佟豆腐来说，漫长得令他心焦。他想，要是不腹泻了，明天就不来输液了。

就在佟豆腐心灰意冷时，王知了来给他拔针了。"按住，不要揉。回家用生土豆片或者热毛巾敷一下。"她摘下吊瓶，头也不回地走了。

简单的几句话，如同一阵细雨，滋润了佟豆腐的心田。他焦躁的身心顿时清凉下来。佟豆腐推开医院的大门时，一道灿烂的光正好打在他脸上。第二天早上，佟豆腐匆匆地送完豆腐，又把一板豆腐摆上日杂的柜台，对老婆说道："我去打针了。"

马玉莲笑了："你要是早这么听话，就不能掉六七斤肉了。"

输液的六天，是佟豆腐幸福的六天。虽然每次换药拔针的，不一定是王知了，但他心里充满了快乐和期待。第二天，他就知道了，门诊输液的患者多，特别是年岁大的、血管不好找的患者，都找那个漂亮的护士扎针。他还知道了她叫王知了，他也对上号了，她是王良权的女儿。王良权常去他家买东西，最爱买午餐肉罐头，说老妈牙口不好，就得意午餐肉，煮汤、下面条，怎么吃都不够。

那些日子，佟豆腐活在自我营造的世界里，出来进去都笑眯眯的。马玉莲和儿子说："你爸自从病好了，就变了一个人，和我说话都不像以前那样粗声大气了，每天还多做一板豆腐。以前咱家的豆腐一上午就没了，现在下午有人来买，幸运的话，也能买到。"马玉莲的脸上挂着喜气。

佟豆腐很少出门散步，他出了豆腐坊，就进日杂店，特别是林业局下班的时间，来买货的人多，马玉莲一个人忙不过来。

这晚，吃完饭，佟豆腐特别想出门走走。他和老婆说，镇供电所的食堂管理员让他去结账。马玉莲看了一眼天色，说这时候人家都下班了，上哪找人去？佟豆腐说月底结账时，他们都加班。他说着话，就走了出去。

傍晚时分，夕阳正在下沉，缭绕的雾气中，跌宕的群山宛若一幅画，在他眼前徐徐展开。他信步走进画中，像是走进梦幻里。微风吹拂过来，还夹杂着花香和草香。他是在龙镇出生的，但这是他第一次感受到龙镇的美。小时候，他除了帮爹妈干活儿，就是在上学放学的路上。无论冬夏，他都是一身汗，汗水里不是豆子味儿，就是日杂里油盐酱醋的味道。走出豆腐和日杂的佟豆腐，有一种逃学出来的感觉，心里既兴奋，又有些忐忑。

佟豆腐第一次享受到人间美景，深吸一口气，又痛快地吁了一口气，感慨道："可真风凉啊！"

活了四十年，佟豆腐才恍然发现，活着不只是做豆腐、卖豆腐，不只是理货，卖日杂，还有美景可看，有豆腐炖猪骨、海带的美食可吃，还有医院漂亮的护士王知了可想。他又无限感慨地嘀咕了一句："活着可真好啊。"于是，不可遏制地，王知了又和他走在傍晚的山色中。有美人相伴，眼前就有蝴蝶翩翩起舞，还有纷纷而落的花瓣。他听人说过，靠近大沽河的山坡，有一片原始的白桦林，春天有成群的蝴蝶飞来，挂在白桦树枝上，白桦树上就开出金灿灿的花儿。但他从来没见过，没有时间，也没有闲情，去看白桦林，看蝴蝶。马玉莲当然也没见过，她不稀罕看美景。夜深人静时，坐在炕上数一张张纸币和一把把钢镚，她眼睛都能冒出光来。在她看来，他和钱，就是天下第一美的景。

天上的云，又有了变化，有的像羊，有的像牛，有的像鸟，有的像猫头鹰。佟豆腐仰头看了一会儿天，不由自主地哼起了一首歌，至于旋律是从哪儿听来的，还是他自创的，他不知道，也不理会。

不知不觉，佟豆腐就走出了一段距离。当他从山脚下往回走时，脚步不由得加快了。头上不时有鸟鸣声，他知道鸟儿也归巢了。对于佟豆腐来说，这晚他不仅看了美景，还和美人约了会，只可惜没能拉到美人的手。他在遐想中，再一次感知王知了软得近乎无骨的手。于是，他情不自禁地抚摸起自己另一只手的手背，脚步也慢了下来，站在沙石路边，看起了大山。

六十九

黄昏后的大山，总是莽莽苍苍的，像是披上一件纱衣，神秘而又朦胧。月亮也仿佛感知到佟豆腐的心事，早早地挂在青黛色的天上，在他的头上慢慢地升起来，还把他的身影一忽变长，一忽拉短。

佟豆腐掐指算了一下，今个儿是阴历十三。十三的月亮。虽然没有十五十六的月亮圆，但看起来也近乎满月了，在这样的月亮地儿下散步，他惬意得全身轻松。他看着地上自己的影子笑了，又仰头看天上的月亮，云团从月亮身边飘过去。游走于云团中的月亮，还有一圈五彩的光晕，橘红、淡绿、浅红、金黄、纯白，宛若五彩的祥云……在龙镇，只有通往林业局的那条街上有路灯。人们每次走到那条街，总是有一种别样的感觉。特别是冬天，街灯就像一炉火，让人心头涌出暖意。

佟豆腐第一次认真地欣赏月光，他觉得月亮比通往林业局那条路上的街灯大方，街灯只能照亮那一条街，而月亮呢，不偏不倚地挂在天上，任凭云团在它面前搔首弄姿，月亮都微笑着迎来送往。即便是被一团云遮挡，当月光从云中跋涉出来时，它依然微笑着，脸也像擦了粉一样亮白……

这个傍晚，佟豆腐欣赏了天上的白云、灰云和月亮，也欣赏了地上自己的身影。他像是喝了高度烧酒，贪婪地直咂嘴。他想，以后要常出来走走，不能老守着马玉莲、豆腐坊、日杂店活着。当山峦和林木成了晦暗的叠影，佟豆腐彻底陶醉了。他自然又想起王知了，要是她在身边多好啊，他还下意识往右边看了一眼，除了月光下自己的身影，就是路边蒿草摇曳的影子。他不免有些失落，不想这么快回家了，能安静地想一个人，实在太难得了。

佟豆腐索性在路上徘徊了起来。

他突然发现迎面有个人影走过来，他想可能是新鄂乡回来的龙镇人，也可能是从新鄂乡来龙镇走亲访友的人。这条沙石路通往新鄂乡，走这条路近。

龙镇人去新鄂乡，或者新鄂乡的人来龙镇串门，都爱走这条路。也可能是出来欣赏月色的闲人。当迎面走来的人与他擦肩而过时，他看到这人竟是抱着一束野花的王知了。

他吓得叫出了声："啊！你、你……"他惊愕地张大了嘴巴，

王知了被佟豆腐吓一跳，但并没有停下来，而是加快了脚步。她的脚步，也明显有些变形。

"妹子，是我，我是佟豆腐。"

王知了并没有搭茬儿，显然不想和这个自称佟豆腐的人说话。两只喜鹊从他们头上飞过去，在寂静的夜晚，喜鹊的叫声极具穿透力。但王知了和佟豆腐都没有体会到喜鹊叫声中的愉悦。王知了还感到了恐慌。

王知了今天休班，临近傍晚时，突然心血来潮，想去看看傍晚的夕阳，夕阳下的野花。

吃过晚饭后，王知了才从家里出来。她悠然地走着，不知不觉地就走上了这条通往新鄂乡的沙石路。确切地说，是一只通身白色，但两个翅膀上有一抹红，红嘴红爪的小鸟，把她引到这里来的。

这只通身白色的小鸟，身上仿佛带着火苗。随着翅膀的扇动，火苗也在它身上跳跃。

她是在半路上遇到这只带着火苗的小鸟的。它飞得很低，还飞飞停停，落在路边的树上时，啁啾声像是在招呼她。她跟随着小鸟的脚步，走到这个不算太高的山坡上。这只鸟飞着飞着，就一头扎进一片灌木丛里。王知了听见小鸟扑腾翅膀的声响，想这只小鸟可能是受伤了，便快步走过去，扒开密实的灌木丛，没看见小鸟的踪迹，却发现一大片盛开的山百合。

傍晚的山百合，红得像血，像火。她惊诧地哑了一下嘴。当她转身时，垂落下来的枝叶遮挡了她的视线，她用手把婆娑的细枝扒拉开，"啊呀"叫了一声。半开半合的洁白中还透着淡绿花苞的树，是绣线菊，她认识，以

前看过，但从来没见过这么大一片绣线菊，而且它们的脚下还有从山涧流下来的清泉。从石缝中跳下来的水，发出叮咚的响声，像极了古琴。

王知了贪婪地流连于花丛中，忘了时间。她甚至怀疑刚才那只小鸟是故意把她引到这里的，让她与这片绣线菊相会——眼泪不知不觉地流出来。她在那片绣线菊下站了许久，要不是夜色渐渐浓了，她真想陪伴着它们。她忍不住，想把它们据为己有，就采下来一大捧。回家放在灯光下，她要慢慢欣赏，还要给它们写一首诗。她转身要离开时，那只带着火苗的小鸟不知道从什么地方又飞过来，落在枝头上叫了几声，才扑扇着翅膀飞走了。

"再见，小火苗——"王知了跟它道别。

回家的路上，王知了把诗的题目都想好了——"火苗与绣菊"。她要写一首诗，献给小火苗，献给绣线菊。

谁知她的思绪被一个男人打断，男人还叫出了她的名字。惊慌失措中，她无论如何都没想起这个佟豆腐是谁。也难怪，住在龙镇的人，在林业局和林场上班的人，差不多都认识她，她却不能记住所有人。这样一想，她的心就落回到原处。能叫出她的名字的，不是林业局的职工，就是镇上的老邻旧居。但她的脚步没停，她心里有些气，他搅扰了她的思绪，也打破了这静谧美好的夜色。

王知了加快了脚步，眼睛还盯着怀里的一大抱绣线菊。幽暗月色下的绣线菊，散发出无尽的诗意。她似乎还看到每一个花瓣上挂着晶莹剔透的露珠……一双大手从后面伸过来时，她闻到一股豆子味儿，还有一些陈腐的气味儿。她刚要躲，那双大手抓住了她的胸，她吓得"妈呀"一声，绣线菊落到泥土里。她的惊叫并没让那双粗糙的大手退缩，它们更加急促地抓她。

王知了魂飞魄散，拼命地喊叫，拼命地撕咬，拼命地抓挠，拼命地挣扎。

坑洼不平的路上，自行车链条与链盒碰撞的响声从拐弯的路口传来。不一会儿，一辆自行车就露出头儿，佟豆腐被吓丢了魂儿。他慌不择路，转身朝山上跑去。

七十

　　葛丹驮着两大塑料桶酒，从新鄂乡回来，他根本不知道自己的出现解救了王知了，也解救了佟豆腐。

　　葛丹吃过早饭就去了新鄂乡。他打算装了酒就走，可大姐非得留他吃午饭，还把二姐和二姐夫也叫来了。他和两个姐夫喝了酒，谈起包地种植寒葱的事儿，姐夫们都十分感兴趣。大姐夫感慨道："林业局真好！"二姐夫说："你那里要是需要人手，我就去你那干，家里你二姐就能忙过来。我得挣点儿钱，给你外甥买房娶媳妇……"他喝了不少酒，大姐让他睡一觉再走。葛丹这一觉睡到下午三点多。大姐说："我早点儿做饭，干脆你吃完晚饭再回去，也不差这会儿工夫。轻车熟路，一个大男人贪点儿黑怕啥。"

　　葛丹从大姐家出来，太阳已经偏西，他蹬得也不快，太阳一落山，山里就风凉，反正也不着急回家。

　　葛丹双腿叉在自行车的大梁上，半天才看清楚，蜷缩在路上啜泣的人是王知了。后车座上的两大桶酒，令自行车支不住，他鼓捣了好一会儿，才把自行车支上。他把哭得近乎晕厥的王知了扶起来，她哆嗦得站不住，葛丹只能让她靠着。葛丹高大健壮，王知了宛若落在他身上的一片叶子，在他怀中瑟瑟抖动。王知了的水粉色碎花衣裳的领口和胸口处的纽扣眼儿，已经被撕得豁开了，她双手紧紧揪着衣裳。葛丹轻轻地拍她的肩膀，让她放松一下。王知了抱着肩膀蜷缩着，哭得上不来气儿。过了二十多分钟，她才稍微平静下来。她认识葛丹，退后两步站着。

　　"看清楚是谁了，要不要报警？"葛丹问。

　　王知了又哭起来。葛丹非常理解王知了，也很心疼。他知道，王知了是王良权的女儿。他因为患荨麻疹，常去卫生所开药、输液。王知了打针的技术，在林业局医院的护士中数一数二。葛丹的血管有些特殊，弹性也差，扎不好，不是滚针就是渗药。医院的大夫、护士和葛丹都熟。一看他端着药来护士站，护士就会说："等会儿让知了给你扎。你那血管咱们可扎不了，一针进不去，第二针手就抖了……"打过几次针，他和王知了就熟悉了。但她话少，平时很少主动与人搭话，即便说话，也是简单点下头，或者嗯一声。葛丹和春洛说："王良权家那个丫头，好像不食烟火。"

别说是王知了，哪个女人摊上这事儿，都得吓够呛，这种难堪的耻辱，也会让她崩溃。葛丹把王知了送回家，看着她进大门。走到门口，王知了站住了。她看了一眼葛丹，他明白她没说出来的话，便道："放心吧，我不会告诉任何人。但你要是需要我做证，我会站出来。"

佟豆腐半夜才回家。

马玉莲出去找了他三四趟，才把他迎回来。她慌张地说："你吓死我了，干啥去了？我还以为你出去算账，身上揣着钱，半道被人劫了。"马玉莲一边说话，一边为他扑打身上沾着的叶子。

"你这是干啥了，咋整一身树叶子，还湿漉漉的，钻山了？"

"咱家没来人吧？"佟豆腐看见老婆摇头，他吁了一口气，"回来时绕远走了一会儿，想风凉风凉，没承想遇上一头黑瞎子，我撒腿就跑，藏到路边的灌木丛里，差点儿崴脚。"路上，佟豆腐就想好了说辞。虽然月亮地儿亮，但他确定，骑自行车的男人没看清他。如果王知了报警了，警察早就来家里抓人了。

佟豆腐没在上屋睡觉，也没在下屋的日杂店睡觉，去了西侧的豆腐坊。

为了通风，西侧的豆腐坊的窗户，常年开着。西窗户紧邻一条小河，据说这条小河是从二可河分叉过来的，虽然河水不那么湍急，但顺着河流游过去，就能进山。他想好了，一旦有动静，他就从窗户跑，宁可在山里自杀，也不能让警察抓住。他虽然没得逞，但毕竟有强迫人的动作和意图，一旦被抓住，一定会被判强奸未遂。如果是那样，他的家人都没脸在龙镇活下去。他要是死了，就死无对证了，这样家人还能勉强过下去，儿女也不至于被人耻笑。

佟豆腐双眼无神地盯着房梁。他真想找一根麻绳，把自己吊上去。一夜没睡，他没有力气磨豆子，第二天早上，马玉莲给订了豆腐的食堂分别打了电话，说她家七儿病了，今天豆腐送不成了。对方咂着嘴，惋惜地问："咋搞的，佟豆腐前些日子不是打点滴了吗，咋又病了……"很多人来日杂店也没买到豆腐，都遗憾地摇头，问明天能不能有豆腐。马玉莲笃定地点头："有，明天指定有。"

第二天，佟豆腐的豆腐果然上市了。两三天后就有人说，豆腐怎么和以前不是一个味儿了？马玉莲十分疑惑，她不相信男人不行了，男人又不老，干什么活儿都无可挑剔。就说长相吧，就那些穿得溜光水滑，坐办公室的林业人也比不上他。

中午，马玉莲做了酱炖豆腐。她用小勺挖一勺嫩得颤巍巍的豆腐，一口就吃出了豆腥气。她皱了一下眉头，想起今早豆腐一出来，她也闻到了豆腥味儿。她若有所思，又用小勺挖了一块豆腐，放进嘴里吧嗒两下，人们说得没错，佟豆腐的豆腐，果然变了味儿。

这几天，她发现男人无精打采，一闲下来就盯着双手发呆，偶尔还嘀咕一句"罪恶，罪恶啊"。她十分上火。开始几天，她吃啥都没胃口。后来，她发现只有吃东西，憋闷的心才能松快一下。日杂店里不缺吃食，马玉莲逮着啥吃啥。以前，她从不舍得吃日杂店里的东西。哪一样东西，都有成本跟着。

七十一

佟豆腐宛若一只惊弓之鸟。就连院子里的鸡追逐着踩蛋，他都吓一跳，眼神儿也不安分，总是叽里咕噜地四处踅摸。

"七儿，你老看啥呢？你是不是被黑瞎子吓着了？"马玉莲唏嘘着要去摸佟豆腐的脑袋，他低头躲过去。

几天过去了，也没有警察上门，佟豆腐的心就不那么慌了。他知道，王知了是不想张扬这事儿，若是人们知道了这事儿，她受不了闲话，唾沫都能淹死她。龙镇的人，尤其是龙镇的女人，都有这个本事。一件稀松平常的事儿，都能让她们讲得有鼻子有眼儿，活灵活现。若是有人说昨天半夜看到鬼了，就会有人瞪着眼珠子附和："是，我还看见鬼穿一身红衣裳，朝西边飘走了。"

虽然知道自己不能坐牢，不能给爹妈和儿女丢人现眼，但佟豆腐心里有一种滔天的罪恶感。有几次，他想去医院看看王知了上没上班，但他不敢。看见有人来买东西，他呆呆地盯着人家，想打听一下，但他只是蠕动两下嘴唇，咽口唾沫，话到嘴边，被他咽了下去。他无法张嘴，总不能问："你认识林业局医院的王知了吗？你知道她上班了吗？"这样问，没事儿都能问出事儿。去送豆腐的路上，有两次他特意绕到医院门口，看着那扇一会儿被推开，一会儿又被关上的玻璃门，心狂跳。可出来进去的人，都不是王知了。不能站太长时间，他只好悻悻地走了。他想好了，要是在路上遇到王知了，他就给她跪下磕几个响头，告诉她，那晚他鬼迷心窍，他喝了迷魂汤，他不是人，她要是能消气，把他的手砍掉都行……

佟豆腐对炕上的事儿，也不那么热衷了。马玉莲抚摸着他的胸口，泪流满面："我知道我长得砢碜，要不是咱爹妈，我进不了佟家的门。我也知道，你看不上我这张脸。这么些年，你和我睡觉都关着灯，连窗帘都挡得严严的。如今，我老了，脸也比以前更长了，眉眼都耷拉了，脸垮了，皱纹也多了。"马玉莲抽泣着尽数自身的不足，"可你从来也没断了这事儿，你看不上我的脸，但你不嫌弃我的身子，每次你都那么尽力，我也可爱看你满足的样子了。我能感觉到，你最近越来越不爱看我。七儿，你心里要是有别人，别让我知道是谁，也别让我看见。你要是在外头不顺心，就回来，我和孩子等你……"马玉莲低声地啜泣。

近几年，马玉莲叫佟豆腐"七儿"时，也有了变化。那叫声，像是妈在叫儿子。

马玉莲的眼泪和抽泣，让佟豆腐心里更加烦乱，更加难过。他的目光在黑暗中游荡，他在心里痛骂自己是猪狗不如的东西，没看住下半身，娶了一个不爱的女人。但他给了她一个家，还给了她儿女。他又没管住一双罪恶的手，毁了一个姑娘的清白，也毁了她的一生。这个姑娘要是因为他，得了啥毛病，或者嫁不出去，他也将不得好死……他越想越痛恨自己。他盯着自己的一双手，恨不能用锋利的刀剁下去。

佟豆腐以天热和卖货为名，住到了日杂店那张单人铁床上。马玉莲更慌了，难过得月经都不调了，十几天就来一次，来了就不走。开始她还没在意，可这个月，月经反反复复……佟豆腐仿佛看到了机会，让她去林业局医院看看，挂几天吊瓶。他说："我在家卖货。林业医院有个姓王的护士，好像叫王知了，对，老来咱家买午餐肉，长得敦敦实实的那老头儿，就是他爸。前几年，他儿子在山火中死了。那丫头的针打得可好了，一点儿都不疼。我上次拉肚子，就是她给我打的针——"佟豆腐的心突然一疼，虚汗就下来了。要是王知了因为那事儿，想不开，有个好歹，她爹妈咋活啊？哀伤从他心头蔓延到脸上。佟豆腐恨不能扇自己两个嘴巴，要不是拉肚子，要不是输液，他咋能犯下这么大的罪恶？他瞥了一眼马玉莲，使劲地白了她一眼，要不是这个女人逼他，还把他送到林业局医院，他就不会沦落到今天这个样子。

"快去看看吧，别再耽搁出啥病。"对于男人突然的不耐烦，马玉莲并没有多想。相反，她觉得七儿这么关心她，她心头涌上一股热浪。马玉莲颠儿颠儿地去了医院。她一出门，佟豆腐的心就慌慌地跳，卖货时还心慌意乱地抻着脖子看路口。一个老太太来买陈醋，他顺手给拿了一瓶红烧猪肉罐头。一个小媳妇带孩子买棒棒糖，他给拿了一包动物饼干。

"佟豆腐，你心丢了，还是受啥刺激了？怪不得你家豆腐都不是从前那个味儿了。"女人撇嘴，扯着孩子走了。

终于看到马玉莲从小路上走来，佟豆腐差点儿出门迎接她。他稳了稳神儿，等马玉莲进门。电子钟滴答滴答的声响，像是在他的心上划过，他的心一下一下跳着疼。

马玉莲终于进门了。

"咋没挂吊瓶？"他的声音些抖。

"挂啥吊瓶啊？医院看病的人、打针的人，这个多啊。好不容看上了，大夫说，我这是内分泌紊乱，根本就不用打针，吃点儿药就行。"马玉莲把手里的两盒药扔到柜台上，"这不，给我开了两盒大丸药，说吃完要是还不好，再换药。"

"听他的干啥，你自个儿要求打针啊，大夫也真是，人多，就不想给你打针吗？这不是存心让你慢点儿好吗，万一有别的毛病咋整？"佟豆腐气呼呼地坐到椅子上。

马玉莲嘻嘻地笑了："要是吃药能好，何必花打针的钱？"她心里比吃了蜜还甜。一个小毛病，男人就对她这么关心，看来生病能把男人的心唤回来。

马玉莲美滋滋地去了厨房："你看会儿，我给你烙韭菜合子去。"

不知道是两盒中成药管用，还是愉悦的心情使然，马玉莲的月经正常了。她眨巴着眼睛，女人月经不调，是内分泌紊乱；那男人对有些事儿不那么热衷，可能也是内分泌紊乱。她用手捶两下脑袋，她真是笨，七儿就是病了,根本就不是她想的有外心那么回事儿。就算七儿在外面真有了女人,也不可能扔下他们。再说,他还有父母,他们也不能答应。七儿除了送豆腐,整天都在她眼前转悠。这些日子,他和以往不同,除了盯着自己那双手发呆,还是发呆,人也懒,连大门都不出。有几次,她主动让他出去走走,七儿眼神儿慌乱,急慌慌地摆手说:"可不去了,可不去了,外头没啥看头儿,没啥好走的。"

她看着都心疼,她想男人是被那头该死的黑瞎子吓破胆了。

七十二

"七儿，回家吃饭啊，七儿，回家……"小时候，马玉莲听奶说过，人要是吓着了，尤其是小孩子受到惊吓，在星星出全了时，用妈的裤腰带，在他睡梦中，绕着他的身子左转三圈，右转三圈，一边转一边叫，吓丢的魂儿就回来了。佟豆腐被马玉莲惊醒，刚要发作，又忍住了。他闭着眼睛继续装睡。

马玉莲扑哧笑了："奶说的叫魂儿法，真好使。七儿的魂儿回来了，否则他咋睡得那么实？"

白天一来，马玉莲的心又沉了下去，想不到佟豆腐还是盯着双手嘀嘀咕咕地发呆。她又偷着去了一趟林业局医院，想给男人开两盒逍遥丸。她吃两盒就治好了月经不调，她相信男人吃两盒也能行。她和大夫说："我家七儿最近老是累，没精神，你再给我开两盒逍遥丸。"大夫说："让患者自己来，得看到患者，才能开药。"马玉莲很生气，说："我不是都跟你说了吗，你不信我咋的？开两盒逍遥丸这么难吗，还非得让俺家男人跑一趟，他忙得要命。""什么？你说的患者是男人？那就更不能随便开这个药了。"医生说完就再也没抬头看她。

马玉莲一甩手走了，出门就去了药店，进门就吵嚷着，说买治男人病的药。卖药的是一个三十多岁的女人，她笑着让她说说情况。马玉莲想了一下，说就是浑身没劲，老爱发呆，无精打采，对有些事儿也没兴趣了。卖药的女人又笑了，说还以为是啥大不了的病呢。她给马玉莲拿了六味地黄丸，说吃这个就行，现在的男人都肾虚。马玉莲付款后匆匆地走了。她知道男人吃药费劲，但她下决心哀求他、哄他，哪怕给他下跪，也要让他把药吃下去。

"我在药店给你买了药，卖药的说，这个药，对男人可好使了。你吃几盒试试。"马玉莲看着佟豆腐，等着他斥责她。

佟豆腐拿起药盒，看了一眼，就把粘贴撕掉，拿出一颗药丸，放在嘴里嚼。马玉莲去给他拿水时，后腰撞到柜台的角上，她抽了一口凉气，顾不上腰疼，把水递给了七儿："快，喝口水漱下去，丸药可苦了。"

两盒药吃下去，佟豆腐发呆的毛病却越来越重，就连吃饭时都萎靡不振。马玉莲忧愁得有些焦虑了，男人若是倒下了，这个家就散了。小时候，她妈死了，她爹又娶了女人，后妈半拉眼角看不上她。要不是公婆做主，她说不定在哪家受气呢。七儿虽然没看好她的长相，但不打她，不骂她，公婆对她也好，六个大姑姐也不掺和娘家的事儿。虽然进门就和七儿干活，但她知足。

马玉莲没办法治好男人，就使劲地折腾自己。她愁得没着没落，就发狠地吃东西，早饭吃两个大馒头，喝两碗土豆丝汤，两根大葱蘸酱。进日杂店，她又吃了一块酱拌豆腐。马玉莲像是一只扑在窗玻璃上突然看见光明的苍蝇。豆腐、大葱、鱼皮豆、棒棒糖、花生、饼干、面包，她抓着啥吃啥。除了想吃东西，她还口渴得厉害。于是，她喝水，吃东西，再喝水，再吃东西。

早先，日杂店里的东西，马玉莲从来舍不得吃一口，就连方便面都不舍得吃。一包方便面的成本，都要好几毛钱，吃了多白瞎啊。自从发现吃了东西，心就不那么难受后，她敞开肚子吃。早上刚吃完饭，她进日杂店就撕开一包方便面，隔着包装袋揉搓两下，嘎嘣嘎嘣地嚼着吃了。

"你看你，吃得哪儿都是面渣，也不拿碗接着点儿。"佟豆腐说完又去了豆腐坊。

马玉莲也想住嘴，可肚子就像是一个漏斗。她不住嘴地吃喝，还饿，还渴，吃完就往厕所跑。但她越来越瘦，熟悉的人来买货，看到她都惊呼："你咋又瘦了？"

"我是直肠子，吃完就排出去了。"马玉莲嘻嘻地笑。

一进七月，山里的蘑菇就厚得乌泱乌泱的。今年的雨水好，又是收蘑菇的大年。马玉莲鼓动七儿进山采蘑菇，说："晒干的蘑菇能卖好价钱，林业局和林场坐办公室的人都不爱进山采蘑菇。咱们采蘑菇，晒干了卖给他们。卖不了，咱们自己吃也行。小鸡炖蘑菇，你爱吃，咱妈也爱吃。现在山上人多，县里闲着没事儿的女人也成群结队来采蘑菇，熊啊野猪啊也不大敢出来。你要是实在不爱去，就在家卖货，我去。"佟豆腐想清静，马玉莲对他的关心近乎一种病态。从吃喝到睡觉，都要问一遍，弄得他本来就烦乱的心更加烦乱。

"我去，我送完豆腐就去。"佟豆腐进山采蘑菇，就是想躲开人，躲开马玉莲。天晴得万里无云。送完豆腐回来，他就背着花篓，准备上山。

"别采太多，山路，背回来太沉。"马玉莲端着一个大碗，吃酱拌豆腐。

不知道为什么，刚要走出门的佟豆腐，眼眶突然一热，他很想看一眼女人。他扭头冲马玉莲微笑，这个微笑把她的心都笑化了。眼泪顺着她的脸颊流下来。

"七儿，只要你好，我咋挨累都行。七儿，你早点儿回来吃饭，咱们中午蒸肉包子，炖豆腐海带汤。"

山里的蘑菇果然厚，还都是肥嘟嘟的榛蘑丁。这样的蘑菇，晒干或腌上都行。佟豆腐专往密林去。采多少蘑菇无所谓，他就是想清静。一个人坐下来，哪怕喊两嗓子，尽情地哭一回，用眼泪清洗一下身心的罪恶，也是一种解脱。

一会儿就采满了一花篓，他晃荡几下，想让花篓里的蘑菇顺溜顺溜，余出空儿来，他好再采点儿。进山一回，能多背一些，就多采一些。他歇了一会儿，又背起花篓钻过一片灌木丛，一片密密麻麻的榛蘑丁，令他眼前一亮。花篓肯定是装不下了，他想了一下，把外裤脱下来，扎上裤脚。他平时喜欢穿过膝的运动大短裤，干活儿方便，还凉快。因为进山，他才套上一条长裤，想不到长裤还派上了用场。不大一会儿，两条裤腿也装满了。

他站起来，伸了个懒腰，歇一会儿再下山，再采也没地儿装了。他似乎听到一种异样的声响，就循着声音望过去。在一棵落叶松前，蹲站着一头大黑熊。看样子，这头黑熊足有二百来斤，它或许早就看见了他，嘴里发出愤怒的吼叫声。

佟豆腐僵住了，屏住呼吸。当他发现大黑熊仍然站在那棵落叶松前，他才恍然大悟，大黑熊被套子套住了。他立刻明白了，大黑熊误入了偷猎者下的套子。佟豆腐看着这头既愤怒又哀伤的熊，心里一阵难过。黑熊钻进套子里，失去了自由。他低头看一眼自己的双手，这双手毁了年轻的姑娘，也毁了自己。以前的佟豆腐过得坦然自得，心里除了豆腐，就是日杂，除了干活儿，家里的事儿啥也不管，活得自由自在。可这一个多月来，他活得像一只找不到家的野狗。太阳一出来，他恨不得找个地缝儿钻进去。夜晚一来，罪恶感也跟着来了，他连灯都不想开，要不是马玉莲像个跟屁虫，他恨不能到菜窖里躺着。有时候，他甚至想离家出走。他又想起跟爹去看黄豆坐的那列绿皮火车……小时候可真好，吃饱饭就没有愁事儿。

两只大鸟从远处飞回来，落在树杈上的巢里，里边传出一阵叽叽喳喳的叫声，看来窝里还有小鸟。"鸟，你活得真自在啊。"佟豆腐的泪水流了下来，"我咋活成这个熊样儿啊！"他看了一眼对面的那头黑熊，"你和我一样，咋能被套子套上了呢？都是你自找的？算了，我救你出来吧，我知道你和我一样难受——"他手拄地，撑着站起来。他笑了，又看了一眼熊，扬起手："等着啊，我来了。"

"我可是来救你的，解开绳套子，你就自由了，你就去逍遥吧。以后你要是找母熊的话，千万别乱动你的大爪子，一旦动了，你就活不出熊样儿了，也把人家坑了……"佟豆腐絮絮叨叨，动手解绳套子，"猎人系的绳套子可不好解了。"

黑熊就把佟豆腐抱住了。它先是伸出舌头，舔了他的半边脸，又伸出大爪子，拍了他的脑壳。佟豆腐忽略了那个套子是给野猪准备的。套子有些松，他一番鼓捣，黑熊得以挣脱出两个大爪子。

佟豆腐畅快地哼了几声后，就悄无声息地躺下了……人们找到佟豆腐时，发现他残留在嘴角上的一丝笑意。人们十分不解，佟豆腐怎么死得那么乐和？

　　马玉莲看到男人的死相后，流着眼泪哈哈大笑不止。来送佟豆腐的老亲旧友都疑惑地盯着马玉莲，可谁都没法让她止住笑。有懂中医的人，说她是悲伤过度，只要在她的巨阙穴，也就是肚脐中上六寸处，扎上一针，她就能止住笑。几个大姑姐说，只要不让她笑，别说扎一针，就是扎十针也行。死人是悲伤的事儿，更何况死的是她们的亲弟弟，她这么笑下去，怎么得了？结果，扎针按揉，还是没能止住马玉莲的笑，家人只好把她锁在西偏房里。

　　佟豆腐出殡了，被埋进土里后，马玉莲的笑倏地停了。

　　"好困，好困啊。"马玉莲一个接一个打着哈欠。她侧歪下身子，像大老爷们似的，鼾声就响了起来。马玉莲睡醒后，就半痴半傻了。她患了糖尿病，还出现了并发症。马玉莲和佟豆腐一样，成了龙镇的传说。佟豆腐的豆腐，也成了龙镇人的一个念想。

　　至此，龙镇再也没有佟豆腐了。

七十三

王知了请了病假。看着眼泡红肿、脸色苍白、瘦成一把骨头的女儿，王良权和老伴儿唏嘘不已。他们背地里没少没抹眼泪，当着女儿的面，也不敢露出来，还劝她去县医院看看病。王知了安抚爸妈，说："没啥大事儿，我也没病，就是最近睡得不好。另外，我对医院的工作也不太满意，休息一段时间，还想把书本捡起来，先考全日制本科，再读研。有了学历后，再考虑去向。要是能进大医院更好，不能进医院，搞研究也不错。反正你们也岁数大了，到时候就带着奶奶，和我一起走。"

母亲流下了眼泪，说："我们不能走。在龙镇生活几十年了，你奶都这么大岁数了，挪到新地方，她不习惯。再说你爷你哥还在龙镇，我们要是走了，逢年过节都没人看他们，他们多孤独……"王知了叹了一口气，没再说话。她告诉自己，不能倒下，她要是倒下，不仅要了爹妈的命，爱她如命的奶奶也活不下去了。

奶奶活着就是为等二姑的音信——无论二姑活着还是死了。

退休的王良权早晚都出去散步，偶尔也会和老伴上山采蘑菇。王良权遛弯时听说了佟豆腐的事儿。他进门就告诉老伴："佟记日杂的佟豆腐找到了，好像是被熊拍死了。听说是今天早上出的殡，他老婆疯癫了，孩子又不大，几个姐姐都来了。"他叹了一口气，"白发人送黑发人，让他爹妈咋活啊！"

王良权自然想起了死去的儿子，老伴儿也抹起了眼泪。

王知了咽了口唾沫，她往自己屋里走时脚没根，身子就有些飘。她听见自己的心跳声和喘息声。她慌乱得像是被猎人追赶的小狼。胃搅得难受，她想吐。她起身去拿水杯，想喝口水压一压。刚起身，她就恶心得呕了起来。她咬住自己的手背，把从胃里翻滚上来的东西强压下去。

王知了上班了。上下班，她包里都背着学习资料。一年后，她考上了全日制本科，义无反顾地上学去了。她毕业这年，正好赶上林业局政企改革。她去了县医院。

王知了怎么也没想到，几年以后，她和葛丹竟然在手术床边见面了。

佟豆腐事件之后，王知了很想去感激葛丹，可她没有勇气面对那个救了她的命，也挽救了她的清白的男人。

她早先也认识葛丹，但也只局限于见面点头，或者打声招呼。她知道葛丹是鄂伦春族人，还在林业局的礼堂演过节目。她听过他吹朋奴化，被他深深地打动了，她不知道，一个大男人，怎么把那么小的朋奴化吹得如泣如诉、婉转悠扬。她更没想到，多年之后，她和这个把朋奴化吹得出神入化的男人的相遇，却是在那种境遇下。她和葛丹的相遇如戏剧，上次相遇，她衣衫不整；这次相逢，他赤身裸体。

由此，王知了对命运深信不疑。

葛丹的盲肠还是穿孔了。他一进林业局医院，就昏倒在走廊里。急救车呼啸着把他送到县医院。手术后，葛丹从麻醉状态中完全清醒过来，再三感谢王知了。王知了两手揣在手术服的兜里，点了一下头。葛丹住院期间，王知了天天来陪他，还给他送三顿饭，鸡汤、骨头汤、粥、炒青菜，变着样儿给他送。

"你不用上班？听说手术室的护士很忙。"葛丹问王知了。

王知了浅浅地笑，没回答。她依旧像家属一样给他打水，搀扶着他到走廊遛弯。她要不是穿着白大褂，病房的患者和陪护的家属都以为他们是一对夫妻。病房的护士都感谢王知了，冲管、换药、拔针、刀口消毒、烤电的活儿，她都包了。

三四天后，葛丹肚子上的引流管才被拔掉。葛丹通过王知了和病房的护士聊天，才知道她休假了。他十分过意不去："知了，你咋还为我休假？赶快去上班吧，你看我也好得差不多了，再让你照顾，我心里真的不安。"

王知了既不点头也不摇头，依旧按时送饭倒水、换药包扎。

出院后，葛丹要请王知了吃饭，她爽快地答应了。葛丹说吃涮羊肉吧，王知了严厉地制止了他，说刀口刚刚愈合，近期不要吃羊肉和海鲜那些发物，饮食要清淡。葛丹咽了一口唾沫，只好去了一家春饼店。从那以后，葛丹到县里，有机会就和王知了约饭。王知了休假，回龙镇看望奶奶和父母时，偶尔也约葛丹。葛丹和王知了的交往，就这样自然而然地开始了。

龙镇小店多，还多是快餐。王知了给葛丹打电话，说她昨晚回的龙镇，让他今晚把时间安排出来，她请他在满满海鲜涮肉馆吃饭。葛丹知道，满满海鲜涮肉馆的海鲜新鲜，羊肉更是一流。这是龙镇唯一一家上档次的酒店，里边都是包房，还都是小锅，听说青菜都是从云南运过来的。就连县里的人，也驱车四十多分钟，来这儿吃饭。

葛丹心里有些忐忑，也有些期待。他想好了，不能让王知了买单，这家可不便宜。他还隐约地感觉到，王知了似乎有什么事儿，或者有话要和他说。

葛丹直接进了213包房，王知了早在等他。看到他，王知了叫服务员上菜。除了大虾、鲍鱼、蟹棒、青菜，还有羊上脑。葛丹睁大了眼睛，桌上还有两壶散白。葛丹嗅了一下，说："是新鄂乡纯粮食小烧。"他看着王知了，知道她不喝酒。

"今晚想喝酒。"王知了恬淡地笑了，拿过一壶酒放到他面前，又拿过一壶，放到自己面前，"咱们一人一锅，一人一壶。"

葛丹像一只被炸雷惊着的鸡，张着嘴，看着对面的王知了。

"倒酒啊，不会手把壶喝吧？"王知了催促他。

王知了的酒，喝得优雅而烈性。一壶酒喝完了，葛丹才放开了。王知了告诉他，她考上研究生了，主修护理学，全日制，也就是说，她要离开县医院了。葛丹祝贺她，问她县医院同意她上去读研吗，王知了轻描淡写地说报告已经打上去了，他们还在研究，不过她想好了，他们是否同意都无所谓，不行就辞职。

葛丹又一次被这个羸弱却坚定的女子震惊了。他不知道说啥好，就不停地喝酒涮肉。

他们出来时，已是满天繁星。大概是被冷冽的山风激着了，刚喝下去的酒往上涌，王知了闪了一下脚。葛丹搀扶住她，王知了仰起头看他："你不请我去你家坐坐？我要走了，再见面可是遥遥无期。"

葛丹犹疑了一下，他在林都新苑的房子几乎长年闲置着。父母年纪大，喜欢住平房，说方便。特别是平房里装上暖气后，他们更离不开了。父母不上楼，葛丹也不能扔下他们，侄子和侄女长大了，父母又老得离不开人了。再说他也住惯了平房，觉得楼房里憋屈。哥哥的两个孩子都在城市里，偶尔回龙镇看爷爷奶奶、叔叔姑姑。他们住不惯平房，每次回来就住到林都新苑。

"你嫌我脏？"王知了的话被风撕碎了，但葛丹还是听清楚了，他的心疼了一下。在两人的交往中，他们谁都没提及过那个傍晚，但他知道，对王知了来说，那是一个耻辱的傍晚，那个傍晚的遭遇，她一辈子都不会忘记。

"走吧，拐弯就到林都新苑。喝壶热茶解解酒也好。"葛丹和王知了一路嬉笑着，毫无顾忌地在路上画着圈。

第二天中午时分，王知了才从林都新苑出来，脸上平静得像一汪水。不知道是昨晚的酒，还是明媚的阳光，让她的脸颊上荡漾着一抹红晕。

七十四

这个冬天，杨石山几乎都在山上。

十多年的育林经验让他意识到，冬天抚育林木，更有利于树苗成活和成材。趁着灌杂木、蒿草还没还阳，先把它们清理掉。灌杂木皮实，春风一来，它们就招摇着支棱起来，要是雨水好，就疯长得铺天盖地，不透风不说，还遮挡阳光，也与树木争营养。

冬天抚林，是力气活儿，但杨石山舍得使力气。冬天，山上的老鼠更疯狂。老鼠是杂食动物，逮着啥吃啥，逮着啥嗑啥。刚栽下的树木甜，山上的老鼠专爱嗑小树，刚刚成活的树木被它们拦腰嗑断。每年开春，杨石山都要补栽一些树苗。他栽下的树，横看成行，竖看也成行，站在山顶上看，就是一片错落有致的林地，为此，他心中十分欢喜。

杨石山已经从北山坡转到南山坡了，看着亲手栽下的树像长大的孩子，被放归大自然，在风霜雨雪中自然生长，他总是咂着嘴笑。那满足的样子，像是吃了糖块的孩子。杨石山只要一有空，就上山看看。有时候风大，刘欣茹不让他上山，说风会把他掀下来，他那老胳膊老腿都不禁磕打了。大雪天，杨石山要是上山，她也嘟囔："这么大雪，还上山，那不是找不自在吗？这么滑，再摔着可咋整？"

有时候，杨石山怕她担心，就不上山了。可他在家里站不稳，坐不牢，电视也看不下去。

"去吧，去吧，去看你的树吧。你不去看树，在家都能急出毛病来。"刘欣茹见状便说。

杨石山嘻嘻笑着，走出家门。

开始封山育林，姜占林让他到大礼堂给森工们讲课，传授育林经验。

他是老林业了，对大沽河的水，对小兴安岭的山峦，像对自己手掌的纹路一样了解。他从山上下来，栽种树苗也有十来年了，积攒了十分丰富的经验。春天栽树时，除了拔草、松土、扶正，就是捡出石子，挑出石块，不能为了省事儿、省力气就糊弄树。你糊弄了树，树也糊弄你。绕过石砬子栽树，成林就不好看，也不能确保每亩都能栽上二百二十棵红松苗。

忙活了一冬天，他又为开春植树做准备。

刘欣茹说："今年我还陪你上山栽树，干不了太重的活儿，帮忙干一些零散的事儿，也不是不可以。比方说，你渴了，帮你递个水杯。你被蚊子叮了，帮你赶赶蚊子。"她自豪地撇了一下嘴，"别忘了，我可是在育苗场干过。我从叶片表面，根须，树苗的粗细，就能看出树苗的好坏，或许还能判断出它长大后是否成才。这点你就差老远了，不会生孩子的男人，天生眼拙。而生了孩子的女人，看啥都一看一个准儿……"

杨石山笑了，说她后面的话是谬论："按你说的，生了孩子的女人都成仙了。"

"差不多吧。你想啊，生孩子的女人，先在地狱走了一圈，又上天堂溜达一回。一个既看见了地狱，又见识了天堂的女人，对人间的事儿，都不在话下。别说是一棵树了，就是一个人，也拿捏得死死的。"说完，刘欣茹还乜斜一眼杨石山。

杨石山笑了，微微地点了一下头："你想去就去，不想去就不去，但过些日子再去更好，眼下山上风大还凉。"

杨石山新买了一把铁镐头，自从上山栽树，使了多少把铁镐头，他已经记不清了。天一暖和，他就和刘欣茹从楼上下来，住到平房里。他从仓房拿出那把磨得铮亮，只剩下一个斜碴的半截铁镐头，显然，它已不能被称为铁镐头了。但杨石山舍不得扔，这半截铁镐头被砂石磨得锋利，撅石块、剜沙土还能派上用场。使惯了的家伙什儿，他对它有感情。他又把它扛在肩上。

傍晚，杨石山进家门时，刘欣茹刚做好饭。她说："晚饭吃饼子，炖柳根鱼，我挖了婆婆丁，又炸了辣椒酱，都是你爱吃的。"她问杨石山今天栽了几棵树，他说："这片山坡石头多，今天紧着干，才栽了十几棵。"刘欣茹扑哧笑了，说："我后天跟你上山吧，明天和西院的柳婶约好了，去采野菜。"她一边放桌子，一边说，"是她约我，非得和我一起去，要不我想和你进山，一边栽树一边采野菜，那多好。"

"去挖菜，说说笑笑，一天就过去了。"杨石山喝了一壶烧酒，吃了可口的饭菜，坐在简易沙发上看着新闻。没一会儿，鼾声就起来了。

"快上炕睡。"刘欣茹扒拉他。

"真是奇了怪了，一躺下就睡不着，坐着就打盹。"杨石山咂嘴道。

这晚，杨石山睡得很沉，还做了一个奇怪的梦。清早起来，他回忆着昨晚的梦，看一眼刘欣茹，她正在灶台前忙活。他倒水洗脸，又给下巴打上泡沫，对着镜子刮胡子。

吃早饭时，他若有所思地和刘欣茹说："昨晚的觉睡得沉，乱七八糟地做了一夜梦。这些年很少梦见爹妈，昨晚的梦可真亮了。他们赶着两挂马车来了，四匹枣红色的大马十分健壮，全身的毛油光锃亮，把我稀罕得一个劲儿用手摸。爹让我进屋，说有事儿商量，我从屋外跑进来时，差点儿被门槛绊倒。妈心疼得哭了，一边抹眼泪，一边埋怨爹，说石山这孩子要强，他一出生，你就病了，我都没咋管他，他刚长大，咱俩又扔下他走了。这些年，先是哥姐管他，后来要不是他师傅管他，他真就成了孤儿。再后来，就是欣茹管他，还给他生儿育女。爹瞥了一眼妈，说他要去镇上赶集，让我也跟着，还说给我买油炸饼吃。我说不行，我还要上山栽树。爹说，你都栽十几年的树了，也该歇歇了。好像还要买年货，妈还叮嘱我多买鞭炮，要多买些二踢脚啥的，说财神爷的耳朵被鞭炮震得不听使唤，年三十晚上鞭炮的响声大，财神爷才能听到……我刚要走，你就哭着抱住我的腿，说啥都不让我去。妈很生气，还骂了你，说大过年的，哭不吉利。我硬着头皮甩开你，跟爹走了。赶集的人穿的都是灰白色的衣裳。怀孕的女人，也穿着白花旗衣裙，那裙子肥大得都能再装进一个人。集上的天，也灰蒙蒙的，人们手里都提着白色的纸灯笼，灯笼里焦黄的烛火，一闪一闪的……"

刘欣茹的心咚咚地跳了两下，她看着杨石山抽了一口气，试探着问他："是不是累了，要不今个儿就歇一天，明天我和你上山栽树？"杨石山推开饭碗，说："也没觉得累，这一冬天也没闲着，差不多天天都上山，筋骨早都抻开了。"

七十五

天气好得令人咋舌，几缕白云慢悠悠地游荡，走到山巅上时，幻化成一个团，中间似乎还有一个嬉笑的小猴子，蹲在上面看着山峦。太阳也早早地出来，窗玻璃上耀眼的光，把屋里照得通亮。

刘欣茹无心看天，也无心看天上的太阳。她把桌上的饭碗捡下去，心还是慌慌地跳。她不想去采菜了，想和杨石山上山栽树。她刚要和他说，邻居柳婶站在院门口叫她："欣茹，收拾完了，咱们走吧，待会儿就晒了。"

刘欣茹犹豫了一下，看着杨石山摇头，想说不去了。杨石山也冲她摇头，说："你晌午回来再收拾，快去吧。少采点儿，除了咱俩吃，现在的孩子哪还有爱吃野菜的。再说孩子们谁有时间回来吃，人家都各忙各的。你就当玩了，锻炼一下腿脚。野地里风凉，别吹着脑袋，不然回来又要叫唤头疼了。"

"嗯，就来——"刘欣茹对着柳婶答应着，心事重重地出了家门。

"石山，你晚上早点儿回来啊。"半道，刘欣茹又给春洛打了电话，先是说了两句闲话，问她山上冷不冷，还让她和守利别对付饭，能做口热乎的，就尽量吃热乎的饭。说着话，她的眼泪就下来了。半天没说话，春洛喊了两声妈，还问她咋了。她才回过神儿来："嗯，没咋的。昨晚你爸做了一个奇怪的梦，梦见你爷你奶了，我心里怪硌硬的，就想和你叨咕叨咕。"

"妈，你别疑神疑鬼，梦就是梦啊，你都知道是梦，还疑心，还硌硬啥呢？"春洛爽朗的笑声从电话里传来。大女儿的声音，令刘欣茹的心不那么慌了。柳婶也劝她，说不就是一个梦吗，咋那么多心呢！

刘欣茹的心情才晴朗起来，上山采了一筐野菜。

杨石山中午不回来吃饭，刘欣茹一个人也不想吃，干脆等晚上和他一起吃。她没有午睡的习惯，年纪大了，觉也少。她拿个板凳坐在外屋，把刚采回来的野菜择干净。吃不了的，就焯水，放冰箱里冻上。冬天吃，一样鲜亮。她看了一眼天，天还是瓦蓝瓦蓝的，丝丝缕缕白云在天上悠闲地飘着，像极了摊薄的棉絮，也像傍晚的炊烟。择完了菜，她看一下时间，两点还不到。她犹疑一下，起身进屋穿件外衣，要去市场买块豆腐。可惜没有佟豆腐了，市场上卖的豆腐虽然也说是卤水豆腐，但味道逊色不少。没办法，杨石山离不开这口。

买了豆腐，她又到猪肉摊上买了几块猪骨棒。刚才从家出来时，她泡了一把海带根。去年，她跟着电视里的美食节目学了豆腐的新做法——猪骨、豆腐炖海带。据说，这么搭配补钙，还散身上的结节。杨石山那老胳膊老腿，也到年头儿了，一到开春入秋，就疼得他龇牙咧嘴，满身贴膏药。那股膏药味，在被窝里都呛鼻子。

猪骨棒、豆腐、海带根，在锅里炖了一个多小时。刚采回的婆婆丁和野葱，还有一碗辣椒酱，也端上了桌。饼子出锅，她还要炒一盘野韭菜鸡蛋。这菜要等杨石山回来炒，凉了出汤，就不是那个味儿了。韭菜切好码在盘子里，四个鸡蛋也拿出来，放在锅台上，他进门再炒也赶趟。

刘欣茹不安地向窗外张望，每天这时候，杨石山早就回来了。这个倔老头儿，可能是昨天栽少了，今个儿想多栽几棵树，刘欣茹极力安慰自己。但她坐立不安地望着窗外，眼看着太阳落了下去，晚霞把树梢儿都染上了金色，她慌乱地站起来，出门时连门都忘了锁。

微风拂面，鸟的啁啾声在山野里回荡。

杨石山一走出家门就把昨夜的梦忘得一干二净。拐进上山的路口时，心怦怦跳了两下，他用手摩挲两把胸口，继续上山。到了林地，他看一下昨天栽种的树苗，有一棵树苗歪了，估计是被黄鼠狼或老鼠碰到了。他把树苗扶正，重新培了土，踩实，然后开始刨坑，挑出石块，再刨坑，再捡出石块。他把树苗摆到坑里，蹲下把树苗放正，培土，踩实。太阳升到中天了，他出了一身细汗，口也渴了。他走到树下，拿起大水瓶子，拧开喝两口，真是奇怪，只喝了两口就不想喝了。左侧肩胛骨下的疼痛又袭来，他咧了一下嘴。以前，肩胛骨偶尔也疼，这些日子，肩胛骨差不多天天都疼，他想可能是累了，昨晚忘了让欣茹拔火罐。他仰头眯着眼睛看天，正午的太阳都到脑瓜顶上，该吃午饭了。

"我说心口咋这么难受，可能是饿了。"他自言自语道，就坐到树根下的塑料布上，伸手拿出了布兜里的饭盒，心口突然一阵刺疼，汗就下来了。他想站起来，可胳膊和腿软得他站不起来。他想再喝口水，也没力气举起水杯。水杯落到腿上，水倾泻而出，都流到他的裤裆里。他望向上山口的小路，想喊人来帮他一把，可眼前除了树，就是风。他听见树叶在风中窸窣的摩擦声。他张嘴喘息……杨石山像个木凳子似的，翻倒在地上，他的脸却朝着路口的方向。

上任以来，潘望很少在办公室，大多数时间都深入各林场（所）和森林抚育作业现场。实地察看森林抚育作业现场的间伐、割灌、修枝、林地清理等情况。

这些日子，潘望忙得不可开交，除了春防，还有千头万绪的工作。他带领森林防火部、消防大队的领导组成安全生产督导检查组，深入各个局属的林场（所），开展"春季防护、森林养护、树木抚育"安全生产专项督导检查工作。每到一个场（所），他都直接到林地，不断地重申，再三地强调，森林抚育、树木植株、安全防火，是促进森林生态系统健康发展，提升森林质量，增加森林蓄积的重要保证。

"我要从抚育现场开始工作，再回到办公室。只有了解基层，才有发言权。"潘望跟夏璎说。

"就应该这样，否则你天天坐在办公室里，咋知道下面的情况？你哪天去我们的基地看看。"夏璎往脸上涂着防晒霜，"你看我这脸，要是不涂防晒，山风都得把我吹成冻秋子梨。"

"我最爱吃冻秋子梨了，甜酸爽口，呵呵！"潘望快速地走出家门。

连日奔波，潘望有些疲惫。从北沾岭一下来，他有些困倦，再加上车的颠簸，他迷迷糊糊地睡着了。电话响了几次，都没叫醒他。他的电话再次急切地震动起来，司机才轻声地叫他："潘指挥，电话响好几次了，会不会是家里的电话？"潘望倏地睁开眼睛，拿起电话，除了岳母，还有夏璎打来的。他按了回拨键，听筒里传来岳母的哭声。

"妈，咋了？妈，你说话啊，妈——"

"你爸没了。"

"啥？"

刘欣茹爬上山坡时，累了一身汗。她走到大树跟前才发现，杨石山侧歪在树下睡着了。

"老杨头儿，你咋这个睡相？就算野猪、黑熊、毒蛇放过你，树下的风也不会放过你。"

刘欣茹想把杨石山拉起来，他却像一截木桩子。刘欣茹大惊失色："石山，石山——你咋了，你咋了？"

杨石山死于心肌梗死。

七十六

杨石山僵硬佝偻的身子，让儿女们无所适从。

他脑袋窝着，身子向右三十度扭着，双腿半蜷缩着，基本保持着他坐在树下时的样子。春洛的心碎了，她想父亲发病的那一刻，一定十分难受。他多么希望有人能来帮他一把……春洛手脚痉挛，以至于无法迈步。夏璎偷偷地抓住她的手，使劲地掰她的手指："姐，你挺住，挺住啊！"

高守利为岳父捋腿："爸，把腿抻直了，咱得穿上新衣裳走，爸——"杨石山无动于衷，青黄的脸平静得像一片飘落的秋叶。

"春洛，跟你爸说两句，他最听你的话。"刘欣茹看着大女儿。春洛点头，夏璎挎着她姐的胳膊，走到她们爸的面前，叫了一声爸，就泪如雨下。"爸，你放心吧。我们会照顾好妈。爸，你把身子打开，我们好给你穿衣裳。爸，你一辈子都在呵护着我们，从来没麻烦儿女。你就让我们为你做点儿啥，让我们尽一点儿孝心。爸……"

春洛的身子是抖的，嘴唇也是抖的。可杨石山像是没听见女儿的话，如一尊石像般无动于衷。

姜占林走过来，让孩子们都退到一边。他让潘望给他拿个凳子，再倒两碗酒。姜占林吁了一口气，坐到杨石山面前："葛丹，给你叔吹个曲子，他爱听你的曲子。他听你吹曲子，心情就好。心情一好，就能多喝一碗。"

葛丹站在杨石山的脚下，吹响了朋奴化。他吹奏的曲子舒缓而又自然，有微风，有鸟鸣，还有一种神秘的气息。姜占林缓缓地把一碗酒，放在杨石山的头上。

"师弟，喝一碗再上路，没有酒，哪来的力气走路。师弟，你就放心师妹吧，你知道你的孩子个个孝心，还上进。我知道你惦记啥，你放心，我会接替你——"姜占林抚在杨石山的耳畔,嘀咕了一阵子后,端起碗一饮而尽。姜占林站起来,先是轻轻扳正了师弟的头,把他的头放平,一点点地往下捋——杨石山像乖顺的孩子,任凭姜占林摆弄。他的身子也渐渐伸展开了。姜占林摆了一下手,葛丹的琴声戛然而止。

杨石山宛若睡着了,松弛地躺在为他搭的木板上。

两个女婿要为岳父擦身穿衣,姜占林再一次摆手,说:"还是我来吧。你爸这人啊,像个大姑娘,他在你们面前害臊。我们俩二十来岁就入师门,谁尿炕那点儿事儿,谁肚子里有几两香油,都知道。所以,他不忌讳我。"姜占林招呼杨思乐,让他打盆温水,拿条新毛巾,再拿一瓶酒来。杨石山最后的时光,师哥不仅为他擦了身,还用酒擦了他的腋窝和手脚。

"师弟,我听说去那边的路上,有恶狗,还有恶鬼。我知道你不怕,一个敢和黑瞎子动手,十几年都在山上栽树的男人,咋能怕恶狗,怕小鬼呢?但是,好虎架不住群狼。你身上带着酒味儿,毒蛇猛兽就不敢靠前了,你也省些力气。"

杨石山的衣裳穿得十分板正,面容安详得像是睡着了。

杨石山的死,孩子们瞒着他们的大姑。

三年前,大姑病得瘫在炕上,人也是时而糊涂,时而明白。她最心疼的弟弟没了,没人敢告诉她。孙吴和大兴安岭的两个姑姑接到电话,全家老小连夜赶到龙镇。她们放声地号哭:"石山,你咋这么狠心啊,咋就扔下姐姐走了……"她们上山时,是孩子们搀扶上来的。刘欣茹哭得几次休克,姜占林安排了医生和护士照顾她们。

当年和杨石山一起伐木的工友,大多退休了,但他们都来送他最后一程,有的是被儿女搀扶着,有的还坐着轮椅。王良权、葛天成、尤大勺、陈江生、陈水生等人都来了,徒弟们也都到场了。他们围在杨石山的棺椁前,一一与他告别。尤大勺除了给老队长拎了一瓶酒,还亲手给他炖了一碗豆腐。

"队长啊,你咋说走就走了?要走也是俺们这些老病秧子、老骨头棒子走啊，你比俺们都年轻，你咋扔下俺们先走了？呜呜……"尤大勺的哭声，让在场的人都落下眼泪。

在姜占林的坚持下，为杨石山举行了追悼会。

火化后的杨石山被杨思乐抱着，来到他最先育林的山坡。此时，这片林木葳蕤，张开的树冠像一把伞。追悼会就在山坡上举行。姜占林先是叙述了杨石山的生平，而后拿着一个磨得起毛的小本子，翻开其中的一页，说："这个本子里不仅记录了三万五千一百零八棵红松，还记录了一个老森工人抚育树木的心得，以及树木成长的过程，包括遭遇病虫害后的抚育……"姜占林几次哽咽得读不下去，泪水从他黑瘦的脸颊上流下来。他抹去泪水，宣布了林业局党委的决定，这片林子被命名为"石山林"。

杨石山的骨灰，安葬在他栽种的第一棵红松下，没有留坟头，但儿女们还是为他立了墓碑。墓碑是黑色的花岗石，上刻四个隶书大字"与树同生"，左侧一行楷体小字"杨石山卒于2015年5月26日"。

墓碑上的字，墓碑的形状，完全是按照春洛的意愿打造的。当杨石山的骨灰盒下到土里时，葛丹唱了一首歌。他先用鄂伦春语唱，后又用汉语翻唱：

慢慢走，我的月亮

星星眨出神的光辉

挽着你的臂膀

清风展露美妙的歌喉

纵情地为你歌唱

慢慢走，我的月亮

黑夜一白

太阳来了。拾起通向灵魂的钥匙

打开神的心房

慢慢走，我的月亮

有人走在白天，有人亡在黑夜

不死的花朵，却绽放在你的棺椁旁

最响亮的，不是风声，不是呐喊

是亡者的站立，是死者的精神

白天一黑

你走了

黑夜一白

你来了。

树活了。花开了。火神、地神、风神、雨神、青草神来了

绛紫的暮色，一只苍鹰在祥云下谢幕

浴火的翅膀，扇动了沾别拉的水

一道水柱，跃上山巅

黑夜一白

我的光走了

慢慢走，我的月亮

慢慢走，我的光芒

……

父亲的离世，对春洛的打击是巨大的。父亲的骨灰被安葬在"石山林"里，她想父亲一定愿意。

他生，为山；他死，为树。

三天圆坟，春洛让其他人先下山，她要陪她爸坐一会儿。春夏交替的时节，最先来的一定是风，春风以它特有的方式与山林告别，夏天的风刚来时有些扭捏，带着试探性，也带着激情。春洛跪在一忽大、一忽小，一忽急、一忽缓的风中，对着埋在石土下的父亲，还没说话，泪水就唰唰地流下来。几天来，她不敢肆无忌惮地大声哭，妈看着她，弟弟妹妹也都看着她。她很感谢潘望和葛丹，潘望带人把父亲从山上抬下来时，妈瘫坐在地上，是葛丹把她背下山的。

"爸，我想你。爸，我想你啊——"春洛趴在父亲的墓碑上大哭，她的

呼喊声在山谷中回荡……"爸，我们来生还做父女。爸，来生你让女儿为你尽孝，哪怕一次——"

下山时，春洛走得很慢。"爸，我走了。我们随时都能来看你。爸——"她一步三回头地与父亲告别。

高守利先于春洛回了551塔。代替他们值班的瞭望员，对主塔的工作不熟悉。春防时期，不能出现差错。春洛不能留下来陪伴悲痛的母亲，她还要工作。

春洛一回到塔上就病倒了。

高守利很焦急，除了工作，他十分担心妻子的身体。他和春洛商量："你下山待些日子，妈能照顾你不说，再到医院看看，不行就打针。在塔上，你根本就不能歇着，每天上下塔都累得上气不接下气。我和儿子需要你，两个妈需要你，这个家也需要你……"高守利眼前升起一团白花花的水雾，说不下去了。晚饭时，他喝了酒，这些话又稠密地飘进春洛的耳朵。

"求你别说了，我没事儿，你一个人根本就忙不过来。"春洛近乎哀求。

高守利把酒碗摔到地上。

"你作给谁看？我愿意让爸死啊？是我让他死的吗？你整天无精打采，我的心整天揪着。当初我就不同意上山，你可倒好，像是中了邪，不来都不行。我要是坚持不上山，你都得和我离婚……"高守利的喊叫，让春洛的心怦怦地跳。

高守利一脚踹开龇牙咧嘴的木门，在石头屋的门前拨通了葛丹的电话，对着听筒大倒苦水。蜷缩在土炕上的杨春洛，无声地流泪——她不想和他争辩，她知道，带着怒气的话都是伤人心的。高守利的话刺疼了她，也深埋到她满腹的委屈里。她一夜没睡，除了想念爸，还惦记妈。她知道，夏璎、潘望、思乐能把妈照顾好。让她伤心的是高守利，他为啥离不开酒呢？父亲出殡那天，他们预备了简单的饭菜，招待来送父亲最后一程的亲友。高守利喝得走路都散脚了。事后，姜大爷跟她悄声说："春洛，守利的酒咋喝得这么瘆啊，这哪行，岁数还不大，就贪酒。你可得管管他。再说你们还在塔上，那么高的塔，来回上下也不安全。”

“我知道，姜大爷放心吧，守利听劝。”春洛点头，“上塔，我坚决不许他喝酒。晚上下塔后，他才喝。”

姜大爷点头：“那就好，那就好。”

春洛从姜大爷的眼神里看到了担心和心疼。

早上起来，高守利盯着脸色苍白的春洛问：“媳妇，你又一夜没睡？”他叹了一口气，“我昨晚喝酒，没惹你生气吧？”

春洛摇头，有气无力地说没有，没吃早饭就上塔了。

中午，葛丹来了。除了背上来两箱瓶装水，还有吃食和药。看见葛丹上来，高守利有些兴奋，说：“你可来了，我都憋闷死了。这不，你老同学又在和我怄气，我一喝酒，她就和我怄气。你说我除了喝酒这点儿乐和事儿，还有啥乐和事儿啊？她咋就不理解我……”高守利喋喋不休地说，葛丹看着他，深邃的眼睛里闪动着亮晶晶的光，但他没说话。

春洛知道，葛丹昨晚接到高守利的电话，一定是惦记他们吵架的事儿，才上山来看看。葛丹看了她一眼，说：“我下塔做饭，做好给你俩送上来。”说完咚咚地下塔了。

姜占林退休了。他来到杨石山家，跟刘欣茹要他师弟生前栽树的工具和背树苗的布包。他说：“师妹，这些东西给我吧。明天开始，我就到‘石山林’上班了。我对石山有承诺，以后我就是‘石山林’的职工。”刘欣茹泪水长流，点点头。在帮姜占林整理杨石山用过的工具时，她拿起那把磨得白亮，只剩下一个斜碴儿的铁锹头，说：“这个我留下，做个念想。其他的，你都拿走吧。”

姜占林点头：“师妹，别太难过，人终究都得走这一步，师弟这辈子值了。他是最先清醒的那个人，最先觉醒的那个人。他才是真正地活了一回，真正地做了一回森工人。大山不会忘记他，森工的子子孙孙也不会忘记他。你应该为师弟自豪才是。"他走到门口，又站住了，对刘欣茹说："师妹，你别老是一个人在家。思乐也成家了，孩子们都争气，工作干得没的说，日子也过得好。儿女都大了，你要相信他们能照顾好自己。潘望和夏璎忙，他们的孩子也正需要人。等明个儿春洛下山，让她带你和她婆婆到海南岛转转，咱们当不了候鸟，还不能去看看花草？"

刘欣茹摇头，说："春洛和守利都在塔上，她婆婆得了一个叫啥……海默的病，病名可奇怪了，我也叫不上来。她越来越不记事儿，一阵糊涂，一时明白。明白时，她还知道她儿子叫守利，有个孙子叫石头；糊涂时，连我都不认识。我陪着她，也好让春洛和守利安心工作。"

龙镇的街上，一对白发苍苍的老人，一个蹒跚地挎着另一个的胳膊，一个说着不知所以的话，偶尔还会嘻哈地笑，呜呜地哭。

七十七

深陷泥沼的森工人，一脚一脚拔出来，并非一朝一夕。

山河林业局六个万亩基地、一个种植园，也初见成效。各种药材的种植也渐成规模。夏璎每天都在林子里转悠，整天和草药种植工人在一起摸爬滚打。两年前，药厂也初具规模。刚建厂时，年生产加工两千多吨药材，今年就能生产三千多吨，虽然还不具备深加工的能力，但夏璎对它的前景非常有信心。小兴安岭有很多名贵中药材，仅刺五加产量就占全国刺五加产量的百分之八十。而且，就目前来看，两年至六年的成苗，完全可以供上药厂的生产。更令人欣慰的是，八年以上的刺五加林也有上百亩了。让夏璎不满足的是，目前药厂只能生产刺五加饮片，八年以上的刺五加，只能到外地的药厂提纯。

投放到市场的刺五加膏，原本是想先试一下水，却十分抢手。仅刺五加的经济效益就很可观。最近，杨夏璎正与银行接触，如果银行支持，林业局再有相应的政策，药厂很快就会有能力生产加工出高尖端、高品质的药，比如刺五加口服液、刺五加膏。刺五加的种植、生产和加工，还能带来五百多个就业岗位。药厂筹建后，招了一些专业对口的大学生。这对森工的发展也是一个提气的举措。在外地打工的森工子女，纷纷回来就业。

夏璎说："大山可真是宝藏，像北豆根、五味子、升麻、白鲜皮等中药，市场前景也都十分好。"她得意地看着潘望，"这回你对我有信心了？"

"有，信心还很足。不过，你也不要只盯着那几种药材，还有细辛、乳香、没药。我们没有的，可以从外面引进来。而且，不要局限于眼下的利益，还要往长远了看，比如建药材集散中心，打造山河林业局自己的品牌。"潘望突然想起什么，"对，我的意思是'寒地仙草'作为主品牌，还要有子品牌。葛丹的路，你也可以效仿，甚至可以与他联合起来，他种你收。总之，脚下的路有好多条，哪条路近，哪条路适合森工发展，就走哪条路。千万别故步自封。"

夏璎乜斜一眼潘望，瞪起眼睛："打住，潘指挥。我知道了，我要打开格局，要带领药厂走一条前人没有走过的路。我要走品牌自营之路。除了'寒地仙草'，还要子品牌，还要注册新的商标……"她嘻嘻地笑，"再忙也别忘了闺女，你想着给她打电话，问她需要啥不，问问她吃得好不好。"她说完就要走。走到门口又站住了，"我今晚有个会，你晚上去妈那儿，陪她吃饭。"

潘望点头："快走吧，我都想着呢。"

与夏璎的中药种植比起来，葛丹的寒葱栽培就没那么一帆风顺了。栽培之前，葛丹出去学习了近一个月，还带回了寒葱栽培资料。他严格按照要求选择了半阳坡地，躲过冲风口，土层的深度、土壤湿润的程度，以及坡度，也在要求范围内，而且排水良好。坡上是落叶松林，坡两侧是次生的柞树林。这都有利于寒葱的生长。

自从承包了土地，葛丹身体里蓬勃的生机，带着力量从体内迸发出来。他每一次站在这片土地前，眼前都会呈现出一片绿油油的寒葱，嘴角流露出笑意，欣慰地咂嘴，仿佛吃了寒葱烤肉。葛丹十分注重整地，雇用了附近的农民，使用割灌机，将枯枝烂叶及灌木杂草清理干净，捡去地表和深翻出来的石块。他按照寒葱的习性，采取横山带状抚育，取高填低，进行整地……他怎么也没想到，最浪费时间的是挑石块。他想起杨叔这些年栽树也一定面临这个问题，仅抠出石块、挑石块，就要耗费大量的时间和体力。这么多年，杨叔可是一个人植树，而且一坚持就是十几年。

此刻，葛丹才理解了已故的杨石山。

寒葱是长在山上的东西。山，哪能没有石块？他安慰了自己一番后，带着雇来的十几个农民工足足干了七八天。眼看着栽种的时节就到了，地还没整出来，他只好又雇了十来个人，没日没夜地干了四天，地才整了出来。

葛丹选择了两年生的寒葱苗，他在挑选寒葱苗时，像女人搭配绣线，一棵苗拿在手里左看右看，每一棵都经过精挑细选。他挑选的苗，网状叶鞘饱满，没有机械损伤，根系也十分发达。高守利笑话他，说他真有耐心，像个女人。这么多寒葱苗，挑起来多费事儿。葛丹说，没办法，秧苗选不好，以后遭罪吃亏的还是他。

四月末，第一批沾着泥浆和保湿剂的秧苗，被栽植到整好的坡地上。带状栽植寒葱，对带宽度和间距，以及株距的要求都极为严苛，对秧苗埋土的深度也有要求。葛丹还要求顺一侧栽植，以防止窝根。葛丹与民工同吃住，不敢有半点儿疏忽。种植寒葱的费用，除了两个姐姐和他自己少得可怜的积蓄，有一大半是银行贷款。

第一批苗栽到土里后，工人的工资钱就拿不出来了。葛丹愁得像一只找不到洞口的蚂蚁，他想实在不行就给侄子和侄女打电话，问问他们手里有没有钱。工资不能拖欠，工人们也要种地，买种子和化肥。但和孩子们张嘴，他实在难为情……他骑着摩托车从山上下来，又想和父母商量，能否把老房子卖了？虽然老房子不值钱，但能解燃眉之急。他刚进院，高守利的电话打进来了："葛丹，你能上塔来一趟吗，给我们送些水。我知道你忙，但你还是上来一趟吧，我俩没水喝，十分紧急。"

葛丹看了一眼时间，转身又推着摩托车出去了。

"咋不进屋？火燎屁股又走了！"葛老太在他身后喊。

葛丹到食杂店买了六桶水，就奔向551塔。这次高守利和春洛上山，他没时间送，他俩带的水肯定不多。桶装水也不贵，多整几桶上去。老喝河水不行，毕竟没经过过滤和消毒，对身体不好。

看到葛丹，高守利嘻嘻地笑，说："行啊，驮六桶水呢，不少。其实水还有，就是想让你上来一趟，你那地儿太远，春洛骑不了摩托，我又下不去。"他说着话，把一个塑料袋塞到葛丹手里，"你侄子石头暂时还用不上钱，春洛前天去银行取出来的。夏璎用了一些，剩下这些都给你用。知道你要面子，有困难也不会说。"他咳嗽了一声，"我只能上赶着找你。"

葛丹深邃的眼睛闪了一下，他垂下眼帘，看着手里沉甸甸的塑料袋，没说话。

"行了，你可别感谢我，把寒葱整好就行。等我从山上下来，就和你一起干。春洛眼看退休了，我也要下山了。让我在你和夏璎两人之间选，我当然选你。"

葛丹腼腆地笑了："这下好了。这些日子，我愁得心都没缝儿了。"

春天栽植的苗，一天天长起来。天气也渐渐热了，葛丹干脆就在山坡上搭了一个窝棚，吃住在山上。

傍晚，他又像往常一样，在田间地头巡视，从南头走到北头，又从北坡往西坡转。他突然发现西坡的苗木有烂根的迹象。他心头一惊，顺手拔下一根苗，根果然发黄了。那一夜，他心里七上八下，基本没怎么睡。天一亮，他又去山坡转了一圈，果然又发现了好几棵烂根的苗。为什么会烂根呢？他又把栽培技术资料拿出来，一项一项对照，究竟是哪一个环节疏忽了，哪一个环节出现纰漏了？他眉头紧蹙，从地的这头走到那头。

手机震动了半天，他才掏出来，竟然是王知了打来的。

自从上次分别，这是她第一次给他打电话。他忙于承包地，签合同，忙着寒葱的栽培，啥都没顾上，甚至都忘了生活中还有一个王知了。他接电话时，声音有些不自在。他为自己的忘却而自责，为自己迟迟没接电话而抱歉。

"哎，怎么样？学习累不累？"

"还行，学习很累，但也很充实。"

"听你说话，怎么好像有些气喘？"

"没事儿，可能是刚从楼下上来。"

"你怎么样？"王知了询问他的情况。葛丹说："可别提了，我正发愁呢。"于是，他把寒葱烂根的事儿说了一遍。他说自己完全是按照栽培技术上的指导精耕细作，为啥还会出现烂根的情况？这几天，他想破脑袋也没想出个所以然来。王知了沉吟了一下，说："能不能是土壤的问题？你也别自己瞎琢磨了，干脆把土装在小瓶子里，给我寄过来。我找农科所的朋友帮忙化验一下，让专业人士帮忙找找病因。你觉得自己是完全按照栽培技术的指导做的，但还是要有数字做依据。"

葛丹皱了一下眉头："不能吧，我对土壤的管理也很严格，再说山坡上的土，长年被残枝败叶沤着，肥沃得攥一把都出油。"

"你就别自己嘀咕了，先化验一下再说嘛。"王知了催促，"抓紧邮寄过来。"

七十八

一个礼拜后，王知了就回了话。

果然是土壤的酸碱度，没有达到六到七点五，所以出现了烂根现象。王知了在电话里说，调节土壤的酸碱度，浇水是一种方法，但是水大了，也会烂根，农科所的朋友给出的建议是用草木灰。她还把朋友的电话给了他，说她和朋友说好了，以后葛丹种植上有啥问题，直接打电话咨询就行。葛丹兴奋得差点儿跳起来。他当晚就下山，到农户家里买了一车谷草，烧成灰，又雇人一袋一袋背上山。

秋季栽培时，葛丹就有了经验，他先把草木灰掺在整好的地里。这次他采用的是块状栽培方法。有了春季栽种的经验和教训，他对种植寒葱也胸有成竹了。

收获时节，葛丹种植的寒葱，叶子肥厚，色泽油亮，味道也冲。寒葱推向市场前，葛丹采了一捆寒葱，春洛爱吃烤肉，先给她和守利尝尝鲜。葛丹带着寒葱、五花肉和一大桶烧酒，去了高守利家，想与他一醉方休。

葛丹猜想，高守利夫妇应该是刚从山上下来。

他兴冲冲地走到门口，家里却锁门。他又去找刘姨，想不到高婶儿也在。看他进来，高婶儿就笑了："儿子，你回来了。天要下雨了，你快去河沿儿，把鸭子赶回来。记住，咱家是十二只半，那半只是后趟房葛丹家的，想着给他家送过去。"

刘欣茹苦笑了一下，问葛丹："吃饭了吗？"

葛丹摇头，问："守利和春洛咋没在家？"

"他俩一下山就去县里了，春洛生病了，本来说去县医院检查，没承想一到医院就住下了。"

葛丹撂下东西，匆匆地去了县城。他赶到县医院，春洛正在病房输液。看到葛丹进来，她笑着问："你咋来了？"葛丹说去家里了，听刘姨说她住院了。他看一眼病房，问守利咋不在。杨春洛说他去超市买东西去了。他们从家里出来时着急，没带那么多东西，也没想到能住院。

"啥病？"葛丹担忧地问。

"初步检查，有风湿，血象也高，医生说先消炎，有几个指标不正常，好像红细胞形态异常，球形红细胞增多。我也不太明白。医生说，还要进一步检查和化验，必要时还要做骨穿检查。"春洛看着葛丹，"应该没啥大事儿，就是总感觉没劲儿，腰疼，后背疼，还打寒战，动不动就高烧。自从我爸突然走了，我从心里不能接受，整天心里憋屈，又在塔上，不想耽误事儿，把普通的感冒也耽搁了，一次又一次，身体就弱了，应该是免疫力低。"春洛眼眶里有泪花闪动，声音低了下去。

葛丹盯着她的脸，早先她是白人，皮肤也细腻，现在却脸色十分难看，说苍白，也不是，有些青黑。葛丹刚要问，高守利风风火火地小跑进来。进门看见葛丹在，他笑了，说："你可来了。你那寒葱怎么样？前两天，王知了来看春洛，还说起你。这一秋天，被春洛的病整得焦头烂额，要不是王知了帮忙，春洛都住不上院，没床位。住院的老头儿老太可多了，这天说冷就冷，感冒的人一大片。"

葛丹大致说了寒葱的情况："市场需求量大，还接了几个出口的单子，量也不小。现在初步算了一下，出两茬就能收回一半成本。打算在银行做个循环贷，明年再扩大规模，你俩那钱先欠着，明年也不只栽培寒葱。夏璎找我谈了草药的种植，我也正有此意。我和夏璎正在商议签合同的事儿，只是最近忙着寒葱的采摘和冬季抚育。寒葱和树差不多，也需要抚育。估计夏璎的种植合同下个星期就能签……"

"太好了，太好了！真为你高兴，我们家的钱不着急。"高守利嘻嘻地笑，"走，找个小酒馆整点儿，我几天没喝了，全身刺痒得难受，像是犯了大烟瘾。"

他看了一眼春洛的药，"马上点完了，你也一起去吃饭，溜达溜达，也好撤撤火。这次病倒，就是火气太大了。"

春洛说："你俩去喝吧，我不想走，你俩给我带几张春饼，要份土豆丝，再要点儿葱丝和香菜就行。"葛丹想说啥，被高守利拉走了。

"快点儿，咱俩走。天这么冷，她不去就不去吧。"走到门口，高守利回头看着躺在床上的春洛说，"等我啊，你先睡一会儿。"

盐水猪蹄、炸三样儿、红烧鲫鱼、芹菜炒粉，还有两壶高粱散白。高守利嘻嘻地笑，对葛丹说："你请客，你现在是山大王，还是大地主，有山，有地。"葛丹让他放心大胆地吃喝，犹疑着问："春洛的脸色，好像和以前不一样，是生病引起的，还是贫血？她没啥大毛病吧？"

高守利哈哈地笑："在塔楼上风吹日晒一夏天，多白的人都得晒黑。再说春洛都晒快二十年了，这样就不错了，都是我照顾得好。"随即，他又叹息一声，"我一喝酒，她就生气。其实，她不理解我，唉——不说了，来，喝。"

葛丹举起杯子，心里有一种隐隐的担忧。

王知了九十九岁的奶奶，在睡梦中走了。

当家人通知王知了时，她从张广才岭下的一个小村子匆匆赶回龙镇，还带回了王家三代人一直寻找的二姑的消息，以及二姑的后人。

研究生毕业后，王知了回到县卫生局。她很想写一本关于常见病护理的书，也是对自己这两年的学习成果，以及之前做护士的经验的一个总结。卫生局领导非常支持，于是，她利用工作之余的时间和假期，走访各地，搜集一些民间经过临床验证的偏方。

张广才岭下，有一个叫草团的屯子。草团是当地人习惯的叫法，后来又被改称为红团村，也被称为红色村。据说，当年草团就是一个大屯，差不多住着百十来户人家。日本侵占东三省时，不仅欺诈百姓，还疯狂地掠夺粮食和林木。百姓纷纷反抗，但铁锹和棍棒怎么能与鬼子的枪子儿抗衡呢？为此，草团屯死了不少人。村民更愤怒了，年轻人纷纷参加了抗联。

据史料记载，草团屯差不多家家都有抗联战士。要么在张广才岭一带，与日本关东军打游击，要么与队伍远征跋涉，只要打鬼子，草团屯的年轻人都豁出命。

一次，一支抗联队伍烧了关东军的粮库和贮存木材的大场院。关东军被冲天大火激怒，疯狂地围堵抗联。幸亏草团屯的村民通风报信，送粮送菜，这支抗联队伍才得以幸免于难。

七十九

　　王知了在走访时，从村民的口口相传中了解到当地有一种冻疮膏和烧烫伤膏，用过的人都说好使，一次就见效果，特别是对久治不愈、感染的创口，疗效十分好。这更引起了王知了的好奇。她特地到当地医院买了两款药膏。回到住处，她拧开盒盖，冻疮膏里有香油的味道，而烧烫伤膏里有一股浓郁的薄荷的味道。

　　不知道为什么，她心头涌上一股异样的感动。

　　王知了想更多地了解两款药膏的前世今生。她通过卫生局了解到，药膏的发明人叫王红云。她在县志抗联英雄谱里，查到王红云的名字时，心又是莫名其妙的一阵悸动。她想知道更详细的资料，就又到卫生局查阅了人事档案和文书档案——

　　王红云，女，曾担任人民医院院长。她生于山东省邹城，十四岁时跟随父母逃荒，在逃荒的路上被土匪掳走，又在中途被抗联的队伍救下，从此就参加了抗联。由于年龄小，到了抗联队伍里，她先是在伙房帮忙。后来，这支队伍为了躲避关东军的围追堵截，就深入到深山老林。十七八岁的王红云，承担起了卫生员的救治工作，这支抗联队伍差不多有百十来号人。

　　常年在山林里转悠，王红云对草药有一些认识。季节不同，她采的草药也不一样。春夏，她就采薄荷、牛蒡子、桑叶等，熬汤汁给战士们喝。秋天，她就采麻黄、荆芥、紫苏叶、干草、刺五加等草药。有的战士头疼，她就熬细辛汤给他们喝。冬天，战士们多生冻疮，她就采地榆、当归、桃仁、白及、黄芪、白芷、连翘、积雪草、鸡血藤、茜草、大蓟、小蓟、芦根、白茅根、半边莲等三十多味草药，研制成了冻疮膏。据资料记载，王红云先后十几次更改药方。成方的药膏，无论多严重的冻疮，只要涂抹三次，就能祛腐生肌。

日本战败，王红云也离开了队伍，到当地的人民医院任院长。她又在冻疮膏的基础上，研制出了烫伤膏。为此，人民医院特别开设了烧烫伤科，专门收治因烫伤、烧伤感染的患者。她的冻疮膏被命名为"红云冻疮膏1号"和"红云烧烫伤膏2号"。

看到王红云的资料时，王知了听见了心脏怦怦的跳动声。要不是喉咙挡着，她的心脏都能跳出来。起身往出走时，一向端庄稳重的王知了，不仅绊翻了椅子，胯骨还撞在桌角上，她顾不上疼痛，就匆匆下到三楼。她没敲门，直接推开卫生局人事科长办公室的门。

"我要见王红云。"

"你是——"人事科长是一位五十出头儿的女性，她愣愣地盯着这个莽撞的女人。

王知了脸色通红，还有些气喘。她咽口唾沫，又吁了一口气，好一会儿，才让自己快要蹿出来的心脏回到原位。她抚着胸口，说："对不起，我是从大沽河岸边来的，在县卫生局工作，这次来就是为搜集……"人事科长耐心地听了她的介绍后，才拉过一把椅子让她坐下，又给她倒了一杯水。王知了端起水杯，咕嘟咕嘟喝下去，说："我想见王红云，我对她的冻疮膏和烧烫伤膏非常感兴趣。我要详细地了解她研制药膏的经过，这是医学上的一笔宝贵财富，我要把它写进书里……"

女人平静地看着王知了，缓缓地说："王红云院长不在了，我参加了她的葬礼。老人家去世时，县政府和医院为她举办了追悼会。老人的儿子，曾经任县卫生局副局长，两年前也退休了。据我所知，她还有一个女儿，好像在外地工作，但她孙女在我们县医院，是妇产科主任，叫吕薇。我和她比较熟。"

刚刚平静下来的王知了，心再一次狂跳起来："那我现在就去见吕薇。"

人事科长拿起桌上的电话，好长时间才接通。对方说，吕主任昨晚值班，一个难产的产妇产后大出血，她抢救了半宿，今天休息。王知了焦躁地站起来。

"那您能把她的电话给我吗？我直接去找她。"

人事科长轻轻地摇头，说："反正你也不走，吕主任明天就上班，也不差这一时半会儿。你明早再来，到时候我带你过去。"王知了只好回到档案室。可是，她翻阅了下页资料，忘记了上页的内容。索性，她收拾起东西，回了招待所。但她坐不住，站不住，也躺不下，想整理搜集到的资料，心也静不下来。中午的饭，她都无心吃。她不知道接下来的一个下午和一个晚上怎么过。她想去医院，找人要王红云的孙女吕薇的电话。她知道，人家也不会给。她干脆出门到街上转转，时间能过得快一点儿。她把桌上的资料胡乱地摞在一起，就走出了招待所。她在街上闲逛，从一家门市到另一家门市，从商场到书店，一直晃荡到傍晚时分。黄昏让街区有一种朦胧感，有的商铺的门楣上，灯也早早闪烁起来。该吃晚饭了，她想找一家快餐店，打发一下咕咕叫的肚子。无意间，她发现临街有一家萨满火锅。她愣了一下，是乌拉满族火锅，她毫不犹豫地走了进去。

铜火锅刚端上桌，她招呼服务生："来一壶当地的散白。"服务生咧了一下嘴，说："我们店里的散白都是当地的纯粮食酒，最高六十度，还有五十二度的，不知道您要哪种。"

"来一壶六十度的小烧。"

什么时候爱上了烈酒，王知了自己都说不清楚。别人喝酒都是循序渐进，从果酒到啤酒，再到白酒，是一点点练出来的，而她不是，她从喝酒那天就直接进入高潮。她发现自己不仅有酒量，而且对酒精的耐受度也很好，即使喝多了，睡一觉起来就脑清目明，像没喝一样，根本没有宿醉或者头疼的现象。

王知了在乌拉满族火锅喝了六七两白酒，走出来时，脚不散，身子不晃。服务生都惊讶地看着这个漂亮的女人，她都走出去好远了，几个服务生还探头探脑地看她。

"啧，这个女人可真是海量。要是能和这样的女人喝一壶，那该有多痛快。"

　　第二天早上，王知了早早地站在医院产科病房的走廊，她没必要麻烦人事科长。医生、护士陆续来了，迎面走来一位三十七八岁的女人，微胖但不臃肿，脸上挂着笑，圆脸盘，双眼十分有神，身着一件白色镶黑色牙边的短款羽绒服，一条黑色紧身靴裤，脚下是一双半高跟黑色短靴。王知了盯着她，眼看着她推开产科病房的门，径直走进更衣室。没一会儿，她又穿着白大褂走出来，一只手插在兜里，脚上换上了一双白色软底皮鞋。

　　王知了走过去："你是吕薇主任？"吕薇点头，继续朝医生办公室走。显然，她把王知了当作产妇的家属了。

　　"你是王红云的孙女？"

　　吕薇倏地站住了，上下打量起她来。

　　"我从大沽河来，我叫王知了。"

　　"你认识我奶奶？"吕薇犹疑着问。

　　"不认识，但我想和你聊聊，想知道王红云是不是我二姑。"

　　吕薇愣住了，眼眶里一下子蓄满了泪水。

　　"主任，查房吗？"吕薇听到护士的问话，扭头看了一下，有些慌乱，转身时撞到走廊的塑料椅子上，对王知了说："您、您先等我会儿，我查完房就来。"

八十

王知了没坐在病房的走廊里等，走出了病房的长廊，坐到大厅候诊的椅子上。她的心绪像一匹狂奔的马，她强迫自己冷静。她坐不住，起身站到落地窗前。窗户正对着一个不大的停车场，她看着车来车往，心情慌乱得像一艘漂浮在波涛中的船。

吕薇来找她时，脸色也微微发红，看来她也被突如其来的王知了震惊了。她们来到休息室。吕薇说医生办公室人来人往，这里安静一些。她说话时声音哽咽，也有些颤抖。她拉过两把椅子，和王知了面对面坐着。

"早上刚上班，有医嘱要下，还有患者等你，不耽误吧？"

"刚才都安排好了。"吕薇看着她，"奶奶告诉过我和我哥，她父亲叫王家驹，逃荒时奶奶和他们在一起，她的母亲叫赵秀珍，她说她母亲是解放脚。她上有一个姐姐，下有三个弟弟。她被胡子掳走时，最小的弟弟王良权还在母亲的怀里抱着……"

"没错，都没错，我就是王良权的女儿。"

两个女人痛哭失声。王知了告诉吕薇："我奶奶还活着，也就是你太姥姥。爷爷临死前，告诉奶奶，让她等着二姑……"吕薇流着眼泪笑了，说这么多年父母带着她和哥哥，从没放弃为奶奶找家，找亲人。哥哥在政府的组织部门工作，时时刻刻都在为奶奶寻找家人。只是奶奶当时还小，只记得山东老家，而逃荒时一路走过的地方，她也说不清楚地名。当年被胡子掳走的地方，她更不知道是哪儿，也不知道叫啥。多方打探，均无结果。

吕薇大致讲述了王红云的一生。王红云是幸运的，被抗联队伍救了下来。虽然在抗联时，生活很艰苦，但她说要是沦落到胡子的手里，她能不能活着都很难说。在抗联时，王红云随着队伍在黑河一带活动过，她与子孙多次提到一个叫龙门的镇子。她还说，有一条叫南北河的大河，南北河流域都处于林区，冬天特别冷，她就是在那儿开始研究的冻疮膏。她也说过大沾河，他们在那一带与日本鬼子周旋……后来，抗日战争胜利了，她本来有去其他城市的机会，但她坚持回东北。回到地方后，她还念念不忘那条南北河。她说，她的家人一定在东北，只是不知道在什么地方。

吕薇的哥哥吕方参加工作后，还针对龙门镇做了一番调查和了解。他还为此去了一趟龙门，查阅了资料，但由于奶奶提供的信息有限，没能找到家人的相关资料。哥哥就差一步，没去大沾河看看，没去山河林业局。吕薇说奶奶到县医院工作时，也快三十岁了，到医院工作后，才和爷爷成家。爷爷也是从部队转业的，在县政府工作。爷爷比奶奶大八岁，曾经有家，爷爷家的前奶奶被日本人杀了，留下一个儿子。奶奶生了一儿一女，姑姑在南京工作，前几年也退休了。爷爷奶奶活着时，姑姑一家每年都回来。爷爷奶奶去世后，姑姑一家每年清明节回来祭扫。爷爷去世后，奶奶一个人过，吕薇的爸妈就搬了过去，直到奶奶去世。

王红云去世时，流着眼泪叮嘱儿孙，要继续为她找家，找到后，到她的坟边说一声。他们如今都安葬在县烈士公墓……吕薇说，奶奶一生的痛苦，就是到死也没能见上家人一面。

王知了从吕薇口中知道，二姑除了一儿一女，还有两个外孙、一个孙子，吕薇是她最小的孙女。

吕薇的父亲吕忠远接到女儿的电话时，立即和儿子赶了过来，说啥都要把王知了接到家里住。吕忠远还带她拜谒了她没见过面的二姑和二姑父。王知了急着回龙镇，说要把找到二姑的消息当面告诉奶奶，告诉父母。她不敢在电话里说，她知道家人这些年一直牵挂着二姑，二姑被胡子掳走的事儿让他们深受煎熬。电话里说，怕他们受不了。尤其是奶奶，她已经是近百岁的老人了。还没她动身，她就接到父亲的电话，说奶奶的情况很不好，让她速回。

吕忠远当即决定，全家人跟着王知了回龙镇，出发前还给远在南京的姐姐打了电话，姐姐和家人立刻买了机票，赶往龙镇。走了一大半的路，王知了接到父亲的电话，说奶奶过世了："你奶奶是在睡梦中走的，没遭罪。"

王知了热泪长流："奶奶，我找到了二姑的后人，你为啥不等等我，你多活半天，就能看到他们。奶奶——"

看到女儿带回二姐的后人，王良权蒙了。王知了知道父亲血压高，给父亲吃了降压药，才详细地讲述了她与二姑一家人相遇的经过。"可能是二姑冥冥之中在指引，这次我本来是要去珲春那边，但临行前突然改变了主意，去了张广才岭，而且义无反顾，仿佛有人召唤我。"

王良权号啕大哭，跪在母亲的灵前："娘，知了找到俺二姐了，你去那头儿告诉俺爹一声，俺二姐没有被胡子祸害。二姐还穿上了军装，她的儿孙都好……"出殡那天，活了快一百年的赵秀珍灵前，跪了一地的孝子贤孙。

龙镇的老人都来送龙镇的老寿星。高守利、葛丹、春洛、夏璎、思乐也都来送王老太最后一程。王家的遭遇，森工人都知道。看到王老太二女儿的后代也赶来送她，人们都唏嘘地落下了眼泪。

在王老太的葬礼上，葛丹才知道王知了有一个五岁半的女儿，小名叫诗诗。据说诗诗还不到一岁时，王知了就离了婚。

八十一

这个春天似乎是风调雨顺。立夏节气一到，就下起了小雨，风刚要起来，一场小雨又把风压了下去。

高石头读大专学的是工业自动化，毕业后应聘到一家做制造生意的私企。他和父母说了自己的打算，他不准备回沽河，不能因为祖辈都是林业人，他就得回来做森工人。

"我想走出去，见识一下世界。而且，我学的这个专业也很抢手，到企业应聘不难。"春洛虽然很想让儿子回到身边，但也无奈。她和高守利说："现在的孩子，和我们小时候没法比，说他们自私，好像还不是；说他们没有责任感，也不对，只是他们对责任感的认知和我们不一样。他们心中的目标，比我们更清晰，比我们更明确。我们当年工作、恋爱、结婚、生孩子，仿佛就是顺理成章的事儿。我们既没有反抗，也没有思考，因为我们的爹妈、别人的爹妈都是这么过的。不能说我们不是效仿爹妈，但我们都在走爹妈走过的路。可现在的孩子们完全颠覆了我们。他们不屑于走爹妈的路，就算不结婚，不生孩子，也能为自己找到充分的理由，说无力承担的情况下结婚生子就是不负责任。能说他们错了吗？我当然不接受他们的做法，也不是太理解，可我也无力反驳。说到底，是时代变了。我们没能跟上这个时代。"她叹了一口气。

这两年，春洛的身体每况愈下。每次石头离家，她都要好几天才能缓过劲。她和母亲说："我是不是老了，每次石头一说走，我都强忍着，才没哭出来，还得十几天才能顺过劲。守利说我是更年期。"刘欣茹笑，说："人都是这样，年岁越大，越依恋儿女。就像我和你爸，你们小时候，我都顾不上他，那么多年，他一进山就是一大冬天，我也不觉得咋样。那时候的日子，过得可真快，还没怎么样，你爸就回来了。后来，你们都长大了，你爸再进山，我就觉得日子慢了下来。幸好你爸后来说啥都不上山了。天天在一起，就更分不开了。我也依恋你爸，只要你爸一挪窝，我就想跟着。他要是不让，我就哭，就和他怄气。现在想来，我心里可能知道，我和你爸过不到死的那天，我们不能一辈子。所以，他走一步，我就跟一步……你说你爸这人，活着不爱麻烦人，死了也不麻烦人。他哪怕在炕上躺个一年半载，我伺候他，伺候够了，伺候累了，他再走，我也不能这么难受……"刘欣茹又抹起了眼泪。

春洛心里咯噔一下，她又把母亲带进了永无止境的思念。尽管爸离开这么多年了，可她没走出来。

"妈，晚上烙春饼，炒土豆丝，整点儿葱和酱，我想吃这口了。"

"嗯，你婆婆也爱吃。"刘欣茹看着她笑了。

春洛又成功地把母亲从思念里带了出来。母亲明显地老了，最明显的是记忆力下降。有时候，她看着大女儿问："小孩啥时候回来？"

"哪个小孩？"

"就、就是你家的小孩。"

"你是说石头？"

"对，对，是石头。我一下子想不起石头叫啥了。"

杨春洛蹙了一下眉头："妈，我和守利不在家，你教我婆婆打扑克。她学会了，你俩没事儿就玩，瞎玩也行，就是打发时间。"

刘欣茹撇嘴，说："我可不教，就你婆婆那记性，还不累死我？"她又呵呵地笑，"还说你婆婆，我现在也拿东忘西，有时候突然就想不起熟悉的人叫啥名了。"

杨春洛打算三月十二日上塔。前一天晚上，他和守利正在打行李，高石头回来了。春洛愣了，问他："刚走，咋又回来了？我和你爸明天就上塔，家里又剩你奶和你姥了。"

高石头嘻嘻地笑，说："知道你俩明天上塔，我才回来。明早我送你俩上山，再坐晚上的车走。"

"我儿子长大了。"春洛心里一暖。

"嗯，我长大了，想法也多了。这不，就想回来看你俩一眼，想把你俩送上山，我才放心。"

儿子的话，让春洛有点儿想哭，但她忍住了，儿子长大，是好事儿。第二天早上，高石头把他们送上了山，把塔下石头屋收拾出来后，又上塔收拾。闲置了一冬天的塔楼积满灰尘和落叶，高守利自己钉的那张小木桌上，除了灰尘，还有被耗子嗑下来的碎木屑。桌上、地上一层老鼠屎，还有飞蛾和一些不知名的虫子的尸体。下山之前，高守利都把模拟式对讲机中继台用铁皮罩子罩上了，否则，耗子把机器上的线都能咬断。高石头把一桶热水拎到塔上，把塔楼和塔台彻底打扫了出来。

前两年，联通公司在551塔下安装了机房，因为设备用电，接通了国电。后来，航空护林站又在551塔下安装了无人机机房。如今，551塔上通了电，石头屋也通了电。

高石头小时候，葛丹带他上过塔，傍晚的烛火映得满屋都是影子。第一次睡在石头屋，他吓哭了。爸妈问他为啥哭，他憋着没说。后来，妈和爸说，儿子一定是想他奶和他姥了。石头没纠正她，任凭他们猜测。下山时，他的哭声更大了，他爸气得要揍他，他梗着脖子盯着他爸。

"给你打，打吧——"他多么希望他爸揍他一顿。可他爸的手举起来又放下，放下又举起来，最终只是叹息一声，说："跟葛丹叔回家，听你奶和你姥的话啊。"高石头下意识地看一眼他爸，塔楼上的一块玻璃裂了，他正在换一块新玻璃。早些年，塔楼上还没有玻璃，四圈都用塑料布围着。装上玻璃的瞭望塔，像一幢悬在空中的小房子，虽然看上去孤单，但沐浴在阳光下。

高石头下塔吃了米饭和红烧土豆炖肉。吃完，他就要下山了，赶晚上六点半的火车。春洛要送儿子下山，高石头坚决不让。他说："没有雪，路也好走，我就当溜达了，你和爸留下来把火墙烧热，驱驱潮气，把炕也烧热，要不晚上不好睡。"

杨春洛还坚持要送，高石头威胁她："你要是非得送我，我就不走，把工作辞了，天天上山陪你。"

父母只好站在石头屋前，与儿子挥手告别。看着儿子年轻矫健的身影，春洛和高守利相视一笑。

守塔的日子又开始了。

傍晚，淅淅沥沥下了一场雨，清冽的空气直通肺腑，空气中还夹杂着浓郁的植物清香。从塔上下来，春洛点火炖了半只鸡，又炒了一盘花生米。高守利由衷地赞叹，说饭菜真香。春洛的饭量大不如从前，吃啥都没胃口。那次火灾后，她一看见野菜就想吐酸水。她和高守利说："现在的人都以吃野菜为健康、时尚的生活方式，如果除了野菜，没别的吃，那我就得饿死。"高守利点头，说："因为那场大火，咱俩都把野菜吃伤了。我也是，一吃野菜就烧心、胃疼。"春洛没吃出炖鸡的香味儿，只是象征性地吃了块鸡肉就撂下筷子。高守利又逼着她吃鸡腿，说："这么小的鸡腿，两口就下去，你必须吃掉。"他拿来一个空饭碗，"你以后天天晚上喝一口酒，驱寒，对风湿也好，还开胃。"

春洛摇头。

"大姐，你就喝一口，喝一口能咋的？就当给我个面子。"

春洛只得再坐到桌前，抿了一小口白酒，撕下一条鸡腿肉。高守利喝了一碗，又嘻嘻笑着倒一碗。他看着春洛，说："今晚高兴，多喝一口。"春洛没拦他，咽药一般吃下半个鸡腿。

"我累，实在坐不住了。我上炕，你慢慢喝，我躺在炕上，看着你喝。"春洛脸冲着高守利，他"嗞"一声喝下一口酒，又"嗞"一声喝下一口。高守利喝酒，不讲究菜，有一疙瘩咸菜，都能下酒。葛丹说他，啥都不就着也能喝。但他喝酒，一定弄出"嗞嗞"的响声。

春洛问他："为啥要喝出声来？喝酒还要吧嗒嘴，这是啥习惯？"高守利说："这你就不懂了，声音是一种表达。酒，除了香，还能让人有飘忽的感觉。那种感觉，让人把啥愁事儿和不顺心都忘了。"喝完第二碗，他又倒了一碗。第三碗喝了一半，他就打开了话匣子。

"我知道，你不愿意看我喝酒。我酒后说话还惹你生气。可是，你想过没有，我不喝酒，还能干啥？我娶了你，也娶了这座瞭望塔。结婚不到半年，我就跟你上塔了。葛丹他们都在山下，老同学、老朋友没事儿就聚在一起，喝点儿小酒，撸个肉串。我可倒好，除了你，就是塔；除了塔，就是你。我不能和你比，你和树能说话，和草能说话，和花也能说话。你没事儿就看那片白桦林，还交了一对红狐狸朋友。可我是个爷们儿，我这个大老爷们，整天围着塔转，围着山转，围着这个矮趴趴的石头房子转，一转就是一大夏天。窝在这个巴掌大的地儿，日子过得比大沽河的水还长。还有，只要一上塔，精力就得集中，不能有半点儿疏忽。站在塔台上，一眼看下去，除了绿，还是绿。你们都说绿色养眼，我倒是觉得绿得让人发愁……"

八十二

　　高守利看着窗外幽暗的夜色，叹了一口气，说道："能让我坚持这么多年，能让我毫无怨言的，就是你。我爱这个家，爱儿子，还爱你。我对自己说，只要你高兴，只要儿子好，我就乐和。老婆孩子就是我的命，我还能有啥要求，况且我妈又被你妈照顾得那么好。有时候，我就想，我对不起你，对不起儿子，我没能挣给你们更好的生活。我要是有能耐，咱俩就不在这儿守塔了。儿子在哪儿，咱们就去哪儿买个房子，让你也过上大城市人的生活。我现在还觉得对不起你妈，要是咱们能走出大山，就把俩妈都带出去……"他的眼眶湿了，泪光在眼眶里游动。

　　春洛的眼泪哗一下流下来。她抽了一下鼻子，说："我知道，我都知道。有时候你喝酒，我生气，是不想让你喝那么多，不然对胃不好。你从小就爱胃疼。还有，咱们这工作性质，也不能喝酒，成宿半夜地喝，睡不好觉，白天还要不眨眼地在那么高的塔上工作，咋能行？这几年，你的胃病越来越重，要不是去年冬天你吃了我妈给你淘来的治胃病的偏方，我妈还给你熬了鸡蛋油，这会儿你的胃说不定又疼了。我也不好，一生闷气就不说话……"她心里难受，要不是她，守利不会选择瞭望员的工作。他是爱热闹的人，因为她，他离开了人群；因为她，他甘愿吃住在山上。

　　"唉，不说那些了。要说不容易，谁都不容易。咱儿子小时候，爸妈帮咱们带着。这些年，要不是你妈照顾我妈，还帮咱们照顾家，咱俩也不能安心。明个儿退休了，我就带你出去走走。咱俩也去看看海，坐坐飞机。咱俩别说坐飞机，连高铁都没坐过。咱们这儿啥时候能通上高铁就好了。咱石头回来，也不用坐绿皮火车了。"

　　一轮新月爬上了窗口，春洛扑哧笑了："月亮都来偷看咱俩了。过了半辈子的老夫老妻，啥风雨没经过啊。前年那场大风雨，站在塔楼上，我都站不稳。要不是有你，我咋能坚持下来，而且一坚持就二十多年。刚上山那会儿，别说大风、大雨、大火，就是蛇，都能把我赶下山。我从小就怕蛇，以前蛇多得要命，上学的路上，你走在前，葛丹走在后……"她咯咯地笑，"唉，真是老了，最近可爱回忆过去了，一想起小时候的事儿，好像就在昨天。可掐着手指头一算，眼瞅着就知天命了。日子可真是不禁过啊，今年咱俩守塔整整二十五年了，明年我就退休了。"她的眼角湿了，她突然转向高守利，"哎，我要是没猜错的话，咱石头有女朋友了，应该是他的同学。"

"真的吗？管她是谁，只要石头高兴，我就高兴。"高守利抬手时把酒碗碰翻了。酒在桌上停留一会儿，就一条线似的淌下去。他慌张地把碗端起来，把碗里剩下的酒倒进嘴里："这么说，我要当老公公了。"他抹一把嘴巴，推开饭碗，"碗筷明早收拾吧，上炕，咱俩躺下说话。"他爬到炕上，挨着春洛躺下。

"咱俩上塔都二十五年了？日子太不禁混了。明年你退休，我也下塔了。我就去和葛丹一起干，咱也享受一下地主的生活。别说啊，真要下去，我还挺想念这里的，想念551塔，想念石头屋。"

"是啊，这二十五年，过得既快又慢。有时候想起来，有些事儿好像就在昨天，可有些事儿，又觉得那么久远。一晃，我爸都走五六年了。"

高守利这晚也没少喝，但是没有醉意。

夜色宛若海水，一轮弯月挂在幽蓝的大海上，星星像一颗颗闪烁着光芒的宝石。皎洁的月光投进窗口，虫子似乎在进行叫声比赛，此起彼伏的鸣叫声，给夜色增添了神秘感。山里的夜色，美得令人窒息。夜色仿佛是母亲的子宫，春洛被甜蜜包围着，深深地陶醉其中。

山里的夜，传来什么响声都不稀奇。春洛固执地认为，夜，是神秘的，不属于人类。人类的夜，过于单调。夜，是动物和鸟的天堂，它们的夜丰富多彩。高守利对动物交配时的形态和叫声格外留心。他耳朵也尖，一点儿细微的动静，都能听到。一听到声响，他就用一根手指，捅一下春洛的肋下："哎，你看人家动物多乐和。不久，山里又要有山猫崽儿了，又要多一群黄鼠狼了，猫头鹰又要下蛋了，我猜能下十几个蛋，山里又要多一窝山鸡了……"春洛说他闲得慌，说他不怀好意。高守利嘻嘻地笑，说这是动物常情，就像男人一到了年龄就要找女人，也是人之常情。

常年在山里，高守利虽然对这些早已司空见惯，但他每次都像第一次听到："唉，能活得像鸟儿一样自由，像动物一样想干啥就干啥，那该多好啊。"他艳羡得直咂嘴。

这晚，两人说了很多话，远的、近的，有一句，没一句，觉头儿过去了，他们都没有困意。

春洛盯着窗外，一团乌云把月亮遮住了。"呀，刚才还澄澈的夜色，这会儿又乌云翻滚了，看来明天有雨。"她咕哝着，"睡吧，明早给你煮饺子。"后半夜，果然又下了雨。窸窣的雨声敲击着屋顶，像啄木鸟在抓树干里的虫子。这一夜，虽然睡得晚，但两人都脑清目明。

大雾是五点多起来的。树木被蒸腾起来的浓雾笼罩，就连瞭望塔也若隐若现。春洛催促高守利："快吃！我把中午的饭菜装好，咱俩早点儿上去。"他们登塔时，大雾似乎比先前更重了。两团移动的影子，终于登上塔楼，春洛累得呼呼地喘。高守利指着东北方向说："这雾一会儿就得散，你看那边，有点儿见亮了。"

春洛在塔台上巡视，虽然塔台上装了玻璃窗，但高处的寒意还是令她打个冷战。"哎呀，你在外头转悠啥？这么大的雾，你能看到啥？"高守利叫她。他的话音刚落，雾蒙蒙的天上就被劈出一道闪电，接着就是震天动地的炸雷……高守利一把扯过春洛，把她拖到塔楼里。"真是奇了怪了，今年的雨来得早，连虫子都活过来得早，又下这么大的浓雾，雷也来得早。"他望着塔台下，"这个时候下大雾，大雾天打雷，打炸雷，还闪电，这是什么鬼？"他惊愕地看着春洛。显然，她还没从刚才的炸雷和闪电里回过神儿，脸色有些苍白。

雷声轰隆隆地远去了，春洛皱起眉头，说刚才的炸雷和闪电太吓人了。

浓雾还没散去，她莫名其妙地紧张起来，心慌慌地跳。她隐约感觉有事儿要发生。高守利也十分不安，又到塔台上巡视了一圈，再进来，他按住春洛的肩膀，说："没事儿，山林太平。有我呢，我是火眼金睛，我还有李玉和的红灯，这盏红灯辟邪，能把一切妖魔鬼怪打回原形。"

为了缓解春洛紧张的情绪，高守利做个亮相，又扬起一只胳膊："铁梅，你听哥哥说。"他连编带改地唱了起来，"二十几年风雨狂，怕谈以往，怕的是你年幼，人小志不刚，几次要谈，我口难张。看起来，你哥我此去难回返——"他突然停住，呆呆地看着春洛，"我要干啥去？呸呸，这句不吉利，我重改。我一辈子都赶不上葛丹，他张口就来，还改得严丝合缝。"

"你可别唱了，再跑到天边上回不来。"说完，她也愣住了，盯着高守利，把后面的话咽了回去，岔开话题，"小时候，咱们去红灯记广场玩，一到那儿，葛丹就唱，还是他唱得有味儿。我唱得不好，你就更不用提了。那次，你俩还因为偷爬小火车，差点儿被看门老头抓住。还有，那年冬天在广场放电影，咱们仨穿得像棉花包，还在棉乌拉鞋里套上了毡袜，那电影好像是叫《瓦尔特保卫萨拉热窝》。那晚那个冷啊，站在幕布前看电影的人，开始还坐在自己带的小板凳上，后来就冻得站起来跳着脚看。风把幕布鼓起来，人就变形了。我和夏璎看不着，你和葛丹就把我俩举起来。咱们都冻得鼻涕长淌，脸都冻疼了。回家的路上，夏璎冻哭了。她告诉我，要不是想把电影看完，她早就哭了。电影的情节记得不太清楚了，但电影里的歌，咱们都会唱，葛丹吹得也好听……"

春洛本来想讲小时候的事儿，冲淡一下心慌。可不知为什么，两人都没笑出来。

他们不约而同地望向塔楼外，此刻，大雾在逐渐散去。他们又走上塔台，分别走向两边。"守利，你快来！你看下面是烟点还是雾？"高守利疾步过去，向她手指的方向望去。

"不管是烟点还是雾，你马上汇报，我下塔去看。目测应该在雀儿岭附近。"

春洛向指挥部做了汇报，雀儿岭发现疑似烟点，由于雾太厚，还不能完全确定，瞭望员高守利下塔查看。

"守利——"春洛喊道。

刚下塔的高守利扭过身子，看着她。

"注意安全。我等你回来。"她叮嘱道。

"没事儿，别忘了，我有孙猴子不坏之身，炼丹炉都不能奈我何，心中有李玉和的红灯，还怕山里的妖魔鬼怪吗？"高守利做了一个鬼脸，匆匆地下塔了。他下塔时咚咚的脚步声，震得春洛的心揪着疼。

她守在塔台上，祈祷浓雾尽快散去。

八十三

果然是一场大火。

浓雾还没完全消散，大火已经着了起来。火势向东沽峰蔓延。尽管开春以来没干旱，风也不大，但经年堆积的落叶和枯枝在平地上也有一尺多厚。而火像一条在草地上游走的蛇，专往苔藓和枯枝败叶厚的地方蹿，于是，一条火龙烧了起来。

接到报告后，局领导、专业扑火队、森警很快就到达火场。扑救的同时，又调来了森林水陆消防车。由于地势险峻，一百多名扑火队员乘着水陆车，蹚过近二十米宽、一米多深的嘟噜河，在灌木丛生、石砾塔头遍布的山路，又步行了十九公里，才到达火场。赶到火场后，立即兵分两路，对火势进行围堵。山河森警大队和所属林场（所）专业队三百多人也陆续进入火场，分几路合围。

浓烟把山峦笼罩了，大火把树木包围了。

被大火惊扰的鸟，腾空而起时，凄厉的叫声划破了苍穹。一直坚守在塔台上的春洛，心急如焚。高守利到烟点附近时，与她通了一次话，告诉她，烟点距离雀儿岭不到五公里，是风口，火势控制不住，大有往东沽峰方向蔓延之势……之后，他们就失去了联系。她试着呼叫几次，都没有回音。她想，可能是火势大，守利无法返回塔上，一定是加入扑火队了。信号不好，他也没办法和塔台联系。守利方向感好，对551塔附近的地理环境非常熟悉，不会迷路，也不会被大火……她不敢想下去。第一天，第二天，第三天，高守利像一条游进深水里的鱼，甩甩尾巴就不见了。

春洛心如刀绞。

下半夜，突然刮起西南风，风力达到八级，瞬间阵风达到了十级以上，山火迅速肆虐开来。指挥部下达了扑火人员紧急避险，风小再战的命令。塔台上的瞭望员和扑火队员，只能眼睁睁地看着火势肆无忌惮地蔓延。

在塔台上转了一宿的春洛，眼睛火辣辣地疼。塔楼上没水了，吃的东西也不多了。她望一眼夹着烟雾的大火，又望了望塔下那个蓝屋顶的石头小屋。朦胧中，她仿佛看见高守利低头从门里走出来，招手问她吃不吃土豆丝卷饼。她咧嘴笑了一下，裂口的嘴唇绽出血珠。她晃了晃脑袋，守利在她眼前消失了。

山火烧得春洛坐立不安，烧得她挺不住了，她呼叫了在火场指挥扑火的潘望。"潘望，你姐夫到现在都没回来，也没有音信，我联系不上他……"她哭了。

"姐，你别着急，我就在火场，现在还没有人员伤亡的报告，估计姐夫不能返回塔上，就加入哪个扑火队了。我这边一有情况就告诉你。"潘望的嗓子嘶哑。

春洛近乎崩溃，又联系杨思乐。他不接电话，她只能给他留言："思乐，要是看到你姐夫，马上联系我。"杨思乐没有回复她，她知道他一定在火场。

第四天傍晚，春洛满嘴起了黄亮亮的泡。她浅浅地啜了一口水，润了润嗓子，又逼迫自己吃了半个干馒头。几天来，她几乎不吃不睡，也不知道困，只觉得双脚轻飘，像是踩在棉花上。"守利啊，你给我回个信儿，哪怕叫我一声——"她啜泣着哀求。

她又艰难地站起来，望向石头屋，希望守利能从石头屋的门里走出来。眼前突然闪过一道红光，她睁大眼睛，以为火头蹿到塔下了。她揉揉眼睛，不是火，是一只红狐狸。红狐狸扬着脖子朝塔上看，已经流不出眼泪的春洛，瞬间泪如泉涌——

"你是来告诉我守利不在了，是吗？"

她的脑袋一片空白，她轻飘飘地飞起来……她是被对讲机叫醒的。

由于火场风力加大，火势增强，火线不断蔓延，指挥部又调来直升机，投入扑火中。五架直升机先后从551塔楼上空飞过去，投入火场。天上地下形成合力，围攻火线，扑打明火，集中兵力打火头，奋战了六天五夜，终于遏制住了火势。

扑灭火线达二十几公里。第五天，大火才被控制住。

大火扑灭了，潘望带人找到了高守利。他安静地躺在一个幽深的山谷下，手脚都被火灼伤了，后脑有一个窟窿，一摊黑血已经凝结了。潘望在他的不远处找到了对讲机……高守利发现火情，并没有第一时间回到塔上，一定是用枝条打火了。人们猜测他是被夹着浓烟的大火呛到了，才失足掉下山谷，后脑磕在石头上，致使他丧命。

潘望和夏璎、思乐来到551塔下。

春洛无力从塔上下来，思乐把她背下来。她坐在石头屋的门槛上，喃喃地问："守利走了？"她扶着门框，缓缓地站起来，"让我去看看他，他是不是被烧得看不出脸了？这些天才找到他，他是不是都……"潘望全身颤抖，吁了一口气，才缓缓地说："姐，没有。姐夫的手脚有烧伤，应该是脑袋摔到了，导致……他落下去的山谷，虽然没有火势，但这么多天了，不知道姐夫的身体为啥没变——"

"他是怕我认不出他。"春洛打断潘望。她浑身一阵痉挛，跌坐到地上，蜷缩成一团。

春洛的世界下雪了。思乐抱住她，夏璎也跑上来拥住她。

"姐，你还有妈，还有我们。局里派车去接石头了，他晚上就能赶回来。"高守利的遗体停在石头屋门前，春洛坐在他灵前，喃喃地和他说着话。

夏璎一直陪在她身边。

"爸，爸——"高石头跌跌撞撞地跑到石头屋前，他凄厉的叫声，让所有人再次落下眼泪。石头把母亲抱起来，春洛在儿子的怀里不停地抖动。

"妈，你挺住。你为了我，也要挺住……"

春洛坚持把高守利埋到狐狸洞旁。

葛丹坐在发小的坟前，满脸泪痕，一遍又一遍吹朋奴化。听到发小离去的消息，他好久没说一句话。这几天，他为发小的后事，事无巨细地忙碌。

他几乎没怎么睡觉，偶尔眯一会儿，又在噩梦中惊醒。他的梦里总有一只大黑熊，把高守利撕咬得血肉模糊。

"守利，守利——"葛丹嗓子哑了，嘴角也起了血泡。

山火过后，林业局组织专业人员到起火现场实地调查，引起火灾的原因是雷击木。若不是杨春洛和高守利及时发现，损失不堪设想。

防火指挥部让春洛下塔："你一个人不行，部里会派另一对夫妻接手551塔。"

"谁说是我一个人，高守利和我一起守塔。"春洛说着话，就朝瞭望塔走去。开始，人们都担心她心情不好，怕她工作时走神儿。塔台上的空隙，只能容许一个人的身位，万一她从塔台上摔下来，又是一条鲜活的人命。万一山火再起，她精神恍惚发现不了，那损失可是不容小觑。但她在塔上的中转，以及瞭望监控，没有一丝纰漏。

刘欣茹让思乐把她送到551塔，说："你姐在塔上，我还能给她做伴，帮她做口饭。"刘欣茹脸色苍白如纸，双眼红肿。潘望点头："我去送妈，但上去看看就下来，家里需要你，高婶也需要你。塔上，我会安排人陪我姐。"

八十四

防火期结束，春洛从山上一下来就住进了医院。这次检查化验的指标都很明晰，她患了免疫性溶血性贫血。山河林业局决定把她送到省医院检查。

经省医院再次确诊，人们才不得不面对现实。

林业局党委下令："不惜任何代价治疗。维护生态平衡，保护森林，防火是关键的一环。森工瞭望员是前沿的哨兵、森林的眼睛，他们身体不仅是自己的，也是森工的，是大山的……"春洛住进了省医院治疗。林业局批准夏璎在医院照顾。住了二十多天，春洛出院时，全家都去接她。刘欣茹因为要照顾张桂兰，留在了家里。接她的车刚出林都新苑的大门，葛丹挥手截住了车。他拉开车门，跳上了面包车。

寡白的天，飘起了清雪。清雪在空中不紧不慢地飞舞，当车拐进医院大门，雪停了。走出病房玻璃转门的春洛，站在台阶上深吸一口气，一股浊气从胸腔里蹿出来。她眯起眼睛望天，天空中浮出淡淡的蓝。

"姐，我们来时一路都在飘清雪。你一出门，雪停了。"夏璎也仰起头看天。

出院后，春洛在家里休养。

春节来临，山河森工局领导来看望杨春洛。局长张昭阳问春洛身体恢复得怎么样，还叮嘱道，生活上有困难，一定要和局里说。一个人解决困难不容易，全体森工人解决困难就容易得多……春节后，局里召开春防大会。散会后，春洛找到局领导，还要求上塔。张昭阳过问了此事，坚决不同意，说她病了，治病养身体是当务之急。而且她这病，又怕累，高守利的母亲还需要她照顾，她自己的母亲年纪大了，也需要人照顾……春洛执拗地说："我带她们上去。别看高守利埋在土里，但他能帮着我守塔。我就要退休了，我要在551塔上退休。"她说完，头也不回地走了。

张昭阳一个电话叫来了潘望："潘望，劝劝你大姨姐，她那个身体，不能再上塔了。她要是上塔，我坐立不安。"潘望摇头，说："张局，这个事儿，我说不通啊。我还想请局长帮忙。我们在家里也讨论了这个事儿，怎么都说不通。要命的是，我丈母娘也支持她，还说她也能守塔。全家人都有这个执念。这家人都得了我老丈人的真传，视山林如命……"张昭阳盯着潘望："我不听理由，这件事就交由你处理。我不问过程，只要结果。"

潘望无奈地摇头，又点头。

就在瞭望员还有十几天要登塔时，葛丹来找春洛。

看见葛丹进门，张桂兰哈哈笑起来："哈哈，守利，你又去哪儿喝酒了？锅里还给你留着饺子呢。"张桂兰的笑声粗哑，还有一种撕裂感。葛丹叫了一声高婶，鼻子有点儿发酸。高婶的目光在他身上游走了一圈，又哈哈大笑起来："守利他爸，是你啊。我还以为守利回来了。"她高声地招呼，"春洛，快给你爸倒水，你爸走了几十里地，你看他身上白花花的霜，多像挂了一身碎银子。"

春洛和葛丹对视一眼，对张桂兰说道："妈，这是葛丹。"

"葛丹？就是咱家房后的那个小姑娘？小时候挺能美，龇着一口小白牙，可能唱了，还会吹那玩意儿。"她又转向葛丹，"你头上的辫子咋剪没了？"张桂兰对儿子的死似乎知道，又似乎不明白。见到潘望，或者杨思乐，他也叫守利。有时候，她还盯着春洛问："你下山了，守利咋没跟你一起回来？"春洛的泪水就流下来，她刚要安抚婆婆，婆婆突然哈哈地笑了，说："对了，守利告诉我，他去听葛丹吹小曲儿了。葛丹这孩子真好，他怕我儿子孤单，天天给他吹小曲。"张桂兰说着话，又哭了起来，"春洛，守利多可怜啊，等哪天你带我上山看看他。我这个妈咋能把儿子孤零零地扔到山上啊？春洛，你能不能带我去看看，你爸走时，还偷我五块钱……"

春洛叹了一口气，说："我妈这样也挺好，省得揪心。她要是明白，也活不下去了。"

传来钥匙拧动门锁的声响，刘欣茹来了。她进门看见葛丹也在，说了一阵子闲话。她忧戚地看着葛丹，让他劝劝春洛，说："她坚持要上塔。她要上去，我也去。我这把老骨头棒子，就交给闺女了，但我怕她身子顶不下来。你们从小一起长大，守利又不在了，你帮她拿个主意。"她扭头又叫坐在床上的张桂兰，"走，咱俩去二楼，中午吃饭包。"

"好啊，咱们去抓鸟，回来装在笼子里，给石头玩。"张桂兰又呆呆地看葛丹，指着刘欣茹说，"看见没，你这个姐贪玩，没事儿就往旮旯胡同跑，还学猫抓耗子，这不，昨晚拿耗子吓唬我。"

"糊涂好啊，糊涂就不痛苦了。"刘欣茹感叹了几句。两个老人颤巍巍地推门走了。

"中午在这儿吃饭吧，我出去买菜。"

葛丹叫住了春洛，说："家里有啥吃啥，我做。"春洛知道，葛丹炒得一手好菜，她也没推让，说："你看冰箱吧，想做啥就做啥，我吃啥都行。"没一会儿，土豆条炖豆腐、酱炒鸡蛋、炒豆芽，还有一盘葱丝、香菜段和一碗鸡蛋酱就端上桌。葛丹还为春洛烙了春饼。

"我发现酒这东西可真好，今儿个我陪你喝一口。"

葛丹点头："先卷张饼吃，再喝酒。喝多了酒，对身体不好，还是要适量。"

春洛抿着嘴笑，说："酒是治愈失眠的良药，再说我也冷。都说今年楼里的暖气给得足，可我还是冷。我就盼着天暖和，带着我妈住到平房里。我只有听到炉子里的火发出呼呼的响声才不冷。等上山就好了，石头屋里的炉子好烧，我天天架上桦子烧火……"葛丹故意放慢速度，他怕春洛喝多。

"春洛，我今儿个不是来和你喝酒的。我想、想和你说个事儿。"葛丹有些结巴。

春洛笃定地看着葛丹，感受到了他目光里的重量。

"守利走了，我知道你难过。我和你一样，难过得没法说。可是，不管我们怎么难过，守利也回不来了，日子还得过下去。我无数次想，小时候真好，那时候我们都无忧无虑。"葛丹叹了一口气，"我的哀愁来得早，我哥嫂没的那天，我一下子就老了。那时候，我可羡慕你俩了，不只羡慕你俩有爸妈，有兄弟姐妹，还羡慕、羡慕守利娶了你。你们都说我哥嫂一死，我就不爱说话了，甚至还有人说我心死了。其实，是，也不是——唉，不说那么多了，都过去了。咱们从小一起长大，你也了解我，我也不绕圈子，我想、我想替守利照顾你下半生。"

葛丹吁了一口气，仿佛走了一条长长的路。

"你不用着急回答我，我在守利的坟前征求了他的意见，确定他同意。我知道你的心愿。到去年，你守塔整整二十五年，今年你要在塔上退休。你不能带着两个老太太上塔，她们身体不行，万一有点儿啥毛病，都来不及下山。她们有啥闪失，你的心一辈子都不安。只有我和你上山守塔，才是最好的选择。我种植这块儿，你也不用担心，我想好了，聘一个有经验的经理，帮忙管理种植基地。平时我电话指导一下就行。我的两个姐夫，也打算和我一起搞种植，守塔就几个月，不会耽误我。"

葛丹仰起脖子，把半杯酒喝下去。

春洛没说话，只是一口一口喝酒。仿佛过了许久，她才停下来，看着葛丹说："谢谢你！"

八十五

　　春洛登塔前一个星期，高石头突然回来了，还带回一个眉清目秀、身材颀长的女孩。"妈，这是我同学，也是我女朋友，不，很快就是我媳妇了——于佳嘉。我俩交往三年了，本来打算去年见家长，遗憾的是我爸没见到佳嘉——"高石头岔过话题，"佳嘉，这是我妈，这是我奶，这是我姥。"

　　于佳嘉打着招呼："姨，奶，姥。"

　　"哈哈，这个小仙女是葛丹吧，长得可真好看，你会跳舞不？"

　　张桂兰突然发出的笑声把于佳嘉吓得脸都白了。

　　春洛尴尬地拉过于佳嘉的手，说："你奶有点儿老年痴呆了，你别害怕。"她虽然猜想到了儿子有对象，但女孩突然站到她面前，她还是有些不知所措。她痴痴地把另一只手抚在于佳嘉的手上，"别怕啊，别怕。"

　　于佳嘉握住她伤痕累累、冰凉的手，笑着摇头，说："姨，我不怕。"春洛盯着那双白皙柔软的手，一股暖流从脚下涌上来。自从高守利离世，苦痛就在她心里，如细水般长流。于佳嘉的到来，令这间充满悲苦的小屋有了暖意，也把她从悲苦中拯救出来。她手忙脚乱地要出去买菜，张罗包饺子。石头拦住她，说："咱们出去吃。回来的路上，我给二姨、二姨父、老舅、老舅妈分别打了电话，还叫了葛丹叔。"他的眼睛里闪着水滴一样的亮儿，"还有个事儿，之前也没和妈商量，但我想你能支持我。我和佳嘉辞职了，决定回来接你的班，去守551瞭望塔。佳嘉也愿意陪我。事前，我通过二姨父和局里沟通了，森工局也答应招我回来，明天我俩就去办手续。明天，可不是只签工作合同，我俩还打算去领结婚证。"他拉住母亲的手，"我和二姨父说了，婚礼等我爸去世一周年以后再补办。所以，今天这顿饭也有意义。我订了满满海鲜涮肉馆的大包房，你请客，你都当婆婆了。"

眼泪唰地从春洛的眼角流下来，她点头时泪珠噼里啪啦地落下来。

森工局要为杨春洛举办退休仪式，仪式就在551瞭望塔下举行。

她听到这个消息，坚决地摇头，说："不就是退休吗，拿个退休证就行了，咋还搞仪式？我可不想。"潘望沉默了一瞬，说："姐，这个仪式要搞，这是局党委的决定。为姐搞退休仪式后，还要去'石山林'。这两年，森工局招了很多年轻人，除了森工人自己的子女，还有外来的大学生。上周又有五十多名大学生来报到。说是为你退休搞仪式，其实也是大学生入职教育。咱家石头和佳嘉也参加。宣传部知道石头回森工守塔的事儿，以《一座塔，两代人》为题写了报道。这事儿还引起了青年人热烈的大讨论。"潘望端起水杯喝一口水，"姐，一些媒体还要做深度报道，采访你。我知道姐不喜欢，就委婉地谢绝了。但退休仪式还要搞，你在会上还要发言。我知道姐身体不好，没心思写发言稿，干脆，你就把要说的和想说的，跟我叨咕一下，我替你写稿子。"

春洛想了一下，说："那好吧，发言稿还是我自己写，你忙你的。"

五月十一日，春洛特意换上一身新工作服。她站在镜子前，仔细地打量自己，苍白的脸有些浮肿，皮肤的弹性也差。她除了还是整宿整宿失眠，吃饭也不好。前两天，夏瓔要给她染染花白的头发。开始，她答应了，后来想了想，说还是不染了，把头发梳利索就行。

她拿出木梳，当着那么多青工的面说话，还是要打扮一下。她又从抽屉里拿出一个黑色镶水钻的卡子，这个卡子是石头给她买的。那次，石头给她买了五个头卡子，守利就喜欢这个。她坐在镜子前，慢慢地把头发梳顺后，一只手掐住头发，缠绕两下，就把头发挽了起来，镶着水钻的黑卡子别在脑后。她刚起身，就听见潘望和思乐的说话声，她推门迎了出来。夏瓔也要陪她上塔。他们说，不能错过姐退休的这一光荣时刻。

551塔下石头屋的墙上，挂着一块白色大板，上面用红色漆写着"心系林海，艰苦奋斗，服从需要，勇担使命，追求卓越"。春洛知道，退休仪式将在这块书写着森工精神的大板下举行。

九点，仪式正式开始。

春洛平稳了一下情绪，才站到石头屋的门前。她的发言，宛若一位长者与孩子们唠家常，既有回忆，又有总结，既有温暖，又有鼓励。她平和的声音，从话筒里缓缓地传出来，宛若大沽河的流水声。

各位领导、各位青工：

我叫杨春洛，是551塔的瞭望员。二十五年前的今天，也就是我参加工作的第五个年头，我和我爱人高守利上了551塔，也就是我身后这座二十四米高的瞭望塔。

那年我二十五岁，他二十六岁。

我父亲也是森工人，前几年去世了。父亲与老一辈森工人一样，在大山上工作了一辈子。父辈们以国家需要为号令，以争当伐木能手为荣。他们以赤子丹心的挚诚，坚定地守护着青山绿水；他们以披肝沥胆的精神，开拓荒原，植树造林。如果说老一辈森工人是林业的奠基者、开拓者，那么我和我同时代的森工人就是新时期的建设者。老一辈森工人为国家的发展和建设，做出了卓越的贡献。我和我同时代的森工人，也在森工企业从生产转向生态、抚育、保护的大潮中充当了尖兵。也就是说，我是森工企业从"破冰攻坚"到"破茧成蝶"的亲历者。

我亲眼见证并经历了森工人以坚韧对抗艰难的过程。

当年之所以选择瞭望员的工作，还是因为心怀理想。我是在大山里长大的孩子，我以为我了解大山，大山也懂我，因为我深深地爱着大山。有人将我们这代人定位为"森工二代"。那我究竟是二代森工人，还是三代森工人呢？我想，无论二代还是三代，我们身体里流淌的都是森工人的血；心里装着的，除了山水，还有森林。但是，当我站在瞭望塔上时，完全不是那么回事儿。也就是说，现实与理想是有差距的。在塔台上，我连东西南北都分不清，眼前一片苍茫。除了工作上的压力，还有生活上的不适应，喝雪水，凿冰取大沽河水，吃野菜，被蚊虫叮咬……幸亏有我爱人高守利的陪伴，他教我辨别方向，带着我认识大山，用脚步丈量山与山的距离，用脚步丈量塔台与大沽河的距离——我们用脚步绘图。

苦，对于一个人来说，是苦；对于两个人来说，就分成了两份。分成两份的苦，就成了乐趣。

她的声音有些哽咽，她抽了一下鼻子，看一眼潘望，他冲她微微点头。站在人群里的夏璎，泪水不知不觉地流了下来，泪眼蒙眬地看着她姐微笑。

春洛稳住了情绪，也冲着人群点了一下头。

我和我的家人说，我是在塔上长大的。虽然我上塔时已是成年人，但是成年与成长是有区别的。成年说的是年龄，成长说的是心智。大山用坚韧教育了我，让我懂得了坚持。大山用愤怒告诫了我，让我懂得山林也是有生命的。受到威胁时，它也会奋起反抗。由此，我也深深地懂得了人与自然和谐的重要性……所以，我为自己能做大山的眼睛而自豪，我也为能亲手守护大山而骄傲。

感谢你们，选择了森工；感谢你们，回到了森工。

山林是人类的家园，也是森工人赖以生存的地方，一场大洪水，引发了所有人的思考。由此，"天保工程"应运而生。"天保工程"实施二十年了，面对改革、生态、转型三大任务，森工人没有退缩，没有低头，而是乘风破浪。山河的森工人都知道，我们是东北亚陆地自然生态系统主体之一，也是三条江水重要的涵养地，是北方"大粮仓"的天然生态屏障。

所以，山河森工人初心不变，坚定地走出了一条改革创新、生态优先、绿色发展之路。

据我了解，在森工人不懈的努力下，山河林业局林区有林地蓄积总量逐年增加，未来的蓄积总量还将持续递增。营林绿化产业加快发展，森林产业稳步推进，六个万亩基地、一个千亩种子园已成规模，药业崭露头角，森林食品产业连年提档升级，中药材种植面积不断扩大，山野菜种植也在持续推进，对外合作取得新突破……如今的森工，正朝着"冷资源"成为真正的"热经济"的趋势发展。我作为山河的森工人，欢迎你们的到来。有你们参与，才能让云飞雾绕、古木参天、鬼斧神工的山林更加葱翠；有你们助力，才能让清澈的大沽河成为一幅美丽的画卷；有你们，山河森工前途光明，未来才能更加辉煌，因为你们是森工的希望，是森工的主力军。

掌声打断了春洛的发言，她大概说得急了，微微有些气喘。她吁了一口气，转头看着身后的石头屋，又缓缓地转过身。

我身后的这座石头屋，就是我和我爱人高守利二十五个春秋的住处。它狭小，它拥挤，它看上去也很破烂，但在我眼里，它是一座宫殿。它不仅容纳了我们平凡的日子，还承载了我们的精神生活。我在这里做了二十五年森林的眼睛，他在这里陪伴了我二十五年。他是大山的儿子，我是森林的女儿……

又是一阵如潮的掌声。

思乐和潘望的眼眶红了。高石头咬着嘴唇，才没让自己哭出声。于佳嘉没能忍住，她的哭声引发了现场的一片啜泣声。

"孩子们，不要哭，我相信，有你们守护大山，森林一定会更加葱茏。谢谢你们！"

春洛深深地弯下腰。

张昭阳为她颁发了退休证，还宣布了森工局党委的决定，551瞭望塔被命名为"春洛塔"。

春洛从张昭阳手里接过退休证，久久地抚摸着这个绿色的硬皮小本儿。她眼眶里饱含泪水，哽咽着说："这本退休证不只是我的，也是我爱人高守利的。虽然他没能亲手拿到退休证，但他做了二十五年森林的眼睛，他也是在瞭望塔上光荣退休的。他的生命，在我心里会一直延续下去。他——永远活在我心中。"

八十六

高守利去世一周年，家人上山祭奠。

祭奠后，春洛和葛丹没下山，他们坐在高守利的坟前，轻柔而舒缓的琴音与山风相和，几只飞鸟从他们头上凌空飞过，啁啾的叫声清脆悦耳。春洛手里捏着酒壶，她仰头望了一眼飞鸟，说道："守利，你活着时我反对你喝酒，我觉得酒太难喝，更害怕你因为喝酒而耽误工作、影响工作。那时候，我不理解，那么辣的酒有啥喝头儿？你走了，我发现酒不但有喝头儿，还能暖心暖身，酒还是倾诉的对象。你走一年了，今天我陪你喝一壶酒，掏心掏肺地说一句抱歉。如果你能活过来，我不会限制你喝酒，还会陪你喝……"

在朋奴化的旋律中，春洛喝了一壶酒。她还要喝，葛丹按住了她的手："走吧，上塔台看看孩子们。"他起身率先走了。

看见母亲和葛丹叔上来，高石头和于佳嘉笑了："杨塔长，请坚守岗位，我和佳嘉下去做饭。"

春洛和葛丹在塔台上巡视了一圈，葛丹站到她身边，贴着栏杆朝大沽河的方向望去。今年开化早，大沽河早早地发出叮咚的响声。金钩蛱蝶也来得早，而且比往年都多。翩翩起舞的金钩蛱蝶，把白桦林装扮成一片金色。站在塔台上看下去，白桦开了一树金黄色的小花，小花环绕着白桦树飞起，落下，再飞起……他们沉默地看着，云雾缭绕的白桦林如仙境一般。

"我在这里守了整整二十五年，我是看着白桦林，听着大沽河水的流动声变老的。"春洛叹了一口气，"我老了，真老了。守利好，他一辈子都年轻，一辈子都停留在五十岁。他一辈子都能听到大沽河水流动的声响，这片白桦林也守护他一辈子。"葛丹脱下身上的厚外套，披在春洛身上。她顺手拉了拉衣襟，外套就紧紧地裹在身上。她的目光再次投向一路北行的大沽河。

吃过午饭，春洛和葛丹下山了。

高石头把他们送到下山的路口，说："妈，葛丹叔，下山时你俩慢点儿，我回去了，佳嘉一个人在塔上。"

"快回吧，不用惦记你妈。"葛丹和石头挥手告别。

昨夜下了一场小雨，山路上的苔藓和蒿草疯长，下山的路很滑。一口清冽的风呛进喉管，春洛剧烈地咳嗽起来。走在前面的葛丹倏地站住了，春洛摆手，示意自己没事儿。看着扶着树干咳嗽的女人，花白的头发被风吹起来，背也有些驼了，葛丹周身的血往头上涌，黧黑的脸涨红了，汗也冒了出来。紧张让他有些气喘，他手足无措。他仰起头望天，穿透林木的光束，一个女孩朝他走来……他一下子泪湿眼眶。

咳出一摊白色的痰，春洛才沉重地喘了一口气。

葛丹也如释重负地吁了一口气，提着的心才回落下去。下山的路是一个陡坡，葛丹走在前面。看着这高大健壮的背影，一种说不出来的疼痛令春洛的心一阵阵悸动，一股酸楚也浮上她心头——葛丹一路走来，走了一条狭窄并且荒芜的巷子。除了清冷星光的俯视，又有谁知道他的内心？又有谁关注他活得是否寂寞，是否悲凉？又有谁设身处地为他想过？扪心自问，她又懂他多少？说起来，她也好，守利也好，他们都不配做他的朋友，他们对他除了依赖，很少为他想过。葛丹对他们没有要求，他把内心的孤独和情感给了朋奴化。他在音乐和歌声中倾诉，在月光下诉说……他把感情放置到一个无望的地带。这个地带看似绿意盎然，也鸟语花香，但她又能承载多少？对于她来说，他的这份情太重了。

春洛快走几步，走到葛丹的前头，想和他说说话，但她只是翕动两下嘴唇——葛丹眼神里流露出忧伤且深邃的光，浇灭了她跟他回顾往事的勇气。她不忍心去碰触他的疼痛，她也没有资格揭他伤口上的结痂。她知道，他的疮疤下一定鲜血淋漓。她想起一句话，无论多轰烈的陈年旧事，都经不起岁月的打磨，都将成为风干的浮土，也像烟筒里的袅袅青烟——风一来，就浪荡得了无踪迹。而此刻，她终于明白，这话错了，因为往事会在某一个阳光灿烂的日子，某一次开怀大笑，某一个雨夜，某一个大雪纷飞的清晨，某一个失眠的午夜，某一条小路上，自行爬上来。爬上来的往事，像一只小鸟，在心头上一忽飞起，一忽落下，即便落下，也在不停地扇动翅膀。所以，情难解——春洛脚下踩了一片叶子，滑了一下。

"慢点啊——"葛丹提醒她。

她回头看一眼紧随其后的葛丹，笑着点头。

山路在起伏的山峦中，忽近忽远。脚下所及的嫩绿野草和苔藓，像极了绵软的地毯。春洛的思路，再一次地顺着小路延展下去——她之所以成为她，在她出生的那一刻就注定了。她之所以能成为石头的妈，还把一份平凡的工作干了二十五年，也是命运埋下的种子。守着大山的日子，她亲眼看见了诡异的暗火，从经年蓄积的腐败的残枝枯叶下冒出光，并像大水似的蔓延开来。二十五年来，她和高守利杜绝了十三次山火的发生，当她双手愤怒地抽打兴风作浪的烟点，热浪也恶毒地灼伤了她的手；她见证了桦树林从冬日的蛰伏中醒来，绽放出翠绿的嫩叶，见识了金钩蛱蝶在嫩叶上首尾相连地起舞；窥见过公狍子围着母狍子急急地转了一圈又一圈，也听见猫头鹰交配时的欢悦之声……一个窥视了大山隐私的女人，命运终将有别于常人。陪伴她一生的高守利又何尝不是？她告诫自己，苦难不是女人用来诉说、用来招摇的旗帜，苦难不过是人生的一道履痕罢了。

"葛丹，咱们去河边走走。天还早，我还不想回家。"

"好啊。"葛丹深邃的目光里流露出惊喜，一缕笑意在嘴角浮现。几个鄂伦春人从他们身边经过。看他们摩托车后座上的水桶和渔具，就知道他们是来河边钓鱼的。

"葛丹，你的族人都不打猎了，但他们骨子里还有游猎的气质。他们身上还洋溢着率真和大自然的味道。"说完，她期待地看着他，她想他一定会问她大自然是什么味道。

"大自然的味道像风，像草，像花，像白桦，像森林，像大沾河的水——

· 361 ·

你守了大山二十五年，你身上就有大自然的味道，而且纯粹得很自然。"葛丹迷人的微笑像雨后的阳光。

"葛丹，你把大自然的味道说得真好。"

大沽河宛若一条白色的绸带，湍急地流淌着。河边的风是和煦的，夹杂着植物的清香。

春洛累了，坐在岸边一块凸起的石头上。

葛丹坐在她对面的石块上。撞击到石块上的水粉身碎骨后，又跳跃着汇集到大河中。水珠溅到他们的身上、脸上，凉丝丝的。春洛若有所思地眺望着流淌的河水，大沽河也有命和运，它一路经历了多少诱惑，左岸的科鲁嘎齐河、大鸡爪河、大乌兰河、蒲拉河，右岸的北沽河、乌斯孟河、嘎尔达齐河等众多河流，都像奔腾的战马，扑向大沽河的怀抱。但它依旧宠辱不惊地流淌，并在流淌中大浪淘沙。大沽河历经了风雨的洗礼，也见证了小兴安岭的一次又一次苦难，但它依然用宽阔的胸怀，包容万物，却不染风尘。

一只金钩蛱蝶落在葛丹的腿上，扑扇着翅膀。他们俩惊奇地看着这只蛱蝶。又一只金钩蛱蝶飞过来，围着他们飞了一圈，也落到葛丹的腿上。两只蛱蝶在他腿上扑扇了几下翅膀，又展翅翩翩地飞了起来，双双朝着白桦林的方向飞去——春洛微闭上眼睛，隐约看见一个男人的身影，那身形时而清晰，时而暗淡，像阳光下的河水，像月光下朦胧的群山。河水和群山在她眼前闪烁出葱翠而清澈的光辉。

她睁开眼睛，看着眼前这个从小和她一起长大的男人："葛丹，好好经营你的种植场。夏璎和我说了，你天生就是搞种植的高手，你种植的品种会越来越多，种植的规模也会越来越大。对于男人来说，你这个年龄正是好时候。你需要一个家，知了也需要一个家，诗诗更需要爸爸。"她语气舒缓，像在说一件无关紧要的事儿。

葛丹惊愕地盯着春洛，心头被惊涛骇浪击打，脑袋一片空白："春洛，你说啥——"

"去吧，去看看她们。我会好好活着，守利也会永远陪着我。再说，我还有酒，还有炉火。去吧，去找她们。"

"是真的？"

"是真的。"

葛丹倏地站起来，但他的腿软得好一会儿才能迈步。他迎风飞溅出来的眼泪，如一粒石子打在春洛的眼眶上，她一下子就迸出泪花。很快，泪花凝聚成滚动的泪珠，顺着她的脸颊，缓缓地流到脖子上，又从脖颈缓缓地流到胸口，在胸口处，被身上的白衣吸干。